KB143890

GB
한길그레이트북스

인 류 의 위 대 한 지 적 유 산

GB
한길그레이트북스

인류의 위대한 지적유산

왕필의 노자주

왕필 지음 | 임채우 옮김

한길사

GB
HANGILGREATBOOKS

Wang Pi

Commentary of Lao Tzu

Translated by Lim, Chae-Woo

Published by Hangilsa Publishing Co., Ltd., Korea, 2005

국립중앙도서관 출판사 도서목록(CIP)

왕필의 노자주 / 왕필 지음 ; 임채우 옮김, 파주 -- :
한길사, 2005
　P. : 　cm. -- (한길그레이트북스 : 67)

참고문헌 수록
ISBN 89-356-5681-X 94810 : ₩ 25000

152.222-KDC4
181.11-DDC21 　　　　CIP2005001322

노자의 초상화

노자는 주나라 왕실의 도서관 관리를 지냈다는 설이 있는데,
그림 위쪽의 화제(畵題)인 '주하사'(柱下史)는 이를 표기한 것이다.

問禮老聃圖 魯昭公二十四年癸未孔子年三十四歲與南宮敬叔適周見老聃而問禮焉老聃曰子所言其人與骨皆已朽矣獨其言在耳且君子得時則駕不得時則蓬累而行吾聞之良賈深藏若虛君子盛德容貌若愚去子之驕氣與多慾態色與淫志皆無益于子之身吾之所以告子者若此而已

「문례노담도」(問禮老聃圖)

공자가 노자를 찾아와 예(禮)를 묻는 광경을 담은 그림이다.

노나라 소공 24년(기원전 514) 공자의 나이 34세 때 당시 160세인 노담을 찾아와
예를 물었다는 전설을 표현하였다.

노자가 푸른 소를 타고 속세를 떠나는 모습

손에 든 것은 『도덕경』 5천 자이고, 그림 왼쪽 위의 나비는
장자의 호접몽(胡蝶夢) 고사를 연상시킨다.

왕필의 초상화

그는 위·촉·오가 패권을 다투던 혼란기에 태어나서 23세의 짧은 생을 살았지만,
10대 후반에 지은 『노자주』는 유가와 도가를 넘나들며 노자사상을
간결하게 해명한 불후의 명저로 꼽힌다.

『신선전』에 실린 왕필과 하상공(河上公)의 모습
왕필과 하상공이 남긴 『노자』 주석은 이에 관한 2대 주석으로 전해진다.
왕필은 요절했지만 도를 이루어 신선이 되었다고 여겨지기도 했는데,
그림 아래쪽의 왼쪽 인물이 신선세계를 찾아간 왕필의 모습으로 보인다.

원나라 조맹부(1254~1322)가 그렸다는 노자의 초상화

풀어내린 머리나 자연스럽게 흘러내린 의복 등은
노자의 무위자연사상을 드러낸다.

청말 인물화에 능했던 임이(任頤, 1840~96)가 그린 노자
푸른 소를 탄 노자가 동자를 데리고 함곡관을 떠나는 모습이다.

「탄성일」(誕聖日)

노자의 탄생을 그린 그림이다.
노자의 어머니가 낮잠을 자다가 꿈에 태양의 정기를 받아서
잉태되었다고 하며, 81년 만에 백발이 성성한 채 어머니의 왼쪽
옆구리에서 태어났다고 한다.

「노자 설법도」

노자가 사람들에게 무위자연의 도를 설법하는 모습이다.
노자는 중국인의 마음 속에 가장 친근한 성인으로 받들어지고 있다.

김홍도, 「군선도」(群仙圖, 부분)
『도덕경』을 든 노자가 여러 신선을 거느리고 있는 그림으로,
승려의 모습이 보이는 것이 특이하다.

1973년 중국 장사 마왕퇴에서 발견된 「백서노자(帛書老子) 을본(乙本)」 부분
2천여 년 전인 한나라 초기에 매장되었던 것으로, 현존하는 노자의 판본 중 가장 오래된 것이다.

도교 경전의 총서인 『정통도장』에 수록된 도(道)를 표현한 그림
계속 순환 반복되는 둥근 동심원의 선으로 도의 경지를 추상화시켜 표현하였다.

GB
한길그레이트북스

인류의 위대한 지적유산

왕필의 노자주

왕필 지음 | 임채우 옮김

한길사

왕필의 노자주

차례

『노자』와 왕필의 『노자주』

임채우 국제뇌교육종합대학원 대학교 교수 · 중국철학

노자와 노장사상

1. '노자'라는 사람

노자의 생애에 관한 가장 오래된 기록인 『사기』(史記) 「노자신한열전」(老子申韓列傳)에 따르면 노자는 초(楚)나라 고현(苦縣) 여향(勵鄕) 곡인리(曲仁里, 지금의 하남 녹읍 동쪽) 사람으로, 성은 이(李)이고 이름은 이(耳)라고 한다. 어머니 뱃속에서 81년을 있다가 이미 백발이 성성한 채로 태어났다고 하여, 늙었다는 뜻에서 '노자'(老子)라고 불렸다. 그는 한때 주나라에서 왕실의 서적을 관리하는 수장실(守藏室) 관리였다고 한다. 특히 공자가 그를 찾아가 예(禮)에 관해서 물었다고 하는 고사는 유명하다. 주나라가 쇠하자 노자는 주나라를 떠나 숨었다. 이때 관문을 지키던 관윤(關尹)이라는 사람이 노자를 알아보고 글을 청하자, 『도덕경』(道德經) 오천언(五千言)을 지어줌으로써 비로소 후세에 그의 사상이 남게 되었다고 한다. 뒤에 노자가 서역으로 가서 부처가 되어 서역 사람들을 교화했다고 하는 '노자화호설'(老子化胡說)도 만들어졌다.

노자의 생존 연대는 대략 기원전 580년에서 500년 사이라고 알려져 왔다. 그런데 현대 학자들의 연구 결과에 따르면 노자의 생존 연대에서부터 노자가 『도덕경』을 썼다는 사실까지 불확실하며, 심지어는 노자라는 인물이 있었는지조차 확실하지 않다고 한다. 이것은 노자에 관한 가장 오래된 기록인 『사기』에서도 노자를 이이(李耳)·노래자(老萊子)·태사담(太史儋)이라는 세 인물과 혼동하고 있는 것을 보아도 짐작할 수 있다.

아무튼 노자가 공자보다 이른 시기에 생존했는지는 확실히 말할 수 없지만, 도가 사상을 가진 사람들이 춘추 시기에 있었던 것은 사실이다. 예를 들어 『논어』(論語)를 보면 뛰어난 재덕을 갖추었으면서도 세상에 숨어사는 은군자(隱君子)들이 공자를 비판하는 내용이 나오는데, 이들이 바로 도가적인 사상을 지니고 있었던 것으로 보인다. 이 외에 맹자(孟子)가 극단적인 이기주의자라고 비판한 양주(楊朱)도 도가 사상을 지닌 인물이며, 인간의 감정과 욕망을 줄여야 한다고 주장한 송견(宋銒)이나 윤문(尹文) 등도 모두 노자·장자와 비슷한 사상을 가진 사람들이다. 그러나 그들의 사상에 관해서는 몇 가지 단편적으로만 언급되어 있어서 자세한 내용은 알 수 없으며 노장과 어떤 영향을 주고받았는지도 분명하지 않다. 다만 이들은 세상을 피해 소극적으로 자기 자신을 보신(保身)하는 데 머무른 반면, 노장은 당시의 사회정치적 문제를 인간 개개인의 도의 추구를 통해 궁극적으로 해결하려고 했다는 점에서 구별된다.

2. 『노자』와 왕필의 『노자주』

『노자』라는 책은 간결한 운문체로 구성되어 있으며, 원문의 글자수는 총 5,200여 자에 불과한 짧은 글이다. 그 체제는 상·하편(또는 道·德經) 81장으로 구분되어 있다. 현재 전해지는 『노자』의 판본 가운데 가장 오래된 것은 1973년 중국 호남(湖南) 장사(長沙)의 마왕퇴(馬王堆) 삼호(三號) 한묘(漢墓)에서 출토된 한대(漢代)의 백서(帛書) 『노자』다. 2천여 년의 시공을 넘어 한나라 초기의 노자서가 그대로 모습을 드러냈다는 점에서 학계에 큰 관심을 불러일으켰다. 여기에는 두 종류의 『노자』 사본이 있는데 하나는 기원전 206~195년 사이에 전서(篆書)로 씌어진 본이고, 또 하나는 기원전 194~180년 사이에 예서(隸書)로 씌어진 본이다. 이는 대체로 현행본과 내용은 같으나 「덕경」(즉 현행본의 하편)이 「도경」(道經, 현행본의 상편) 앞에 배열되어 있는 것이 다르고, 몇 개의 편장 순서가 뒤바뀌었으며, 기타 이체자(異體字)와 가차자(假借字)들이 있다. 이런 차이점들을 중심으로 기존의 연구와는 다른 새로운 시각에서의 연구가 활발히 진행되고 있다.

『노자』의 주석은 대단히 많다. 원대(元代)의 두도견(杜道堅)은 "도덕경에 주를 단 이는 삼천여 가(家)에 달한다"고 했지만, 현재까지 이름만 전해지는 『노자』 주석의 수는 천여 개를 상회한다. 현재 간행된 『노자』 주석 중에서는 대만(臺灣)에서 편집한 『무구비재 노자집성』(無求備齋 老子集成)의 초편과 속편에 수록되어 있는 349종이 가장 많은 것이라고 한다. 이 주석서 가운데 가장 오래된 것은 한대의 『하상공주』(河上公注)이고 그 다음으로 오래된 주석이 위(魏) 왕필(王弼)의 『노자주』(老子注)다. 하상공의 주는 불로장생술의 입장에서 씌어진 것이고, 왕필의 주는 현학적(玄學的) 입장에서 씌어진 것으로, 이 고주(古注)들은 사실상 『노자』 주석의 대표로 읽혀왔다.

『노자』는 과거부터 현재에 이르기까지 전세계로 전파되었다. 삼국시대에 우리나라에 전해진 것을 필두로 조선 · 일본 · 월남 등에서도 한문주석본이 나올 정도로 많이 연구되었고, 동양사상의 원천으로 각계각층에서 널리 읽히고 있다. 현재는 서양에서도 가장 많이 읽히는 동양고전 중의 하나가 되었다. 유럽에서는 17세기부터 도덕경이 번역되기 시작했다. 현재 서양에는 40여 종의 영역본을 비롯해 프랑스어 · 독일어 · 러시아어 등으로 된 60여 종의 번역본이 있다. 특히 현대에 들어와서는 신과학운동이나 포스트 모더니즘과 관련하여 새로운 조명을 받고 있다.

왕필의 주는 철학성이 풍부한 내용을 간결한 문체로 표현한 것이 특징이다. 왕필주의 글자수는 11,890개로 노자 원문의 2배에 불과하여, 특별히 주석이 긴 『노자』 38장과 같은 경우를 제외하면 사실상 『노자』 원문과 왕필 주석의 글자수가 비슷한 경우가 많다. 그래서 "왕필이 『노자』에 주를 단 것인지 노자가 왕필에 주를 단 것인지 모르겠다"라는 탄식이 나오기도 했다.

왕필은 노자 사상의 구조와 방법을 다음과 같이 요약한다.

그 대략의 귀취는 태초의 시원을 논해서 스스로 그러한 본성을 밝히고, 유명(幽冥)의 극치를 연역하여 미혹과 기망(欺罔)을 바로잡는 것이다. 인순(因循)하되 인위하지는 않고, 덜어낼 뿐 베풀지 않으며, 본(本)을 높여서 말(末)을 쉬이고, 어미를 지킴으로써 자식을 보존하며, 저 교묘한 꾀를 낮추고 일이 드러나기 전에 미리 하며, 다른 사람을 책망하지 않고 반드시 자기에게서 구한다.[1]

그래서 왕필은 노자 사상의 요지를 한마디로 하면 "근본을 높이고 말단을 줄이는 것"(崇本息末)[2]이라고 하면서, 유와 무라는 한 쌍의 개념을 중심으로 자신의 사상 체계를 수립하였다. 특히 그것은 무를 근본으로 삼는다는 점을 들어 '귀무론'(貴無論)이라 부른다. 왕필의 사상은 불과 그의 나이 20대에 이룬 것이기는 하나 위진현학(魏晋玄學)을 대표하며, 중국철학사에서 한 획을 긋는 의의를 지닌다.

왕필 자신이 노자 사상을 요약한 「노자지략」은 위진 시대의 현학 사상을 대표하는 명문(名文)이었으나 오랫동안 실전(失傳)되었는데, 1948년 『도장』(道藏) 속에 무명씨의 작으로 실려 있던 「노자미지례략」(老子微旨例略)이 왕필의 글로 고증됨으로써 세상에 알려지게 되었다.

3. 노자의 철학적 문제의식과 사상

춘추전국시대에 주나라의 예법과 제도는 붕괴되고 사회는 아주 혼란스러웠다. 당시의 정치인들과 지식인들은 이 난세를 바로잡을 수 있는

---

1) 「노자지략」, "故其大歸也, 論太始之原以明自然之性, 演幽冥之極以定惑罔之迷. 因而不爲, 損而不施; 崇本以息末, 守母以存子; 賤夫巧術, 爲在未有; 無責於人, 必求諸己."
2) 같은 곳, "老子之書, 其幾乎可一言而蔽之. 噫! 崇本息末而已矣."

방안을 모색했는데, 그 결과 '온갖 꽃이 만발하듯'(百花齊放) 갖가지의 제자백가 사상이 발생했다. 노자 사상의 근저에는 당시의 혼란한 사회 정치적 현실과 유가 사상의 편협성과 인위성에 대한 비판이 깔려 있다. 이러한 비판의식은 노자 사상이 형성되는 직접적인 계기가 되었다. 노자는 이런 맥락에서 기존의 사상을 반성적으로 검토하면서 그의 새로운 철학적 사유를 전개해 나갔다.

노자는 유가나 묵가처럼 예법 제도나 규범을 수립하여 이를 따르고 지킴으로써 당시의 혼란을 바로잡을 수 있다고 생각하지 않았다. 사람이나 만물은 제나름의 방식으로 자생자화하고 있는데, 유가와 법가는 획일적 가치나 기준을 모든 사람에게 강요함으로써 오히려 혼란과 불행만 증가시킨다고 보았다.

노자는 이를 변증하기 위해서 인간의 단편적이고 고정화된 언어가 사실을 그대로 표현해내지 못하며 인위적으로 실상을 왜곡시킨다고 하면서, 언어와 개념의 불완전성에 대한 철학적인 문제를 제기하는 데서부터 시작했다. 이와 마찬가지로 유가의 인·의·예·지 등의 윤리적 고정관념 역시 인간을 자유롭게 하거나 행복하게 해주지 못한다. 그것은 도리어 다양한 인간 존재의 실상과 순박한 본성을 일방적으로 규정함으로써 인간을 속박하고, 백성들은 이로부터 벗어나기 위해 거짓된 행동과 교묘한 술수를 쓰게 된다고 주장했다. 그래서 유가 사상이 오히려 백성에게 거짓과 도적질을 가르친다고 하면서 인간 사회의 윤리와 가치 문제에 대한 유가 사상의 허점을 통렬히 비판했다. 인·의·예·지며 예악과 도덕의 정치란 허울뿐이지, 실은 다양한 만물의 본성과 맞지 않는 인위적 조작에 지나지 않는다. 이런 인위적이고 가식적인 의식에서 벗어나 각자의 자연스런 본성을 좇아 도를 따르는 참다운 삶을 찾아야 한다고 권했다.

장자는 다음과 같은 비유를 든다. 소나 말은 자연 상태에서는 자유롭게 자기들끼리 무리지어 산다. 그런데 인간이 이들을 잡아다가 코뚜레를 뚫고 쇠발굽을 박아 길들여 부린다. 이것은 소나 말의 본성이 그러하기 때문에 사람이 코를 뚫고 발에 쇠를 박아 무거운 짐을 나르고 힘든 일을 시키는 것인가? 비록 이 소와 말이 자연 상태에 있을 때보다 배부르게 먹을 수 있다 하더라도, 그것은 소와 말을 위해서가 아니라 인간 자신을 위해 일을 더 시키려고 먹이는 것일 뿐이다. 비록 굶주릴지라도 인간에게 잡혀 쇠굴레에 묶이기보다는 자신들의 타고난 본성대로 순박하고 자연스럽게 사는 것이 더 행복하다는 것이다.

노자는 '도'(道)라는 새로운 삶의 길을 제시했다. 도(道)란 바로 '길'이다. 만물이 다님으로써 저절로 생겨난 길이다. 그래서 바로 인위적으로 하지 않는 무위(無爲)와 타고난 본성대로 따르는 자연(自然)스러운 길이 도(道)다. 도를 따라서 무위자연의 삶을 살 때 인간도 가장 행복한 삶을 살 수 있다. 따라서 도는 만물이 그에 의지해 살아가는 삶의 원리이자 모든 존재가 그로 말미암아서 나온 근원이 된다. 심지어 인간과 만물을 지배하는 초월자로 믿었던 하늘이나 상제조차도 이 무위자연의 도를 따르고 이에 의존한다고 하여, '도'를 최고의 이념으로 정립했다.

도 자체는 만물이 따라야 할 길이지만, 그것은 저절로 본성에서 우러나 시키지 않아도 그렇게 될 수밖에 없는 자연일 뿐이다. 그래서 도를 따를 것을 억지로 강요하지 않지만, 만물은 각자 스스로 그렇게 타고난 본성에 따라 자생자화(自生自化)하는 그 속에서 도를 구현한다.

그렇지만 명석한 인간은 그 명석함이 가져온 물욕으로 인해 타고난 본성을 잃어버리기 때문에, 상실된 자신의 본성을 먼저 회복해야 한다. 이것이 바로 노자와 장자가 인간에게 권하는 참다운 삶이며 도를 따르는 삶이다. 노장에 의하면, 결국 타고난 본성을 따르는 자발적이고 자연스런 삶 속에서라야 비로소 유가나 묵가가 추구하는 참된 인(仁)과 참된 의(義)도 실현될 수 있다고 한다. 그래서 노장은 유·묵을 비판하면서도 궁극적으로 양자는 서로 만나게 된다.

4. 노장 사상의 영향과 우리나라에서의 전개

노자 사상은 중국 사상사에 막대한 영향을 끼쳤다. 노자 사상은 장자 (莊子)·열자(列子) 등에 의해 직접적으로 계승되었고, 유가와 더불어 상호 비판을 주고받으며 중국 사상을 풍부하게 발전시킨 두 축이 되었다. 전국 말기에 노장의 무위자연의 도를 정치술에 응용한 법가(法家)나 황로(黃老) 사상이 형성되는 데 깊은 영향을 끼쳤고, 도교(道敎)의 기본 사상이나 교리로 이용되어 도교 철학의 발달에도 중대한 작용을 했다. 위진 시기에는 노장 사상으로 유가의 경전을 새롭게 해석한 현학 (玄學)이 등장하게 되며, 인도에서 전입된 불교가 노장 사상의 바탕 위에서 이해됨으로써 불교의 정착에 결정적인 역할을 수행하기도 했다. 송대(宋代) 성리학에도 노장 사상의 도나 기(氣) 개념을 위시한 본체론이나 인식론 등이 상당한 영향을 끼쳤다.

노장 사상은 묘당(廟堂)의 유교가 독단적인 이데올로기로 흐를 때 그를 견제할 수 있었던 유일한 비판적 대안이었고, 산중(山中)에서 불로장생과 우화등선을 추구하던 연단술의 사상적 원천으로서 동양의 과학을 이끄는 원동력이 되었다. 그래서 중국의 과학기술사에 관한 대작을 남긴 조지프 니덤(1900~95) 같은 이는 중국에서 과학이 있는 곳에는 반드시 노자의 그림자가 어른거린다고 말하기도 했다.

노장 사상이 날카로운 철학적 문제의식을 보기 드문 정연한 논리와 빼어난 문체로 표현한 것은 중국 고대철학사에서 다른 어떤 사상보다도 돋보이는 점이다. 아울러 상식과 고정관념의 틀을 벗어던지고 사물의 본질을 관조하는 태도는 중국인의 사유 방식에 깊숙이 자리잡아 중국의 사상과 예술을 풍부하게 발전시키는 힘이 되었다.

우리나라에서 노장 사상에 관한 연구는 삼국시대로부터 시작하여 여러 형태로 그 흔적을 남기고 있다. 그러나 유가 사상에 비해 이단시되었던 까닭에 도가에 관한 체계적인 문헌들이 많이 남아 있지는 않다.

한국의 도가 관련 자료들은 삼국시대부터 찾아볼 수 있으나, 고려 시대까지는 『노자』나 『장자』에 대한 체계적인 저술이 전해진 것이 극히 적다. 다만 을지문덕(乙支文德) 장군의 「여수장우중문시」(與隋將于仲文詩)나 백제의 막고해(莫古解)가 인용한 『노자』 제44장의 '지족불욕, 지지불태'(知足不辱, 知止不殆)처럼 고인(古人)의 시문(詩文) 속에 인용되는 단편적인 언급이나 백제의 산경문전 같은 문물(文物)들 속에서 도가나 도교적인 사상을 엿볼 수 있을 뿐이다.

그러나 한국의 도가 사상은 나름대로 발전해왔다. 최치원(崔致遠, 857~?)의 「난랑비서」(鸞郎碑序)에 따르면 우리나라에는 풍류(風流)라고 불리는 고유한 신선 사상이 있었는데 그 내용은 유·불·도의 삼교의 가르침을 이미 포함하고 있었다. 그것은 집에서는 효도하고 나라에서는 충성하는 공자의 뜻과, 일을 인위로 하지 않고 말없는 가르침을 베푸는 노자의 가르침과, 악한 일을 하지 않고 선한 일을 받들어 행하라는 석가모니가 교화한 내용을 이미 갖고 있었다는 것이다. 이로 볼 때 우리 고유의 도교는 일상 속에서 신선의 풍류를 추구하면서 고도의 철학적이고 윤리적인 성격을 지닌 것이었음을 짐작할 수 있다.

고유의 풍류사상을 제외해 놓고 보더라도 중국에서 수입된 도교 역시 일정한 발전단계에 접어들었던 것 같다. 당(唐) 선종(宣宗) 때 활약했던 신라 사람 김가기(金可紀)가 중국의 『열선전』(列仙傳)과 『사림광기』(事林廣記)에 신선으로 기록되어 있는 것이나, 송대에 나온 『고려도경』(高麗圖經)에 소개된 내용을 보면 당시 우리나라의 도교가 상당한 수준이었음을 짐작할 수 있다.

도가에 대한 본격적이고 체계적인 저술이 전해오는 것은 조선시대 이후다. 조선 성리학을 대표하는 이황과 이이 역시 도가와 일정한 관계를 가지고 있다. 이단사조를 가장 경계했던 조선의 순유(醇儒) 이황이 도인(導引)과 양생에 대해 연구한 자료가 있고, 성리학의 관점에서이긴 하지만 노자의 언론을 발췌하여 주석한 통유(通儒) 이이의 노자 주석서도 있다. 이는 성리학만을 독존(獨尊)했던 조선시대의 도교·도가에 대한 수용적인 연구 태도를 잘 보여주는 사례다. 한편 노장(老莊)이나 도교에 대한 성리학적 이해는 조선 도교의 한 특색을 형성한다. 조선시대에 도교 연구 상황을 알아볼 수 있는 주요 연구 성과들(단편적인 언급이 아닌 주석서나 연구서를 위주로 한)은 다음과 같다. 이이(李珥, 1536~84)의 『순언』(醇言), 박세당(朴世堂, 1629~1703)의 『도덕경주해』(道德經註解)・『남화경주해』(南華經註解), 권해(權瑎, 1639~1704)의 『칠원채기』(漆園採奇), 한원진(韓元震, 1682~1751)의 『장자변해』(莊子辨解), 서명응(徐命膺, 1716~87)의 『도덕지귀』(道德指歸), 이광려(李匡呂, 1720~83)의 『담로후서』(談老後序), 홍석주(洪奭周, 1774~1816)의 『정로』(訂老) 등이 조선시대 성리학의 입장에서 노장을 연구한 저술들이다.

　도교나 연단술에 대한 연구서로는 김시습(金時習, 1435~93)의 『매월당집』(梅月堂集)「잡저」(雜著), 정렴(鄭磏, 1506~49)의 『용호결』(龍虎訣), 한무외(韓無畏, 1517~1610)의 『해동전도록』(海東傳道錄)・『단서구결』(丹書口訣)・『단가별지구결』(丹家別旨口訣), 곽재우(郭再祐, 1552~1617)의 『양심요결』(養心要訣), 권극중(權克中, 1585~1659)의 『참동계주해』(參同契註解, 1639), 남구만(南九萬, 1629~1711)의 『참동계토주』(參同契吐註), 홍만종(洪萬宗, 1643~1725)의 『순오지』(旬五志)・『해동이적』(海東異蹟), 신돈복(辛敦復, 1692~1779)의 『단학지남』(丹學指南)・『도가직지독조경』(道家直指獨照鏡)・『해동전도록증전』(海東傳道錄證傳), 서명응의 『참동고』(參同攷, 1786), 이규경(李圭景, 1788~?)의 『오주연문장전산고』(五洲衍文長箋散藁) 중의 「도교선서도경변증설」(道敎仙書道經辨證說), 강헌규(姜獻圭, 1797~1860)의 『주역참동계연설』(周易參同契演說), 전병훈(全秉薰, 1857~1927)의 『정신철학통편』(精神哲學通編)이 있다. 그리고 작자 미상의 『직지경』(直指經), 『중묘문』(衆妙門)(대략 17세기 이후로 추정), 『정심요결』(正心要訣)(20세기 초)이 있다.

　도가에 관련된 다른 방면에서의 연구로 서산대사(西山大師, 1520~1604)의 『도가귀감』(道家龜鑑)은 불교적 관점에서 도가의 설을 발췌해서 소개한 내용이다. 의학 분야에서 도교의 장생의 도를 의학적 양생의 관점에서 연구한 성과로는 허준(許浚, 1546~1615)의 『동의보감』(東醫寶鑑)과 서유구(徐有榘, 1764~1845)의 『보양지』(葆養志)가 있다. 이외에 허균(許筠, 1569~1618)의 『한정록』(閑情錄)과 이수광(李晬光, 1563~1629)의 『지봉유설』(芝峰類說) 등에서는 도가와 관련된 사상을 찾아볼 수 있다. 그리고 한국 고유의 선도(仙道)의 역사에 대해 언급한 서적으로 조여적(趙汝籍, 16·17세기)의 『청학집』(靑鶴集), 북애노인(北崖老人, 17세기)의 『규원사화』(揆園史話) 등이 있는데, 이들에 대해서는 위작 시비가 있다.

왕필의 생애와 사상

1. 출생과 가계

왕필은 위(魏) 문제(文帝) 황초(黃初) 7년(A.D. 226)에 태어나 정시(正始) 10년(A.D. 249)에 24세의 나이로 세상을 떠났다. 왕필이 활약했던 시대는 위 정시년간(正始年間)(240~249)으로, 조상(曹爽, ?~249)과 하안(何晏, 190~249)이 정권을 잡고 있던 때에 해당된다. 정시 10년(A.D. 249)에 사마의(司馬懿)가 정변을 일으켜 조상과 하안은 피살되었는데, 왕필도 이와 관련되어 면직되었다가 같은 해 가을에 바로 병사(病死)했다.

왕필은 어려서부터 총명하고 타고난 재주가 남달랐다고 전한다. 10세 때 이미 노자를 좋아했으며 논변에 통달했다. 왕필이 나이 18세(243년)에 『노자주』를 저술하고,[1] 22세에서 24세 사이에 『주역주』를 썼다고[2] 하는 것을 보면, 왕필은 대략 20세 이전에 이미 철학체계를 완성한 보기 드문 천재였음을 알 수 있다.

---

1) 유여림(劉汝霖), 『한진학술편년』(漢晉學術編年) 하권6, 159쪽.
2) 왕보현(王葆玹), 『정시현학』(正始玄學) 164~165쪽.

그가 약관(弱冠)도 안 되었을 때, 자신보다 36세나 연상인, 조조(曹操)의 양자로서 권세가이자 사상가인 하안과 만났고, 배휘(裴徽)와 함께 공자와 노자의 성인(聖人)의 경지를 논변하여 찬탄을 들었다는 기록이 전한다.[3] 하안은 왕필의 재능을 특별히 사랑하여 중용하고자 했으나 조상은 왕필을 만나보고는 대단치 않게 여겼다. 그의 재주는 탄복할 만큼 뛰어났지만, 성격은 그다지 호평을 받지는 못한 것 같다. 왕필의 간략한 전기를 쓴 하소(何劭)에 따르면, 그는 "성격이 현리(玄理)에 맞았고 잔치하고 놀기를 좋아했으며 음율을 이해했고 투호를 잘했다"고 했다. 그러나 한편 자신이 잘하는 것을 뽐내어 다른 사람을 비웃기도 하여 미움을 받기도 했다. 또 사람됨이 가볍고 물정을 몰라 다른 이를 원망하기도 하여 가깝게 지내던 사이가 멀어지기도 했다는[4] 기록을 볼 때, 재주는 비상했지만 다소 경박한 면이 있었던 것 같다. 그러나 그에게서 원숙한 경지를 기대하기에는 당시의 사회가 너무 파란만장했고 그의 생애는 너무 짧았으니, 그가 사회에 진출했던 몇 년간은 재주는 뛰어나지만 물정을 모르는 이십대의 청년이었다는 점을 감안해야 할 것이다.

왕필의 가계는 본래 한의 명문 호족으로, 왕필뿐만 아니라 그의 외증조부인 유표(劉表)와 유표에게 역을 가르쳤던 고조부 왕창(王暢)이나 친형 왕굉(王宏)이 모두 역학으로 이름이 있었던 것을 보면, 그의 집안은 당대의 역학세가로서 그의 역학 사상은 가학(家學)에 연원을 두고 있음을 알 수 있다.[5] 초순(焦循, 1763~1870)은 『주역보소』(周易補疏) 「서」(序)에서 왕필의 가계와 역학 연원을 다음과 같이 밝힌다.

---

3) 『삼국지』(三國志), 「왕필전」(王弼傳) 및 『세설신어』(世說新語) 「문학편」(文學篇) (루우열, 『왕필집교석』, 639~644쪽) 참조.
4) 『삼국지』, 「왕필전」 (루우열, 『왕필집교석』, 640~641쪽).
5) 자세한 내용에 대해서는 김충열, 「왕필철학체계연구 기일」(王弼哲學體系硏究 其 一) 227~232쪽 참조. 김충열은 가학 연원과 함께 당시 위(魏)의 농후한 도가적 분위기가 왕필의 노학(老學)의 내원이 되었으니 왕필 본인의 천재성이 현리(玄理)를 좋아한 것과 더불어 왕필의 사상 성취의 세 원인이 되었다고 한다.

동한말의 역학 명가는 순열(荀悅)·유표(劉表)·마융(馬融)·정현
(鄭玄)인데…… 유표의 학(學)은 왕창(王暢)에게서 나왔다. 왕창(王
暢)은 찬(粲)의 조부로 유표와 모두 산양(山陽) 고평(高平) 사람이
다.…… 왕필은 유표의 외증손이며 왕창의 사손(嗣孫)으로 왕창의 사
현손(嗣玄孫)이다. 왕필의 학문은 유표에 연원을 두었는데 실은 왕창
에 뿌리를 둔 것이다. 굉(宏)의 자(字)는 정종(正宗)으로 그도 역의
(易義)를 찬했다. 왕씨 형제는 모두 역으로 이름이 났으니 그 전수받
은 바가 원대함을 알 만하다. 그러므로 왕필의 역은 비록 자기 견해
를 피력했으나 육서(六書)의 통차(通借)로 경전을 해석하는 법은 마
(馬)·정(鄭) 제유(諸儒)에게서 멀지 않다. 그러나 얼핏 보기에 고간
(高簡)해서 주소를 다는 자들이 그의 논의가 공소하다고 여긴다.[6]

『세설신어』(世說新語)「문학편」주에 왕필은 '산양고평인'(山陽高平
人)이라 했는데, 산양(山陽) 고평(高平)은 지금의 산동(山東) 금향현(金
鄕縣)에 해당한다.[7] 동한말(東漢末)에 산양 고평에는 세 사람의 명인(名
人)이 배출되었는데, 팔준(八俊)의 하나인 형주자사(荊州刺史)이자 형주
학(荊州學)의 대부인 유표(劉表, 142~208)와 건안칠자(建安七子)의 하
나인 왕찬(王粲, 177~217) 그리고 중장통(仲長統, 180~220)이다.

특히 유표는 왕필의 집안과 수대에 걸쳐 밀접한 관계가 있었다. 두
집안은 동향(同鄕)으로 유표는 왕필의 고조부 왕창(王暢)에게 주역을
배운 바 있다. 『삼국지』「왕필전」과 『박물지』(博物志)「인명고」(人名考)
의 기록에 따르면, 한말 건안칠자의 하나로 문명(文名)을 날렸던 왕찬
(王粲)은 왕필의 친조부 왕개(王凱)와 함께 전란을 피해서 고향 사람이

---

6) 초순(焦循), 『주역보소』(周易補疏), 「서」.(敍)
7) 당시에 산양(山陽)은 현명(縣名)과 군명(郡名)의 두 곳이 있었는데, 왕필의 고향
   은 곤주(袞州) 산양군(山陽郡)으로 현재 산동성(山東省)의 금향(金鄕)에 해당한
   다. 『금향현지』(金鄕縣志)에 보면, 북문내서(北門內西)에 '왕필주역처'(王弼注易
   處)(왕필이 주역에 주를 쓴 곳)가 있다고 한다.(왕효의(王曉毅), 『중국문화적청
   류』(中國文化的清流), 24쪽)

자 그들의 조부에게서 공부했던 형주자사 유표를 찾아가 몸을 의탁했다. 한말에 북방이 전란에 휩싸이자, 북방의 사인(士人)들이 난을 피해 형주로 들어왔다. 유표는 문인과 학자를 우대하여 천수(千數)를 헤아리는 관서(關西) · 곤(兗) · 예(豫)의 학사(學士)가 귀의하게 되었고, 형주는 당시 학술과 문화의 중심지로 형주학파를 형성했다. 유표는 스승의 후손이기도 하거니와 당시에 문명을 떨치던 왕찬의 재주를 높이 평가하여 딸을 시집보내려고 했다. 그러나 왕찬의 용모가 못함을 보고 대신 왕개에게 시집을 보내 왕업(王業)을 낳았고, 왕업은 왕굉과 왕필을 낳음으로써 유표는 왕필의 외조부가 되었다. 유표가 죽자 왕찬은 후계자인 유표의 아들한테 조조에게 의탁할 것을 권유했다. 이 건의가 받아들여져 형주는 조조에게 돌아가고, 조조는 그 공로를 인정하여 왕찬을 중용하게 된다. 나중에 왕찬이 죽고 나서 왕찬의 두 아들이 위풍(魏諷)의 모반 사건[8]에 연루되어 처형을 당하자 왕업이 왕찬의 뒤를 이음으로써 왕찬은 왕필의 사조부(嗣祖父)가 되었다. 이렇게 왕씨 가문은 한말의 혼란 속에서 세거지인 고향땅에서 유랑하여 형주에 의탁함으로써 고조부에게 주역을 공부한 유표의 집안과 혼인을 맺고, 뒤에 위나라에 정착하게 됨으로써 왕필을 가장 잘 알아주고 격려해준 현학(玄學)의 영수 하안이나 배휘(裵徽) · 종회(鍾會) 등과 만날 수 있게 되었다.

이상에 근거해서 왕필의 가계도를 도시하면 다음과 같다.[9]

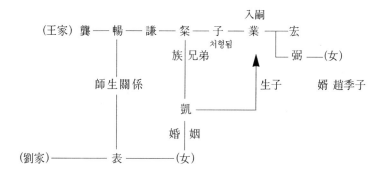

2. 하안 등 현학가와의 교유관계

「왕필전」의 기록에는 왕필이 20세가 되기 전에 왕필의 부친 왕업의 동료인 배휘와 만나 공자와 노자의 체무(體無)에 관한 문답을 하고,[10] 하안·종회와 함께 성인(聖人)에게 희로애락의 오정(五情)이 있는가에 관한 문답을 한 사실이 실려 있다. 이외에 당대의 논객 유도(劉陶)와의 논쟁과, 한대 역학을 옹호하던 순융(荀融, ?~274)과의 대연의(大衍義) 논변 등이 실려 있다. 이런 논변을 통해 그는 당대의 사상가들과 교유하고 자신의 사상을 완성시켰다.

그런데 왕필의 교유 관계를 살펴보면 편벽된 면이 보인다. 위나라에서 활약하던 왕숙(王肅, 195~256)이나 관로(管輅, 208~255)·동우(董遇, 230 무렵 활동) 등은 왕필과 같은 나라에서 거의 동시에 살았던 역학자들이다. 그러나 그는 『주역주』라는 명저를 남겼음에도 불구하고, 순융과의 논쟁을 제외하면 하안·종회 등 현학자와의 대담만 전해질 뿐 이들 역학자들과 교유하거나 왕래했다는 사실은 전하지 않는다.

물론 기본적으로는 왕숙이나 관로 등과는 한 세대의 연령차가 있는 것은 사실이다. 그러나 왕숙이 주역을 배운 송충(宋衷)은 유표와 더불어 형주학파의 중심 인물로서, 15년간 형주에서 활동했던 왕찬 등 왕필의 집안과 비교적 밀접한 관계였음을 추측해볼 수 있다. 또 이들이 모두 수도 낙양에서 벼슬을 하고 활동하던 역학자들이었고, 당시는 학자들끼리 모

---

8) 『삼국지』 건안(建安) 24년(219) 9월조(條)에 상국 종요(相國 鍾繇)가 이에 연루되어 파면되었다는 기사가 실려 있는데, 그 주에 『세설신어』(世說新語)를 인용하여 대군(大軍)이 출정한 사이에 위풍이 몰래 도당을 맺고 업(鄴)땅을 습격하려 했으나 동모자의 밀고로 위풍과 함께 수십 인이 연루되어 죽었다고 한다.(『삼국지』, 「위서 무제기」(魏書 武帝紀), 中華書國, 52쪽.) 탕용동(湯用彤)은 이 난으로 왕찬의 두 아들과 송충(宋衷)도 죽음을 당했다고 하면서, 이 난을 청담가(淸談家)가 조씨 정권을 반대하여 일으킨 것으로 보았다.(탕용동, 「위진현학논고」(魏晉玄學論稿) 『위진사상』(魏晉思想), 90쪽 참조.)

9) 김충열, 「왕필철학체계연구 기일」(王弼哲學體系硏究 其一), 227쪽 참조.

10) 유여림(劉汝霖)은 왕필 나이 19세(245년) 되던 해에 만났다고 고증했다.(『한진학술편년』(漢晉學術編年)권6, 168쪽 참조)

36

여 논변을 벌이는 청담(淸談)이 성행했었다는 점을 감안한다면, 이들의 논쟁이나 교류가 없었던 점은 다소 의외라 하지 않을 수 없다.

왕필이 약관에 명성을 얻은 『노자주』에서 보듯 그가 노장 취향에 기울어 있었기 때문이었을까? 필자의 생각은 그렇지 않다. 당시 지성인들은 공자와 노자를 모두 성인으로 인정하고 있었을 뿐 아니라, 우번(虞翻, 164~233)이나 하안 · 완적(阮籍, 210~263) 등의 경우도 마찬가지지만, 당시의 학자들이 『노자』와 『주역』을 같이 연구하고 주석하는 경향은 보편적이었던 것 같다. 왕필의 가계는 당대의 역학세가로서 고조부 왕창이나 외증조부 유표를 위시해서 왕굉 · 왕필 형제가 모두 주역으로 이름을 날렸던 집안이었다. 왕필이 분량으로나 내용으로나 비교적 다루기 수월한 『노자』에서부터 착수했을 수는 있지만, 역학을 가학으로 연구해온 분위기에서 성장한 왕필이 결코 『주역』을 소홀히 했을리는 없다.

아마도 24년이라는 짧은 생애가 왕필에게 폭넓게 사람을 사귈 기회를 주지 못했을 것이다. 또 필자의 생각으로는 그 제한적인 교분관계는 왕필의 기존 역학에 대한 회의적 태도에 기인한다고 생각한다. 삼국시대의 역학이 한대(漢代) 박사(博士)의 역(易)처럼 가법(家法)을 묵수하지만은 않았을 테지만, 왕숙이나 동우(董遇)는 대개 마융 등의 비씨고문역(費氏古文易)을 계승했고, 관로는 한대 상수역학의 계승자라고 할수 있다. 새로운 사상을 가진 왕필로서는 이들의 진부한 역학 관점과 방법에 대해 비판적 태도를 견지했을 것으로 추측할 수 있다. 순융과 왕필의 논쟁은 그 전말이 자세히 전해지지 않지만 「왕필전」에 기록된 내용에 의거해 추리해보면, 왕필이 전통의 한역가(漢易家)와는 불편한 관계였을 수 있다. 이런 이유 때문에 왕필은 진부한 가법을 고집하던 보수적 역학자들보다는 참신한 철학적 방법과 입장을 가진 현학자들과 교분을 맺으며 자신의 철학적 문제의식과 현학체계를 키워나갔을 것이다.

그의 생애에 획기적인 사건이 된 것은 당시 정권을 잡고 있던 권세가

하안과 만난 일이다. 하안은 왕필의 천재성을 누구보다도 알아주고 왕
필의 학문적 성취를 가장 칭찬해주었으며 또 조정에 천거하여 중용하
려고 애썼던 후견인이다. 예를 들면, 하안이 『노자주』를 완성하고 나서
왕필의 『노자주』를 보게 되었는데, 왕필 사상의 빼어남을 보고 감복하
여 "이 같은 사람이야말로 가히 더불어 천인지제(天人之際)를 말할 만
하다"고 하고, 자기의 주를 '도덕이론'(道德二論)이라고 낮추어 말할
정도였다고 한다.[11] 하안은 명제(明帝) 태화(太和)시에 학자들과 청담
을 펴고, 정시현학의 명사집단을 후원하면서 현학 이론을 가장 먼저 개
창하고 배양했다. 하안의 학술 및 정치 활동은 왕필을 포함한 정시명사
라는 젊은 사상가들에게 커다란 영향을 끼쳤다. 왕필이 현학청담에 참
여한 것은 이보다 20년 후인 정시(正始) 중기에 해당한다. 하안과의 교
유 및 후원을 통해 왕필의 사상은 세상에 알려지고 다듬어졌다.

하안의 현학 이론은 왕필의 사상에 영향을 미쳤고, 왕필의 사상은 다
시 하안의 사상에 영향을 끼친다. 그래서 『논어집해』(論語集解)나 『열
자』(列子) 「중니」(仲尼)편 장담(張湛) 주 속에 수록되어 있는 「무명론」
(無名論) 같은 것이 하안의 독창적인 초기 사상을 담고 있는 데 반해,
「도론」(道論)이나 「무위론」(無爲論) 등의 후기 사상은 왕필 사상과 동
화되는 경향을 보인다.[12]

왕필의 노자 사상은 당대의 사상계에 상당한 영향을 끼쳤고, 오늘날
에 이르기까지 노자 주석의 고전으로 읽혀진다. 또 왕필의 역학 사상은
동진(東晉)의 한강백(韓康伯, 332~380)으로 계승되었다. 한강백은 왕
필이 주를 달지 않고 남겨둔 「계사전」 이하의 부분에 대해 왕필 사상에
충실히 입각하여 주석을 달았다. 공영달은 한강백이 왕필을 인용한 것
을 보고 한강백이 왕필에게서 직접 수업을 받았다고 했으나,[13] 두 사람
의 생존 연대를 비교해 보면 왕필이 226~249년, 한강백이 322~380

---

11) 『세설신어』(世說新語) 「문학」(文學)편 참조.
12) 왕효의(王曉毅), 「한위불교여하안조기불교」(漢魏佛敎與何晏早期佛敎), 102쪽 및
    『중국문화적청류』(中國文化的淸流), 168쪽 인용.

년으로 적어도 70년의 격차가 있어 직접 수업을 받기는 불가능하고, 왕필을 사숙(私淑)해서 계승한 것으로 보아야 할 것이다.

3. 왕필의 시대와 철학적 문제의식

왕필이 살았던 시대는 한말에서 삼국시대의 한가운데에 해당하는 대격동기였다. 한대의 명문이었던 왕찬 일가가 고향을 떠나 형주의 유표에게 몸을 의탁했다가 다시 조조에게 의지하고, 왕찬의 아들은 모반 사건에 연루되어 죽음을 당했으며, 왕필마저 사마의의 정변의 와중에서 뜻을 펴지 못하고 병사하는 고난의 연속이었다.

앞에서 본 바와 같이 왕필은 24년의 짧은 생애에서 18세에『노자주』를 쓰고, 22세에서 24세 사이에『주역주』를 저술했다고 하니, 이런 저술을 남기기에도 시간이 결코 넉넉하지 못했을 것이고, 자기 사상을 되돌아보고 체계화할 시간적 여유는 더구나 갖지 못했을 것이다. 현재 전하는 당시의 기록에 왕필의『노자주』에 대한 언급만 있을 뿐『주역주』에 대한 언급이 보이지 않는 것은,『주역주』가 미처 세상에 알려지기도 전에 세상을 떠났음을 말해준다.

이러한 파란의 가사(家史)는 오히려 그로 하여금 천재적 사상을 형성하는 직접적인 계기가 되었다. 본래 왕필의 집안은 한대의 명문세족으로 훌륭한 학문적인 환경이 갖춰져 있었다. 외증조부 유표와 사조부(嗣祖父) 왕찬은 형주학의 중심 인물이었고 왕필의 고조부 왕창이나 왕필의 친형 왕굉이 모두 역학으로 이름을 떨쳤다. 특히 위란의 시기에 왕필의 집안을 이끈 중심인물이었던 왕찬은 소위 건안칠자의 대표적인 문학가로서 유명했을 뿐만 아니라 당시 명리(名理) 방면의 대가로도 알려져 있었다.[14] 왕찬이 친족을 거느리고 고향을 떠나 유표에 의탁함으로써 왕찬 일가는 그 당시 가장 선진 학문이었던 형주학과 접하게 되었

---

13) 공영달(孔穎達),『주역정의』(周易正義)「계사상」(繫辭上) 대연장 소(大衍章 疏), 152쪽, "韓氏親受業於王弼, 承王弼之旨, 故引王弼云, 以證成其義."
14)『문심조룡』(文心雕龍)「논설」(論說), "魏之初覇, 術兼名法, 傅嘏, 王粲校練名理."

고, 다시 조조에 의해 중용됨으로써 왕필의 지음(知音)이자 후견인이었던 하안을 위시한 진보적인 현학인사(玄學人士)들을 만나게 되었다. 왕찬의 두 아들이 모반 사건으로 죽음을 당하자, 왕필의 부친 왕업이 왕찬의 사자(嗣子)가 됨으로써 채옹(蔡邕, 132~192)에게 물려받은 왕찬의 대장서가 왕필에게 직접 전해지는 학문적 행운을 얻기도 했다. 왕필이 동한말의 혼란기에 많은 전적이 산실되었을 때 이 전적으로부터 큰 도움을 받았음을 짐작할 수 있다.[15] 그래서 왕필의 학문에 대해서만 말한다면, 왕필은 본래 역학과 명리학의 가문에서 성장했고, 왕씨 일가의 정치적인 불운은 오히려 왕필에게는 더욱 학문에 열중할 수 있는 계기를 제공했다고 할 수 있다.

60년간의 왕필 가계사(家系史)

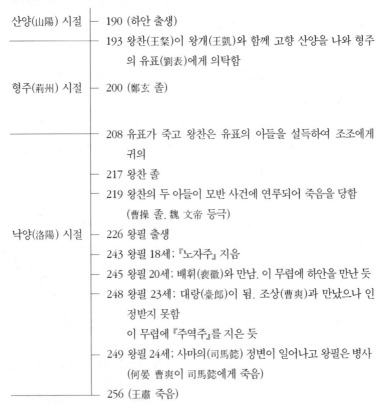

산양(山陽) 시절	190 (하안 출생)
	193 왕찬(王粲)이 왕개(王凱)와 함께 고향 산양을 나와 형주의 유표(劉表)에게 의탁함
형주(荊州) 시절	200 (鄭玄 졸)
	208 유표가 죽고 왕찬은 유표의 아들을 설득하여 조조에게 귀의
	217 왕찬 졸
	219 왕찬의 두 아들이 모반 사건에 연루되어 죽음을 당함 (曹操 졸. 魏 文帝 등극)
낙양(洛陽) 시절	226 왕필 출생
	243 왕필 18세; 『노자주』 지음
	245 왕필 20세; 배휘(裵徽)와 만남. 이 무렵에 하안을 만난 듯
	248 왕필 23세; 대랑(臺郎)이 됨. 조상(曹爽)과 만났으나 인정받지 못함 이 무렵에 『주역주』를 지은 듯
	249 왕필 24세; 사마의(司馬懿) 정변이 일어나고 왕필은 병사 (何晏 曹爽이 司馬懿에게 죽음)
	256 (王肅 죽음)

왕필 집안이 겪었던 파란의 60년간을 도표로 그려보면 앞과 같다.

이런 사회정치적 상황 속에서 (우여)곡절을 겪으면서 왕씨 일가는 한말에서 삼국의 쟁탈기에 이르는 격동의 시기를 절박하게 경험했다.

당시는 바로 소설 『삼국지연의』의 무대가 된 시기로 위·오·촉 삼국 사이에 생사를 건 전쟁이 계속되었고 사회 전체에는 부화(浮華)한 말폐가 만연해 있었다. 한말 동중서적 명교(名敎) 체제는 더 이상 설득력을 상실했고, 새로운 사회질서와 이 질서를 뒷받침할 만한 사상체계는 아직 수립되지 못했다. 왕필은 한말(漢末) 대제국의 피폐와 붕괴, 대규모 농민 반란과 삼국의 하극상적 발호와 무질서를 목도하면서, 당시의 시대적 혼란을 구제할 수 있는 근본적 방안을 자신의 철학적 문제의식으로 갖게 되었다. 당시는 한대의 명교 체제를 대체할 새로운 질서를 모색하는 것이 하나의 시대 사조를 형성하고 있었는데, 왕필 사상도 이러한 시대 사조의 영향 아래 생겨난 신사상이었다. 그는 『주역』 「고괘·단」(蠱卦·彖) 주에서 다음과 같이 말한다.

고(蠱)라는 것은 일이 있어 능(能)한 이를 기다리는 때이니 바로 유위(有爲)할 때다. 외물이 기쁘게 따르면 일을 벌여서 그 일을 정한다. 덕을 기르고 업(業)을 닦아(進德修業) 나아가니 형통하다. 그러므로 원형(元亨), 이섭대천(利涉大川)이다. 갑(甲)이라는 것은 새로 지은 법령(法令)이다. 새로 만들었으므로 옛 법령으로 책임을 물을 수 없다.[16]

---

15) 일찍이 한말의 대학자인 채옹이 왕찬의 재주를 알아보고 그에게 자신의 만권서 (萬卷書)를 주었는데, 왕찬의 책들이 다시 왕업에게 전해졌다고 한다. 『삼국지집해』(三國志集解)를 지은 근인(近人) 노필(盧弼)은 왕필이 약관에 경학의 대사(大師)가 되어 사람들을 놀라게 한 것이 바로 이 만권서적에 힘입은 것이라고 추측했다.(『삼국지집해』 권28, 藝文印書館, 682쪽)

16) 루우열, 『왕필집교석』(王弼集校釋) 「고·단」(蠱·彖), 왕필 주, 308쪽, "蠱者有事而待能之時也, 可以有爲 其在此時矣. 物已說隨, 則待夫作制以定其事也. 進德修業, 往則亨矣. 故元亨利涉大川也 甲者創制之令也. 創制不可責之以舊."

또 「고괘·대상」(蠱卦·大象) 주에서 다음과 같이 말했다.

고라는 것은 일이 있어 능한 이를 기다리는 때이므로 군자는 이를 본받아 백성을 제도하고 덕을 배양한다.(濟民養德)[17]

이는 당시의 시대 상황에 대한 인식과 밀접한 관련을 갖는다. 당시는 '벌레먹은'(蠱) 시대로 능력 있는 이가 덕을 기르고 사업을 벌여서 적극적으로 일을 해야 할 때이며, 새로 제도와 법령을 마련해서 새롭게 사회를 정비해야 한다는 것이다. 이 왕필의 시세론(時勢論)은 영원불변의 강상 질서에 기초한 구시대의 고정관념과는 차이가 있다. 즉 현실과 시세의 변화에 따른 시의(時宜)를 강조하는 그의 사상에는, 대일통(大一統) 세계를 구축하려 했던 한대의 거대한 형식주의적인 사고에서 벗어나 현실의 변화에 대응하려는 능동적 사고방식으로의 전환이 보인다.[18]

나아가 그는 현실의 문제를 직시하고 근원적으로 검토하면서, 자신의 철학적 문제의 토대를 구축했다. 그는 당시의 사회 문제에 대해서 단순히 비판과 부정에만 그치거나 현실도피적인 방향으로 일탈하지 않았고, 윤상(倫常)을 확립하자고 구호를 외치는 정도에서 그치지 않았다. 왕필이 문제로 삼았던 것은 좀더 근본적인 문제였다. 그는 특히 명교(名教)의 근원과 근거 문제를 추구했다. 동중서는 삼강오상(三綱五常)의 도는 영원히 변치 않는다(天不變, 道亦不變)고 믿었지만 왕필은 삼강오상이 참으로 영원하고 불변한 것인가 의심했다. 그는 삼강오상의 근간인 부자간에서조차도 생명이 위급한 상황에 처해서는 서로 도망치는 데 급급한 특수한 상황을 들어, 불변으로 믿어 의심치 않았던

---

17) 루우열, 『왕필집교석』 「고·대상」(蠱卦·大象) 왕필 주, 308쪽, "蠱者有事而待能之時也 故君子以濟民養德也."
18) 『노자』 29장 주, "物有往來, 而執之必失矣" 참조.
19) 「주역약례·명단」(周易略例·明彖) 참조.

명교의 존재 근거를 근본적으로 반성했다.[19] 아울러 법(法)·명(名)·유(儒)·묵(墨)·잡가 등 당시의 다섯 가지 현학(顯學)을 일러 "근본을 버리고 말단적인 것을 추구하는 것"(棄母用子)이라고 비판했다.[20] 이런 근본적인 반성과 비판 위에서 욕망의 소종래(所從來)와 명교의 소이연(所以然) 문제에 대한 사유를 통해 우리가 진정으로 믿고 따를 수 있는 참된 도가 무엇인지를 찾았다. 왕필은 이런 문제의식을 통해 무를 근본으로 하는(以無爲本) 철학체계를 수립했다.

이무위본의 이념적 명제를 실현하는 방법은 한마디로 말해 근본을 추구해서 말단을 사라지게 하거나(崇本息末) 간이함으로 번잡한 것을 다스리는(以簡御繁) 방식이라고 할 수 있다. 여기서의 근본적인 것이나 간이한 것은 그의 철학의 최고 이념인 무의 속성이 된다. 이간어번이나 숭본식말의 사상은 『노자주』에서는 무를 본으로 삼고 유를 말로 삼는 귀무론(貴無論)의 형태로 나타나고, 『주역주』에서는 복잡한 괘효간의 관계를 괘주(卦主)를 통하여 정리하는 주효론(主爻論)이나, 다양한 상(象)의 의미를 하나의 의(意)로 개괄하는 득의망상론(得意忘象論) 등으로 나타난다. 이같이 왕필은 사변적 철학의 각도에서는 무를 이념으로 하여 이간어번·숭본식말의 방법론을 수립했다.

사회철학적으로 그는 현실의 변화에 대한 시의적절한 대응과 더불어, 궁극적으로는 무(無)관념을 통해 어지럽게 동탕(動蕩)하는 세계를 평정할 수 있다고 보았다. 먼저 개인의 과욕(過慾)과 교위(巧僞)를 잠재우고 소박한 도를 회복함으로써,[21] 사회적으로 영원한 안녕과 질서를 확립할 수 있다고 보았다. 다만 이 부분에서는 다소 낙관주의적 결론으로 비약하고 있다는 점을 지적하지 않을 수 없다.[22]

결국 무의 추구는 한의 거대하고 복잡한 명교체제와 '번망'(煩妄)했

20) 루우열, 『왕필집교석』「노자지략」, 196쪽 참조.
21) 루우열, 『왕필집교석』「노자지략」, 198쪽 참조.
22) 이 문제에 대해서는 졸고, "위진현학(魏晋玄學)의 사회정치철학적 함의 -귀무론(貴无論)을 중심으로", 『철학연구』(한국철학연구회), 46집, 1999. 참조.

던 한대 경학(經學)에 대한 반성을 통해 도출된 철학이념이라고 할 수 있다. 노장의 무위자연의 도와 주역의 변화와 시의(時義), 그리고 간이(簡易)의 관념을 종합하여 도출한 근원적 일자(一者)로서의 무 관념을 철학적 원리로 하는 새로운 철학체계를 수립했다. 백성을 잘살게 하는 근본(生民之本)을 높이고 부화말식(浮華末飾)을 배척하는 '숭본식말' 사상은 조조의 정치관에서도 볼 수 있고[23] 하안[24]과 혜강[25]에게서도 찾아볼 수 있다. 이는 한대의 복잡하고 거대한 예교 질서에 대해 간이하면서도 보편적인 새로운 질서를 모색하는 위진현학의 시대정신이 되었다.

4. 저작 및 후대의 평가

유여림(劉汝霖)의 왕필 저술표에 따르면 왕필의 저작은 『주역주』(周易注)·『역약례』(易略例)·『주역대연론』(周易大衍論)·『주역궁미론』(周易窮微論)·『역변』(易辨)·『논어석의』(論語釋疑)·『노자도덕경주』(老子道德經注)「노자지략」(老子指略)·『집』(集)·『녹』(錄)이 있다고 하는데,[26] 이들 중의 일부가 전해지고 있다. 현재 전하는 왕필의 저작은 크게 세 가지 종류이다. 첫째 『노자주』와 「노자지략」[27]의 『노자』에 관한 주석이고, 둘째 『주역주』와 「주역약례」 및 「주역대연론」의 『주역』에 관한 저작이며, 셋째 『논어석의』라는 『논어』의 몇 조목에 대한 일부

---

23) 『삼국지』(三國志) 「위서」(魏書) 무제기(武帝紀), 中華書局, 54쪽, "魏書曰, 及造作宮室, 繕制器械, 無不爲之法則, 皆盡其意. 雅性節儉, 不好華麗" 참조.

24) 『전삼고삼대진한삼국육조문』(全三古三代秦漢三國六朝文) (北京: 中華書局, 1987), 「전삼국문」(全三國文) 권39 ·「경복전부」(景福殿賦), 1273쪽, "招中正之士, 開公直之路, 想周公之昔戒, 慕咎繇之典謨, 除無用之官, 省生事之故, 絶流遁之繁禮, 反民情于太素."

25) 『중국철학사자료간편』(中國哲學史資料簡編) (北京: 中華書局, 1973), 「聲無哀樂論」, 340쪽, "古之王者, 承天理物, 必崇易簡之敎, 御無爲之治, 君靜於上, 臣順於下."

26) 유여림(劉汝霖), 『한진학술편년』(漢晉學術編年) 하권6, 78쪽.

27) 이는 왕유성(王維誠)이 도장(道藏)에서 발견, 고증한 것으로 『북경대 국학계간』(北京大 國學季刊) 7권 3기 (1948)에 그 전말이 실려 있다.

주석이다. 간단히 말하면 『노자주』와 『주역주』를 중심으로 한 노자 사상과 주역 사상이 왕필 사상의 두 축을 구성하고 있다고 할 수 있다.[28] 그리고 이외에 『삼국지』・『세설신어』 등에 왕필의 언행을 기록한 자료들이 전해지고 있다.

왕필의 2대(大) 저작인 『노자주』와 『주역주』의 저작 연대에 관해서는 확정할 수 없지만, 이에 관한 고증에 따르면 정시 4년(243) 왕필 나이 18세에 『노자주』를 지었고, 『주역주』는 정시 8년(247)에서 10년(249), 즉 22세에서 24세 사이에 저작되었다고 한다. 「왕필전」 등에 실린 기사를 보면 대부분이 노자나 『노자주』에 관한 담론인 것을 볼 때 『노자주』가 일찍 저술되었고 널리 알려졌다고 추측할 수 있다. 『논어』에 대한 주(注)는 단지 47조만 황간(皇侃)의 『논어의소』(論語義疏)와 형병(邢昺)의 『논어정의』(論語正義) 속에 수록되어 있다.

이외에도 왕필에게는 『열자』와 관련된 흥미있는 이야기가 전해온다. 왕필에게는 딸이 하나 있었는데 그 사위가 『열자서』(列子書)를 간직하고 있다가 전했다는 설이 『열자』 장담(張湛, 373~396 전후) 서(序)에 보인다. 이에 따르면 왕필이 문적(文籍) 모으기를 좋아했던데다 왕찬의 가서(家書) 만여 권을 갖고 있었는데, 그 중 『열자서』가 영가(永嘉)의 난(亂, 311)으로 일부 분실되었다가, 장담이 왕필의 사위 조계자(趙季子) 집에서 나머지를 얻었다는 왕필가와의 인연을 소개하고 있다. 이 장담의 기록은 『삼국지』 「위서」(魏書) 권21 「왕찬전」(王粲傳)에서 왕찬이 유약(幼弱)에 채옹(蔡邕, 132~192)을 만나고 채옹이 오가(吾家)의 서적문장(書籍文章)을 모두 그에게 주라고 한 것이나, 같은 책 권28 「종회전」(鍾會傳)에 부기(附記)된 「왕필전」의 배주(裵注)에 채옹의 만권서(萬卷書)가 왕찬에게 보내지고 왕찬이 죽은 후 그 아들이 모반 사

---

28) 이외에도 심조면(沈祖緜)과 왕보현(王葆玹)은 『오행대의』(五行大義)와 『춘추』(春秋) 「곡량전소」(穀梁傳疏)에 왕필 『주역대연론』의 일문(佚文)이 있다고 한다.(『철학연구』(哲學研究) 83년 8기 및 『중국철학사연구』(中國哲學史研究) 83년 4기에 실린 왕보현의 논문 참조)

건에 연루되어 죽음을 당함으로써 채옹의 책은 모두 왕필의 부친에게 돌아가게 되었다는 내용은 서로 일치한다. 다만 "장담이 왕필의 사위 조계자 집에서『열자서』를 얻었다"는 내용은, 장담의 생존 연대는 왕필 사후 150년이 지난 뒤이기 때문에, 장담이 왕필의 사위를 직접 만날 수는 없고, 사위의 집안에 전해오던 책을 보았다는 내용일 것으로 이해되어야 할 것이다.

이 장담이『열자서』에 왕필가와의 관련을 언급한 내용의 사실 여부를 둘러싸고 그간 복잡한 논의가 있었다. 그 진위를 단정할 수는 없지만, 이런 이야기가 나온 배경을 살펴보면 왕필의 집안에 채옹에게서 왕찬을 거쳐 전해진 만권서에 대한 당시인들의 호기심이 어느 정도였는지 엿볼 수도 있거니와, 장담이 굳이 왕필가와의 인연을『열자』주석의 허두에서부터 들고 나온 것도 현학의 종주(宗主)인 왕필에 학문적 연원을 두고자 하는 원망의 표현으로 보아도 좋을 것이다. 또 왕양명(王陽明)도 왕필의 후손임을 내세웠다고 하는 기록이 사전(史傳)에 전해지고 있는데,[29] 이 역시 왕필에 대한 존경의 마음을 보여준다고 할 것이다.

왕필은 위진현학가로서 예로부터 그에 대한 비판이 있었고, 노장 사상적인 측면 때문에 일부에서 이단시되어온 점도 없지 않다. 그러나 왕필은 주자나 왕양명과 나란히 중국의 공자 문묘(文廟)에 종향(從享)되는 48인 중 한 사람이며, 우리나라에서도 고려 이래로 조선 숙종 때까지 문묘에 종사되었던 점을 상기해보면, 예부터 중요한 유교의 인물로서 숭상되었음을 알 수 있다.

---

29)『明史 · 列傳第一百十四 · 呂坤』; 王守仁 王錦襲蓋世神奸 藉隔數千里 而冒認王弼
　　子孫, 事隔三百年 而妄稱受寄財産. 中間僞造絲綸 假傳詔旨 明欺聖主 暗陷親王 有
　　如楚王銜恨自殺 陛下何辭以謝高皇帝之靈乎? 此兩賊者 罪應誅殛 乃止令回籍 臣恐
　　萬姓驚疑. 誠急斬二賊以謝楚王 而天下宗藩之心收矣.

노자주

1 도라고 할 수 있는 도는 영원하지 않으니

> 도라고 할 수 있는 도는 영원한 도가 아니고,
> 이름을 부를 수 있는 이름은 불변의 이름이 아니니,
> 천지의 시원에는 이름이 없고,
> 만물이 생겨나서야 이름이 있게 되었다.
> 그러므로 이름이 없을 적엔
> 무욕(無欲)으로 그 신묘함을 바라보고,
> 이름이 생겨난 뒤엔
> 유욕(有欲)으로 그 돌아감을 본다.
> 이 둘은 같이 나왔으되 이름이 다를 뿐
> 같이 현묘하다고 일컬으니,
> 현묘하고 또 현묘해서
> 모든 신묘함이 나오는 문이 된다.

도라 할 수 있는 도는 항상된 도가 아니고, 이름 부를 수 있는 이름은 항상된 이름이 아니니,

道可道, 非常道; 名可名, 非常名,

말할 수 있는 도와 이름 부를 수 있는 이름은 (구체적인) 일이나 형체를 가리키니 항상된 것이 아니다. 그러므로 (참된) 도는 말할 수 없고 이

름 붙일 수 없다.

可道之道, 可名之名, 指事造形, 非其常也. 故不可道, 不可名也.

무(無)는 천지의 시작을 이름이고, 유(有)는 만물의 어미를 말한다.

無名天地之始,[1] 有名萬物之母.

무릇 유(有)는 모두 무(無)에서 시작하므로, 아직 드러나지 않고 이름
이 없는 때가 만물의 시작이 된다. 형체가 드러나고 이름이 있는 때에 이
르러서는 그것을 자라게 하고, 길러주고, 형체를 드러나게 해주고, 완성
시켜 주니 (有名은) 그 어미가 된다. 도가 무형과 무명으로 만물을 시작
시키고 이루어주면, 만물은 그것에 의해 시작하고 이루어지되 그렇게 되
는 까닭을 알지 못하니 현묘하고 또 현묘하다는 것이다.

凡有皆始於無, 故未形無名之時, 則爲萬物之始. 及其有形有名之時, 則長
之育之亭之毒之,[2] 爲其母也. 言道以無形無名始成萬物, 〔萬物〕[3]以始以成
而不知其所以〔然〕, 玄之又玄也.

1) 장사(長沙) 마왕퇴(馬王堆)에서 발굴된 백서본(帛書本) 『노자』에는 '천지지시'
   (天地之始)가 '만물지시'(萬物之始)로 되어 있다.
2) 뒤의 『노자』 51장에 "故道生之, 德畜之, 長之育之亭之毒之養之覆之"라고 했고,
   같은 곳의 왕필(王弼) 주(注)에서 "亭謂品其形, 毒謂成其質, 各得其庇蔭, 不傷其
   體矣"라고 했다.
3) 〔 〕안의 글자는 판본에 따라 없음을 표시한 것이다. 아래도 같다.

그러므로 항상 무욕으로 그 미묘함을 바라보고,

故常無欲, 以觀其妙;

묘(妙)는 미세함의 극치다. 만물은 미묘한 데서 비롯한 후에 이루어지
며, 무(無)에서 시작한 뒤에 생겨난다. 그러므로 항상 무욕하고 공허함으
로 그 사물이 시작되는 미묘함을 관조한다.

妙者, 微之極也. 萬物始於微而後成, 始於無而後生. 故常無欲空虛, 可以
觀其始物之妙.

항상 유욕으로 그 돌아감을 본다.
常有欲, 以觀其徼.[4]

요(徼)는 돌아가 마침이다. 무릇 유(有)가 이로움이 되는 것은 반드시
무(無)를 용으로 삼기 때문이다.[5] 욕망의 뿌리가 되는 바는 도에 이르러
서야 해소된다.[6] 그러므로 항상 욕망이 있을 때에는 그로써 만물이 끝나
서 돌아가 마침을 관조하는 것이다.

徼, 歸終也. 凡有之爲利, 必以無爲用; 欲之所本, 適道而後濟. 故常有欲,
可以觀其終物之徼也.

4) 장석창(蔣錫昌)은 요(徼)를 요구(要求)의 뜻으로 보아서, 욕심이 생긴 뒤에 사
　물을 차지하려는 욕망의 요구를 잘 살펴서 무욕의 도의 세계로 돌이키라는 뜻
　으로 보았다.(『노자교고』(老子校詁), 9쪽 참조)
5) 『노자』 11장 참조.
6) 이 구절은 『주역』 「계사상전」의 "앎은 만물에 두루 미치고 도는 천하를 구제한
　다(知周乎萬物 道濟天下)"를 인용한 것이다.

이 둘은 같이 나왔으되 이름이 다르다. 같이 현(玄)이라고 부르니, 현묘하고 또 현묘해서 뭇 신묘함의 문이 된다.
此兩者, 同出而異名, 同謂之玄, 玄之又玄, 衆妙之門.

두 가지란 시(始)와 모(母)이다. 같이 나왔다는 것은 현묘한 데서 똑같
이 나왔다는 것이다. 이름이 다르다는 것은 적용되는 곳이 같을 수 없다
는 것이다. 첫머리에서는 '시'라고 이르고, 끝에서는 '모'라고 한다. '현'
이란 어둡고 고요히 텅 빈 것이다. '시'는 '모'가 나오는 곳이다. 이름 붙
일 수 없으므로 같이 '현'(玄)이라고 할 수도 없으나, '같이 현이라고 한

다'라고 말한 것은 어떻게 표현할 수 없어서 그렇게 부른 것이다. 어떠어 떠하다고 이를 수 없으므로 하나의 '현'이라고 단정할 수만도 없다. 만일 하나의 '현'이라고 단정한다면 그 이름은 크게 잘못된 것이다. 그래서 '현묘하고 또 현묘하다'고 하였다. 뭇 신묘함이 모두 '현'을 좇아 나오므로 '뭇 신묘함의 문이다'라고 하였다.

兩者, 始與母也. 同出者, 同出於玄也. 異名, 所施不可同也.[7] 在首則謂之始, 在終則謂之母. 玄者, 冥默無有也, 始, 母之所出也. 不可得而名, 故不可言同名曰玄. 而言〔同〕謂之玄者, 取於不可得而謂之然也.〔不可得而〕謂之然, 則不可以定乎一玄而已.〔若定乎一玄〕, 則是名則失之遠矣.[8] 故曰玄之又玄也. 衆妙皆從〔玄〕而出, 故曰衆妙之門也.

7) 루우열(樓宇烈)은 '所施不可同也'를 '적용되는 곳이 같지 않다(所施不同也)'라고 해석했다.

8) 뒤의 『노자』 25장에 "强爲之名曰大. 大曰逝, 逝曰遠, 遠曰反"이라 했고 왕필은 "吾所以字之曰道者, 取其可言之稱最大也. 責其字定之所由, 則繫於大. 夫有繫則必有分, 有分則失其極矣"라고 했다.

52

2 세상은 아름다운 것이 아름답다고 하지만

    " 세상에서는 아름다운 것이 아름다운 줄로만 알지만

이는 보기 흉할 뿐이요,

착한 것만이 착한 줄 알지만

이는 착하지 않은 것이다.

그러므로 유와 무는 서로를 낳고,

어려움과 쉬움은 서로를 이루며,

길고 짧음은 서로 비교되며,

높고 낮음은 서로 바뀌고,

소리와 울림은 서로 어울리고,

앞과 뒤는 서로를 따른다.

그러므로 지혜로운 사람은

무위로 일하고,

말없이 가르치니,

만물이 일어나되 말하지 않으며,

생겨나되 소유하지 않으며,

일을 하되 뽐내지 않으며,

공(功)이 이루어지되 머물지 않는다.

머물지 않으니, 그래서 떠나지도 않는다. **"**

천하가 모두 아름다운 것이 아름다운 줄 알지만 이것은 보기 흉한 것일 뿐이요, 천하가 모두 착한 것만이 착한 줄 알지만 이것은 착하지 않을 뿐이다. 그러므로 유와 무는 서로를 낳고, 어려움과 쉬움은 서로를 이루며, 길고 짧음은 서로 비교하며(즉 서로 견주어 비교함으로써 상대적인 길고 짧음이 생겨나는 것이며), 높고 낮음은 서로 바뀌고, 소리와 울림은 서로 어울리고, 앞과 뒤는 서로를 따른다.

天下皆知美之爲美, 斯惡已; 皆知善之爲善, 斯不善已. 故有無相生, 難易相成, 長短相較,[1] 高下相傾, 音聲相和,[2] 前後相隨.

아름다움이란 사람의 마음이 (자연히) 끌려 좋아하게 되는 것이요, 추함이란 사람의 마음이 미워하고 싫어하게 되는 것이다. 아름답게 여기는 것과 추하게 여기는 것은 기뻐하고 성내는 것과 같고, 착하고 착하지 않은 것은 옳고 그름과 같다. 기뻐하고 성내는 것은 뿌리가 같고, 옳고 그름은 문을 같이하니 그러므로 한쪽만 들 수가 없다. 이 여섯 가지는 모두 저절로 그렇게 된 것이니 한쪽만 들 수 없는 단위(혹은 수치)다.

美者, 人心之所進樂也; 惡者, 人心之所惡疾也. 美惡猶喜怒也, 善不善猶是非也. 喜怒同根, 是非同門, 故不可得而偏擧也. 此六者, 皆陳自然[3], 不可偏擧之〔名〕數也.

1) '장단' '장단상형'(長短相形)으로 되어 있다. 필원(畢沅)과 유사배(劉師培)는 형(形)이어야 협운(協韻)이 된다고 보았는데, 최근에 발견된 『백서노자』(帛書老子)에는 갑본(甲本)·을본(乙本) 모두 형(刑)으로 되어 있다.

2) 음(音)과 성(聲)의 차이에 대해서는 여러 설이 있다. 『맹자』「양혜왕하」에서는 "종과 북의 소리 관과 피리의 음(鐘鼓之聲 管籥之音)"이라 한 바 있고, 『설문해자』에서는 "궁상각치우(宮商角徵羽)는 성(聲)이고, 사죽금석포토혁목(絲竹金石匏土革木)의 악기(樂器)에서 나오는 소리는 음(音)이다"라고 했다. 하상공(河上公)의 주(注)에 따르면 '위에서 부르면 아래에서는 대답한다(上唱下必和)'라 하였고, 여길보(呂吉甫)는 "황종으로 임금을 삼으면 다른 율이 이에 화답한다(黃鍾爲君, 則餘律和之)"(『노자익』(老子翼) 참조)라고 해석했다. 왕봉양(王鳳陽)의 『고사변』(古辭辨, 吉林: 文史出版社, 1993)에 따르면 물체가 부딪쳐

나는 소리를 성(聲)이라 하고, 음(音)이란 선율(旋律)과 박자를 갖춘 소리를 가리킨다고 했다.

3) 『노자』 왕필주를 번역한 Ariane Rump는 여기에서의 '자연'(自然)을 기본적으로 'nature'로 번역하면서, 아울러 'self-so'의 의미를 병기하고 있다. 역자의 견해로는 '스스로 그러하다 혹은 저절로 그렇다'는 의미로서의 'self-so'는 가능하지만 'nature'로 번역될 수 없다고 본다.(Ariane Rump, *Commentary on the Lao Tzu by Wang Pi*, The University Press of Hawaii, 1981, 7쪽 참조)

그러므로 성인(혹은 지혜로운 사람)[4]은 무위의 일에 처하고,
是以聖人處無爲之事,

스스로 그러한 채로 이미 족하니, 인위로 하면 실패한다.
自然已足, 爲則敗也.

4) '성'(聖)의 본래의 의미는 보통 사람과 구별되는 뛰어난 지혜에서 나온 것이다. 허신(許愼, 58~147)의 『설문해자』(說文解字)에는 "성(聖)은 형체는 이(耳)에서 소리는 정(呈)에서 나왔다(聖 從耳呈聲)"라고 했다. 이는 성(聖)자의 본의는 귀로 듣는 뛰어난 능력을 담고 있었다. 『예기 · 악기』(禮記 · 樂記)에서는 "군자는 음악을 들어서 선해지고 소인은 음악을 들어서 잘못을 막는다(君子以好善, 小人以聽過)"고 했는데 육덕명(陸德明)(550?-630)의 『경전석문』(經典釋文)에서는 "이청과(以聽過)가 어떤 판본에서는 이성과(以聖過)로 되어있다"고 했으니, 이도 성(聖)자가 청(聽)자와 밀접한 관계가 있음을 보여주는 예다. 백천정(白川靜)은 이와는 달리 성(聖)자를 이임구(耳壬口)로 분해해서 이임(耳壬)은 귀로 듣는 의미를 담고 있고 구(口)는 신에 대한 축도(祝禱)를 담는 그릇의 의미로서, 신에 대해 축도하고 신의 응답과 계시를 듣는 의미라고 했다.

중국 초기 전적에서 성은 총명 · 지혜를 뜻하는 것이었다. 가령 『상서』(尙書)에서는 "다른 사람이 재주를 가지고 있는 것을 마치 내가 가지고 있는 듯이 대하며 다른 사람이 지혜로운 것을 마음으로 좋아한다.(「태서」(泰誓): 人之有技, 若己有之; 人之彦聖, 其心好之)"고 했고, 『주례』(周禮)에서는 "첫째는 여섯 가지 덕이 있으니 지인성의충화(知仁聖義忠和)다(「지관 · 사도」(地官 · 司徒): 一曰六德 知仁聖義忠和)"라고 했는데, 정현(鄭玄, 127~200)은 '聖, 通而先識'이라고 하여 보통 사람보다 먼저 사리(事理)를 파악하는 능력의 뜻으로 보았다. 『예기』(禮記)에서는 "인의(仁義)로 접대해서 손님과 주인이 제자리에 있고 음

식이 도수(度數)에 맞는 것을 성명(聖明)이라고 한다(「향음주례」(鄕飮酒禮): 仁義接, 賓主有事, 俎豆有數曰聖)"고 한 것도 이런 예다. 그래서 고대의 전적에서는 성(聖)자를 종종 광(狂)이나 우(愚)와 대립되는 의미로 사용한다.(왕문량(王文亮), 『중국성인론』(中國聖人論) 4~5쪽 인용) 『노자』19장에도 "절성기지"(絶聖棄智)라 한 것은 모두 지(智)자와 함께 병칭해서, 지혜의 뜻으로 본 것이다. 그래서 성지(聖智)를 '지혜로운'의 뜻으로 보는 것이 '성인(聖人)'이나 '성스러움'보다 노자나 왕필의 원의에 가깝다.

말없는 가르침을 행하니, 만물이 일어나되 말하지(혹은 주장하지, 일을 일으키지) 않으며, 생겨나되 소유하지 않으며, 작위하되 뽐내지 않으며,

行不言之敎,[5] 萬物作焉而不辭,[6] 生而不有, 爲而不恃,

지혜가 스스로 갖추어져 있으니 일부러 하려 하면 거짓이 된다.

智慧自備, 爲則僞也.

5) 최치원(崔致遠, 857~?)이 쓴 화랑의 추모비 '난랑비서'(鸞郎碑序)에 "나라에 현묘한 도가 있으니 풍류라고 부른다. 가르침을 베푼 근원은 '선사'에 자세히 갖춰 있다. 실제로 삼교를 포함하여 여러 사람들에 전해져 교화했으니, 집에 들어가면 집안에 효도하고 나아가서는 나라에 충성하는 것은 공자의 뜻이요, 무위의 일에 처하고 말없는 가르침을 행함은 노자의 종지이다.(國有玄妙之道, 曰風流, 設敎之源備詳仙史. 實乃包含三敎. 接化群生, 且如入則孝於家, 出則忠於國, 魯司寇之旨也. 處無爲之事, 行不言之敎, 周柱史之宗也)"(『삼국사기』권4, 신라본기 제4, 진흥왕 37년조)라고 한 것은, 이 구절을 인용한 것이다.
6) 사(辭)에 대해 장석창은 『노자』17장의 왕필주에서 '不爲始'로 인용되어 있고, 30장 37장의 주에도 시(始)로 되어있어서 시(始)가 옳다고 보았다. 『백서노자』을본에 시(始)로 되어 있다.

공(功)이 이루어지되 (공이 있는 곳에) 거하지 않는다.

功成而弗居.

사물(의 본성)에 따라서 쓰기 때문에 공이 상대방에서 이루어진다. 그러므로 (자신은 공에) 거하지 않는다.

因物而用, 功自彼成, 故不居也.

거하지 않으니, 그래서 떠나지도 않는다.

夫唯弗居, 是以不去.

공을 자신에게 있도록 하려고 하면, 공이 오래갈 수 없다.

使功在己, 則功不可久也.

3 현명함을 숭상하지 않음으로써 백성이 다투지 않고

> 현명함을 숭상하지 않음으로써
> 백성들이 다투지 않게 하고,
> 얻기 어려운 재화를 귀하게 여기지 않음으로써
> 백성들이 도둑질하지 않게 하며,
> 욕심낼 만한 것을 보이지 않음으로써
> 백성의 마음을 어지럽지 않게 하라.
> 그러므로 지혜로운 사람의 다스림은
> 그 마음을 비우고 그 배를 채우며,
> 그 뜻을 약하게 하고 그 뼈를 강하게 한다.
> 항상 백성들로 하여금 무지무욕하게 하고,
> 저 꾀있는 자들이 감히 작위하지 못하게 하나니,
> 무위로 행하면 다스려지지 않는 것이 없다.

　현명함을 숭상하지 않음으로써 백성들이 다투지 않게 하고, 얻기 어려운 재화를 귀하게 여기지 않음으로써 백성들이 도둑질하지 않게 하며, 욕심낼 만한 것을 보이지 않음으로써 백성의 마음을 어지럽지 않게 한다.

　不尙賢, 使民不爭; 不貴難得之貨, 使民不爲盜; 不見可欲, 使民心不亂.

현(賢)은 능력이다. 상(尙)이란 아름답게 여기는 것을 말한다. 귀(貴)란 높임을 가리킨다. 오직 능력이 있어서 직책을 맡긴 것이니 어찌하려고 다시 숭상하겠는가? 쓸모 있는 것만을 베푸는데, (군이) 귀히 여겨서 무엇하리오? 능력을 숭상하고 이름을 드러내면 영예가 자기의 직분을 넘어서게 되므로, 작위적으로 늘 능력을 비교하면서 서로 다투게 된다. 재화를 귀하게 여기고 씀씀이를 지나치게 하면 탐욕스런 사람들이 다투어 몰려들어, 결국은 남의 집 벽을 뚫고 금고를 뒤지다가 목숨을 잃을 때까지 도둑질할 것이다. 그러므로 욕심낼 만한 것을 보이지 않는다면 마음이 어지러울 까닭이 없다.

賢, 猶能也.[1] 尙者, 嘉之名也. 貴者, 隆之稱也. 唯能是任, 尙也曷爲? 唯用是施, 貴之何爲? 尙賢顯名, 榮過其任, 爲而常校能相射. 貴貨過用, 貪者競趣, 穿窬[2]探篋, 沒命而盜. 故可欲不見, 則心無所亂也.

1) 『예기』「예운」(禮運)에서는 현능(賢能)에 대해서 "큰 도가 행해져서 천하가 공변되며 어진 이와 능력있는 이를 선발한다(大道之行也, 天下爲公, 選賢與能)"고 한 바 있다.

2) 『논어』「양화」(陽貨)에 "얼굴빛은 위엄이 있으면서 마음이 유약한 것을 소인에 비유하면 벽을 뚫고 담을 넘는 도적과 같은 것이다(色厲而內荏, 譬諸小人, 其猶穿窬之盜也與)"를 인용한 것이다.

그러므로 성인의 다스림은 그 마음을 비우고 그 배를 채우며,
是以聖人之治, 虛其心, 實其腹;

마음은 꾀를 품고 배는 먹을 것을 찾는다. 그러므로 (영악스런) 꾀를 비우고 (순박한) 무지를 채운다.

心懷智而腹懷食, 虛有智而實無知也.[3]

3) 이 구절에 대해 루우열은 도홍경(陶鴻慶)의 앞구절에서는 '심기지'(心棄智)로, 뒤에서는 '허유욕'(虛有欲)으로 고쳐야 한다는 설에 대해 후자만 찬성하고 있

다. 역자의 견해로 이 구절은 심(心)의 부정적 측면을 부각시켜 언급한 것으로 그대로 두는 것이 합당하다고 본다. (『왕필집교석』(王弼集校釋) 9~10쪽)

그 뜻을 약하게 하고 그 뼈를 강하게 한다.
弱其志, 强其骨.

뼈는 무지함으로써 (튼실한) 골간이 되지만, 뜻은 (쓸데없이) 일거리를 일으켜서 어지러워진다. (마음을 비우면 뜻이 약해진다.)
骨無知以幹, 志生事以亂. (心虛則志弱也.)[4]

4) 이 구절에 대해 루우열은 문맥상 앞과 연결되지 않으니 왕필의 주가 아니라고 보았다.

항상 백성들로 하여금 무지무욕하게 하고,
常使民無知無欲,

그 참된 본질을 지킨다.
守其眞也.

저 꾀있는 자들로 하여금 감히 작위하지 못하게 하나니,
使夫智者不敢爲也,

꾀란 앎으로 작위함을 말한다.
智者, 謂知爲也.

무위를 행하면 다스리지 못함이 없다.
爲無爲, 則無不治.

4 도는 비어 있어 아무리 써도 막히지 않고

     ❝ 도는 비어 있어서
아무리 써도 막히지 않고,
깊숙해서
만물의 근원인 것 같다.
날카로움을 꺾고 엉킴을 풀며,
번쩍거림을 부드럽게 하고 더러움과 같이하니,
맑고 그윽한 속에 뭔가 있는 듯하구나.
나는 도가 누구의 아들인지 알지 못하니
상제의 조상이 되는 것 같다. **❞**

   도는 비어서 쓰니 혹 차지 않은(혹은 채워지지 않는) 듯하고, 깊숙
해서 만물의 근원인 것 같다. 날카로움을 꺾고, 엉킴을 풀고, 번쩍거
림을 부드럽게 하고, 더러움과 같이하니, 맑고 그윽해서 뭔가 있는
듯하다. 나는 도가 누구의 아들인지 알지 못하니 상제보다 앞서 있
는 것(혹은 상제의 조상이[1] 되는 것) 같다.

   道沖而用之或不盈, 淵兮似萬物之宗. 挫其銳, 解其紛, 和其光,
同其塵. 湛兮似或存. 吾不知誰之子, 象帝之先.

   저 한 집안을 다스릴 만한 역량만 가지고 있는 사람은 집안을 온전하

게 할 수 없고, 한 나라를 다스릴 만한 도량만 가지고 있는 사람은 나라를 편안히 할 수 없다. 왜냐하면 온 힘을 다해서 무거운 것을 들고 있으면 (더 이상 다른 곳에 힘을) 쓸 수가 없기 때문이다. 그러므로 사람들이 비록 만물을 다스릴 줄 알더라도, 음양 이의(二儀)의 도로써 다스리지 않으면 넉넉할 수가 없다. 땅은 형체가 정해져 있지만 하늘을 본받지 않으면 그 편안함을 온전히 할 수 없고, 하늘의 상(象)이 정미하지만 도를 본받지 않으면 그 정미함을 보존할 수 없다. 빈 채로 쓰면 다 쓸 수가 없으나, 가득 채워진 채로 또 담으려 하면 넘치게 된다. 그러므로 비워서 쓰이지만, 다시 채워지지 않으니 그 무궁함이 이미 지극하다. 아무리 큰 물체라 하더라도 그 몸(體)을 얽을 수 없고, 아무리 많은 일(事)이 있더라도 그 양을 채울 수 없으니, 만물이 이것을 버리고 주(主)를 구한다면 다시 어디에 주가 있겠는가? 또 연못처럼 깊숙한 것이 만물의 근본인 듯하지 않은가? 날카로움을 꺾어도 손상됨이 없고, 엉킴을 풀어도 수고롭지 않으며, 번쩍거림을 누그려뜨려도 그 몸을 더럽히지 않고, 더러운 곳에 같이 있어도 그 참모습이 변치 않으니 또한 맑고 그윽해서 있는 듯하지 아니한가? 땅은 자기의 형체를 지키고 있지만(즉 일정한 형체를 유지하고 있지만) (만물을) 실어주는 덕에 그치고, 하늘은 자신의 상(象)에 잘 맞아도 (만물을) 덮어주는 덕을 지닐 수 없다. 이와 같이 하늘이나 땅조차도 (道에는) 미칠 수 없으니 천제(天帝)보다 앞선 듯하지 아니한가? 제(帝)는 천제다.

夫執一家之量者, 不能全家; 執一國之量者, 不能成國; 窮力擧重, 不能爲用. 故人雖知萬物治也, 治而不以二儀之道,[2] 則不能贍也. 地雖形魄,[3] 不法於天則不能全其寧; 天雖精象, 不法於道則不能保其精. 沖而用之, 用乃不能窮. 滿以造實, 實來則溢. 故沖而用之又復不盈, 其爲無窮亦已極矣. 形雖大, 不能累其體; 事雖殷, 不能充其量. 萬物舍此而求主, 主其安在乎? 不亦淵兮似萬物之宗乎? 銳挫而無損, 紛解而不勞, 和光而不汙其體, 同塵而不渝其眞, 不亦湛兮似或存乎? 地守其形, 德不能過其載; 天慊其象, 德不能過其覆. 天地莫能及之, 不亦似帝之先乎? 帝, 天帝也.

1) 고형(高亨)은 선(先)을 조선(祖先)으로 보았다.

2) 루우열은 '이의'(二儀)를 『노자』 25장의 "人法地 地法天, 天法道, 道法自然"을 근거로 '천지지도'(天地之道)라고 했는데 (루우열, 『왕필집교석』, 11쪽), 이는 노자 사상에 근거해서 왕필의 주석을 이해한 것처럼 보인다. 그러나 필자의 생각으로는 이 '이의지도'(二儀之道)란 노자 사상에서 나온 것이 아니라, 주역의 음양 사상에서 받아들인 것으로 보아야 왕필의 의도를 좀더 정확하게 이해할 수 있다고 본다. 『노자』에서는 천지(天地)를 '이의'(二儀)라고 한 적도 없거니와, 『주역』 「계사상」의 '태극생양의'(太極生兩儀)라는 구절이 있고 『진서』(晉書) 「범녕전」(范甯傳)에도 "저 성인은 덕은 음양을 닮고 도는 삼재에 으뜸이다 (夫聖人者, 德侔二儀, 道冠三才)"라는 용례가 나온다. 따라서 『왕필 주역주』(王弼 周易注)의 내용을 참조할 때 음·양(陰·陽)의 관계와 그 시의(時義)에 따라 행위할 것을 요구하는 것으로 이해하거나(졸고, 「왕필 역 철학 연구」 240쪽 참조), 혹은 유·무(有·無)의 두가지 도리를 동시에 사용한다는 의미로 해석하는 것이 보다 합당하다.

3) 『예기』 「교특생」(郊特牲)에 "혼기는 하늘에 돌아가고 형백은 땅으로 돌아간다 (魂氣歸于天, 形魄歸于地)"라고 했다.

5 천지는 인자하지 않으니 만물을 지푸라기로 보고

　　천지는 인자하지 않으니

　　만물을 지푸라기로 보고,

　　성인(聖人)은 인자하지 않으니

　　백성을 풀이나 개로 삼는다.

　　하늘과 땅 사이가 풀무와 같지 않은가?

　　비어 있되 수그러짐이 없고

　　움직일수록 더 바람이 일어난다.

　　말이 많으면 금방 막히니

　　중심을 지키는 것만 못하다.

천지는 어질지 않으니 만물을 풀이나 개로 삼고,
天地不仁, 以萬物爲芻狗;

　천지는 스스로 그러한 대로 맡기니 인위나 조작이 없으며, 만물이 스스로 서로 다스리므로 천지는 인자하지 않다. 어질다는 것은 반드시 만들어 세우고 베풀어 교화하는 것이므로 은혜와 작위가 있게 된다. 만들어 세우고 베풀어 교화한다면, 사물이 그 참된 본질을 잃게 된다. 그래서 은혜를 베푼다고 작위하게 되면 사물이 제대로 보존되지 않는다.(즉 제모습을 잃게 된다.) 사물이 제대로 보존되지 않으면 두루 갖춰놓기에 부족하게 된다. 천지는 짐승을 위해서 풀을 내지는 않았지만 짐승은 풀을 뜯어먹고, (천지가) 사람을 위해서 개를 낳지는 않았지만 사람은 개를 잡아먹는다.

(이와 같이 천지는) 만물에 대해 작위함이 없지만, 만물이 제각기 쓰이는 대로 맞으니 넉넉하지 않음이 없다. 그러나 만약 내 자신으로부터 지혜(즉 꾀)를 부리게 된다면, (만물을 다스리는 일을) 맡기기에 아직 부족하다.

天地任自然, 無爲無造, 萬物自相治理, 故不仁也. 仁者必造立施化, 有恩有爲. 造立施化, 則物失其眞. 有恩有爲, 則物不具存. 物不具存, 則不足以備載. 〔天〕地不爲獸生芻, 而獸食芻; 不爲人生狗, 而人食狗.

無爲於萬物而萬物各適其所用, 則莫不瞻矣. 若慧由己樹, 未足任也.

성인은 어질지 않으니 백성을 풀이나 개로 삼는다.
聖人不仁, 以百姓爲芻狗.

성인은 천지와 더불어 그 덕이 일치하므로 백성을 풀이나 개에 견주었다.
聖人與天地合其德,[1] 以百姓比芻狗也.

1) 『주역』 「건 · 문언」(乾 · 文言)에 "저 대인은 천지와 더불어 그 덕이 합하며 일월로 더불어 그 밝음이 합하며 사시로 더불어 그 차례를 합하며 귀신으로 더불어 그 길흉을 합하며, 하늘보다 먼저 하여도 하늘이 어기지 아니하며 하늘보다 뒤에 하여도 천시(天時)를 받드나니, 하늘도 또한 어기지 아니하거늘 하물며 사람이며 하물며 귀신이랴.(夫大人者, 與天地合其德, 與日月合其明, 與四時合其序, 與鬼神合其吉凶, 先天而天弗違, 後天而奉天時, 天且弗違, 而況於人乎, 況於鬼神乎)"라고 했다.

하늘과 땅 사이가 그 풀무나 피리와 같지 않은가? 비어 있되 수그러짐이 없고 움직일수록 더욱 (바람이나 소리가) 나는구나.
天地之間, 其猶橐籥乎? 虛而不屈, 動而愈出.

탁(橐)은 풀무고, 약(籥)은 피리다. 풀무와 피리의 속이 비어 있으며, 감정도 없고 작위도 없기 때문에 비어 있지만 수그러짐이 없고, 움직이되 닳아 없어지지도 않는다. 하늘과 땅의 중간은 텅 비어 스스로 그러한 대로 맡기므로, 다할 수 없는 것이 마치 풀무나 피리와 같다.

橐, 排橐也. 籥, 樂籥也. 橐籥之中空洞, 無情無爲, 故虛而不得窮屈, 動而不可竭盡也. 天地之中, 蕩然任自然, 故不可得而窮, 猶若橐籥也.

말이 많으면 금방(혹은 자주) 막히니 중(中)을 지키는 것만 못하다.
多言[2]數窮, 不如守中.

작위하면 할수록 더 잃어버리게 된다. 사물에 꾀를 내어두고 일에 이런저런 말들이 매여 있어서, 지혜를 쓰지 않으면 해결되지 않고, 말을 하지 않으면 다스려지지 않으니, 이렇게 되면 필연적으로 막힐 수밖에 없다. 풀무와 피리는 중(中)을 지키니 다하여 없어지지 않고, 자신을 버리고 외물에 맡겨두니(즉 저절로 그런대로 따르니) 다스려지지 않음이 없다. 만약 피리가 소리를 내는 데 뜻을 가지고 있다면 피리를 부는 이의 요구에 응할 수 없을 것이다.(즉 피리 자체가 인위적인 의도를 가지고 소리를 내려고 하면 오히려 연주자의 자유로운 연주를 방해하게 된다)

愈爲之則愈失之矣. 物樹其〔慧〕, 事錯其言, 〔不慧〕不濟, 不言不理, 必窮之數也. 橐籥而守數[3]中, 則無窮盡, 棄己任物, 則莫不理. 若橐籥有意於爲聲也, 則不足以共吹者之求也.

2) 『백서노자』에는 다언(多言)이 다문(多聞)으로 되어 있다. 대유(戴維)는 다언(多言)이 곧 다문(多聞)으로 정령(政令)이 번거롭게 나옴을 뜻한다고 보았다. 『백서노자교석』(帛書老子校釋) 93쪽 참조.
3) 여기에서의 '수'(數)는 연문(衍文)이다.(루우열, 『왕필집교석』 참조)

6 골짜기의 신은 죽지 않으니

> 66 골짜기의 신(神)은 죽지 않으니
> 이것을 현빈(玄牝)이라고 한다.
> 현빈의 문은 천지의 뿌리라고 하는데
> 미미하게 이어져서 있는 듯 없는 듯하면서도
> 쓰는 데 힘들이지 않는다. 99

　골짜기의 신(神)은 죽지 않으니 이것을 '현빈'(玄牝)이라고 한다. '현빈'의 문은 천지의 뿌리라고 하는데 겨우겨우 이어지는 듯하면서도 쓰는 데 힘들이지(혹은 아무리 써도 다하지) 않는다.
　谷神不死, 是謂玄牝. 玄牝之門, 是謂天地根, 綿綿若存, 用之不勤.

　곡신(谷神)이란 골짜기 가운데의 빈 곳이다. 형태나 그림자가 없고, 거스르거나 어기지 않으며, 낮은 곳에 처해 움직이지 않고, 고요함을 지켜 시들지 않으니, 만물이 그것으로 인해서 이루어지되 그 형상을 보이지 않으니 이는 지극한 존재다. 낮은 곳에 처하면서 고요함을 지키고 있어 이름을 지을 수가 없으므로 '현빈'(玄牝)이라고 부른다. 문(門)이란 '현빈'이 말미암는 곳이다. 그 말미암는 바의 근본은 태극(太極)과 더불어 한 몸이므로 '천지의 근본'이라고 부른다. 있다고 말하려고 하니 그 형상을 볼 수 없고, 없다고 말하려고 하니 만물이 그것으로 인해 생겨나므로 '겨우겨우 이어진다'고 했다. 모든 사물을 이루어주면서도 힘들지 않으므로 '쓰는 데 힘들이지 않는다'고 한다.

谷神, 谷中央無[者]也. 無形無影, 無逆無違, 處卑不動, 守靜不衰, [物]以之成而不見其形, 此至物也. 處卑[守靜]不可得[而]名, 故謂[之玄牝]. 門, 玄牝之所由也. 本其所由, 與[太]極同體, 故謂之天地之根也. 欲言存邪, 則不見其形; 欲言亡邪, 萬物以之生, 故綿綿若存也. 無物不成而不勞也, 故曰用而不勤也.

7 천지는 장구하게 지속되나니

> 천지는 장구하게 지속되나니,
> 천지가 오래갈 수 있는 것은
> 자기만 살려고 하지 않기 때문이요,
> 그러므로 장생할 수가 있다.
> 그래서 지혜로운 사람은
> 자신을 뒤로 물리지만 오히려 앞서게 되고,
> 스스로를 내버려두어도 그 몸이 간직되나니
> 그것은 사사로움이 없기 때문이요,
> 그러므로 그 사사로운 것도 성취할 수 있다. "

천지는 장구하게 지속되나니, 천지가 오래갈 수 있는 것은 자기만 살려고(혹은 자기가 만물을 낳았다고) 하지 않기 때문이니,

天長地久, 天地所以能長且久者, 以其不自生,

자기만 살려고 하면 사물과 다투게 되고, 자기만 살려고 하지 않으면 사물이 (그에게로) 돌아온다.

自生則與物爭, 不自生則物歸也.

그러므로 오래 살 수 있다. 그래서 성인은 자신을 뒤에 물리지만

오히려 앞서게 되고, 스스로를 내버려두어도 그 몸이 간직되는데, 그것은 사사로움이 없기 때문이 아니겠는가? 그러므로 (능히) 그 사사로운 것도 성취할 수 있다.

故能長生. 是以聖人後其身而身先, 外其身而身存. 非以其無私邪? 故能成其私.

사사로움이 없다는 것은 자신에게 작위함이 없다는(혹은 자신을 무위로 대하는) 것이다. (그렇게 하면 결국) 자신이 앞서고 자신이 간직되므로 "그 사사로움을 이룰 수 있다"고 말한다.

無私者, 無爲於身也. 身先身存, 故曰能成其私也.

8 최고의 선은 물과 같나니

    ❝ 최고의 선(善)은 물과 같나니,

    물은 만물을 이롭게 해주면서도 다투지 않고,

    사람들이 싫어하는 곳에 머문다.

    그러므로 도에 가깝다.

    땅처럼 낮은 곳에 거하고

    마음은 연못처럼 고요하며,

    같이 어울릴 때에는 아주 인자하고,

    말에는 신의가 있고

    발라서 잘 다스려지고,

    일에는 매우 능란하고

    움직임이 때를 잘 맞춘다.

    오직 다투지 않으므로 허물이 없다. ❞

    최고의 선(善)은 물과 같나니, 물은 만물을 아주 이롭게 해주면서도 다투지 않고, 뭇 사람들이 싫어하는 곳에 머문다.

    上善若水, 水善利萬物而不爭, 處衆人之所惡.

    사람들은 낮은 곳을 싫어한다.

    人惡卑也.

그러므로 도에 가깝다.

故幾於道.

도는 무(無)이고 물은 유(有)이므로 '가깝다'고 했다.

道無水有, 故曰幾也.

땅처럼 낮은 곳에 거하고 마음은 연못처럼 고요하며, 더불어 사귐에 아주 인자하고, 말은 매우 믿음직하고, 발라서 잘 다스려지고, 일함에 매우 능란하고 움직임이 때를 잘 맞춘다. 오직 다투지 않으므로 허물이 없다.

居善地, 心善淵, 與善仁, 言善信,[1] 正善治, 事善能, 動善時.
夫唯不爭, 故無尤.

물은 모두 이 도에 부응함을 말한다.

言[水]皆應於[此]道也.

1) '여선인, 언선신'(與善仁, 言善信)이 『백서노자』갑본에는 '여선인, 언선신'(予善仁, 言善信)으로, 을본에는 '여선천'(予善天)으로 되어 있다.

9 갖고 있으면서도 더 채우려는 것은

> 갖고 있으면서도 그득 채우려는 것은
> 그만두느니만 못하고,
> 날카로운 끝을 더 뾰족하게 만들면
> 오래 보존할 수 없다.
> 금옥(金玉)이 방안에 가득해도 지킬 수가 없고,
> 부귀하되 교만하면 스스로 허물을 남기게 되나니,
> 공(功)을 이루면 자신은 물러나는 것이 하늘의 도다.

쥐고 있으면서 더 채우려는 것은 그만두느니만 못하고,
持而盈之, 不如其已,

지(持)란 덕을 잃지 않음을 말한다. 이미 그 덕을 잃지 않았는데 또 그 것을 채우려 하니, 세(勢)가 반드시 기울어지고 위태로워지므로 그만두는 것만 못하다. 그래서 다시 덕이 없고 공이 없는 것만 못하다고 하는 것이다.

持, 謂不失德也. 旣不失其德, 又盈之, 勢必傾危. 故不如其已者, 謂乃更不如無德無功者也.

다듬어 뾰족하게 하면 오래 보존할 수 없다.

揣而梲之, 不可長保.

이미 끝을 뾰족하게 다듬고 나서 다시 갈아 날카롭게 하면 세(勢)가 반드시 꺾일 것이다. 그러므로 오래 보존할 수 없다.

既揣末令尖, 又銳之令利, 勢必摧衂, 故不可長保也.

금과 옥이 가득 차도 그것을 지킬 수가 없고,

金玉滿堂, 莫之能守,

그만두는 것만 못하다.

不若其已.

부귀하되 교만하면 스스로 허물을 남기게 되니,

富貴而驕, 自遺其咎,

오래 보존할 수 없다.

不可長保也.

공을 이루면 자신은 물러나는 것이 하늘의 도다.

功遂身退, 天之道.

사시가 번갈아 운행하니 세공(歲功)이 이루어지면 (계절이) 바뀐다.

四時更運, 功成則移.

10 정신을 하나로 모아

    " 움직이는 정신을 하나로 모아서
홀어지지 않게 할 수 있겠는가?
기운을 모아 부드럽게 만들어
어린아이와 같게 할 수 있겠는가?
마음의 때를 깨끗이 닦아내어
홈 하나 없게 할 수 있겠는가?
백성을 사랑하고 나라를 다스리는 데에
꾀 없이 할 수 있겠는가?
자연이 변화하는 대로
저절로 따를 수 있겠는가?
사방을 환히 알면서도
작위하지 않을 수 있겠는가?
낳아주고 길러주며,
낳지만 소유하지 않고,
일을 하지만 뽐내지 않으며
길러주지만 부리지 않는 것을
현묘한 덕이라고 한다. **"**

일상의 거처에서 하나를 안아[1] (이러한 상태를) 떠나지 않을 수 있겠는가?

載營魄抱一, 能無離乎?

재(載)는 처한다는 뜻이다. 영백(營魄)이란 사람이 항상 거처하는 곳이요, 일(一)은 사람의 참된 근본이다.(즉 사람의 정신은 항상 작용하고 있지만 정신의 작용이 그친 한결같은 상태가 본질적 근원이다.) 사람이 항상 거주하는 집에 처해서, 하나를 안고 정신을 맑게 하여(혹은 하나의 맑은 정신을 안고서) 항상 여기에서 떠나지 않으면 만물이 저절로 복종할 것이라는 말이다.

載, 猶處也. 營魄, 人之常居處也. 一, 人之眞也. 言人能處常居之宅, 抱一淸神能常無離乎, 則萬物自賓也.

1) 이 구절에 대해서는 여러 해석이 있다. 장석창(蔣錫昌)은 왕필의 주를 이상하다고 비판하면서, 재(載)는 재(哉)로서 윗구절에 이어지는 것으로 보고 이 구절의 뜻은 정신을 일념으로 모으는 것으로 보았으나, 주겸지(朱謙之)는 여기에서의 영백(營魄)은 체백(體魄)의 뜻으로 양신(陽神)에 대한 음귀(陰鬼)에 해당되며, 전체적으로 형체와 영혼의 결합을 의미하는 것으로 보았다. 『노자교고』(老子校詁), 54~56쪽 및 『노자교석』(老子校釋), 37~39쪽 참조.

기운을 모아 부드럽게 만들어서 어린아이와 같게 할 수 있겠는가?
專氣致柔, 能嬰兒乎?

전(專)은 맡긴다는 뜻이고, 치(致)는 지극하다는 뜻이다. 자연스런 기(氣)에 맡기고 지극히 부드럽게 조화를 이룸이 마치 어린아이가 아무 욕심이 없는 것과 같은 정도에 이르면, 사물은 온전히 존재하게 되고 타고난 본성도 얻을 수(즉 자기 본성대로 살아갈 수) 있게 된다.

專, 任也. 致, 極也. 言任自然之氣, 致至柔之和, 能若嬰兒之無所欲乎, 則物全而性得矣.

현묘한 거울의 때를 깨끗이 닦아내어 흠 하나 없이 할 수 있겠는가?
滌除玄覽, 能無疵乎?

현(玄)은 사물의 극치다. 비뚤어진 꾸밈을 씻어내버려 사물을 완전히
비추게 되어, 능히 외물이 그 밝음을 가리지 않고 그 정신을 병들게 하지
않을 수 있으면, 마침내 현묘함과 하나가 될 것이라는 말이다.

　玄, 物之極也. 言能滌除邪飾, 至於極覽, 能不以物介其明, 疵(之)其神乎,
則終與玄同²⁾也.

2) 현동(玄同)이란 말은 『노자』 56장에 나온다.

백성을 사랑하고 나라를 다스리는 데에 꾀 없이 할 수 있겠는가?
愛民治國, 能無知乎?

술(術)을 써서 성공을 구하고 수(數)를 부려서 감춰둔 것을 뒤지는 것
이 바로 지혜(즉 꾀)란 것이다. 현묘하게 비추는 데에 흠이 없다면 성
(聖)을 끊어버린 것과 같고, 나라를 다스릴 때에 꾀를 쓰지 않는다면 지
(智)를 버린 상태와 같으니(즉 지혜를 버림으로써 오히려 사물의 실상을
정확히 알고 나라를 잘 다스릴 수 있으니), 능히 지모를 부리지 않을 수
있다면 백성들이 편벽되지 않게(혹은 피하지 않으니)³⁾ 나라를 잘 다스릴
수 있다.

　任術以求成, 運數以求匿者, 智也. 玄覽無疵, 猶絶聖也. 治國無以智, 猶
棄智也, 能無以智乎, 則民不辟而國治之也.

3) 윗사람들이 지혜를 쓰지 않으면 백성들이 다투지 않고 어지러워지지 않아서,
　결국 백성들이 백배나 되는 이로움이 있게 된다는 뜻이다. 『노자』 3장, 19장,
　20장 참조. 혹은 『노자』 17장 왕필주에 "不能以正齊民, 而以智治國, 下知避之"
　에 의거하면 벽(辟)자는 '피한다(避)'는 의미로도 볼 수 있다.

하늘의 문은 여닫히면서 변하는데 암컷처럼 할 수(즉 저절로 따를 수) 없겠는가?

天門開闔, 能無雌乎?[4]

천문은 천하가 말미암아 나오는 곳을(혹은 따르는 바를) 말한다. 열고 닫음이란 다스려지고 혼란스러운 때를 말한다. 천하를 관통해서 혹 열리기도 하고 혹 닫히기도 하므로 '천문개합'(天門開闔)이라고 했다. 암컷은 응답하기는 하되 먼저 부르지 않고 따를 뿐 작위하지 않으므로, 하늘의 문이 열리고 닫음이 암컷처럼 될 수 있다면 사물이 저절로 귀순하고 거처가 저절로 편안해진다는 말이다.

天門, 謂天下之所由從也. 開闔, 治亂之際也. 或開或闔, 經通於天下, 故曰天門開闔也. 雌應而不[唱], 因而不爲, 言天門開闔能爲雌乎, 則物自賓而處自安矣.

4) 무자(無雌)는 『백서노자』 을본에 위자(爲雌)로 되어 있다.

사방을 환하게 알면서도 작위함이 없을 수 있겠는가?
明白四達, 能無爲乎?

지극히 밝아서 사방에 모두 통달하고, 미혹이 없으면서도 일부러 작위하는 것이 없으면, 사물이 자생자화하게 될 것이다. 이른바 도는 늘 무위하니, 왕후가 이를 지킬 수 있다면 만물이 장차 자생자화하게 된다는 말이다.

言至明四達, 無迷無惑, 能無以爲乎, 則物化矣. 所謂道常無爲, 侯王若能守, 則萬物[將]自化.[5]

5) 이 구절은 『노자』 37장에 나온 말이다.

낳아주고
生之,

그 근원을 막지 않는다.
不塞其原也.

길러주며
畜之,

만물의 타고난 본성을 금하지 않는다.
不禁其性也.

낳지만 (자기 것으로) 소유하지 않고, 작위하지만 뽐내지 않으며 길러주지만 부리지 않는 것을 일러 현묘한 덕이라고 한다.
生而不有, 爲而不恃, 長而不宰, 是謂玄德.

그 근원을 막지 않아서 사물이 저절로 생겼으니 무슨 공(功)이 있겠는가? 그 본성을 금하지 않아서 만물이 스스로 제도되었으니 무엇을 뽐내겠는가? 만물이 저절로 자라고 넉넉하니 내가 부려서 이루는 것이 아니다. (만물을 낳고 길러주는) 덕은 있으되 (소유하는) 주가 없으니 현묘함이 아니고 무엇이겠는가? 무릇 현묘한 덕이라 함은 덕이 있으되 그 주인을 알지 못하는 것이니, 그윽히 어두운 데서 나온다는 말이다.(즉 알 수 없이 이루어지는 것이다)
不塞其原, 則物自生, 何功之有? 不禁其性, 則物自濟, 何爲之恃? 物自長足, 不吾宰成, 有德無主, 非玄而何? 凡言玄德, 皆有德而不知其主, 出乎幽冥.

11 서른 개의 바퀴살이 하나로 모여

> 서른 개의 바퀴살이
> 하나의 바퀴통으로 모여 있으되,
> 그 중심에 빈 구멍이 있음으로써
> 수레로 쓰여진다.
> 찰흙을 이겨 그릇을 만듦에
> 그 가운데에 빈 곳이 있음으로써
> 그릇으로 이용되며,
> 창문을 내어 집을 짓는데
> 그 속에 빈 공간이 있음으로써 집으로 사용된다.
> 그러므로 유(有)는 무(無)를 이용해야
> 이롭게 쓰인다.

서른 개의 바퀴살이 하나의 바퀴통으로 모여 있으니, 그 중심에 무 (無)가 있으므로 수레로서의 쓰임이 있다.

三十輻共一轂, 當其無, 有車之用.

바퀴통이 서른 개의 바퀴살을 거느릴 수 있는 까닭은 비었기(無) 때문이다. 무(無)로써 사물을 받아들일 수 있기 때문에, 적음으로써 많음을 통괄할 수 있다.

轂所以能統三十輻者, 無也. 以其無能受物之故, 故能以〔寡〕統衆[1]也.

1) 이과통중(以寡統衆) 혹은 이간어번(以簡御繁)의 사상은 왕필의 『주역약례』(周易略例) 「명단」(明彖)편에 잘 나타나 있다. 졸역 『주역 왕필주』, 619~622쪽 참조.

찰흙을 이겨 그릇을 만듦에 그 무(無)가 있으므로 그릇으로서의 쓰임이 있다. 창문을 뚫어 집을 만듦에 그 무(無)가 있으므로 집으로서의 쓰임이 있다. 그러므로 유(有)가 이로운 것은 무(無)가 용(用)이 되기(즉 쓰이기) 때문이다.

埏埴以爲器, 當其無, 有器之用. 鑿戶牖以爲室, 當其無, 有室之用. 故有之以爲利, 無之以爲用.

나무와 찰흙, 벽의 세 가지가 된 까닭은 이들이 모두 무(無)로 쓰임을 삼기 때문이다. 무란 유(有)가 이롭게 되는 소이(즉 까닭, 근거)이니, 모두 무에 의지해서 쓰인다는 말이다.

木埴壁所以成三者, 而皆以無爲用也. 言無者, 有之所以爲利, 皆賴無以爲用也.

12 오색은 사람의 눈을 어둡게 하고

  오색(五色)은 사람의 눈을 어둡게 하고,

오음(五音)은 사람의 귀를 멀게 하고,

오미(五味)는 사람의 입맛을 버리게 하고,

말달리며 사냥질하는 것은 사람의 마음을 미치게 만들며,

얻기 어려운 재화는 사람의 행실을 헤살놓는다.

그래서 지혜로운 사람은

실속을 구하지 겉모양을 부리지 않는다.

  오색(靑 · 赤 · 黃 · 白 · 黑)은 사람의 눈을 어둡게 하고, 오음(宮 · 商 · 角 · 徵 · 羽)은 사람의 귀를 멀게 하며, 오미(酸 · 苦 · 甘 · 辛 · 鹹)는 사람의 입을 맛들이고, 말달리며 사냥질하는 것은 사람의 마음을 미치게 만드니,

  五色令人目盲, 五音令人耳聾, 五味令人口爽, 馳騁畋獵令人心發狂,

  상(爽)은 어긋나 잃어버린다는 것이다. 입의 기능을 잃게 하므로 '상'이라고 했다. 저 귀 · 눈 · 입 · 마음은 모두 그 타고난 본성에 따라야 하는 것인데, 성명(性命)에 따르지 않고 도리어 스스로 그러함(自然)을 해치기 때문에 눈멀고, 귀먹고, 입맛 버리고, 미친다고 했다.

爽, 差失也.[1] 失口之用, 故謂之爽. 夫耳目口心, 皆順其性也. 不以順性命,[2] 反以傷自然, 故日盲聾爽狂也.

1) 구마라습(343~413)의 『노자』 28장 주에 이 구절을 인용했다.
2) 『주역』 「설괘전」(說卦傳)에 "옛적 성인이 역을 지음은 장차 그로써 성명의 이치를 따르려고 한 것이다(昔者聖人之作易也, 將以順性命之理)"라는 말이 나온다.

얻기 어려운 재화는 사람의 행실을 헤살놓는다.
難得之貨令人行妨.

얻기 어려운 재화는 사람의 바른 길을 막기 때문에 사람으로 하여금 요상한 행동을 하게 한다고 했다.
難得之貨塞人正路, 故令人行妨也.

그래서 성인은 배부르게 하되 보기 좋게 하지 않으므로, 저것을 버리고 이것을 취한다.(즉 실속을 중시하고 겉모양을 위하지 않는다.)
是以聖人爲腹不爲目, 故去彼取此.

배를 위한다는 것은 사물로 자신을 기르는 것이고, 눈을 위한다는 것은 사물에 의해 자기가 부림을 당하는 것이다. 그러므로 성인은 눈을 위하지 않는다.
爲腹者以物養己, 爲目者以物役己, 故聖人不爲目也.

13 은총을 받거나 굴욕을 당하거나

> 은총을 받거나 굴욕을 당하거나 놀란 듯이 대하고,
> 재앙을 내 몸처럼 귀하게 여기라.
> 은총을 받고 굴욕을 당하는 데
> 놀란 듯이 하라 함은 무슨 말인가?
> 한때의 총애는 식게 마련이니
> 얻어도 놀라고 잃어도 놀란 듯이 하는 것을
> 은총을 받거나 굴욕을 당하거나 놀란 듯이 하라고 한 것이다.
> 재앙을 내 몸처럼 귀하게 여기라는 것이 무슨 말인가?
> 내게 재앙이 있는 까닭은 내가 몸을 가지고 있기 때문이니,
> 내게 몸이 없다면, 무슨 근심이 있겠는가!
> 그러므로 제 몸을 천하와 같이 귀하게 여기면 천하를 맡길 수 있고,
> 자신을 천하와 같이 아낀다면 천하를 의탁할 수 있다.

은총을 받거나 욕을 당하는 데에 놀란 듯이 하고, 큰 걱정거리를 (멀리하려고 하지 말고) 제 몸처럼 귀하게 여기라(혹은 걱정거리를 두려워하듯이 내 몸을 조심하라). 무슨 은총을 받고 어떠한 욕을 당하는 데에 놀란 듯이 하라는 것인가? 은총은 변하여 아래가 되니(혹은 은총은 신하 된 이로서) 얻어도 놀란 듯이 하고 잃어도 놀란 듯이 하는 것을 일컬어 은총을 받거나 욕을 받거나 놀란 듯이 하라고 한

것이다.

寵辱若驚, 貴大患若身. 何謂寵辱若驚? 寵, 爲下 得之若驚, 失
之若驚, 是謂寵辱若驚.

은총에는 반드시 욕됨이 있게 되고, 영예로움에는 기필코 걱정거리가
생기게 되니, 은총과 굴욕은 같으며 영예로움과 걱정거리는 동일하다.
신하 된 이로 은총과 굴욕, 영예로움과 걱정거리에 처해서 놀란 듯이 대
한다면 세상을 혼란스럽게 하지 않게 된다.

寵必有辱, 榮必有患, 〔寵〕辱等, 榮患同也. 爲下得寵辱榮患若驚, 則不足
以亂天下也.

큰 걱정거리를 제 몸처럼 귀하게 여기라는 것이 무슨 말인가?

何謂貴大患若身?

큰 걱정거리는 영예나 은총과 같은 붙이다. 너무 삶을 풍요롭게 하려고
하면 오히려 죽을 곳으로 들어가게 되므로[1] 이를 큰 걱정거리라고 부른
다. 사람이 영예나 은총에 미혹되면 (결국에는 큰 걱정거리가) 제 몸에 되
돌아오게 되므로, "큰 걱정거리를 제 몸처럼 귀하게 여기라"고 했다.

大患, 榮寵之屬也. 生之厚必入死之地, 故謂之大患也. 人迷之於榮寵, 返
之於身, 故曰大患若身也.

1) 『노자』 50장 참조.

내게 큰 걱정거리가 있는 까닭은 내가 몸을 가지고 있기 때문이니,

吾所以有大患者, 爲吾有身,

내 몸을 가지고 있기 때문이다.

由有其身也.

내게 몸이 없게 된다면,

及吾無身,

스스로 그러함으로 돌아가는 것이다.

歸之自然也.

내가 무슨 걱정이 있겠는가! 그러므로 제 몸을 천하와 같이 귀하게 여기면 천하를 맡길 수 있고,

吾有何患! 故貴以身爲天下, 若可寄天下;

어떤 물건으로도 내 몸과 바꿀 수 없으므로 '귀하게 여긴다'고 했다. 이와 같아야 천하를 맡길 수 있다.

無〔物可〕以易其身, 故曰貴也. 如此乃可以託天下也.

자기 몸을 천하와 같이 아낀다면 천하를 의탁할 수 있다.

愛以身爲天下, 若可託天下.

어떤 물건으로도 내 몸을 손상시키지 않으므로 '아낀다'라고 말했으니, 이와 같아야 천하를 맡길 수 있다. 은총이나 굴욕, 영예나 근심으로 자기 몸을 손상시키거나 바꾸지 않은 후에야 천하를 맡길 수 있다.

無物可以損其身, 故曰愛也. 如此乃可以寄天下也. 不以寵辱榮患損易其身, 然後乃可以天下付之也.

14 보려 해도 볼 수 없으니 은미하다 하고

> 보려 해도 볼 수 없으므로 은미하다고 하고,
> 들으려 해도 들을 수 없으므로 희미하다고 이름하며,
> 잡으려 해도 잡지 못하므로 미묘하다고 부르나니,
> 이 세 가지는 더 이상 캐물을 수 없고
> 하나로 섞여 있다.
> 위라고 해서 밝지 않고
> 아래라고 해서 어둡지 않으며,
> 끊임없이 움직이지만
> 이름 붙일 수 없으며
> 다시 아무것도 없는 상태로 돌아가니,
> 이를 형상이 없는 형상이며,
> 텅 빈 사물의 모습이라고 하며,
> 황홀하다고 이른다.
> 앞으로 맞아도 그 머리를 볼 수 없고,
> 뒤로 좇아가도 그 뒤를 볼 수 없다.
> 옛 도를 가지고 지금의 일을 다스리니,
> 도의 실마리를 통해 옛날의 시원을 알 수 있는 것이다.

(도는) 보아도 볼 수 없으므로 '이'(夷)라고 하고, 들으려 해도 들을

수 없으므로 '희'(希)라고 이름하며, 잡으려 해도 얻지 못하므로 '미'(微)라고 부르나니, 이 세 가지는 따져서 캐물을 수 없으므로 하나로 섞여 있다.

視之不見名曰夷, 聽之不聞名曰希, 搏之不得名曰微,[1] 此三者不可致詰, 故混而爲一.

모양도 없고 형상도 없으며 소리도 없고 메아리도 없으므로, 통하지 못하는 곳이 없고 가지 못하는 곳이 없으며 알 수도 없다. 더 이상 나의 귀·눈·몸으로는 이름을 알지 못하므로 캐물을 수 없고, 섞여서 하나이다.

無狀無象, 無聲無響, 故能無所不通, 無所不往. 不得而知, 更以我耳目體不知爲名, 故不可致詰, 混而爲一也.

1) "視之不見名曰夷, 聽之不聞名曰希, 搏之不得名曰微"는 『백서노자』에는 "視之不見名曰微, 聽之不聞名曰希, 搏之不得名曰夷"로 되어 있다.

그 위는 밝지 않고 그 아래는 어둡지 않으며, 끊임없이 이어지는데 이름 붙일 수 없으며 다시 아무것도 없는 상태로 돌아가니, 이를 모양이 없는 모양이며, 사물이 없는 형상이라고 하며,

其上不皦, 其下不昧, 繩繩[2]不可名, 復歸於無物, 是謂無狀之狀, 無物之象,

없다고 말하려고 하니 사물이 그것으로 말미암아 이루어지고, 있다고 하려 하니 그 모습을 볼 수 없다. 그래서 "모양이 없는 모양이며, 사물이 없는 형상이다"라고 했다.

欲言無邪, 而物由以成. 欲言有邪, 而不見其形. 故曰無狀之狀, 無物之象也.

2) 승승(繩繩)은 『백서노자』에는 심심(尋尋)으로 되어 있다. 승승의 뜻은 1 끊임없이 이어지는 모습, 2 삼가고 조심함, 3 끝이 없는 모습, 4 똑바른 모습의 네 가지가 있다.

이것을 황홀(恍惚)이라고 이른다.

是謂恍惚.

(무엇이라고) 정할 수 없다.

不可得而定也.

맞이해도 그 머리를 볼 수 없고, 뒤따라가도 그 뒤를 볼 수 없다.
옛날의 도를 잡아 지금의 유(有)를 다스리니,

迎之不見其首, 隨之不見其後. 執古之道, 以御今之有,

유(有)는 일이 있다는 것이다.

有, 有其事.

옛날의 시원을 알 수 있음을 일러 도의 실마리라고 한다.

能知古始, 是謂道紀.

형체도 없고 이름도 없는 것이 만물의 근본이다. 비록 지금과 옛날이 같지 않고 때가 바뀌고 풍속이 변했지만, 참으로[3] 모두 이(무형무명의 도)에 말미암아 치세를 이루지 않음이 없었다. 그러므로 옛날의 도를 가지고 지금의 일들을 다스릴 수 있다. 아득한 옛날이 비록 멀지만 그 도는 여전히 남아 있으므로 지금에 있어도 옛날의 시원을 알 수 있다.

無形無名者, 萬物之宗也. 雖今古不同, 時移俗易, 故莫不由乎此以成其
治者也. 故可執古之道以御今之有. 上古雖遠, 其道存焉, 故雖在今可以知
古始也.

---

3) '고'(故)를 '고'(固)로 해석했다.(루우열,『왕필집교석』참조)

15 도를 얻은 이는

    ❝ 옛날에 도를 얻은 이는

미묘하고 그윽히 통달하여,

그 깊이를 알 수 없었다.

알 수 없지만 억지로 말해보자면

마치 살얼 겨울강을 건너듯 조심하고,

사방에서 쳐들어오는 적을 경계하듯 신중하며,

찾아온 손님처럼 엄숙하다가도,

얼음이 녹듯이 푸근하고,

다듬지 않은 통나무처럼 질박하며,

계곡같이 비고,

혼탁한 듯 세속에 섞여 있다.

누가 능히 혼탁하게 섞여 있음으로써 천천히 맑게 할 수 있으며,

누가 능히 가만히 놓아둠으로써 서서히 살아나게 할 수 있겠는가?

이 도를 간직하고 있는 사람은 그득 채우려고 하지 않으니,

무릇 채우지 않기 때문에

그대로 덮어둘 뿐 새로 만들지 않는다. ❞

옛날에 도를 얻은 이는 미묘하고 그윽히 통달했으니, 깊이를 알 수 없었다. 알 수 없으므로 억지로 형용하자면 마치 겨울에 개울을 건

널 때 머뭇거리는 것과 같고,

　古之善爲士者,[1] 微妙玄通, 深不可識. 夫唯不可識, 故强爲之容. 豫焉若冬涉川,

겨울에 개울을 건널 때에 망설이면서 건너려는 것 같기도 하고 건너지 않으려는 것 같기도 하여, 그 사정을 알 수 없는 모습이다.

　冬之涉川, 豫然若欲度, 若不欲度, 其情不可得見之貌也.

1) '선위사자'(善爲士者)는 『백서노자』에는 '선위도자'(善爲道者)로 되어 있다. 부혁본(傅奕本)에는 백서본과 동일하게 되어 있고, 하상공주(河上公注)에도 '득도지군'(得道之君)으로 설명한 것으로 보면 원본이 도(道)였을 가능성이 높다.

사방의 침입을 두려워하는 듯 신중하고,
　猶兮若畏四鄰,

사방에서 중앙의 군주를 함께 공격해오니 신중하게 경계하면서 어느 쪽을 향해서 상대할지 모른다. 뛰어난 덕을 지닌 사람은 낌새를 챌 수 없고, 의향을 알 수가 없음이 또한 이와 같다.

　四隣合攻中央之主, 猶然不知所趣向者也. 上德之人, 其端兆不可覩, 〔意〕趣不可見, 亦猶此也.

그 모습이 손님[2]처럼 엄숙하며, 얼음이 녹듯이 풀어지고, 다듬지 않은 통나무처럼 진실하며, 계곡같이 비고, 탁한 듯이 섞여 있다.

　儼兮其若容,[3] 渙兮若氷之將釋, 敦兮其若樸, 曠兮其若谷, 混兮其若濁.

무릇 여기서 무엇무엇 같다고 한 것은 다 그 모습을 나타내거나 이름 지을 수 없음을 말한다.

凡此諸若, 皆言其容象不可得而形名也.

2) 장석창과 백서본을 따라 '용'(容)을 '객'(客)의 오자로 보았다.
3) '용'(容)이 『백서노자』에는 '객'(客)으로 되어 있다. 장석창(蔣錫昌)은 형체가
   비슷해서 '객'(客)자를 '용'(容)자로 잘못 쓰게 된 것이며, '객'(客)은 그 뒤의
   '석'(釋)· '박'(樸)· '곡'(谷)· '탁'(濁)과 압운(押韻)이 된다고 했다.

누가 능히 탁함으로써 고요히 해서 차츰차츰 맑게 할 수 있으며(혹
은 탁함을 고요함으로 서서히 맑히며), 누가 편안함으로써 계속 움
직여서 서서히 살릴 수 있겠는가?
孰能濁以靜之徐清? 孰能安以久動之徐生?

저 어둠으로 사물을 다스리면 밝아지게 되고, 혼탁함으로써 사물을 고
요히 가라앉히면 맑아지며,[4] 편안함으로써 사물을 움직이게 하면 되살
아나게 된다. 이는 스스로 그러한 도이다. '누가 할 수 있겠는가'라는 것
은 그 어려움을 말한 것이며, '서서히'(徐)란 세밀하고 신중한 것이다.
夫晦以理物 則得明,[5] 濁以靜物 則得清, 安以動物 則得生. 此自然之道
也. 孰能者, 言其難也. 徐者, 詳慎也.

4) 즉 하나하나 잘잘못을 따지고 밝히는 방식으로 다스리는 것이 아니라 모르는
   척 덮어두고 가만가만 다스리고, 갑자기 맑게 만드는 것이 아니라 서로 탁하게
   뒤섞인 채 천천히 가라앉히는 방식으로 맑게 해나간다는 말이다.
5) 『주역』「명이 · 대상전」(明夷 · 大象傳)에 "어둠을 이용해서 밝게 한다"(用晦以
   明)라고 한 데서 나온 말이다.

이 도를 간직하고 있는 사람은 그득 채우려고 하지 않으니,
保此道者不欲盈,

채우면 반드시 넘치게 된다.

盈必溢也.

무릇 채우지 않기 때문에 능히 덮어둘 뿐(혹은 해지더라도) 새로
만들지 않는다.
夫唯不盈, 故能蔽不新成.[6]

폐(蔽)는 덮는다는 뜻이다.
蔽, 覆蓋也.

6) "夫唯不盈, 故能蔽不新成"이 『백서노자』에는 "夫唯不欲盈, 故能㰤不成"으로 되
어 있고, 초간본에는 이 부분이 삭제되어 있다. 이 부분에 대해서는 해석이 분
분하다. 하상공(河上公)은 이 구절을 그대로 받아들여 "교만하지 않은 이는 능
히 해진 것을 받아들이고 새로 짓지 않는다. 해진 것은 빛나고 번쩍거림이 가려
진 것이요, 새로 지은 것은 공명을 귀히 여긴다"라고 주석했다. 그러나 이 구절
에는 '폐'(蔽)를 '폐'(弊) 혹은 '폐'(㰤)로 보아야 한다는 설이 있고, '불'(不)
을 '복'(復)으로 보아야 한다거나 혹은 빼야 한다는 등 이설이 분분하다. 장석
창은 왕필이나 하상공의 주석을 참고하여 '신성'(新成)이란 64장의 '기성'(幾
成)의 뜻과 비슷하고, 41장의 대기만성(大器晩成)이나 45장의 대성약결(大成若
缺)의 의미와 상반되는 것으로 '마구 만들어낸다' 혹은 '조급하게 짓는다'는 의
미로서 전체적으로 "성인은 교만하지 않아서 지혜를 감춘 채 억지로 마구 이루려
하지 않는다"는 의미라고 한다.(장석창, 『노자교고』(老子校詁), 97~99쪽 참조)

16 완전히 비우고 조용함을 지키라

❝ 완전히 비우고, 아주 조용함을 지키라.
만물이 다 함께 자라나고 있지만,
나는 오히려 그 되돌아감을 보나니,
저 만물은 무성하지만
각기 그 뿌리로 다시 되돌아간다.
근원으로 돌아가면 고요해지니
이를 일러 명(命)을 회복한다고 하고,
명을 회복하면 영원하게 되며
영원함을 알면 밝다고 하나니,
영원함을 알지 못하면 망령되게 흉한 일을 저지르게 된다.
영원함을 알면 통하게 되니,
통하면 공정해지고,
공정하면 왕이 되고,
왕이 되면 하늘과 같게 되고,
하늘과 같으면 도를 얻게 되며,
도를 얻으면 오래갈 수 있으니,
평생 위태롭지 않게 된다. **❞**

허(虛)의 극치에 이르고, 정(靜)의 독실함을 지켜라.

致虛極, 守靜篤.[1]

텅 비는 데에 이름이 사물의 극치의 상태고, 고요함을 지키는 것이 사물의 참되고 바른 모습이다.
言致虛, 物之極篤; 守靜, 物之眞正也.

1) 이 부분이 죽간본에는 "至虛 恒也 守中 篤也"로 되어 있다.

만물이 함께 일어남에,
萬物竝作,

움직여 일어나고, 생겨나 자란다.
動作生長.

나는 (만물의) 되돌아감을 보나니,
吾以觀復,

허정(虛靜)함으로써 만물이 되돌아감을 본다. 있음은 없음에서 일어나고 움직임은 고요함에서 일어난다. 그러므로 만물이 비록 함께 어울려 움직이고 일어나지만 결국은 다시 허성한 곳으로 돌아가니, 이것이 사물의 지극함이다.
以虛靜觀其反復. 凡有起於虛, 動起於靜, 故萬物雖并動作, 卒復歸於虛靜, 是物之極篤也.

저 만물은 무성하지만 (결국) 각기 그 뿌리로 다시 되돌아간다.
夫物芸芸, 各復歸其根.

각자 그 비롯한 곳으로 돌아간다.

各返其所始也.

뿌리로 돌아가는 것을 정(靜)이라 하니 이를 일러 명(命)을 회복하는 것이라고 하고, 명을 회복하는 것을 '상'(常)이라고 하며,

歸根日靜, 是謂復命. 復命日常,

뿌리로 돌아가면 고요해지므로 '정'(靜)이라고 했다. 고요하면 명(命)을 회복하므로 '복명'(復命)이라고 했다. '명'을 회복하면 성명(性命)의 '상'(常)을 얻을 수 있으므로 '상'이라고 했다.

歸根則靜, 故曰靜. 靜則復命, 故曰復命也. 復命則得性命之常, 故曰常也.

상을 아는 것을 명(明)이라고 하나니, 상을 알지 못하면 망령되게 흉한 일을 저지르게 된다.(혹은 작위하게 되므로 흉하다.)

知常日明, 不知常, 妄作凶.

항상 변치 않는 것은 치우치지도 않고 드러나지도 않으며, 밝고 어두운 모습이나 따뜻하고 서늘한 형상도 없다.[2] 그러므로 "상(常)을 아는 것을 명(明)이라고 한다"고 말했다. 다만 이 되돌아가는 것만은 만물을 포괄 관통하면서 포용하지 않는 것이 없으나, 이것을 잃어버리면 분별하는 데에 잘못이 끼어들어오고, 사물이 그 분별에 걸리게 되므로, 항상됨을 알지 못하면 망령되게 흉한 일을 저지르게 된다고 했다.

常之爲物, 不偏不彰, 無曒昧之狀, 溫凉之象, 故曰知常日明也. 唯此復, 乃能包通萬物, 無所不容. 失此以往, 則邪入乎分, 則物離其分, 故曰不知常則妄作兇也.

2) 도는 무형(無形)·무명(無名)·무상(無象)이라는 논리로, 본서의 왕필「노자지략」(老子指略)의 서두 부분 참조.

상(常)을 알면 통하게 되니,

知常容,

포괄하여 통하지 못하는 바가 없다.

無所不包通也.

통하면 곧 공정하게 되고,

容乃公,

통하지 못하는 것이 없으면 이에 크게 공평하게 된다.

無所不包通, 則乃至於蕩然公平也.

공정하면 곧 왕이 되고,

公乃王,

크게 공평하면 이에 두루 미치지 못하는 바가 없게 된다.

蕩然公平, 則乃至於無所不周普也.

왕이 되면 곧 하늘과 같게 되고,

王乃天,

두루 미치지 못하는 바가 없으면 이에 하늘과 같게 된다.

無所不周普, 則乃至於同乎天也.

하늘과 같으면 곧 도를 얻게 되고,

天乃道,

하늘과 더불어 덕을 합하고, 도를 체득하여 크게 통하면 이에 궁극의 텅 빈 무(無)에 이르게 된다.

與天合德, 體道大通,[3] 則乃至於〔窮〕極虛無也.

3) 『장자』「대종사」(大宗師)편에 "공자가 깜짝 놀라 물었다. "무엇을 좌망이라 하는가?" 안회가 말했다. "육신을 벗어나고 총명을 버려서 형체를 여의고 앎에서 떠나 크게 통하는 상태에 동화되는 것 이를 좌망이라고 합니다."(仲尼蹴然日, 何謂坐忘? 顏回日, 墮肢體, 黜聰明, 離形去知, 同於大通, 此謂坐忘)"라고 한 내용 참조.

도를 얻으면 오래갈 수 있으니,

道乃久,　　　　　.

극치를 다한 텅 빈 무에서 도의 항상됨을(즉 완전한 무에 이르러서 영원한 도를) 얻으면 곧 다하여 없어지지 않는 데에 이른다.

窮極虛無, 得道之常, 則乃至於不窮極也.

죽을 때까지 위태롭지 않게 된다.

沒身不殆.

무(無)라는 것은 물과 불이 해칠 수 없고 쇠나 돌로도 부술 수 없다. 무(無)를 마음에 쓰면(즉 무심의 상태가 되면) 호랑이나 코뿔소가 그 발톱과 뿔로 덤빌 곳이 없고, 칼과 창의 날로 찌를 곳이 없으니, 무슨 위태로움이 있겠는가!

無之爲物, 水火不能害, 金石不能殘. 用之於心, 則虎兕無所投其〔爪〕角, 兵戈無所容其鋒刃, 何危殆之有乎!

17 최상의 덕을 가진 왕은

  ❝ 최상의 덕을 가진 왕은

아래 백성들이 왕이 있다는 사실만 알 뿐이요,

그 다음의 왕은 그를 친근하고 자랑스럽게 여기고,

그 다음의 왕은 두려워하며,

그 다음은 업신여기나니,

왕이 믿어주지 않으므로,

아랫사람들이 믿지 않게 된 것이다.

왕은 묵묵히 말을 귀하게 여기나니,

백성들은 공(功)이 이루어지고 일이 이루어지는 것을

우리 스스로가 저절로 그렇게 되었다고 말한다. **❞**

가장 지극한 덕을 가진 왕은 아랫사람들이 그가 있음을 알 뿐이요,
太上下知有之,

 . 태상(太上)은 대인(大人)을 말한다. 대인이 위에 있으므로 '태상'이라고 말했다. 대인은 윗자리에서 무위로 일하고, 말없이 가르치며 만물이 성하게 일어나더라도 첫머리가 되지 않는다. 그러므로 아랫사람들은 그가 있다는 것을 알기만 할 뿐이니, 윗사람을 따름을 말한다.

   太上, 謂大人也. 大人在上, 故曰太上. 大人在上, 居無爲之事, 行不言之教, 萬物作焉而不爲始, 故下知有之而已. 言從上也.

그 다음의 왕은 아랫사람들이 그를 친근하고 자랑스럽게 여기고,
其次, 親而譽之,

무위로 일을 대하거나 말없음으로 가르칠 수는 없고, 선(善)을 내세우면서 베풀어줌으로써 아랫사람들이 그를 친근하게 여기고 칭찬하게 만든다.
不能以無爲居事, 不言爲敎,[1] 立善行施, 使下得親而譽之也.

1) 『노자』 2장에 "是以聖人處無爲之事, 行不言之敎"라고 했다.

그 다음의 왕은 (아랫사람들이 그를) 두려워하며,
其次, 畏之,

은혜와 인자함으로 사람을 부릴 수는 없고, 위엄과 권세에 의존한다.
不復能以恩仁令物, 而賴威權也.

그 다음은 업신여긴다.
其次, 侮之.

반드시 백성들을 가지런하게 할 수는 없고, 지모를 부려서 나라를 다스리니, 아랫사람들이 그것을 피할 줄 알아서 그 명령을 따르지 않는다. 그러므로 '그를 업신여긴다'라고 했다.
不能以正齊民, 而以智治國, 下知避之, 其令不從, 故曰侮之也.

(윗사람의) 미더움이 부족하므로, (아랫사람들이) 믿지 않음이 생긴 것이다.

信不足焉, 有不信焉.

몸가짐에 타고난 본성을 잃어버리면 질병이 생기고, 다른 사람을 돕는다고 본바탕을 잃게 만들면 병폐가 일어난다. (윗사람에게) 미더움이 부족하므로 (아랫사람이) 믿지 않게 되니, 이는 자연히 그렇게 되는 도이다. 이미 부족해졌으므로 지모로 풀 수 있는 것이 아니다.

夫御體失性, 則疾病生, 輔物失眞, 則疵釁作. 信不足焉, 則有不信, 此自然之道也. 已處不足, 非智之所〔濟〕也.

(왕은) 유유히 그 말을 귀하게 여기나니(혹은 법령을 함부로 발령하지 않으니), 공(功)이 이루어지고 일이 다 되는 것을 백성들은 모두 자기가 스스로 그러한 것이라고 말한다.

悠兮其貴言, 功成事遂, 百姓皆謂我自然.

저절로 그러함은 그 조짐을 볼 수가 없고, 그 의향도 알아챌 수 없다. 어떠한 사물로도 그 말을 바꿀 수 없고, 말을 하면 반드시 그에 응하므로 '유혜기귀언'(悠兮其貴言)이라고 했다. 무위(無爲)의 일에 거하고 말없는 가르침을 행하며, 드러난 외형을 가지고 사물을 내세우지 않는다. 그러므로 공이 이루어지고 일이 다 되더라도 백성들은 그렇게 되는 까닭을 알지 못한다.

自然, 其端兆不可得而見也, 其意趣不可得而覩也. 無物可以易其言, 言必有應, 故曰悠兮其貴言也. 居無爲之事, 行不言之敎, 不以形立物, 故功成事遂, 而百姓不知其所以然也.

18 대도가 없어지니 인의가 드러나고

> 대도(大道)가 없어지니
> 인의가 드러나고,
> 지혜가 나타나니
> 거짓도 생겨나게 되었다.
> 가족이 화목하지 못하므로 효성이니 자애니 따지게 되고,
> 국가가 어지러워지자 충신이 등장하게 되었다.

대도(大道)가 없어지니 인의가 있게 되었고,
大道廢, 有仁義;

무위(無爲)의 일을 잃어버리고, 다시 꾀를 부려서 선도(善道)라는 것을 내세워 사람들을 (그에 따르도록) 부추긴다.
失無爲之事, 更以施慧 立善道進物也.

지혜가 나타나니 큰 거짓도 있게 되었다.
慧智出, 有大僞;

술수를 부려서 명백하게 속임수를 살피는 것은 (그 살피는) 의향이 보이고 외형이 나타나니, 사람들이 이를 피할 줄 알게 된다. 그러므로 지혜

가 나타나면 큰 거짓이 생겨난다.

行術用明, 以察姦僞, 趣覩形見, 物知避之. 故智慧出則大僞生也.

육친(六親)이 화목하지 못하므로 효성과 자애가 있게 되고, 국가가 혼란하므로 충신이 있게 되었다.

六親不和, 有孝慈; 國家昏亂, 有忠臣.

매우 아름답다는 이름은 아주 추한 데서 생겨나니, 이른바 아름다움과 추함이 문(門)을 같이한다는 것이다. 육친은 부자 · 형제 · 부부다. 만약 육친이 저절로 화목하고, 국가가 스스로 다스려진다면 효자 · 충신이 어디에 있는지 알지 못하게 된다. 물고기들이 강과 호수에서 서로 잊고 지내는 도가 있기 때문에 (물이 말라 물거품을 뿜어) 서로 적셔주는 덕도 생겨난다.[1]

甚美之名, 生於大惡, 所謂美惡同門. 六親, 父子兄弟夫婦也. 若六親自和, 國家自治, 則孝慈忠臣不知其所在矣. 魚相忘於江湖之道, 則相濡之德生也.

1) '魚相忘於江湖之道'는 『장자』 「대종사」의 "샘이 마르면 물고기들이 땅바닥에 드러나, 서로 숨을 내쉬어 적셔주고, 서로 물거품을 뿜어주니, 강호 속에서 서로를 잊는 것만 못하다"(泉涸, 魚相處於陸, 相呴以濕, 相濡以沫, 不如相忘於江湖)라는 말에서 나왔다.(『장자』 「천운」(天運)에도 나온다) 루우열은 "魚相忘於江湖之道, 則相濡之德生也"라는 말은 의미가 통하지 않으므로 뭔가 잘못 빠진 것 같다고 하면서, 도홍경(陶鴻慶)의 '魚相忘於江湖, 相忘之道失, 則相濡之德生也'가 잘못 쓰여졌다는 주장은 통할 만하지만, 왕필 주의 뜻을 세밀하게 살펴보면 앞의 글에서 "六親自和, 國家自治, 則孝慈忠臣 不知其所在矣"라고 했으니, 아마 이곳도 "魚相忘於江湖之道, 則相濡之德 [不知其所]生也"라고 보충해서 보아야 될 것 같다고 한 바 있다.(루우열, 『왕필집교석』 참조.) 그러나 필자의 생각으로, 육친의 불화가 있으니 효자가 있고 국가의 혼란이 있으니 충신이 있듯이, 같은 맥락에서 강호 속에서 유유자적하는 도가 있기 때문에 물이 말랐을 때 서로 물거품을 뿜어주는 덕도 생겨난다고 보아도 문리가 통한다.

19 지혜를 버리면 백성의 이익이 백 배가 되고

❝ 성(聖)을 끊고 지(智)를 버리면
백성들의 이익이 백 배가 되고,
인(仁)을 끊고 의(義)를 버리면
백성들이 다시 효성스럽고 자애로워지며,
교묘한 재주를 끊고 이로운 재물을 버리면
도적이 없어지나니,
이 세 가지는 예법으로 삼기에는 부족하므로
소박함을 간직하고 사욕을 줄이는 데 매어놓게 하라. ❞

성(聖)을 끊고 지(智)를 버리면 백성들의 이익이 백 배가 되고, 인(仁)을 끊고 의(義)를 버리면 백성들이 다시 효성스럽고 자애로워지며, 기교를 끊고 이익을 버리면 도적들이 없어진다. 이 세 가지는 예법으로 삼기에는 부족하므로(혹은 부족한 것을 꾸미는 것이므로) 소박함을 간직하고 사욕을 줄이는 데 매어둔다.[1]

絕聖棄智, 民利百倍; 絕仁棄義, 民復孝慈; 絕巧棄利, 盜賊無有. 此三者, 以爲文不足, 故令有所屬, 見素抱樸, 少私寡欲.

성(聖)과 지(智)는 뛰어난 재주고, 인(仁)과 의(義)는 훌륭한 행실이며, 교(巧)와 이(利)는 쓰기에 좋은 것이지만 바로 끊어버린다고 했으니,

(이 세 가지는) 예법으로는 매우 부족한 것이어서 어디에 매어놓지 않는다면 그 (무위자연의) 가르침을 볼 수가 없다. 그러므로 이 세 가지는 예법으로 삼기에 부족한 것이므로 사람으로 하여금 붙잡아 매놓으라고 했으니, 소박·과욕에 매어두는 것이다.

聖智, 才之善也; 仁義, 〔行〕之善也, 巧利, 用之善也, 而直云絶, 文甚不足, 不令之有所屬, 無以見其指. 故曰此三者以爲文而未足, 故令人有所屬, 屬之於素樸寡欲.

1) 이 부분에 대해서는 여러 해석이 있다. 장석창은 문(文)을 예법으로 보았고, 주겸지는 '此三者, 故令有所屬'의 8자가 잘못 끼어들어갔다고 했다. 우성오(于省吾)는 위(爲)는 위(僞), 문(文)은 식(飾)으로 보아서 거짓으로 부족한 바를 꾸미는 것으로 해석했다. 루우열은 '속'(屬)을 만족의 뜻으로 보았으나, 성현영(成玄英)은 "속은 붙여 부착함을 이른다(屬謂屬著付屬也)"라 하면서 '見素抱樸, 少私寡欲'에 마음 붙이는 것으로 해석했다.(성현영,『노자의소』(老子義疏) 참조)

20 배우기를 포기하면 걱정이 없나니

❝ 배우기를 포기하면 걱정이 없나니,

공손하게 대답함과 적당히 응대함이 서로 얼마나 다르며,

선과 악이 서로 어떻게 다른 것인가?

사람들이 두려워하는 바를 두려워하지 않을 수 없구나.

넓고 망망하기가

끝이 없음이여!

사람들은 희희낙락 큰 잔치를 즐기는 듯하고,

봄날에 누대에 놀러온 듯한데,

나 홀로 담박(淡泊)함이여,

아무런 분별도 없는 것이

마치 갓 태어난 아이가 웃을 줄도 모르는 것 같고,

고달프기가,

돌아갈 곳조차 없는 듯하구나.

사람들은 모두 넘치고 남으나

나만 홀로 잃어버린 듯하니,

나는 어리석은 이의 마음이로다.

흐리멍텅하구나!

세상 사람들은 아주 밝으나

나만 홀로 어둡고,

사람들은 살피고 따지는데

나만 홀로 몽매하구나.

바다와 같이 잠잠하다가,

바람처럼 쉼없이 나부끼도다.

사람들은 모두 하는 게 있는데,

나만 홀로 어리석고 고루하구나.

나는 홀로 사람들과 달라

생명의 어머니를 귀히 여긴다. **⁇**

배우기를 포기하면 걱정이 없나니, '네' 하고 공손하게 대답함과 '응' 하고 적당히 응대함이[1] 서로 얼마나 떨어져 있는 것인가? (세상에서 말하는) 착함과 악함이 서로 얼마나 다른 것인가? 다른 사람들이 두려워하는 것은 두려워하지 않을 수 없다.

絶學無憂, 唯之與阿, 相去幾何? 善之與惡, 相去若何? 人之所畏, 不可不畏.

하편(48장)에서 "학문을 하는 것은 날마다 더하는 것이요, 도를 구하는 것은 날마다 덜어내는 것이다"라고 했다. 그래서 학문이란 능력을 길러서 지모를 늘려가는 것이다. 만약 아무런 욕심 없이 만족한다면 어찌 기르려고 하겠으며, 알지 못해도 맞춘다면[2] 무엇 때문에 늘려나가려고 하겠는가? 저 제비와 참새도 배필이 있고 비둘기도 짝지을 줄 알며, 추운 지방 사람들은 반드시 솜옷과 가죽옷을 (지어 입을 줄) 안다. 스스로 그런 대로 이미 족하니 덧보태면 걱정이 생긴다. 그러므로 오리 다리를 (길게) 잇는 것이 학의 다리를 자르는 것과 무엇이 다르겠는가?[3] 명예를 걱정하면서 출세하는 것이[4] 형벌을 두려워하는 것과 무엇이 다르겠는가? 공손하게 대답함과 적당히 응대함, 아름다움과 추함은 서로 얼마나 떨어져 있는 것인가? 그러므로 사람들이 두려워하는 것을 나도 두려워하니 감히 이를 믿어 쓰임으로 삼지 않는다.

下篇[云], 爲學者日益, 爲道者日損. 然則學求益所能, 而進其智者也. 若將無欲而足, 何求於益? 不知而中, 何求於進? 夫燕雀有匹, 鳩鴿有仇; 寒鄕之民, 必知旃裘. 自然已足, 益之則憂. 故續鳧之足, 何異截鶴之脛; 畏譽而進, 何異畏刑? 唯[訶]美惡, 相去何若. 故人之所畏, 吾亦畏焉. 未敢恃之以爲用也.

1) 성현영은 "유는 공경스럽게 대답함이요, 아는 경솔하게 응답함이다(唯, 敬諾也, 阿, 慢應也)"라고 했다.(성현영, 『노자의소』 참조.)
2) 『중용』에 "성이란 애쓰지 않아도 맞고 생각하지 않아도 얻으며 가만히 도에 맞으니 성인이다(誠者, 不勉而中, 不思而得, 從容中道, 聖人也)"라고 했다.
3) 『장자』 「변무」(騈拇)에 "길다고 그것을 남는다고 생각하지 않으며 짧다고 그것을 부족하게 여기지 않는다. 오리는 비록 다리가 짧지만 그것을 길게 이어주면 괴로워하고, 학의 다리는 길지만 그것을 짧게 잘라주면 슬퍼한다. 때문에 천성으로 길게 타고난 것을 자를 바가 아니며 본성이 짧은 것을 이어주어서도 안 된다.(長者不爲有餘, 短者不爲不足. 是故鳧脛雖短, 續之則憂., 鶴脛雖長, 斷之則悲. 故性長非所斷, 性短非所續)"라고 한 데서 취한 것이다.
4) 『노자』 13장 「총욕약경」(寵辱若驚)의 내용 참조.

망망하구나, 그 다하지 못함이여!
荒兮其未央5)哉!

세속과 크게 상반됨을 탄식한 것이다.
歎與俗相[反]之遠也.

5) 성현영은 '앙'(央)을 '진'(盡)의 뜻으로 보았다.(성현영, 『노자의소』 참조)
고형(高亨)은 이 부분을 "바삐 달리기만 할 뿐 마칠 줄 모른다"는 뜻으로 해석했다.

사람들은 희희낙락 큰 잔치를 즐기는 듯하고, 봄날에 누대에 오른 듯한데,

衆人熙熙, 如享太牢, 如春登臺,

사람들은 좋아서 끌리는 것에 미혹되고, 영리에 현혹되어 욕심이 치닫고 마음이 뛰논다. 그러므로 큰 잔치를 즐기듯, 봄날에 누대에 오른 듯이 들떠 기뻐한다.

衆人迷於美進,[6] 惑於榮利, 欲進心競, 故熙熙如享太牢, 如春登臺也.

6) 앞의 『노자』 2장 왕필주에 "美者, 人心之所進樂也"라고 나온다.

나 홀로 담박함이여, 그 아무런 조짐이 없는 것이 마치 어린아이가 옹알거릴 줄도(혹은 웃을 줄도) 모르는 것 같고,

我獨泊兮其未兆, 如嬰兒之未孩,[7]

나는 텅 비어서 이름 붙일 만한 모양이 없고, 별다른 조짐이 없는 모습이 마치 어린아이가 옹알거릴 줄도 모르는 것과 같다.

言我廓然無形之可名, 無兆之可擧, 如嬰兒之未能孩也.

7) 백서본에는 '해'(咳)로 되어 있다. 『설문해자』에는 '해'(咳)의 고문(古文)이 '해'(孩)라고 하여 아이가 웃는 모양으로 보았다. 『고사변』에는 어린아이가 말하기 전 옹알거리는 소리를 해(孩)라고 해석했다.

고달픔이여, 돌아갈 곳이 없는 듯하구나.

儽儽兮若無所歸.

머물 집이 없는 듯하다.

若無所宅.

사람들은 모두 넘치고 남으나 나만 홀로 잃어버린 듯(혹은 버려진

듯)하니,

　衆人皆有餘, 而我獨若遺,

　사람들은 모두 생각과 뜻을 품고 있어서 가슴속에 차고 넘치므로 '모두 넘쳐 남는다'고 했다. 나만 홀로 멍청히 하는 일도 없고 욕심도 없으니 마치 잃어버린 듯하다.

　衆人無不有懷有志, 盈溢胸心, 故曰: 皆有餘也. 我獨廓然無爲無欲, 若遺失之也.

나는 어리석은 이의 마음이로다!
我愚人之心也哉!

아주 어리석은 사람은 마음속에 나누고 가르는 바가 없고, 뜻에 좋아하거나 미워하는 바가 없어서 그 정(情)을 볼 수 없으니, 나의 쓸쓸함이 이와 같다.

　絶愚之人, 心無所別析, 意無所〔美惡〕, 猶然其情不可覩, 我頹然若此也.

흐리멍텅하구나!
沌沌兮!

나누고 가르는 바가 없으므로 이름 지을 수 없다.
無所別析, 不可爲〔名〕.

세상 사람들은 아주 밝으나,
俗人昭昭,

그 빛을 번쩍거린다.
耀其光也.

나만 홀로 어둡고, 세상 사람들은 하나하나 살피고 따지는데,

我獨昏昏; 俗人察察,

구별하고 분석한다.

分別別析也.

나만 홀로 몽매하도다. 잠잠함이여, 마치 바다와 같고,

我獨悶悶. 澹兮其若海,

정을 볼 수 없다.

情不可覩.

바람처럼 몰아침이여, 쉼이 없구나.

飂兮若無止.

매여 있는 곳이 없다.

無所繫縶.

사람들은 모두 쓰임(혹은 까닭)이 있는데,

衆人皆有以,

'이'(以)는 쓰임이다. 모두 쓰이는 바가 있기를 바란다.

以, 用也. 皆欲有所施用也.

나만 홀로 어리석고 고루하구나.

而我獨頑似鄙.

바라고 작위하는 바 없으므로 어둡고 멍청한 것이 마치 아무것도 모르

는 것 같으므로, '어리석고 촌스럽다'고 했다.

無所欲爲, 悶悶昏昏, 若無所識, 故曰頑且鄙也.

나는 홀로 사람들과 달라 먹여주는 어머니를 귀히 여긴다.

我獨異於人, 而貴食母.

'식모'(食母)는 삶의 근본이다. 사람들이 모두 백성을 살리는 근본을 버리고 말단이나 장식하는 화려함을 귀하게 여기므로, "나는 홀로 사람들과 다르고자 한다"라고 했다.

食母, 生之本也. 人皆棄生民之本, 貴末飾之華, 故曰我獨欲異於人.

21 큰 덕의 모습은 도만을 따른다

> 큰 덕의 모습은
> 오직 도만을 따른다.
> 도라는 물건은
> 오직 있는 듯 없는 듯 황홀하니,
> 황홀한 그 안에 조짐이 있고,
> 황홀한 그 가운데에 무언가 있으며,
> 그윽하고 깊숙한 그 속에 정미로운 것이 들어 있도다.
> 그 정미로움은 매우 참되며
> 그 가운데에 진실함이 있으니,
> 예부터 지금까지 그 이름이 떠나지 않았다.
> 이로써 만물의 시작을 살펴나니,
> 내가 어떻게 만물의 모습을 알겠는가?
> 이로써이다.

텅 빈(혹은 큰)[1] 덕의 모습은 오직 도만을 따른다.

孔德之容, 惟道是從.

'공'(孔)은 비우는 것이다. 오직 비움을 덕으로 삼은(즉 자신을 비우는 덕을 가진) 후라야 행동이 도에 맞게 된다.

孔, 空也. 惟以空爲德, 然後乃能動作從道.

1) 왕필은 '孔' 을 '비었다' 는 뜻으로 보았으나, 원래는 '크다' 는 뜻이다.

도라는 것은 오직 있는 듯 없는 듯 황홀하니,
道之爲物, 惟恍惟惚, 2)

황홀은 (일정한) 형상이 없이 (고정되게) 매이지 않음을 찬탄한 말이다.
恍惚, 無形不繫之歎.

2) 성현영은 "있지 않으면서 있고 있으면서도 있지 아니하며, 없지 않으면서 없고 없으면서도 없지 않으니, 있고 없음이 정해지지 않으므로 황홀이라고 했다(不有而有, 雖有不有, 不無而無, 雖無不無, 有無不定, 故言恍惚)"라고 했다.(성현영, 『노자의소』 참조)

홀황함이여 그 안에 조짐이 있고, 황홀함이여 그 가운데에 무언가 있으며,
惚兮恍兮, 其中有象; 恍兮惚兮, 其中有物,

일정한 형상 없이 사물이 시작되고 고정되게 매이지 않은 채로 사물을 완성하니, 만물이 그로 인해 시작되고 그로 인해 이루어지면서도 그렇게 되는 까닭을 알지 못한다. 그러므로 "홀황함이여 그 가운데에 무언가 있고, 황홀함이여 그 안에 조짐이 있다"라고 했다.
以無形始物, 不繫成物, 萬物以始以成, 而不知其所以然. 故曰: "恍兮惚兮, 〔其中有物〕; 惚兮恍兮, 其中有象也."

그윽하고 깊숙함이여, 그 안에 정수(精髓)가 들어 있도다.
窈兮冥兮, 其中有精;

요(窈)와 명(冥)은 깊고 먼 것을 찬탄한 것이다. 깊고 멀어서 볼 수가 없으나 만물이 그로부터 말미암는다. 볼 수 없지만 (그것이) 사물의 본바탕을 정하기 때문에 "그윽하고 깊숙함이여, 그 안에 정수한 것이 들어 있도다"라고 했다.

窈冥, 深遠之歎. 深遠不可得而見, 然而萬物由之. 〔不〕可得見, 以定其眞, 故曰窈兮冥兮, 其中有精也.

그 정수는 매우 참되며 그 가운데에 진실이 있으니,

其精甚眞, 其中有信,

신(信)은 미덥고 증험되는 것이다. 사물이 그윽하고 깊숙한 곳으로 돌아가면 참된 정수의 극치를 얻고, 만물의 타고난 본성이 정해지므로 "그 정수함은 매우 참되며 그 가운데에 미더움이 있다"고 했다.

信, 信驗也. 物反窈冥, 則眞精之極得, 萬物之性定, 故曰其精甚眞, 其中有信也.

예부터 지금에 이르기까지 그 이름이 떠나지 않았다.

自古及今, 其名不去.

완전히 참된 것의 극치는 이름 지을 수 없으니 무명(無名)이 곧 그 이름이다. 그러나 예부터 지금까지 이 무명으로 말미암아 이루어지지 않은 것이 없으므로 "예부터 지금에 이르기까지 그 이름이 떠나지 않았다"고 했다.

至眞之極, 不可得名, 無名, 則是其名也. 自古及今, 無不由此而成, 故曰自古及今, 其名不去也.

이로써 만물의 시작을 살피나니,

以閱衆甫,[3]

중보(衆甫)는 사물의 시작이므로 무명으로 만물의 시작을 살피는 것이다.

衆甫, 物之始也, 以無名[閱]萬物始也.

3) 『백서노자』에는 이 구절이 '이순중부'(以順衆父)로 되어 있다.

내가 어떻게 만물이 시작하는 모습을 알겠는가? 이로써이다.

吾何以知衆甫之狀哉? 以此.

차(此)는 위에서 말한 것이다. 내가 어떻게 만물이 무(無)에서 시작한다는 것을 알겠는가? 이로써 안다고 말한 것이다.

此, 上之所云也. 言吾何以知萬物之始於無哉, 以此知之也.

22 굽히면 온전해지고 구부리면 곧아지고

> 굽히면 온전해지고
> 구부리면 곧아지고,
> 패이면 채워지고,
> 낡으면 새로워지고,
> 적으면 얻게 되며,
> 많으면 미혹된다.
> 이 때문에 도를 얻은 사람은
> 오직 하나만을 가지고 세상의 준칙을 삼는다.
> 스스로 드러내지 않으므로 밝아지고,
> 스스로 옳다고 하지 않으므로 드러나고,
> 스스로 자랑하지 않으므로 공이 있으며,
> 스스로 뽐내지 않으므로 오래간다.
> 오직 다투지 않으므로 천하가 그와 더불어 다투지 않나니,
> 옛날에 이른바 굽으면 온전해진다는 말이 어찌 헛말이겠는가!
> 진실로 온전히 도로 복귀하게 된다.

굽으면 온전해지고

曲則全,

스스로 드러내지 않으면 그 밝음이 완전해진다.

不自見, 〔則〕其明全也.

구부리면 곧아지고,

枉則直,

스스로 옳다고 하지 않으면 그 옳음이 드러난다.

不自是, 則其是彰也.

패이면 채워지고,

窪則盈,

스스로 자랑하지 않으면 그 공(功)이 있게 된다.

不自伐, 則其功有也.

해지면 새로워지고,

敝則新,

스스로 자랑하지 않으면 그 덕이 오래간다.

不自矜, 則其德長也.

적으면 얻게 되며, 많으면 미혹된다.

少則得, 多則惑.

스스로 그렇게 되는(혹은 자연의) 도는 또한 나무와 같다. (나뭇가지가) 번성할수록 그 뿌리로부터 멀어지고, (가지수가) 적을수록 그 뿌리에 가까워진다. 무성해지면 그 참된 본원(즉 뿌리)에서 멀어지므로 '혹'(惑)이라 하고, 적으면 그 뿌리를 얻으므로 '득'(得)이라고 했다.

自然之道, 亦猶樹也. 轉多轉遠其根, 轉少轉得其本. 多則遠其眞, 故曰惑也. 少則得其本, 故曰得也.

이로써 성인은 하나를 품어 천하의 법칙을 삼는다.
是以聖人抱一, 爲天下式.[1]

일(一)은 가장 적은 수다. 식(式)은 준칙이다.
一, 少之極也. 式, 猶則也.

1) '抱一 爲天下式'이 『백서노자』에는 '執一 爲天下牧'으로 되어 있다.

스스로 드러내지 않으므로 밝아지고, 스스로 옳다고 하지 않으므로 드러나고, 스스로 자랑하지 않으므로 공이 있으며, 스스로 뽐내지 않으므로 오래간다. 오직 다투지 않으므로 세상이 그와 더불어 다투지 않나니, 옛날에 이른바 굽으면 온전해진다는 말이 어찌 허튼 말이겠는가! 참으로 온전하게 되어 복귀하는 것이다.(즉 굽힘으로써 자신을 온전히 지킨 채로 도에 돌아가게 된다)

不自見故明, 不自是故彰, 不自伐故有功, 不自矜故長. 夫唯不爭, 故天下莫能與之爭, 古之所謂曲則全者, 豈虛言哉! 誠全而歸之.

23 말은 적어야 자연스럽다

❝ 말은 적은 것이 자연스럽다.
그러므로 사나운 바람은 아침을 넘기지 못하고,
퍼붓는 소나기는 하루를 다하지 못한다.
누가 이렇게 하는가?
천지다.
천지도 오래 지속하지 못하거늘
하물며 사람에게 있어서랴?
그러므로 도를 따르는 이는 도와 동화되고,
덕을 추구하는 이는 덕과 동화되며,
잃을 일을 좇는 자는 잃어버리게 된다.
도와 하나가 되면 도도 기꺼이 받아들이고,
덕과 같아지면 덕도 기꺼이 받아들이며,
이를 잃는 일에 같이하면 바로 잃어버리게 되니,
믿음직스럽지 못하므로, 불신이 있다. ❞

말이 적은 것이 자연스러운 것이다.[1]
希言自然.

들으려 해도 들을 수 없음을 '희'(希)라고 한다. 아래(35장)에서 말하

120

기를, 도에서 나오는 말은 담담하여 아무런 맛도 없고, 보기에 볼 만하지 못하며, 듣기에도 들을 만하지 못하다고 했다. 그러므로 맛도 없고 들을 만하지도 못한 말이 바로 자연스러운 상태에서 우러나온 완벽한 말이다.

聽之不聞名曰希. 下章言, 道之出言, 淡兮其無味也, 視之不足見, 聽之不足聞. 然則無味不足聽之言, 乃是自然之至言也.

1) 장석창에 따르면 『노자』에 쓰이는 '언'(言)자는 '성교 법령'(聲教 法令)을 가리키는 경우가 많다. 제2장의 '행불언지교(行不言之教)'나 제5장의 '다언삭궁'(多言數窮)이나 제17장의 '유혜기귀언'(悠兮其貴言) 등이 그러하다고 한다.(장석창, 『노자교고』, 155쪽 참조.) 고형은 이 구절을 요내(姚鼐)의 설에 따라 앞 22장의 말미에 있어야 옳다고 보았다.(『노자주역』, 59쪽 참조.)

그러므로 사나운 바람은 아침을 넘기지 못하고, 퍼붓는 소나기는 하루를 다하지 못한다. 누가 이렇게 하는가? 천지다. 천지도 오래갈 수 없거늘 하물며 사람에게 있어서랴?

故飄風不終朝, 驟雨不終日. 孰爲此者? 天地. 天地尚不能久, 而況於人乎?

갑작스럽게 마구 일어난 것은 오래가지 않는다.

言暴疾美興不長也.

그러므로 도를 따르는 이는 도와 동화되고,

故從事於〔道者²⁾〕道者 同於道,

종사(從事)란 도를 좇아서 행동하는 것을 말한다. 도는 무형·무위로 만물을 완성해주고 제도하므로, 도를 좇아서 일삼는 사람은 무위를 우두머리로 삼고 말없음을 가르침으로 삼으며 겨우겨우 이어지는 듯하지만, (결국) 그 참된 본질을 얻고 도와 한 몸이 되므로 '동어도'(同於道)라고 했다.

從事, 謂擧動從事於道者也. 道以無形無爲成濟萬物, 故從事於道者以無爲爲君, 不言爲敎, 綿綿若存, 而物得其眞. 與道同體, 故曰同於道.

2) 장석창은 유월(兪樾)의 설을 따라 '도자동어도'(道者同於道)에서 앞의 '도자'(道者) 두 자는 연문(衍文)이라고 했는데, 실제로 백서본에는 '고종사어도자 도자'(故從事於道者 道者)가 '고종사이도자'(故從事而道者)로만 되어 '도자'가 생략되어 있다.

덕을 추구하는 이는 덕과 동화되며,
德者同於德,

득(得)은 적게 줄이는 것이다(즉 적게 줄여서 얻는다).[3] 줄이면 얻게 되므로 '득'이라고 했다. 득을 행하면 득과 더불어 한 몸이 되므로 '동어득'(同於得)이라고 했다.

得, 少也. 少則得, 故曰得也. 行得則與得同體, 故曰同於得也.

3) 『노자』 22장 참조.

(道나 德을) 잃어버릴 일을 좇는 자는 잃어버리게 된다.
失者同於失.[4]

'실'(失)은 많이 쌓인다는 것이다. 많이 쌓이면 잃게 되므로 '실'이라고 했다. 실을 행하면 실과 더불어 하나가 되므로 '동어실'(同於失)이라고 했다.

失, 累多也. 累多則失, 故曰失也. 行失則與失同體, 故曰同於失也.

4) 고형은 '실'(失)을 천(天)과 모양이 비슷하여 잘못 씌어진 것으로 보았다.(고형, 『노자주역』 참조)

도와 하나가 되려고 하면 도도 기꺼이 받아들이고, 덕과 같아지면 덕도 기꺼이 받아들이며, (道나 德을) 잃은 일에 같이하면 이를 잃어 버리게 되니,

同於道者, 道亦樂得之; 同於德者, 德亦樂得之; 同於失者, 失亦樂得之,

그 행하는 대로 따르므로, 같은 것이 응한다는 말이다.

言隨其所[行], 故同而應之.[5]

5) 『주역』「건·문언전」(乾·文言傳)에 "같은 소리는 서로 응하고 같은 기운은 서로 구하며 물은 젖은 데로 흐르고 불은 마른 데로 번지며 구름에는 용이 따르고 바람에는 범이 좇는다(同聲相應, 同氣相求, 水流濕, 火就燥, 雲從龍, 風從虎)"라고 했다.

(위가) 믿음직스럽지 못하므로, (아래에서) 불신이 생긴다.

信不足焉, 有不信焉.

아랫사람들에게 충실함과 믿음이 부족하므로 이에 불신이 있게 된다.

忠信不足於下, 焉有不信焉.

24 발돋움하는 이는 제대로 서 있을 수 없고

    ❝ 발돋움하는 이는 제대로 서 있을 수가 없고,
      뛰어넘는 이는 제대로 갈 수 없고,
      스스로 드러내는 이는 밝지 못하고,
      스스로 옳다고 하는 이는 드러나지 않고,
      스스로 자랑하는 이는 공이 없고,
      스스로 뽐내는 이는 오래가지 못하니,
      도에 비유하자면 그것은 먹다 남은 음식이요, 군더더기 행동이라 한다.
      사람들이 이를 싫어하므로
      도를 가진 이는 그렇게 하지 않는다. ❞

  발돋움하는 이는 제대로 서 있을 수가 없고,
  企者不立,

  나아가는 것을 숭상하면 편안함을 잃으므로 '기자불립'(企者不立)이
라고 말했다.
    物尙進則失安, 故曰企者不立.

  뛰어넘는 이는 (제대로) 갈 수 없고, 스스로 드러내는 이는 밝지 못
하고,

跨者不行, 自見者不明,

스스로 드러내지 않으면 그 밝음이 온전해진다.
不自見, 則其明全也.

스스로 옳다고 하는 이는 드러나지 않고,
自是者不彰,

스스로 옳다고 하지 않으면 그 옳음이 드러난다.
不自是, 則其是彰也.

스스로 자랑하는 이는 공이 없고,
自伐者無功,

스스로 자랑하지 않으면 그 공이 있게 된다.
不自伐, 則其功有也.

스스로 뽐내는 이는 오래가지 못하니(혹은 어른 노릇을 하지 못하니),
自矜者不長,

스스로 뽐내지 않으면 그 덕이 오래간다.
不自矜, 則其德長也.

도에서 말하자면 그것은 먹다 남은 음식이요, 군더더기 행동이라 한다.
其在道也, 日餘食贅行.

오직 도에서만 논한다면 극지(郤至)의 행동과 같고[1] 성찬(盛饌)의 남은 음식과 같다. 본래는 아름다운 것이었지만 다시 더러워질 수가 있고, 본래는 공이 있지만 스스로 그것을 자랑했기 때문에 다시 쓸데없는 군더더기가 되고 말았다.

其唯於道而論之, 若郤至之行, 盛饌之餘也. 本雖美, 更可藏也. 本雖有功而自伐之, 故更爲肬贅者也.

1) 극지(郤至)는 춘추시대 진(晉)나라 대부(大夫)다. 『좌전』 성공(成公) 16년에 진나라가 초(楚)나라와 언릉(鄢陵)에서 싸워 이겼다. 진나라 임금이 극지를 시켜 초에게서 얻은 노획물을 주(周)나라에 바치게 했는데, 극지는 선양공(單襄公)과 함께 이야기를 하면서 자주 자신의 공을 들먹였다. 선양공이 여러 대부들에게 말하기를, "온계(溫季, 즉 극지)는 망할 것이다. 지위가 일곱 사람(극지보다 지위가 높은 진나라의 일곱 신하, 즉 난서(欒書)·사섭(士燮)·극기(郤錡)·순언(荀偃)·한궐(韓厥)·순앵(荀罃)·극주(郤犨)를 말함)의 아래에 있으면서 그 윗사람들을 가리려고 하는구나. (그렇게 되면) 원망이 모이게 되니 어지러워지는 근본이 된다. 원망이 많으면 어지러워지니 어떻게 제자리에 있을 수 있겠는가? 『하서』(夏書)에 이르기를 "원망이 어찌 밝게 드러내는 데에 있겠느냐? 보이지 않는 부분을 잘 도모하라"고 했다. 그 보이지 않는 사소한 원망도 신중히 해야 하거늘 지금 극지는 밝게 드러내놓았으니 가하겠는가"했다.(晉侯使郤至獻楚捷于周, 與單襄公語, 驟稱其伐. 單子語諸大夫曰溫季(卽郤至)其亡乎? 位於七人之下, 而求掩其上, 怨之所聚, 亂之本也. 多怨而階亂, 何以在位. 夏書曰怨豈在明, 不見是圖. 將愼其細也. 今而明之, 其可乎!) 이에 대해 두예(杜預)가 "극지가 자신의 공을 드러내 칭한 것이 원망과 허물을 밝히는 원인이 되었다"(言郤至顯稱己功, 所以明怨咎)고 주를 달았다. 왕필은 이를 인용하여 경문(經文)의 "自見者不明…… 自矜者不長"이 '여식췌행'(餘食贅行)의 뜻이 됨을 설명했다.(루우열, 『왕필집교석』 참조)

사람들이 그것을 미워하므로 도를 가진 이는 그렇게 행동하지 않는다.

物或惡之, 故有道者不處.

2) '유도자'(有道者)가 『백서노자』에는 '유욕자'(有欲者)로 되어 있다.

25 혼돈 속에 생성된 것이 있어

❝ 혼돈 속에 생성된 것이 있어
천지보다 먼저 생겨났으니,
고요하고 텅 빈 채,
우뚝 서서 변하지 않으며,
두루 행하여 멈추지 않아서
천하의 어미가 될 수 있다.
나는 그 이름을 알지 못하니,
일부러 자(字)를 붙여서 도라고 하고,
억지로 이름을 지어 대(大)라고 한다.
커지면 떠나가고,
떠나면 멀어지고,
멀어지면 되돌아온다.
그러므로 도가 크고
하늘이 크고
땅이 크고,
왕도 크다.
이 세상에 네 가지 큰 것이 있으니,
왕은 그 중의 하나에 해당한다.
사람은 땅을 본받고,
땅은 하늘을 본받고,

하늘은 도를 본받으며

도는 자연을 본받는다. 🟥🟥

무엇인가 섞여 이루어진 것이 있어 천지보다 먼저 생겨났으니,

有物混成, 先天地生,

섞여 있어 알 수는 없지만 만물이 그것으로 말미암아 이루어지므로
'혼성'(混成)이라고 했다. 그것이 누구의 자손인지 알지 못하므로 천지
보다 먼저 생겨났다고 했다.

混然不可得而知, 而萬物由之以成, 故曰混成也. 不知其誰之子, 故先天地生.

고요하고 텅 비어, 홀로 우뚝 서서 변하지 않으며,

寂兮寥兮, 獨立不改,

적요(寂寥)는 형체가 없다는 뜻이다. 어떤 사물도 짝이 되지 못하므로
'독립'(獨立)이라고 했다. 돌아가고 화생하고 마치고 시작함에 일정함을
잃지 않으므로 '불개'(不改)라고 했다.

寂寥, 無形體也. 無物〔匹之〕, 故曰獨立也. 返化終始, 不失其常, 故曰不
改也.

두루 행하지만 위태롭지 않으므로 천하의 어미가 될 수 있다.

周行而不殆,[1] 可以爲天下母.

이르지 않는 곳 없이 두루 다니지만 위태롭지 않고, 아무리 큰 물건이
라도 낳아 완성할 수 있으므로 천하의 어미가 될 수 있다.

周行無所不至而〔不危〕殆, 能生全大形也, 故可以爲天下母也.

1) 나운현(羅運賢)은 태(殆)는 이(佁)와 동성(同聲)으로 통용되며, 뜻은 정지(停止)라고 해석했다.『백서노자교석』(帛書老子校釋), 135쪽 참조.

나는 그 이름을 알지 못하니,

吾不知其名,

이름으로 형상을 규정하는 것이다. 섞여서 이루어지며 (일정한) 모양이 없어 규정할 수 없으므로 "그 이름을 알지 못한다"고 했다.

名以定形.[2] 混成無形, 不可得而定, 故曰不知其名也.

2) 앞의『노자』1장 왕필 주에 "可道之道, 可名之名, 指事造形, 非其常也. 故不可道, 不可名也"라고 했다.

대략 자(字)를 붙여서 도라고 하고,

字之曰道,

저 이름은 그로써 형체를 규정하는 것이고, 자(字)는 그로써 대략적으로 일컫는 것이다. 도는 어떤 사물도 이(도)에 말미암지 않음이 없다는 뜻에서 취한 것이니, 섞여서 이루어진 가운데 말로 할 수 있는 가장 크게 일컬은 것이다.

夫名以定形, 字以稱可. 言道取於無物而不由也, 是混成之中, 可言之稱最大也.

억지로 이름을 지어 대(大)라고 한다.

強爲之名曰大.

내가 자(字)를 붙여서 도라고 한 까닭은 말로 할 수 있는 가장 큰 호칭을 취한 것이다. 그 자호(字號)가 정해진 연유를 따져보면 크다는 데에 매어 있다. (어디에) 매어 있음이 있다는 것은 반드시 (경계를) 나눔이 있게 마련이며, 나눔이 있으면 그 지극함을(즉 천연 그대로의 완전한 상태를) 잃는다[3]. 그러므로 '강위지명왈대'(强爲之名曰大)라고 했다.

吾所以字之曰道者, 取其可言之稱最大也. 責其字定之所由, 則繫於大. 〔夫〕有繫則必有分, 有分則失其極矣, 故曰强爲之名曰大.

3) 뒤의 『노자』 28장, '박산즉위기'(樸散則爲器) 참조.

커지면 가고,
大曰逝,

서(逝)는 가는 것이다. 하나의 전체만을 고수하지 않고, 두루 돌아다녀 이르지 않는 곳이 없으므로 '서'라고 했다.

逝, 行也. 不守一大體而已, 周行無所不至, 故曰逝也.

가면 멀어지고, 멀어지면 되돌아온다.
逝曰遠, 遠曰反.

원(遠)은 끝닿는 것이다. 두루 다니면서 끝까지 가지 않은 바 없어서, 한쪽으로만 치우쳐 가지 않으므로 멀어진다고 했다. 가는 바대로 따르지 않고, 그 몸은 우뚝 서 있으므로(즉 도는 독립해 있으므로) '반'(反)이라고 했다.

遠, 極也. 周行無所不窮極, 不偏於一逝, 故曰遠也. 不隨於所適, 其體獨立, 故曰反也.

그러므로 도가 크고 하늘이 크고 땅이 크고, 왕도 또한 크다.
故道大, 天大, 地大, 王亦大.

천지의 성품 (가운데) 사람(의 성품)이 귀한데, 왕은 사람의 주인이다. (道·天·地와 비교하면) 비록 (왕이) 맡은 직분이 크지는 않지만 또한 대(大)가 되어 (道·天·地의) 셋과 짝이 되므로 '왕역대'(王亦大)라고 했다.

天地之性人爲貴,⁴⁾ 而王是人之主也. 雖不職大, 亦復爲大. 與三匹, 故曰 王亦大也.

4) 『효경』(孝經) 「성치」(聖治)장을 인용한 것이다.

이 세상에 네 가지 큰 것이 있으니,

域中有四大,

사대(四大)란 도(道)·천(天)·지(地)·왕(王)이다. 모든 사물에는 칭(稱)과 명(名)이 있지만 완벽한 호칭은 아니다. 도라고 말한다면 말미암는 바가 있는 것이고, 말미암는 바가 있어야 도가 된다. 그런즉 '도'란 지칭하는 가운데서 큰 것이기는 하지만 지칭하는 것이 없음의 큼만 못하다. 지칭이 없으면 이름 붙일 수가 없으니 그러므로 (그냥) 이 세상(域, 혹은 우주)이라고 했다. 도·천·지·왕은 모두 지칭이 없는 (범위) 안에 있으므로 '역중유사대'(域中有四大)라고 했다.⁵⁾

四大, 道天地王也. 凡物有稱有名, 則非其極也. 言道則有所由, 有所由, 然後謂之爲道, 然則〔道是〕稱中之大也, 不若無稱之大也. 無稱不可得而名, 〔故〕曰域也. 道天地王皆在乎無稱之內, 故曰域中有四大者也.

5) 칭(稱)과 명(名)의 차이 및 사대(四大)에 대해서 본서 뒤의 「노자지략」에 자세하게 설명되어 있다.

왕은 그 중의 하나에 해당한다.

而王居其一焉.

인주(人主)라는 큰 자리를 차지한다.

處人主之大也.

사람은 땅을 본받고, 땅은 하늘을 본받고, 하늘은 도를 본받으며, 도는 자연을 본받는다.(즉 저절로 그렇게 되는 것이다)

人法地, 地法天, 天法道, 道法自然.[6]

법(法)이란 본받음을 말한다. '인'은 '지'를 거스르지 않아야 안전할 수 있으므로 지를 본받고, 지는 '천'을 거스르지 않아야 온전히 (만물을) 실을 수 있으므로 천을 본받으며, 천은 '도'를 거스르지 않아야 온전히 (만물을) 덮을 수 있으므로 도를 본받는다. 도는 '스스로 그러함'을 거스르지 않아야 타고난 본성대로 이룰 수 있으므로 스스로 그러함을 본받는다. 스스로 그러함을 본받는다는 것은 네모난 데 있어서는 네모난 것을 본받고, 둥그런 데 있어서는 둥그런 것을 본받으니 스스로 그러함에 거스르는 바가 없다. 스스로 그러하다는 것은 일컬음이 없는 말이며 궁극의 말이다. 지혜를 쓰는 것은 무지한 것에 미치지 못하고, 형체를 가진 것(즉 땅)은 정미로운 상(象, 즉 하늘)에 미치지 못하며, 정미로운 상은 (形·象이 없는) 무형(無形, 즉 도)에 미치지 못하고, 법도가 있는 것은 법도가 없는 것에 미치지 못한다. 그러므로 돌아가면서 서로 본받는다. 도는 자연을 본받으니 천이 바탕을 삼고, 천은 도를 본받으니 지가 그래서 본받으며, 지는 천을 본받으니 인(人)이 본뜬다. 왕이 주인 노릇을 할 수 있는 것은 그 주장하는 자가 하나이기 때문이다.

法, 謂法則也. 人不違地, 乃得全安, 法地也, 地不違天, 乃得全載, 法天也, 天不違道, 乃得全覆, 法道也. 道不違自然, 乃得其性, 〔法自然也〕. 法自然者, 在方而法方, 在圓而法圓,[7] 於自然無所違也. 自然者, 無稱之言, 窮極之辭也. 用智不及無知, 而形魄不及精象, 精象不及無形, 有儀不及無儀, 故轉相法也. 道〔法〕自然, 天故資焉. 天法於道, 地故則焉. 地法於天, 人故象焉. 〔王〕所以爲主, 其〔主〕之者〔一〕也.

6) 이 구절에 대해 이약(李約)은 "人 法地地, 法天天, 法道道 法自然"의 구두법을 제시한 바 있고, 대유는 "人法, 地, 地法, 天, 天法, 道, 道法, 自然"으로 읽었다. 『백서노자교석』, 137쪽 참조.

7) 여기에서 '法自然者, 在方而法方, 在圓而法圓'은 『순자』(荀子)「군도」(君道)에 나오는 "임금은 쟁반과 같아서 쟁반이 둥글면 물도 둥글고, 임금은 사발과 같아서 사발이 네모지면 물도 네모지게 된다(君者槃也, 槃圓而水圓, 君者盂也, 盂方而水方)"(판본에 따라서는 '君者盤也, 民者水也, 盤圓則水圓, 盤方則水方'으로 되어 있는 곳도 있다)의 내용과 거의 일치하는 것을 보면 『순자』를 인용한 것으로 보인다.

26 무거움은 가벼움의 뿌리가 되고

  ❝ 무거움은 가벼운 것의 뿌리가 되고,
    고요함은 경솔한 것의 중심이 되나니,
    그래서 도를 얻은 사람은 종일토록 다녀도 묵중한 중심을 잃지 않으며,
    화려하고 영화로운 곳에 있어도 편안히 초연하다.
    어찌 만승(萬乘)의 군주가 자기 자신을 가벼이 행동하겠는가?
    가벼우면 뿌리를 잃고, 서두르면 임금을 잃는다. **❞**

  무거움은 가벼운 것의 뿌리가 되고, 고요함은 경솔한 것의 임금(즉 중심)이 된다.

  重爲輕根, 靜爲躁君.

  무릇 사물이란 가벼워서는 무거운 것을 실을 수 없고, 작아서는 큰 것을 누를 수 없다. 가지 않는 이가 가는 이를 부리고, 움직이지 않는 것은 움직이는 것을 제어한다. 그래서 무거움은 반드시 가벼움의 뿌리가 되고, 고요함은 필히 경솔함의 임금이 된다.

  凡物, 輕不能載重, 小不能鎭大. 不行者使行, 不動者制動. 是以重必爲輕根, 靜必爲躁君也.

  그래서 성인(聖人)은 종일토록 다녀도 묵중한 수레를 떠나지 않으며,

是以聖人終日行, 不離輜重,[1]

무거움을 근본으로 삼기에 떠나지 않는다.

以重爲本, 故不離.

1) 치중(輜重)은 옛날 임금이 출행하면 반드시 군사가 수행하는데, 이때 의식(衣食)·기계(器械)를 실은 수레를 치거(輜車)라고 하는데 묵중하므로 '치중'이라고 한다.(장묵생(張默生), 『노자장구신석』(老子章句新釋), 34쪽) 진고응(陳鼓應)은 '치'(輜)는 본래 '정'(靜)인데, 정(靜)과 경(輕)은 발음이 비슷하여 정(靜)을 경(輕)으로 잘못 썼다가, 경(輕)과 치(輜)의 형태가 비슷하므로 다시 치(輜)가 되었다고 한다.(진고응, 『노자주역급평개』(老子註譯及評介) 참조)

비록 영화로운 곳에 있어도 편안히 처하고 초연하다.

雖有榮觀, 燕處超然;

마음에 매어두지 않는다.

不以經心也.

어찌 만승(萬乘)의 주인으로 자신을 세상에 경솔하게 행동하겠는가? 가벼우면 근본을 잃고, 서두르면 임금을 잃는다.

奈何萬乘之主, 而以身輕天下? 輕則失本,[2] 躁則失君.

가벼움은 무거움을 제압할 수 없다. 근본을 잃는다는 것은 몸을 잃는 것이요, 임금을 잃는다는 것은 임금의 지위를 잃는 것이다.

輕不鎭重也. 失本, 爲喪身也. 失君, 爲失君位也.

2) 하상공본 등에는 본(本)이 신(臣)으로 되어 있다.

27 잘 다니는 이는 흔적이 없고

" 잘 다니는 이는 흔적이 없고,

잘한 말에는 흠잡을 것이 없고,

잘하는 계산에는 산가지를 쓰지 않고,

잘 닫으면 빗장이 없어도 열 수 없고,

잘 매두면 밧줄로 묶지 않아도 풀 수가 없다.

그래서 지혜로운 이는

항상 남을 도와서 구해주므로 버리는 사람이 없고

늘 사물을 구제해주므로 버리는 사물이 없나니,

이를 일러 밝음을 간직하고 있다고 한다.

그러므로 착한 사람은 착하지 않은 사람의 스승이며,

착하지 않은 사람은 착한 사람의 바탕이 된다.

그 스승을 귀하게 여기지 않고, 그 바탕을 아끼지 않으면

지모가 있더라도 크게 미혹하게 되니,

이를 일러 현묘한 요점이라고 한다. "

잘 다니는 이는 흔적이 없고,

善行無轍迹,

스스로 그러한 대로 행하고, 조작하거나 베풀지 않으므로, 사물이 지

극함을 얻어서(혹은 사물을 완벽하게 이용해서) 아무런 흔적이 남지 않는다.

順自然而行, 不造不〔施〕, 故物得至, 而無轍迹也.

참된 말에는 흠잡을 것이 없고,

善言無瑕讁,

사물의 본성을 따르고, 구별하거나 가르지 않으므로, 허물이 그 입구를 얻을 수 없다.

順物之性, 不別不析, 故無瑕讁可得其門也.

잘 계산하는 이는 산가지를 쓰지 않고,

善數不用籌策,

사물 자체의 수(數)를 따르고 외형을 빌리지 않는다.

因物之數, 不假形也.

잘 닫으면 빗장이 없어도 열 수 없고, 잘 매두면 밧줄로 묶지 않아도 풀 수가 없다.

善閉無關楗而不可開, 善結無繩約而不可解.

사물의 스스로 그러함을 따를 뿐 (별도로 장치를) 설치하지 않았으니 빗장이나 밧줄을 사용하지 않았어도 열거나 풀 수가 없다. 이 다섯 가지는 모두 (억지로) 조작하지 않고 사물의 본성을 따를 뿐 형기(形器)로써 사물을 묶어두지 않음을 말한다.

因物自然, 不設不施, 故不用關楗繩約, 而不可開解也. 此五者, 皆言不造不施, 因物之性, 不以形制物也.

그래서 성인은 항상 사람을 잘 구하므로 버려지는 사람이 없고,

是以聖人常善救人, 故無棄人;

성인은 형명(形名)을 내세워 사물을 단속하지 않고, 나아갈 진도를 만들어놓고 불초한 이들을 차별하여 버리지 않는다. 만물이 스스로 그러하도록 돕되 (자신이) 첫머리가 되지 않으므로 '무기인'(無棄人)이라고 했다. 현명함과 능력을 숭상하지 않으면 백성들이 다투지 않고, 얻기 어려운 재화를 귀하게 여기지 않으면 백성들이 도적질하지 않으며, 욕심낼 만한 것을 보이지 않으면 민심이 어지러워지지 않는다. 항상 백성의 마음에 욕심이 없고 미혹됨이 없게 한다면 버려지는 사람도 없을 것이다.

聖人不立形名以檢於物, 不造進向以殊棄不肖. 輔萬物之自然而不爲始, 故曰無棄人也. 不尙賢能, 則民不爭, 不貴難得之貨, 則民不爲盜, 不見可欲, 則民心不亂. 常使民心無欲無惑, 則無棄人矣.

항상 사물을 잘 구제해서 버려지는 사물이 없으니, 이를 일러 밝음을 간직하고 있다고 한다. 그러므로 착한 사람은 착하지 않은 사람의 스승이며,

常善救物, 故無棄物, 是謂襲明. 故善人者, 不善人之師;

선(善)을 들어서 불선(不善)을 가지런히 고치므로(즉 똑같이 착하게 만들므로) 이를 스승이라고 한다.

擧善以〔齊〕不善, 故謂之師矣.

착하지 않은 사람은 착한 사람의 밑천이 된다.

不善人者, 善人之資.

자(資)는 취하는 것이다. 선한 사람은 선함으로 불선을 가지런히 다스리지만, 선하다고 해서 불선을 버리지 않는다. 그러므로 선하지 않은 사

138

람은 선한 사람이 취하는 바가 된다.

資, 取也. 善人以善齊不善, 〔不〕以善棄不善也, 故不善人, 善人之所取也.

그 스승을 귀하게 여기지 않고, 그 밑천을 아끼지 않으면 비록 지모가 있더라도 크게 미혹하게 되니,

不貴其師, 不愛其資, 雖智大迷,

비록 지모가 있더라도. 스스로 자신의 지모에만 맡기고 사물에 따르지 않으면, 그 도를 반드시 잃는다. 그러므로 '수지대미'(雖智大迷)라고 했다.

雖有其智, 自任其智. 不因物, 於其道必失, 故曰雖智大迷.

이를 일러 현묘한 요점이라고 한다.

是謂要妙.

28 여성스러움을 지켜서

    " 남성다움을 알지만 여성스러움을 지켜서

세상의 계곡이 되니

세상의 계곡처럼 되면

영원히 덕이 떠나지 않으며

어린아이로 되돌아간다.

그 밝은 것을 알되 그 어두운 것을 지킴이

천하의 표준이 되니,

천하의 표준이 되면

영원한 덕이 어긋나지 않으며,

무궁한 세계로 복귀한다.

그 영화로움을 알면서도 그 욕됨을 지키면

천하의 골짜기가 되니,

천하의 골짜기가 되면

언제나 덕이 넉넉하며

다시 질박함으로 돌아간다.

질박한 통나무가 깨져서 그릇이 되나니,

성인이 이를 이용해서 군왕이 된다.

그러므로 큰 재단은 자르지 않고 짓는다. **"**

남성다움을 알고 여성스러움을 지키면 천하의 계곡이 되니, 천하의 계곡에는 영원한 덕이 떠나지 않으며 어린아이처럼 되돌아간다.

知其雄, 守其雌, 爲天下谿, 爲天下谿, 常德不離, 復歸於嬰兒.

수컷은 앞서는 성질을 가진 부류이고, 암컷은 뒤처지는 붙이다. 세상에서 앞서려고 하면 반드시 뒤처지게 됨을 알기 때문에 성인은 자신을 뒤에 두지만 앞서고, 계곡은 사물을 부르지 않지만 사물이 스스로 돌아가고, 어린아이는 꾀를 쓰지 않지만 저절로 자연의 지혜에 합치한다.

雄, 先之屬. 雌, 後之屬也. 知爲天下之先﹝者﹞必後也. 是以聖人後其身而身先也. 谿不求物, 而物自歸之. 嬰兒不用智, 而合自然之智.

그 밝은 것을 알고, 그 어두운 것을 지키면 천하의 준칙이 되니,

知其白, 守其黑, 爲天下式,

식(式)이란 모범이 되는 준칙이다.

式, 模則也.

천하의 준칙이 되면 항상 덕이 어긋나지 않으며,

爲天下式, 常德不忒,

특(忒)은 어긋난다는 뜻이다.

忒, 差也.

무궁의 세계로 복귀한다.

復歸於無極.

다할 수 없다.

不可窮也.

그 영화로움을 알고 그 욕됨을 지키면 천하의 골짜기가 되니, 천하의 골짜기가 되면 언제나 덕이 넉넉하며 다시 질박함으로 돌아간다.

知其榮, 守其辱, 爲天下谷.[1] 爲天下谷, 常德乃足, 復歸於樸.

이 세 가지는 항상 반대로 결과를 맺으니, 뒤에 물러설 줄 알아야 각각 처하는 바에서 자신의 덕이 온전하게 됨을 말한다. 아래 장(40장)에서 돌아감(혹은 相反됨)은 도의 움직임이라고 했으니, 공(功, 즉 겉으로 드러나는 결과)을 취해서는 안 되고 항상 그 모(母, 즉 근원)에 처해야 한다.

此三者, 言常反終, 後乃德全其所處也. 下章云, 反者道之動也. 功不可取, 常處其母也.

1) 『이아』(爾雅) 「석수」(釋水)에 "물이 강으로 흘러가는 것을 시내라고 하고 시내에 흘러가는 것을 골짜기라고 한다(水注川曰溪 注溪曰谷)"라고 했다.

질박함이(혹은 통나무가) 부서져 그릇이 되니, 성인이 그것을 써서 관장(官長, 즉 관직과 사회제도 및 예법질서)을 만든다.

樸散則爲器, 聖人用之則爲官長.

박(樸)은 진실함이다. 진실됨이 흩어져 온갖 (꾸며진) 행실들이 나오며, 갖가지 종류가 생겨나는 것이, 마치 (통나무가 잘려져) 그릇이 되는 것과 같다. 성인은 그 나뉘어 흩어짐에 따라, 그것을 위해 관장(官長)을 세우고, 선으로 스승을 삼고 불선을 의지해, 풍속을 바꾸어 다시 하나로 돌아가게 한다.

樸, 眞也. 眞散則百行出, 殊類生, 若器也. 聖人因其分散, 故爲之立官長. 以善爲師, 不善爲資, 移風易俗, 復使歸於一也.

그러므로 큰 재단(즉 성인의 정치나 제도)은 자르지 않는다.

故大制不割.

크게 짓는다는 것은 천하의 마음으로 (자신의) 마음을 삼는 것이므로
자르지 않는다.

大制者, 以天下之心爲心, 故無割也.

29 천하에 작위하려는 것은

> 천하를 가지고 작위하려고 하는 것은
> 내가 보기에는 그렇게 될 수 없다.
> 천하는 신묘한 물건이라 작위할 수 없나니,
> 작위하면 실패하고 잡으려면 잃어버린다.
> 그러므로 세상의 사물이란
> 앞서 가기도 하고 뒤따르기도 하며,
> 훈훈하게 데울 때도 있고 차게 식힐 때도 있으며,
> 강한 것도 있고 약한 것도 있으며,
> 더해지기도 하고 무너지기도 하는 것이다.
> 그래서 지혜로운 사람은
> 심하게 하지 않고, 사치하지 않고, 교만하지 않는다. "

천하를 취해서 작위하려고 한다면 나는 그것이 불가능하다고 본다. 천하는 신묘한 기물이라

將欲取天下而爲之, 吾見其不得已. 天下神器,

신(神)은 형체도 없고 방소도 없다. 그릇이란 (여러 요소가) 합하여 이루어지는데 무형으로써 합해졌으므로 신기(神器)라고 한다.

神, 無形無方也.[1] 器, 合成也. 無形以合, 故謂之神器也.

144

1) 『주역』 「계사상전」에 "천지의 변화함을 본떠서 지나지 아니하며 만물을 곡진히 이루어서 빠뜨리지 아니하며, 밤낮의 도에 통하여 아는지라. 그러므로 신은 일정한 방소가 없고 역은 정해진 몸체가 없느니라.(範圍天地之化而不過, 曲成萬物而不遺, 通乎晝夜之道而知. 故神無方而易無體)"고 한 것을 인용한 것이다.

작위할 수 없나니, 작위하면 실패하고 잡으려면 잃어버린다.
不可爲也, 爲者敗之, 執者失之.

만물은 스스로 그러함을 본성으로 삼는다. 그러므로 따를 수는 있어도 작위할 수는 없고, 통할 수는 있어도 붙잡을 수는 없다. 사물에는 일정한 본성이 있는데 (억지로) 작위하려고 하면 반드시 실패하고, 사물은 오고 가는데(즉 자기 나름대로 변화하고 있는데) 그것을 (억지로) 붙잡으려 하기 때문에 필히 놓치게 된다.

萬物以自然爲性, 故可因而不可爲也, 可通而不可執也. 物有常性, 而造爲之, 故必敗也. 物有往來, 而執之, 故必失矣.

그러므로 세상의 사물이란 혹 앞서 가기도 하고 혹 뒤따르기도 하며, 훈훈하게 데워줄 때도 있고 차갑게 식힐 때도 있으며, 강하기도 하고 약하기도 하며, 어떤 경우에는 꺾이기도(혹은 더해지기도[2]) 하고 어떤 경우에는 무너지기도 한다. 그래서 성인은 심한 것, 사치스러운 것, 지나친 것을 버린다.

故物或行或隨, 或歔或吹,[3] 或强或羸, 或挫或隳. 是以聖人去甚, 去奢, 去泰.

이곳의 '혹'(或)자들은 사물들이 거스르고 따르고 뒤비치고 엎어지는 등 제멋대로지만, (그렇다고 해서) 인위적으로 붙잡고 가르지 않음을 말한다. 성인은 자연스레 타고난 본성을 통달하고, 만물의 실정을 꿰뚫고 있으므로 (사물에) 따르되 작위하지는 않으며, 순하게 좇지만 (먼저 나서서) 베풀지 않는다. 미혹되는 소이를 제거하고, 현혹되는 까닭을 없애므로 마음이 어지럽지 않고 사물이 타고난 제 본성을 얻게 된다.

凡此諸或, 言物事逆順反覆, 不施爲執割也. 聖人達自然之〔性〕, 暢萬物之情, 故因而不爲, 順而不施. 除其所以迷, 去其所以惑, 故心不亂而物性自得之也.

2) 백서본을 따라 북돋울 배(培)로 해석했다.
3) 하상공은 "따뜻하게 부는 것이 후고 차갑게 부는 것이 취다(呴. 溫也. 吹. 寒也)"라고 했다.

30 도를 가지고 왕을 보좌하는 이는

  도를 가지고 왕을 보좌하는 이는
군사로 세상을 강압하지 않으니,
군사를 쓰면 앙갚음을 받게 된다.
군대가 머문 곳에는 가시덤불만 자라고,
큰 군사를 일으킨 후에는 반드시 흉년이 들게 된다.
성과를 얻었으면 그만일 뿐 감히 강한 체하지 않고,
성과가 있더라도 뽐내지 않고
성과가 있더라도 자랑하지 않으며
성과가 있더라도 교만하지 않는다.
군사를 동원해 성과를 얻었지만 어쩔 수 없어서 그런 것이지,
성과를 얻었다고 강한 체해서는 안 된다.
사물은 장성하면 곧 노쇠하게 되나니
이를 일러 도가 아니라고 하는 것이다.
도가 아니면 일찍 끝난다.

도로써 인주를 보좌하는 이는 군사로 천하를 강압하지 않으니,
以道佐人主者, 不以兵强天下,

도로써 인주를 돕는 경우에도 오히려 군사로 천하에 강압할 수는 없거

늘 하물며 임금이 몸소 도를 실천하는 경우에 있어서랴?

以道佐人主, 尙不可以兵强於天下, 況人主躬於道者乎?

그의 일은 잘 돌아오게 하는 것이다.(즉 도로 보좌하는 일은 도로
잘 복귀하게 하는 것이다)

其事好還.

다스리는 이는 공을 세우고 일을 만들어내려고 애쓴다. 그러나 도가
있는 이는 무위로 돌아가게끔 힘쓴다. 그러므로 "그는 일삼아 되돌리려
고 한다"라고 말했다.

爲[治]者務欲立功生事, 而有道者務欲還反無爲, 故云其事好還也.

군대가 주둔했던 곳에는 가시덤불만 자라고, 큰 군사가 지나간 후
에는 반드시 흉년이 든다.

師之所處, 荊棘生焉. 大軍之後, 必有凶年.[1]

군사는 흉하고 해로운 것이다. 구제해주지는 못하면서 반드시 상하게
하는데, 백성들을 해치고 논밭을 황폐하게 만들기에 '가시덤불만 자란
다'고 했다.

言師凶害之物也. 無有所濟, 必有所傷, 賊害人民, 殘荒田畝, 故曰荊棘生焉.

1) 마서륜(馬敍倫)은 이 두 구절은 고주(古注)로 앞의 두 구절을 해석한 것이 잘못
본문으로 끼어들어왔다고 했다. 돈황본(敦煌本)과 백서노자본(帛書老子本)에
도 빠져 있다.

(군대를 동원하는 것은) 위난을 잘 구제해 줄 뿐(혹은 좋은 성과를
얻으면 그만일 뿐) 감히 (군대를 통해) 강함을 취하지 않고,

善有果[2]而已, 不敢以取强,

과(果)는 구제하는 것이다. 군사를 잘 쓰는 이는 위난을 구제하는 방식으로만 쓸 뿐이지 무력으로 천하를 강압하는 태도를 취하지 않음을 말한다.

果, 猶濟也. 言善用師者, 趣以濟難而已矣, 不以兵力取强於天下也.

2) 진고응은 '과'(果)에는 왕필과 같이 위난을 구제한다는 뜻, 사마광(司馬光)의 완성을 이룬다는 뜻, 왕안석(王安石)의 승리한다는 뜻의 세 가지 해석이 있다고 했다.(진고응, 『노자주역급평개』 참조) 이외에도 하상공은 '과감'(果敢)이라고 해석했고, 장석창은 『좌전』 선공(宣公) 2년조에 "살적위과"(殺敵爲果)의 용례에 의거하여 적군을 죽임을 '과'의 뜻으로 보았다.(『노자교고』 참조)

구제해 주었다고 뽐내지 않고, 구제해주었다고 자랑하지 않고, 구제해주었다고 교만하지 않는다.

果而勿矜, 果而勿伐, 果而勿驕.

내가 군사 쓰기를 좋아해서가 아니라 어쩔 수 없어서 쓰는 것이니, 어찌 자랑하고 교만함이 있겠는가!

吾不以師道爲尚, 不得已而用, 何矜驕之有也!

구제하되 어쩔 수 없어서 그런 것이며, 구제한다고 강포해서는 안 된다.

果而不得已, 果而勿强.

병사를 쓰는 것은 공을 세우고 재난을 구하는 것이기는 하지만, 이것은 때와 상황이 어쩔 수 없게 되어 사용하는 것이다. 다만 그것으로써 포악과 어지러움을 제거해야지 구제한다고 강압을 부려서는 안 된다는 것을 말한 것이다.

言用兵雖趣功濟難, 然時故不得已〔後〕用者. 但當以除暴亂, 不遂用果以爲强也.

사물은 장성하면 곧 노쇠하게 되니 이를 일러 도에 맞지 않는다고 한다. 도에 맞지 않으면 일찍 끝난다.

物壯則老, 是謂不道, 不道早已.

장(壯)은 무력으로 사납게 일어나는 것이니, 군사로 천하에 강포함을 비유한 것이다. 사나운 바람은 아침을 넘기지 못하고, 소나기는 하루를 다하지 못하므로, 사납게 일어난 것은 반드시 도에 맞지 않으므로 일찍 그친다.

壯, 武力暴興, 喩以兵强於天下者也. 飄風不終朝, 驟雨不終日,[3] 故暴興必不道, 早已也.

3) 앞의 『노자』 23장을 인용한 것이다.

31 좋은 병기는 상서롭지 못한 도구라

  좋은 병기는 상서롭지 못한 도구라
  사람들이 싫어하나니,
  도를 가진 이는 병기를 쓰려 하지 않는다.
  군자는 평소에는 왼쪽을 귀하게 여기고,
  군사를 쓸 때는 오른쪽을 귀하게 여긴다.
  병기는 상서롭지 못한 도구이므로
  군자가 쓰는 물건이 아니요,
  부득이해서 쓸 뿐이니,
  조용한 것이 좋고,
  승리를 거두더라도 아름답게 여기지 않는다.
  전쟁을 벌여 이기는 것을 좋아하는 자는
  사람을 죽이는 것을 즐기는 것이요,
  사람 죽이기를 즐기는 자는
  천하에 뜻을 얻을 수가 없다.
  길한 일에는 왼쪽을 숭상하고
  흉한 일에는 오른쪽을 숭상하니,
  부장(副將)이 왼쪽에 자리잡고
  대장(大將)이 오른쪽에 거한다는 것은
  상례(喪禮)로써 자리를 정함을 말한 것이다.
  전쟁은 많은 사람을 죽이게 되니

애통한 마음으로 임할 것이요,

전쟁에 이기더라도 상례의 예로써 처하라. **"**

　좋은 병기는 상서롭지 못한 도구라 사람들이 혹 그것을 싫어하므로, 도가 있는 이는 (거기에) 머물지 않는다. 군자는 평소에 거처할 때에는 왼쪽을 귀하게 여기고, 군사를 쓸 때는 오른쪽을 귀하게 여긴다. 병기(즉 군사)는 상서롭지 못한 도구이므로 군자의 도구가 아니다. 어쩔 수 없어서 쓸 뿐이고, 조용함을 으뜸으로 삼고, 승리를 거두더라도 좋아하지 않는다. 전쟁을 벌여 이기는 것을 좋아하는 사람은 사람을 죽이는 것을 즐기는 것이요, 저 사람 죽이는 것을 즐기는 사람은 천하에 뜻을 얻을 수가 없다. 길한 일에는 왼쪽을 숭상하고 흉한 일에는 오른쪽을 숭상하니, 부장(副將)이 왼쪽에 자리 잡고 대장(大將)이 오른쪽에 거처하는 것은 상례로써 자리를 정함을 말한 것이다. (전쟁을 하게 되면) 많은 사람을 죽이게 되니 애통하게 울 것이요, 전쟁에 이기더라도 상례의 예로써 대할 것이다.

　夫佳[1]兵者, 不祥之器, 物或惡之, 故有道[2]者不處. 君子居則貴左, 用兵則貴右. 兵者, 不祥之器, 非君子之器. 不得已而用之, 恬淡爲上, 勝而不美. 而美之者, 是樂殺人, 夫樂殺人者, 則不可以得志於天下矣. 吉事尙左, 凶事尙右. 偏將軍居左, 上將軍居右, 言以喪禮處之. 殺人之衆, 以哀悲泣[3]之. 戰勝, 以喪禮處之.

1) 『백서노자』에는 '가'(佳)자가 없다.
2) 『백서노자』에는 '욕'(欲)자로 되어 있다.
3) 『백서노자』에는 '입'(立)자로 되어 있다.

■ 이 장은 내용이 겹치고 천박하며 어투가 주석(注釋)과 유사해서, 이전부터 노자의 본문이 아니라 고주(古注)가 잘못 끼어 들어온 것으로 의심되었다. 특히 왕필의 주가 이 장에만 달려 있지 않은 것도, 아마 노자의 본의와 다르기 때문

에 주를 내지 않은 것이라 하여 위 의심을 뒷받침하는 방증으로 간주되었다. 그러나 백서노자본과 곽점죽간본(郭店竹簡本)에 모두 이 장이 실려 있는 것을 볼 때 원래 노자의 본문으로 존재했을 가능성도 충분히 있다고 할 수 있다.

32 도는 본래 이름이 없어

  도는 본래 이름이 없어서,

질박하고 작지만

천하에 누구도 신하로 부리지 못한다.

왕후가 도를 지키면

만물이 저절로 찾아와 조공을 바칠 것이요,

천지가 화합하여 단 이슬을 내리듯,

백성들은 시키지 않아도 저절로 고르게 된다.

이름은 만물이 만들어지면서 생긴 것이니,

이미 이름이 있으면

멈출 줄 알아야 할 것이요,

멈출 줄을 알아야 위태롭지 않다.

비유하면 천하에 도가 존재하는 방식은

강물이 아래로 흘러 바다에 이르는 것과 같다.

도는 언제나(혹은 본래가) 이름이 없으니, 질박하고 비록 작은 듯하지만 천하가 신하로 부리지 못한다. 제후나 왕이 만약 도를 지킬 수 있으면 만물이 저절로 찾아와 복종할 것이요,

道常無名, 樸雖小, 天下莫能臣也. 侯王若能守之, 萬物將自賓,

도는 형체가 없고 매여 있지도 않으니 언제나 이름지을 수 없다. 항상 이름이 없으므로 '도상무명'(道常無名)이라고 했다. 질박함이란 무(無)를 중심으로 삼으니 또한 이름이 없다. 그러므로 장차 도를 얻으려면 질박함을 지키는 것만한 것이 없다. 저 지혜 있는 사람은 그 능력으로써 신하를 삼을 수 있고, 용기 있는 이는 그 무용(武勇)으로써 부릴 수 있으며, 재주 있는 자는 일을 가지고 시킬 수 있고, 힘있는 사람은 무거운 것을 맡길 수 있다. 질박함이란 이런 것들을 다 잃어버린 듯(혹은 유순해서) 어느 쪽에도 치우치지 않은 것이 무와 비슷하다. 그러므로 '막능신'(莫能臣)이라고 했다. 질박을 품고 인위를 없애며, 외물(外物)로써 참된 본성을 얽매지 않고, 욕심으로써 그 신(神)을 해치지 않으면 사물이 스스로 찾아와 복종하게 되고 도가 저절로 얻어진다.

道, 無形不繫, 常不可名. 以無名爲常, 故曰道常無名也. 樸之爲物, 以無爲心也, 亦無名. 故將得道, 莫若守樸. 夫智者, 可以能臣也；勇者, 可以武使也；巧者, 可以事役也；力者, 可以重任也. 樸之爲物, 憒然[1]不偏, 近於無有, 故曰莫能臣也. 抱樸無爲, 不以物累其眞, 不以欲害其神, 則物自賓而道自得也.

1) 루우열은 '심란할 궤'(憒)는 '순할 퇴'(隤)나 '잃을 유'(遺)의 잘못으로 보았다.

천지가 서로 화합해서 단 이슬을 내리듯이, 백성들은 시키지 않아도 저절로 고르게 된다.(즉 그 혜택을 골고루 누린다)
天地相合以降甘露, 民莫之令而自均.

천지가 서로 합하면 구하지 않더라도 단 이슬이 절로 내리고, 내가 참된 본성을 지켜서 무위하면 시키지 않아도 백성들이 저절로 고르게 된다는 말이다.

言天地相合, 則甘露不求而自降. 我守其眞性無爲, 則民不令而自均也.

관직의 수장이(즉 사회제도가) 만들어지기 시작하자 이름이(혹은 명예가) 생겼으나, 이름이 이미 생겼으면 (적절한 선에서) 멈출 줄 알아야 하니, 멈출 줄을 알아야 위태롭지 않다.

始制有名, 名亦旣有, 夫亦將知止. 知止, 可以不殆.

시제(始制)란 질박한 것이 깨져서 처음 관장이 될 때를 말한다.[2] 처음 관직과 직분을 만들게 되면 명분을 세워 존비를 정하지 않을 수 없으므로, 한번 만들기 시작하면 이름이 있게 된다. 이렇게 계속 나가면 송곳 끝을 가지고도 다투게 되므로 "이름이 이미 있으면 마땅히 멈출 줄 알아야 한다"라고 했다. 마침내 이름을 가지고 사물을 호령하려고 하면 다스림의 근원을 잃게 된다. 그러므로 "멈출 줄 알아야 위태롭지 않다"라고 했다.

始制, 謂樸散始爲官長之時也. 始制官長, 不可不立名分以定尊卑, 故始制有名也. 過此以往, 將爭錐刀之末, 故曰名亦旣有, 夫亦將知止也. 遂任名以號物, 則失治之母也, 故'知止所以不殆也.'

2) 이 구절의 '박산시위관장'(樸散始爲官長)은 앞의 『노자』 28장 '樸散則爲器, 聖人用之則爲官長'을 인용한 것이다.

비유컨대 도가 천하에 있는(즉 행해지는) 방식은 마치 골짜기의 냇물이 저절로 바다로 흘러가는 것과 같다.[3]

譬[4]道之在天下, 猶川谷之於江海.

시내와 골짜기가 강과 바다에 이르는 것은, 강과 바다가 부른 것이 아니라, 부르지도 않고 구하지도 않았는데 (냇물이) 스스로 돌아가는 것이다. 천하에 도가 행해지게 되면 시키지 않아도 스스로 고르게 되고, 구하지 않아도 저절로 얻어지는 것이므로, "마치 골짜기의 냇물이 저절로 바다로 흘러가는 것과 같다"라고 했다.

川谷之〔與〕江海, 非江海召之, 不召不求而自歸者〔也〕. 行道於天下者, 不令而自均, 不求而自得, 故曰猶川谷之與[5]江海也.

3) 대유는 백서본에 근거하여 작은 시내가 마르면 큰 바다도 존재할 수 없듯이, 도를 천하에 계속 존재하도록 해야 한다는 뜻으로 보았다. (『백서노자교석』, 155쪽 참조)

4) '비'(譬)가 『백서노자』에는 '비'(俾)로 되어 있다. 대유(戴維)는 이 부분을 『백서노자』에 근거해서 "작은 시내가 마르면 큰 바다도 존재할 수 없듯이, 도를 천하에 계속 존재도록 해야 한다"는 뜻으로 해석했다. 『백서노자교석』, 155쪽 참조.

5) '여'(與)는 '어'(於)의 잘못이다.(루우열, 『왕필집교석』 참조)

33 남을 아는 이는 지모가 있으나

> " 남을 아는 이는 지모가 있으나
> 스스로를 아는 사람은 명철하며,
> 남을 이기는 사람은 힘이 있으나
> 자신을 이기는 이는 강건하다.
> 만족할 줄 아는 자는 넉넉하고,
> 힘써 노력하는 사람은 뜻을 이루며,
> 자기 자리를 잃지 않는 이는 오래가고,
> 죽더라도 사라지지 않는 사람은 오래 산다. "

   다른 사람을 아는 이는 꾀가 있으나, 스스로를 아는 사람은 더욱 명철하며,

  知人者智, 自知者明,

   다른 사람을 아는 사람은 지모가 있을 뿐이니, 스스로를 아는 사람이 지모를 넘어선 것만 못하다.

  知人者, 智而已矣, 未若自知者, 超智之上也.

   남을 이기는 사람은 힘이 있으나, 자신을 이기는 이는 강건하다.

  勝人者有力, 自勝者强.

남을 이기는 사람은 힘이 있을 뿐이지만, 자신을 이기는 사람만 못하니, 누구도 그 힘을 줄일 수 없다. 다른 사람에게 꾀를 쓰는 것은 그 꾀를 자신에게 쓰는 것만 못하고, 다른 사람에게 힘을 쓰는 것은 그 힘을 자신에게 쓰는 것만 못하니, 스스로에 밝으면 사람들이 그를 피하지 않고(혹은 다른 사람들도 밝게 알 수 있고) 자신에게 힘을 쓰면 다른 사물을 고칠 필요가 없다.

勝人者, 有力而已矣, 未若自勝者, 無物以損其力. 用其智於人, 未若用其智於己也. 用其力於人, 未若用其力於己也. 明用於己, 則物無避焉; 力用於己, 則物無改焉.[1]

---

1) 루우열은 '개'(改)자는 그 뜻을 풀 수 없으니, '공'(攻)이나 '패'(敗)의 잘못으로 보아야 한다고 했다. 그러나 남이 아니라 자기 자신을 밝히는 데 힘쓰면 다른 사람들이 그를 피하지 않게 되고, 자신에게 힘을 쓰면 다른 사물을 고칠 필요도 없다. 다시 말해 각자 타고난 본성대로 자족한 자생자화가 이루어져 물리력을 가해 억지로 개조할 필요가 없다고 해석할 수 있다.

만족할 줄 아는 자는 넉넉하고,
知足者富,

만족할 줄 아는 사람은 스스로 잃지 않으므로 부유하다.
知足[者], 自不失, 故富也.

강인하게 행하는 사람은 뜻을 얻으며,
强行者有志,

부지런히 하면 반드시 그 뜻을 실현시키므로, '굳세게 노력하는 사람은 뜻을 얻는다'고 했다.
勤能行之, 其志必獲, 故曰强行者有志矣.

제자리를 잃지 않는 이는 오래가고,

不失其所²⁾者久,

밝게 스스로를 살피고, 자기 힘에 알맞게 행하면 그 마땅한 자리를 잃
지 않으므로 반드시 오래갈 것이다.

以明自察, 量力而行, 不失其所, 必獲久長矣.

2) 고형은 '소'(所)는 '소지'(所止)의 뜻이거나 '수'(守)의 잘못으로 보았다.

죽더라도 (도가) 없어지지 않는 사람은 오래 산다.

死而不亡者壽.³⁾

비록 (육신은) 죽더라도 살았다고 하는 것은, 도가 없어지지 않아서 장
생을 누리게 되는 것이니, 몸은 죽어도 도는 오히려 남아 있거늘, 하물며
육신을 가진 채 도가 없어지지 않는 이에 있어서랴!

雖死而以爲生之, 道不亡乃得全其壽. 身沒而道猶存, 況身存而道不卒乎!

3) 이 구절에 대한 해석은 여러 가지로 분분하다. 『춘추곡량전』에 '선사자불망'(善
死者不亡)이라고 나온다. 하상공은 '망'(亡)을 '망'(忘)의 뜻으로 보았고, 소철
(蘇徹)은 이 두 구절을 '심'(心)과 관련시켜 "사물은 끝없이 변화하지만 마음은
잃지 않으므로 오래가고, 생사의 큰 변화에 본성은 담담하므로 사라지지 않는
다"고 해석했다. 장석창은 '사'(死)는 '천수를 누리고 죽음'(天年而死)으로,
'망'(亡)은 '중도에 일찍 죽음'(中道夭亡)의 뜻으로 보았다.

34 대도가 두루 퍼져 좌우로 가득하니

    66 대도가 두루 퍼져,

    좌로 우로 가득하도다.

    만물이 의지하여 생겨나지만

    말하지 않고,

    공이 이루어지더라도

    그 이름을 세우지 않으며,

    만물을 감싸 기르지만

    주인 노릇을 하지 않는다.

    항상 무욕하니

    작다고 이름할 수 있으며,

    만물이 귀의하지만

    주인 노릇을 하지 않으니

    크다고도 할 수 있으나,

    끝내 스스로 크다고 하지 않음으로써

    그 위대함을 이룰 수 있다. **99**

대도가 두루 퍼져, 그 좌우로 가지 못하는 곳이 없도다.

大道氾兮, 其可左右.

도는 흘러넘쳐서 가지 못하는 곳이 없으며, 상하좌우로 두루 돌아다니면서 쓰이니, 곧 이르지 않는 곳이 없다는 말이다.

言道氾濫無所不適, 可左右上下周旋而用, 則無所不至也.

만물이 의지하여 생겨나지만 말하지(혹은 사양하지) 않으며, 공이 이루어지더라도 그 이름을 내세우지 않으며, 만물을 감싸 기르지만 주인 노릇을 하지 않는다. 항상 무욕하니 작다고 이름할 수 있으며,

萬物恃之而生而不辭, 功成不名有,[1] 衣養萬物而不爲主. 常無欲, 可名於小;

만물은 모두 도로 말미암아 생겨나지만, 생겨나고 나서는 그 말미암은 바를 알지 못한다. 그러므로 천하가 항상 무욕한 때에 만물이 각자 그 마땅한 바를 얻음이, 마치 도가 사물에게 베푸는 일이 없는 듯하므로 '소'(小)라고 부른다.

萬物皆由道而生, 旣生而不知其所由. 故天下常無欲之時,[2] 萬物各得其所, 若道無施於物, 故名於小矣.

1) "功成不名有"가 백서본에는 "成功遂事弗名有"로 되어 있다.
2) 『노자』 1장 및 36장의 왕필 주, "器不可覩, 而物各得其所" 참조.

만물이 그에게 귀의하지만 주인 노릇을 하지 않으니, 크다고도 할 수 있다.

萬物歸焉而不爲主, 可名爲大.

만물이 모두 (도에) 귀의해서 살고 있지만, (도는) 그 말미암는 바를 일부러 힘써 알지 못하게 하니, 이것은 '소'(小)가 아니므로 다시 '대'(大)라고 이름할 수 있다.

萬物皆歸之以生, 而力使不知其所由. 此不爲小, 故復可名於大矣.

162

그러나 끝내 스스로 큰일부터 하려고(혹은 위대하다고) 하지 않음으로써 그 위대함을 완성한다.

以其終不自爲大, 故能成其大.

큰일은 작은 데서부터 하고, 어려운 일은 쉬운 데서부터 도모한다.

爲大於其細, 圖難於其易.[3]

3) 이 구절은 뒤의 『노자』 63장을 인용했다.

35 대도를 지니고 천하에 나아가니

    대도를 지니고

    천하에 나아가니

    어디 가도 해침이 없으며 편안하고 태평하다.

    좋은 음악과 맛난 음식은

    지나가던 길손을 멈추게 하지만,

    도를 말하면 아무런 맛이 없고,

    보려 해도 보이지 않으며,

    들으려 해도 들리지 않지만,

    아무리 써도 다하지 못한다.

    대도의 법상(法象)을 가지면 천하가 귀왕(歸往)하니(혹은 큰 상(象)을 가지고 천하에 나아가며),[1]

    執大象, 天下往;

    대상(大象)은 천상(天象)의 근원이다. 뜨겁지도 않고 차갑지도 않으며, 따뜻하지도 않고 서늘하지도 않으므로 만물을 포용하여 통괄할 수 있으며, 손상되지도 않는다. 군주가 만약 그것(大象)을 가지고 있으면 천하가 귀왕(歸往)할 것이다.(혹은 천하에 마음대로 갈 수 있을 것이다)

    大象, 天象之母也. 〔不炎〕不寒, 不溫不涼, 故能包統萬物,[2] 無所犯傷. 主若執之, 則天下往也.

1) 하상공 및 성현영의 주석 참조.
2) 뒤 『노자』 41장의 왕필 주, "有形則有分, 有分者, 不溫則凉, 不炎則寒. 故象而形者, 非大象" 및 『주역』「계사전」, "하늘에 있어서는 상을 이루고 땅에 있어서는 꼴을 이루니, 변화가 나타난다(在天成象, 在地成形, 變化見矣)" 참조.

돌아와도(혹은 어디 가도) 해치지 않으니 편안하고 태평하다.

往而不害, 安平太.

형체도 없고 표지도 없으며, 치우치지도 않고 드러나지도 않으므로 만물이 돌아와 의지하고 (성인을) 방해하지 않는다.[3]

無形無識, 不偏不彰, 故萬物得往而不害妨也.

3) 뒤의 『노자』 66장 "聖人處上而民不重, 處前而民不害, 是以天下樂推而不厭" 참조.

아름다운 음악과 맛난 음식은 지나가던 과객을 멈추게 하지만, 도를 입으로 표현하면 담담하여 맛이 없고, 보려 해도 보이지 않으며, 들으려 해도 들리지 않지만, 써도 다하지 못한다.

樂與餌, 過客止. 道之出口, 淡乎其無味, 視之不足見, 聽之不足聞, 用之不足旣.

도가 너무 깊고 크기 때문임을 말한 것이다. 세상 사람들이 도에 관한 말을 듣는 것은 좋은 음악과 맛난 음식이 때맞춰 사람의 마음을 사로잡는 것만 못하다. 음악과 음식은 능히 지나가던 손님을 멈추게 할 수는 있으나, 도를 말로 표현하면 담담해서 아무런 맛이 없다. 보아도 볼 만하지 못하니(혹은 보이지 않으니) 그 눈을 즐겁게 하지 못하고, 들어도 들을 만하지 못하니 그 귀를 기쁘게 하기에 충분치 못하다. 적당히 맞는 데가 없는 듯하므로 (도를) 쓰더라도 다할 수 없는 것이다.

言道之深大. 人聞道之言, 乃更不如樂與餌, 應時感悅人心也. 樂與餌則能令過客止, 而道之出言淡然無味. 視之不足見, 則不足以悅其目；聽之不足聞, 則不足以娛其耳. 若無所中然, 乃用之不可窮極也.

36 줄이고 싶으면 먼저 펴주고

"상대를 줄이고 싶으면
먼저 펴주고,
약하게 만들고 싶으면
먼저 강하게 해주고,
쓰러뜨리려고 하면
먼저 일으켜주며,
빼앗으려고 하면
먼저 주어야만 하니,
이것을 일러 은미한 밝음이라고 한다.
부드러움이 강한 것을 이기나니,
물고기는 연못을 벗어나서는 안 되며
나라의 이기(利器)는 사람들에게 보여서는 안 된다."

　　장차 축소시키려고 하면 반드시 먼저 펴주어야 하고, 약하게 하고
자 하면 먼저 강하게 해주어야 하고, 쓰러뜨리려고 하면 먼저 일으
켜 주어야 하며, 장차 **빼앗으려고** 하면 먼저 주어야만 하니, 이것을
일러 은미한 밝음(혹은 밝음을 감춤)이라고 한다.
　　將欲歙之, 必固張之; 將欲弱之, 必固强之; 將欲廢之, 必固興
之; 將欲奪之, 必固與之, 是謂微明.

강압적이고 혼란스러운 것을 제거하려고 하면 마땅히 이 네 가지로써 해야 한다. (이는) 사물의 본성을 이용해서 스스로를 해치게 하는 것이니, 형벌을 빌리는 것을 능사로 삼아 사물을 해치지 않으므로 '미명'(微明)이라고 한다. 충분히 펴고 흡족하게 해주었는데도 다시 펴려고 하면 여러 사람들에게 빼앗김을 당하게 되지만, (이와는 달리 상대에게) 부족하게 펴주어서 다시 더 펼침을 구하게 하면 오히려 (상대에게) 보탬이 되고 자신은 위태로워진다.

將欲除强梁, 去暴亂, 當以此四者. 因物之性, 令其自戮, 不假刑爲大, 以除將物也,[1] 故曰微明也. 足其張, 令之足, 而又求其張, 則衆所歡也. 與其張之不足, 而改其求張者, 愈益而已反危.

1) '장'(將)은 '장'(戕)과 통한다(루우열, 『왕필집교석』 참조).

부드럽고 약한 것이 굳세고 강한 것을 이기나니, 물고기는 연못을 벗어나서는 안 되며 나라의 이기(利器)는 사람들에게 보여서는 안 된다.[2]

柔弱勝剛强. 魚不可脫於淵, 國之利器 不可以示人.

이기란 나라를 이롭게 하는 도구다. 오직 사물의 (자연스런) 본성에 따를 뿐, (인위적으로) 형벌을 빌려서 사물을 다스리지 않는다. 모습을 볼 수는 없으나 (이의 작용으로) 사물이 각자 그 마땅한 바를 얻으니 이것이 곧 나라의 이기다. 사람들에게 보인다는 것은 형벌에 맡기는 것이다. 형벌로써 나라를 이롭게 하려고 하면 실패한다. 물고기가 연못에서 벗어나면 반드시 실패하는 것처럼, 나라를 이롭게 하는 도구도 형벌을 세워 사람들에게 보이면 또한 반드시 실패할 것이다.

利器, 利國之器也. 唯因物之性, 不假刑以理物. 器不可覩, 而物各得其所,[3] 則國之利器也. 示人者, 任刑也. 刑以利國, 則失矣. 魚脫於淵, 則必見失矣. 利國〔之〕器而立刑以示人, 亦必失也.

2) 나라의 이기(利器)에 대해서는 상벌(賞罰)(한비자), 권도(權道)(하상공), 유가의 인의성지(仁義聖智)(范應元), 병기(兵器)(李純甫) 등의 여러 설이 있다. 성현영은 물고기는 물 속에서 숨고 권세는 마음속에 숨겨야, 물고기가 물 밖으로 벗어나면 사람들이 잡아가듯이 권세를 내보이면 사람들에게 저지당하게 된다고 해석했다. 고형은 자신의 강함을 유약한 가운데 숨겨야 한다는 뜻으로 보았다.

3) 앞의 『노자』 34장 왕필 주, "天下常無欲之時, 萬物各得其所" 참조.

37 도는 하는 것이 없지만 하지 못하는 것도 없나니

❝ 도는 하는 것이 없지만,
하지 못하는 것도 없나니,
후왕(侯王)이 만약 도를 지킨다면
만물은 자기들 나름대로 자생자화할 것이다.
저절로 자생자화하고 있는데
욕심이 일어나면
나는 장차 무명(無名)의 질박함으로 그것을 진정시킬 것이다.
무명의 질박함에 욕심이 사라질 것이요,
조용히 욕심내지 않음으로써
천하는 저절로 안정될 것이다. **❞**

도는 항상 하는 것이 없지만,
道常無爲,

저절로 그러한 대로 따른다.
順自然也.

하지 못하는 것도 없나니,
而無不爲,[1]

만물이 이로 말미암아 움직이니, 그로써 다스려 이루어지지 않는 것이
없다.

萬物無不由爲以治以成之也.

1) '道常無爲 而無不爲'가 백서본에는 '道恒無名'으로, 곽점죽간본(郭店竹簡本)에
는 '道恒亡爲也'로 되어 있다.

후왕(侯王)이 만약 그것을 지킬 수 있다면 만물은 장차 저절로 자
생자화할(혹은 교화될) 것이다. 저절로 자생자화하고 있는데도 욕심
이 일어나면(혹은 조작하려고 하면) 나는 장차 무명의 질박함으로 그
것을 진정시킬 것이다.

侯王若能守之, 萬物將自化. 化而欲作, 吾將鎭之以無名之樸.

'화이욕작'(化而欲作)은 욕심을 내서 이루려고 하는 것이요, '오장진
지무명지박'(吾將鎭之無名之樸)은 주인 노릇을 하지 않는 것이다.

化而欲作, 作欲成也. 吾將鎭之無名之樸, 不爲主也.

무명의 질박을 쓰면 욕심이 없어질 것이요,

無名之樸, 夫亦將無欲,

다투려고 하지 않는다.

無欲競也.

욕심내지 않고 조용히 있으니 천하가 저절로 안정될 것이다.

不欲以靜, 天下將自定.[2]

2) 백서본에서는 앞의 '무욕'(無欲)과 '불욕'(不欲)의 '욕'(欲)이 '욕'(辱)자로, 끝
구절은 '天地將自正'으로 되어 있다. 초간본(楚簡本)에는 이 부분이 '夫亦將知
足 知足以靜 萬物將自定'으로 되어 있다.

38 큰 덕은 덕 같지 않으나 그래서 덕이 있고

66 큰 덕은 덕 같지 않으나
그래서 덕이 있고,
작은 덕은
덕을 잃지 않으려 하지만
그래서 덕이 없다.
큰 덕을 지닌 사람은
의도를 가지고 작위하지 않지만,
작은 덕을 지닌 사람은 일부러 작위한다.
큰 인(仁)은 작위하지만 의도적으로 하지는 않고,
큰 의(義)는 작위하면서 의도적으로 하며,
큰 예(禮)는 응답이 없으면 팔을 걷어붙이고 억지로 시킨다.
그러므로 도를 잃어버린 뒤에 덕이 있고,
덕을 잃어버린 뒤에 인이 있으며,
인을 잃어버린 뒤에 의가 있고,
의를 잃어버린 뒤에 예가 있으니,
예라는 것은 믿음이 사라져서 혼란스러워지는 징조이며,
남보다 앞선 지식은 도의 헛된 꽃이요 어리석음의 시작이다.
그래서 대장부는 후덕하게 행동하고 각박하지 않으며,
그 참된 열매에 처하지 헛된 꽃에 머무르지 않으므로
이것을 버리고 저것을 취하는 것이다. 99

상등의 덕은 덕스럽지 않으니 그래서 덕이 있고, 하등의 덕은 덕을 잃으려 하지 않으니 그래서 덕이 없다. 상등의 덕을 지닌 사람은 무위하여 의도를 가지고 작위하지 않고, 하등의 덕을 지닌 사람은 작위하되 일부러 한다. 상등의 인(仁)은 작위하지만 일부러 하지는 않고, 상등의 의(義)는 작위하면서 일부러 하며, 상등의 예(禮)는 자기의 행위에 응답이 없으면 팔을 걷어붙이고 억지로 시킨다. 그러므로 도를 잃어버린 후에야 덕이 있고, 덕을 잃어버린 후에야 인이 있으며, 인을 잃어버린 후에야 의가 있고, 의를 잃어버린 후에야 예가 있으니, 저 예라는 것은 충직스러움이 사라지고 혼란으로 가는 시초이며, (남보다) 앞서서 안다는 것은(즉 智는) 도의 꽃(즉 헛된 화려함)이면서 어리석음의 시작이다. 그래서 대장부는 후덕하게 행동하고 각박하지 않으며, 그 열매(혹은 실질)에 처하고 꽃(즉 화려한 겉모양, 형식)에 머무르지 않으므로 이것을 버리고 저것을 취하는 것이다.

上德不德, 是以有德; 下德不失德, 是以無德. 上德無爲而無以爲, 下德爲之而有以爲. 上仁爲之而無以爲, 上義爲之而有以爲, 上禮爲之而莫之應, 則攘臂而扔之. 故失道而後德, 失德而後仁, 失仁而後義, 失義而後禮. 夫禮者, 忠信之薄而亂之首, 前識者, 道之華而愚之始. 是以大丈夫處其厚, 不居其薄; 處其實, 不居其華. 故去彼取此.

덕이란 얻음이다. 항상 얻을 뿐 잃어버림이 없고 이로울 뿐 해가 없으므로 덕이라고 이름을 삼은 것이다. 어떻게 덕을 얻는가? 도로 말미암아 얻는다. 어떻게 그 덕을 다하는가? 무(無)를 써서 다한다. 무를 쓰임으로 삼으면 (어떤 사물도) 싣지 못하는 것이 없다. 그러므로 어떤 사물이 무라면(혹은 無라는 존재는) 지나지 못할 것이 없을 것이지만(즉 걸릴 것 없는 무이기 때문에 어디에나 자유자재가 되겠지만), 유(有)이면(혹은 有라는 존재는) 그 (자신의) 삶을 면하기에도 부족하다(혹은 생겨나는 운명을 피할 수가 없다).[1] 그래서 천지는 비록 넓지만 '무'를 중심으로 삼고, 성왕(聖王)이 비록 위대하지만 '허'(虛)를 위주로 삼는다. 그러므로 복괘(復卦)로 보면 천지의 마음이 드러나고, 동짓날을 가지고 생각해 보면 선왕의 뜻(혹은 지극함)이 보인다고 했다.[2] 그러므로 그 사사로움을 버리고 자신(이라는 욕심과 의식)을 없애면, 세상이 우러러보지 않음이 없고, 멀거나 가깝거나 주위에서 모두 찾아오게 된다. 그러나 자신을 내세우고 사심을 가지면 한 몸도 스스로 온전할 수가 없으니, (같이 붙어 있는) 살과 뼈조차도 서로를 받아들이지 못하게 된다.

그래서 높은 덕을 가진 사람은 오직 도만을 쓰고 그 덕을 덕으로 여기지 않으니, 잡아두려고 하지도 않고 쓰려고 하지도 않으므로 능히 덕이 있어서 하지 못하는 것이 없다. 구하지 않아도 얻고 하지 않아도 이루어지니, 그러므로 비록 덕은 있되 덕이라는 이름(혹은 덕이 있다는 명성)조차 없다. 낮은 덕은 구하여 얻고, 작위하여 이루니, 곧 선이란 것(즉 도덕과 가치의 표준)을 내세워서 사람들을 다스리므로 덕이란 이름이 있다. 일부러 구해서 얻으려면 반드시 잃어버리고, 인위로 이루려면 반드시 실패하며, 선이라는 이름이 생기면 불선이 거기에 대응하게 된다. 그러므로 낮은 덕은 작위하되 일부러(혹은 어떤 의도를 가지고) 하는 것이다.

德者, 得也. 常得而無喪, 利而無害,[3] 故以德爲名焉. 何以得德? 由乎道也. 何以盡德? 以無爲用. 以無爲用, 則莫不載也. 故物無焉, 則無物不經; 有焉, 則不足以免其生. 是以天地雖廣, 以無爲心; 聖王雖大, 以虛爲主. 故曰以復而視, 則天地之心見; 至日而思之, 則先王之至覩也. 故滅其私而無其身, 則四海莫不瞻, 遠近莫不至; 殊其己而有其心, 則一體不能自全, 肌骨不能相容.

是以上德之人, 唯道是用, 不德其德, 無執無用, 故能有德而無不爲. 不求而得, 不爲而成,[4] 故雖有德而無德名也. 下德求而得之, 爲而成之, 則立善以治物, 故德名有焉. 求而得之, 必有失焉; 爲而成之, 必有敗焉. 善名生, 則有不善應焉. 故下德爲之而有以爲也.

1) Ariane Rump, *Commentary on the Lao Tzu by Wang Pi*, The University

Press of Hawaii, 1981, 109쪽 참조.

2) '지일'(至日)은 동지(冬至)와 하지(夏至)를 가리키는데, 여기에서 특히 복괘(復卦)와 관련해서 보면 동지다. 『주역』「복괘·단전」(復卦·彖傳)에 "복에서 그 천지의 마음을 본다(復, 其見天地之心乎)"라 했고, 「대상전」(大象傳)에는 "우뢰가 땅속에 있는 것이 복이니 선왕이 이를 본받아 동지에 관문을 닫고 장사와 여행을 금하며 제후가 나라를 살피지 않는다(雷在地中, 復. 先王以至日閉關, 商旅不行, 后不省方)"라고 했다. 루우열은 왕필이 이에 대해 "방(方)은 일이다. 동지는 음이 돌아가고 하지는 양이 복귀하므로 복이 되면 아주 고요해진다. 선왕은 천지를 본받아 행하는 자다. 동(動)이 돌아가면 정(靜)해지고 행(行)이 복귀하면 지(止)해지고 일이 돌아가면 일이 없게 된다.(方, 事也. 冬至, 陰之復也; 夏至, 陽之復也. 故爲復, 則至於寂然大靜. 先王則天地而行者也, 動復則靜, 行復則止, 事復則無事)"라고 주를 달았는데, 이는 윗글의 '聖王雖大, 以虛爲主'에 대한 보충으로 볼 수 있다고 했다. 그리고 하타노 다로(波多野太郎)는 "'지도'(至覩)의 '지'(至)는 아마 '지'(志)의 잘못인 것 같다. '천지지심'(天地之心)과 '선왕지지'(先王之志), '견'(見)과 '도'(覩)는 대응하는 곳으로, '천지지심'은 곧 윗글의 '이무위심'(以無爲心)이고, '선왕지지'는 곧 '이허위주'(以虛爲主)다. 동지와 하지는 음양이 복귀(復歸)한 것이어서 적연·허정(寂然·虛靜)하므로, 천지의 원리를 본다는 말이다. 이것으로 살펴보건대 선왕은 복괘로써 천지의 마음을 보이는 것으로 생각했음을 알 수 있으니, 성인은 천지의 텅 빈 무(無)로 그 뜻(志)을 삼았음이 자명하다"고 했다. 그래서 루우열은 하타노 다로의 말대로 '지'(至)는 '지'(志)로 보아야 한다고 했다.(루우열, 『왕필집교석』 참조)

3) 『주역』「계사상전」, "길흉이란 잃고 얻는 상이다(吉凶者, 失得之象也)", "길흉이란 잃고 얻음을 말한다(吉凶者, 言乎其失得也)" 참조.

4) 『중용』에 "애쓰지 않아도 맞고 생각하지 않아도 얻는다(不勉而中, 不思而得)"라 하고, 『주역』「계사상전」에 "달리지 않아도 빠르며 가지 않아도 이른다(不疾而速 不行而至)"라고 했다.

일부러 하는 것이 없다는 것은 한쪽에 치우쳐서 작위하지 않는다는 것이다. 무릇 무위로 작위하지 못하는 것은 모두 하등의 덕이니 인의와 예절이 이것이다. 덕의 높고 낮음을 밝히려고 하등의 덕을 들어 상등의 덕에 대비시켰다. 일부러 작위하지 않는 경지에 이른 것은 하등의 덕의 역량을 다한(즉 하등의 덕 중에서는 최선의) 것이니 상등의 인이 이것이다. 일부러 함이 없이 작위하는 데에는 충분히 이를 수 있으니, 작위하되 일부러 함은 없으므로, 작위함이 있는 것이 근심이 된다. 뿌리는 무위에 있고, 어미는(즉 시원은) 무명에 있거늘 뿌리를 버리고 어미를 팽개치고서 그 자식(즉 말단)으로 나아가니, 비록 공이 크더라도 반드시 구제하지는 못하게 될 것이고, 드러난 이름은 아름답더라도 반드시 거짓이 생기게 된다. 일부러 하지 않아도 이루고 일으키지 않아도 다스릴 수는 없으니, 이에 인위로 하게 되므로, 널리 (덕치를) 베풀고 인애(仁愛)를 따지는 이가 나오게 된다. 그래서 사사로이 치우침 없이 사랑하므로 상등의 인을 지닌 사람은 작위하기는 하되 일부러 하는 것은 없다.

그러나 두루 사랑하지 못하게 되면 바르고 곧은 것을 가지고 포폄하게 되니, 의(義)를 따지는 이가[5] 편파적인 자에 대해 성을 내고 곧은 이는 도와서 이쪽 편은 도와주고 저쪽 편은 공격하게 된다. 그래서 사물에 대해서 마음을 가지고 작위함이 있으므로 상등의 의는 작위하면서 일부러 하는 것이다.

그러나 곧음이 돈독하지 못하면 화려하게 꾸미고 외형을 갖추었는지를 따지게 되니. 예로써 공경하는 자는 공경을 꾸미기 좋아하고, 서로 주고받은 것을 대조해서 따지게 되면, 서로 맞지 않을(혹은 예법에 맞게 대응하지 않을) 때에는 분노가 생겨난다. 그러므로 상등의 예는 작위하되 그에 응하지 않으면 팔을 걷어붙이고 억지로 강요하는 것이다.

無以爲者, 無所〔偏〕爲也. 凡不能無爲而爲之者, 皆下德也. 仁義禮節是也. 將明德之上下, 輒擧下德以對上德. 至於無以爲, 極下德之量, 上仁是也. 足及於無以爲而猶爲之焉. 爲之而無以爲, 故有爲爲之患矣. 本在無爲, 母在無名. 棄本捨母, 而適其子, 功雖大焉, 必有不濟; 名雖美焉, 僞亦必生. 不能不爲而成, 不興而治,[6] 則乃爲之, 故有宏普博施仁愛之者. 而愛之無所偏私, 故上仁爲之而無以爲也.

愛不能兼, 則有抑抗正〔直〕, 而義理之者. 忿枉祐直, 助彼攻此. 物事而有以心爲矣, 故上義爲之而有以爲也.

直不能篤, 則有游飾修文, 禮敬之者. 尙好修敬, 校責往來, 則不對之間忿怒生焉. 故上〔禮〕爲之而莫之應, 則攘臂而扔之.

5) 루우열은 억항(抑抗)을 진퇴(進退)의 뜻으로 보아서 '진퇴와 정직과 의리 등을 강구하는 이'로 해석했고, 이시다 요이치로(石田羊一郎)는 '억항정직'(抑抗正直)을 '악을 막고 선을 선양함'(遏惡揚善)의 뜻으로 보았다.(루우열, 『왕필집교석』 100쪽 참조) 엄영봉(嚴靈峯)은 의리(義理) 앞에 '실'(失)자를 보충해야 한다고 했다. 그러나 역자의 견해로는 억항(抑抗)을 '포폄(褒貶)'의 뜻으로 보고 '정직'(正直)에서 단구(斷句)를 하면 의미가 통한다.

6) 『주역』「계사상전」, "默而成之, 不言而信, 存乎德行" 참조.

저 지극히 큰 것은 오직 도뿐이로다! 여기에서 나아가면 (즉 도 외에는) 어찌 높임을 받을 만하겠는가! 그러므로 비록 덕이 융성하고 업적이 크며, 갖가지 재물을 풍부하게 갖고 있다 하더라도 제각기의 덕을 얻었을 뿐 (그 덕이 만물에) 두루 미칠 수가 없으므로 천(天)은 (만물을) 실을 수가 없고, 땅은 덮을 수가 없으며, 사람은 넉넉할 수가 없다. 만물이 비록 귀하지만 무(無)를 쓰임(用)으로 삼는(즉 무를 이용해서 쓰는) 것이니, 무를 버리고 형체를 이룰 수는 없다.(즉 모든 존재는 무에 의지해서 하나의 물체로서 성립된다.) 무를 버리고 물체가 되면 그 위대해질 수 있는 소이를 잃게 되니, 이른바 도를 잃은 뒤에 덕이 있다는 데 해당된다. 무를 이용해서 쓰면 그 근원(母)을 얻게 되므로, 능히 자신은 힘들지 않지만 사물은 잘 다스려지게 된다. 이 아래로 나아가면(즉 무를 쓰지 못하면) 그 쓰임의 근원을 잃는다.

무위할 수 없어서 (유교에서처럼) 널리 베푸는 것을 귀하게 여기게 되고, 널리 베풀 수 없어서 정직을 귀하게 여기게 되며, 정직할 수 없어서 (인위적으로) 공경하는 척 꾸미는 것을 귀하게 여기게 되니, 이른바 덕을 잃은 후에 인이 있고, 인을 잃은 후에 의가 있으며, 의를 잃은 후에 예가 있다는 것이다.

夫大之極也, 其唯道乎! 自此已往, 豈足尊哉! 故雖〔德〕盛業大, 富有萬物, 猶各得其德,〔而未能自周也. 故天不能爲載, 地不能爲覆, 人不能爲瞻. 萬物〕雖貴, 以無爲用, 不能捨無以爲體也.[7] 捨無以爲體, 則失其爲大矣, 所謂失道而後德也. 以無爲用,〔則得〕其母, 故能已不勞焉而物無不理. 下此已往, 則失用之母.

不能無爲, 而貴博施; 不能博施, 而貴正直; 不能正直, 而貴飾敬. 所謂失德而後仁, 失仁而後義, 失義而後禮也.

7) 『노자』 11장의 그릇과 바퀴와 집의 비유 참조.

저 예란 충직스러움이 돈독하지 못하고 간단명료하지 못한 데서부터 (혹은 단순한 예의 덕에 통하지 못한 데서)[8] 비롯하니, 겉모양을 갖추라고 힐책하고, 자잘한 것을 다투어 만들어낸다. 저 인의가 내심에서부터 우러나와도 작위하면 오히려 거짓이 되거늘, 하물며 외양을 꾸미려고 애쓰면서 오래갈 수 있겠는가! 그러므로 저 예라는 것은 충직스러움이 사라지고 혼란해지기 시작하는 첫머리다.

미리 안다는 것은 다른 사람보다 앞서 안다는 것으로 이는 하등의 덕에 속한다. 아주 총명해서 앞서 알고 그 지력(智力)을 부려서 잡다한 일들을 도모하니, 비록 이런 실정을 파악했다고 하더라도 (그에 대응해서) 간교함이 더욱 치밀해지고, 그 명예로움은 무거워진다고 하더라도 더욱더 독실함을 잃게 된다. 수고롭되 일은 혼미해지고 애를 써도 다스려지지 않는다. 비록 지혜를 짜내 본다 하더라도 백성들은 더욱 해롭게 되지만, 자신을 버리고 사물에 맡기면 하는 일이 없어도 편안해지고, 질박함을 지키면 (인위적인) 법도를 따를 필요가 없게 된다. 저 얻는 것을 탐내어 지킬 바를 버리게 되므로, 미리 안다는 것은 도의 꽃(즉 실속없는 겉만의 화려함)이면서 어리석음의 첫머리다. 그러므로 진실로 그 공을 이루는 근원을 얻을 수 있으면, 만물이 일어나되 간섭하지 않고, 만사가 잘 간수되나 수고롭지 않으며, 형체로써 쓰지 않고 이름으로써 부리지 않으므로, (오히려) 인의가 나타나고, 예경(禮敬)이 드러나게 된다.

夫禮也, 所始首於忠信不篤, 通簡不陽, 責備於表, 機微爭制. 夫仁義發於內, 爲之猶僞, 況務外飾而可久乎! 故夫禮者, 忠信之薄而亂之首也.

前識者, 前人而識也. 卽下德之倫也. 竭其聰明以爲前識, 役其智力以營庶事, 雖〔得〕其情, 姦巧彌密, 愈喪篤實. 勞而事昏, 務而治藏, 雖竭聖智, 而民愈害. 舍己任物, 則無爲而泰. 守夫素樸, 則不順典制. 〔耽〕彼所獲, 棄此所守, 〔故前〕識〔者〕, 道之華而愚之首. 故苟得其爲功之母, 則萬物作焉而不辭也, [9] 萬事存焉而不勞也. 用不以形, 御不以名, 故仁義可顯, 禮敬可彰也.

8) 이 구절에 대해 루우열은 '통간불양'(通簡不陽)의 뜻이 분명하지 않으니 잘못이 있는 것 같다고 했다. 그에 의하면 '양'(陽)자는 도장집주본(道藏集注本)에 '창'(暢)으로 되어 있으니 아마 '양'(陽)자는 '창'(暢)으로 하고, '통'(通)은 곧 '창'(暢)의 뜻이니 '통'(通)자는 '이'(易)자로 써서 '이간불창'(易簡不暢)으로 해야 한다고 했다. '이간'(易簡)이라는 말은 원래『주역』「계사전」의 "건은 쉬움으로 주장하고, 곤은 단순함으로써 능하다"(乾以易知, 坤以簡能), "쉽고 단순하되 천하의 이치가 얻어진다"(易簡而天下之理得矣), "쉽고 단순한 선은 지덕(至德)에 짝한다"(易簡之善配至德) 등에서 나온다. 한강백(韓康伯)의 주에 "천지의 도는 작위하지 않으면서도 잘 시작하고, 수고롭지 않으면서도 잘 이루어 주므로 쉽고 단순하다고 했다"(天地之道不爲而善始, 不勞而善成, 故曰易簡), "천하의 이치가 쉽고 단순한 곳에서 말미암아 나오지 않음이 없으며 각자 자신의 지위에 따르게 된다"(天下之理莫不由於易簡而各得順其分位也)고 했다.『회남자』(淮南子)「전언훈」(詮言訓)에 "쉽지 않으면 큰 것을 다스릴 수 없고 간단하지 않으면 많은 무리를 합할 수 없다. 큰 음악은 반드시 쉽고 큰 예는 반드시 간단하다. 쉽기 때문에 하늘일 수 있고 간단하기 때문에 땅일 수 있다"(非易不可以治大, 非簡不可以合衆, 大樂必易, 大禮必簡; 易故能天, 簡故能地)라는 말이 나온다. '이간'(易簡)이란 말은 위진(魏晉) 시대 사람들이 '무위'(無爲) 사상을 표현하기 위해 일상적으로 쓰던 것이다. 예를 들어 혜강(嵇康)은 성무애락론(聲無哀樂論)에서 "옛날의 임금들은 하늘을 받들고 만물을 다스림에 반드시 쉽고 간단한 가르침을 숭상했고 무위의 다스림을 부렸다. 임금은 위에서 조용하고 신하들은 아래에서 순종하며"(古之王者, 承天理物, 必崇易簡之敎, 御無爲之治; 君靜於上, 臣順於下)라고 했고, 완적(阮籍)은 「악론」(樂論)에서 "정악(正樂)은 쉽고 단순하며 마음을 맑히고 기(氣)를 깨끗하게 함을 말하니…저 고아한 정악이 두루 통하면 만물이 조화롭게 되고, 질박하고 고요하면 듣는 것이 음란하지 않으며, 쉽고 간단하면 모든 신을 제어하고, 조용하고 묵중하면 사람의 마음을 복종시킨다"(言正樂通乎易簡, 心澄氣淸…夫雅樂周通則萬物和, 質靜則聽不淫, 易簡則節制全神, 靜重則服人心)라고 했다. 그래서 루우열은 '이간불창'

(易簡不暢)은 천지의 작위하지 않고 수고롭지 않은 지덕(至德)이 통창(通暢)하지 못함을 뜻하니, '이간불창'(易簡不暢)은 바로 앞에 있는 '忠信不篤'이라는 문구와 서로 순응하여 뜻이 일치하고, 이어서 말한 '責備於表, 機微爭制'도 바로 '이간'의 도가 '불창'한 것으로부터 말미암은 것이라고 했다. 그런데 필자의 견해로는 '이간'이란 『주역』「계사전」에서 천지, 즉 음양의 속성을 표현한 것이다. 『주역』「계사전」에서는 지(知)는 양에, 예(禮)는 음에 비유한 바 있고, 『예기』「악기」(樂記)에서나 위에서 인용한 『회남자』「전언훈」에서 모두 예를 음의 '단순함(簡)'과 연관시킨 것으로 보아, '이간'의 잘못이라기보다는 간(簡)에만 한정시켜 '통간불창'(通簡不暢)으로 보는 것이 좋을 듯하다.

9) 앞의 『노자』 2장. "是以聖人處無爲之事, 行不言之教, 萬物作焉而不辭, 生而不有, 爲而不恃" 참조.

저 대도로써 싣고 무명으로써 막아두면, 특별히 숭상할 것도 없고 꾀부리려는 뜻도 없어진다. 각기 바르게 맡아서 성실하게 일하면, 인자한 덕이 두터워지고 의로움이 바르게 행해지며, 예경(禮敬)이 바로잡힌다. 자신을 실어주고 있는 바탕을 버리고 자신을 낳아준 근원을 버리고 나서, 이미 고정된 형체를 쓰고 얄팍한 총명을 부리니, 인을 숭상하고 의를 경쟁하며, 예를 다투게 된다.

그러므로 인자한 덕을 두터이 함은 인자함을 써서 할 수 있는 것이 아니고, 바르게 의를 실천함은 의를 가지고 이루는 것이 아니며, 분명하게 예경을 지킴은 예를 사용해서 되는 것이 아니다. 도로써 싣고 어미로써 거느리므로, 나타나되 떠받들리는 것이 없고 드러나되 앞다투는 바가 없다. 저 무명을 씀으로써 오히려 명(名)이 돈독해지고, 무형을 씀으로써 형(形)이 완성된다. 어미를 지켜서 그 자식을 보존하고, 뿌리를 높여서 그 말단을 일으키니, 형(形)과 명(名)이 함께 있어도 잘못된 일이 생기지 않고, 하늘에 짝할 정도로 아름다워도 (헛된) 화려함이 일어나지 않는다. 그러므로 어미는 멀리할 수 없고 근본을 잃어버려서는 안 된다.

인의는 어미가 낳은 것이니 어미가 될 수 없고, 형기(形器)는 장인이 만든 것이니 장인이 될 수 없다. 그 어미를 놓아두고 자식을 쓰며, 근본을 버리고 그 말단으로 나아가면, 명(名)에 구분이 생기고 형(形)은 한계에 고착되게 된다. 이렇게 된 뒤에 아무리 넓히려고 하더라도 반드시 두루 미치지 못하게 되고, 아무리 아름다움을 자랑하더라도 필연코 걱정거리가 있게 된다. 공은 인위에 달려 있으니 어찌 머물 만한 것이겠는가?(즉 인위적으로 얻은 공은 취할 것이 못 된다)

夫載之以大道, 鎮之以無名, 則物無所尙, 志無所營. 各任其貞, 事[10]用其誠, 則仁德厚焉, 行義正焉, 禮敬淸焉. 棄其所載, 舍其所生, 用其成形, 役其聰明, 仁則〔尙〕焉, 義〔則〕競焉, 禮〔則〕爭焉.

故仁德之厚, 非用仁之所能也; 行義之正, 非用義之所成也; 禮敬之淸, 非用禮之所濟也. 載之以道, 統之以母, 故顯之而無所尙, 彰之而無所競. 用夫無名, 故名以篤焉; 用夫無形, 故形以成焉. 守母以存其子, 崇本以擧其末, 則形名俱有而邪不生, 大美配天而華不作. 故母不可遠, 本不可失.

仁義, 母之所生, 非可以爲母. 形器, 匠之所成, 非可以爲匠也. 捨其母而用其子, 棄其本而適其末, 名則有所分, 形則有所止. 雖極其大, 必有不周; 雖盛其美, 必有患憂. 功在爲之, 豈足處也.

10) 우혜(宇惠) · 도조 히로시(東條弘) · 하타노 다로(波多野太郎) 등은 모두 '정'(貞)을 '진'(眞)의 잘못으로 보았고, 하타노 다로는 일설(一說)을 인용하여 '정'(貞)을 '책'(責)의 잘못이라고도 했다.(루우열, 『왕필집교석』, 104쪽 참조) 그러나 역자의 견해로는 『주역』 「건괘 · 문언전」(乾卦 · 文言傳)에 "원은 착한 것의 어른이요, 형은 아름다움의 모임이요, 이는 의로움이 조화됨이요, 정은 일을 주장함이다(元者, 善之長也, 亨者, 嘉之會也, 利者, 義之和也, 貞者, 事之幹也)"에서의 정(貞)과 사를(事) 인용한 것으로 보는 것이 의미가 순통하다.

39 하늘은 하나를 얻어서 맑아졌고

    ꞓꞓ 예로부터 하나를 얻은 것으로,

하늘은 하나를 얻어서 맑아졌고,

땅은 하나를 얻어서 안정되었고,

신은 하나를 얻어서 영험하게 되었고,

골짜기는 하나를 얻어서 채워졌고,

만물은 하나를 얻어서 생겨났으며,

왕은 하나를 얻어서 천하의 중심이 되었으니,

하나를 얻어서 그렇게 된 것이다.

하늘이 맑으려고만 하지 않는 것은 오히려 무너지게 될까 두려워서고,

땅이 안정을 유지하려고만 하지 않는 것은 오히려 흔들릴까 두려워서고,

신이 영험하려고만 하지 않는 것은 오히려 쇠진될까 두려워서고,

골짜기가 채우려고만 하지 않는 것은 오히려 말라버릴까 두려워서고,

만물이 살려고만 하지 않는 것은 오히려 죽게 될까 두려워서며,

후왕이 고귀한 행세를 하려고만 하지 않는 것은 오히려 쓰러질까 두려워서다.

그러므로 귀함은 천함을 뿌리로 삼고,

높음은 낮음을 토대로 삼는다.

그래서 왕은 스스로를 '외롭다' (孤), '덕이 모자라다' (寡), '착하지 못하다' (不穀)고 이르니,

이는 천함을 근본으로 삼기 때문이다.

그렇지 아니한가?

그러므로 영예를 지나치게 추구하다가는

도리어 영예를 잃게 되나니,

윤기나는 옥처럼 반짝거리기를 바라지 않고

거친 돌처럼 질박할 것이다. **"**

예로부터 하나를 얻은 것으로,

昔之得一者,

석(昔)은 시원이다. 일(一)은 숫자의 시초이자 사물의 궁극점이다. 각각의 사물들은 일(一)이 낳은 것이니 (一이 만물의) 주가 된다. 사물은 모두 각각 이 하나를 얻어서 만들어지니, 만들어진 뒤에는 하나를 버리고 만들어진 데에 거한다. 만들어진 데에 거하면 그 근원(즉 一)을 잃게 되므로, 갈라지고, 흔들리고, 없어지고, 말라버리고, 소멸되고, 쓰러진다.

昔, 始也. 一, 數之始而物之極也. 各是一物之生, 所以爲主也. 物皆各得此一以成, 旣成而舍〔一〕以居成, 居成則失其母, 故皆裂, 發, 歇, 竭, 滅, 蹶也.

하늘은 하나를 얻어서 맑고, 땅은 하나를 얻어서 안정되고, 신은 하나를 얻어서 영험하게 되고, 계곡은 하나를 얻어서 차고, 만물은 하나를 얻어서 생기며, 후왕은 하나를 얻어서 천하의 중심이 되었으니, 그 하나가 그렇게 만든 것이다.

天得一以淸, 地得一以寧, 神得一以靈, 谷得一以盈, 萬物得一以生, 侯王得一以爲天下貞, 其致之.

각각 그 하나를 얻음으로써 맑고 평안하고 영검스럽고 그득 차고 생겨나고 중심이 된 것이다.

各以其一, 致此淸寧靈盈生貞.

하늘이 맑으려고 하지 않는 것은 장차 깨질까 두려워서고(혹은 하늘이 하나를 얻어서 맑지 못했다면 아마 갈라졌을 것이요),

天無以淸將恐裂,

하나를 써서 (자연히) 맑아지는 것이지 맑음을 써서(즉 맑아지려고 해서) 맑아지는 것이 아니다. 하나를 지키면 맑음을 잃지 않으나 맑음을 쓴다면 (하늘이) 깨질 것이다. 그러므로 공을 이루는 근원을 버려서는 안 된다. 그래서 그 공을(즉 현실적 결과를) 쓰지 않음은 그 근본을 잃을까 두려워하기 때문이다.

用一以致淸耳, 非用淸以淸也. 守一則淸不失, 用淸則恐裂也. 故爲功之母不可舍也. 是以皆無用其功, 恐喪其本也.

땅이 안정을 유지하려고 하지 않는 것은 장차 흔들릴까 두려워서고(혹은 땅이 하나를 얻음으로써 평안하지 못했다면 흔들렸을 것이요, 아래도 같음), 신이 영험스러우려고 하지 않는 것은 장차 쇠진될까 두려워서고, 골짜기가 채우려고 하지 않는 것은 장차 말라버릴까 두려워서고, 만물이 살려고 하지 않는 것은 장차 소멸될까 두려워서며, 후왕이 고귀하게 하려 하지 않는 것은 장차 (정권을) 쓰러뜨릴까 두려워서다. 그러므로 귀함은 천함을 뿌리로 삼고, 높음은 낮음을 토대로 삼는다. 그래서 왕은 스스로를 '외롭다'(孤), '(덕이) 모자라다'(寡), '착하지 못하다'(不穀)고 이르니 이것이 천함을 근본으로 삼는 것이 아니겠는가? 그렇지 아니한가? 그러므로 (고귀한) 명예를 자주 추구하는 것은 도리어 명예를 없애게 되는 것이니, 빛나는 옥처럼 윤기나거나 거친 돌처럼 질박하기를 바라지 않는다.

地無以寧將恐發, 神無以靈將恐歇, 谷無以盈將恐竭, 萬物無以生將恐滅, 侯王無以貴高將恐蹶. 故貴以賤爲本, 高以下爲基. 是以侯王自謂孤寡不穀.[1] 此非以賤爲本邪? 非乎? 故致數輿無輿.[2] 不欲琭琭如玉, 珞珞如石.

184

맑음은 (다른 것을) 맑게 할 수 없고, 그득 참은 채울 수 없으니, 모두
가 그 근원을 가지고 그 외형을 보존하게 되는 것이다. 그러므로 맑음이
귀한 것이 아니며 그득 참이 대단한 것이 아니라(즉 그 외형 자체가 중요
한 것이 아니라), 그 근원이 귀한 것이요, 근원은 외형을 귀하게 여기지
않는다. 귀함은 곧 천함을 근본으로 삼고 높음은 바로 낮음을 토대로 삼
는다. 그러므로 명예를 여러 번 얻는 것은 바로 명예가 없는 것이 된다.
옥은 빛나고 돌은 거칠거칠하지만, 이런 몸체는 외형에 그치는 것일 뿐
이므로 욕심내지 않는다.(혹은 윤기나는 옥처럼 반짝거리기를 바라지 않
고 거친 돌처럼 질박할 것이다)

淸不能爲淸, 盈不能爲盈, 皆有其母, 以存其形. 故淸不足貴, 盈不足多,
貴在其母, 而母無貴形. 貴乃以賤爲本, 高乃以下爲基. 故致數輿乃無輿也.
玉石瑑瑑珞珞, 體盡於形, 故不欲也.

1) 『노자』 42장에도 나온다.
2) 루우열에 따르면 '여'(輿)는 '예'(譽)를 가차한 것이라고 한다. 장사 마왕퇴 삼
   호 한묘(長沙 馬王堆 三號 漢墓)에서 출토된 『백서노자』 갑본의 원문에는 '여'
   (輿)로, 을본의 원문에는 '여'(輿)로 되어 있는데 모두 '예'(譽)를 가차한 글자
   다. 또 도장집주본(道藏集注本)의 경문과 주문(注文)에서는 4개의 '여'(輿)자
   가 모두 '예'(譽)로 되어 있고, 부혁주본(傅奕注本)에도 '예(譽)'라고 했으며,
   석문(釋文)에서 나오는 '예'(譽)자에는 '훼예야'(毁譽也)라고 주(注)가 붙어 있
   으니 모두가 증거로 삼을 만하다. 마서륜(馬敍倫)의 『노자교고』(老子校詁)에서
   는 "『장자』「지북유」(知北遊)에서 말하기를, '지예무예'(至譽無譽)라고 했는
   데…그러나 이 글은 '치예무예'(致譽無譽)라고 해야 한다. '치'(致)는 '삭'(數)
   으로 잘못된 책이 있는데, 교감했던 사람이 옆에다 주를 붙여놓았던 것을 나중
   에 옮겨 적은 사람이 경문에 잘못 집어넣었다"라고 했다. 살펴보건대 장사 마
   왕퇴 삼호 한묘에서 출토된 『백서노자』 갑·을본의 경문에는 모두 '삭'(數)자
   가 있다. 따라서 경문과 주에 있는 '삭'자는 잘못 들어간 것이 아니라는 증거가
   될 수 있다. 그래서 '치삭여'(致數輿)는 고귀한 칭호를 여러 번 얻었다는 뜻이
   라고 보았다.(루우열, 『왕필집교석』 참조)

40 되돌아가는 것이 도의 움직임이요

> **〔〔** 되돌아가는 것이
> 도의 움직임이요,
> 유약한 것이
> 도의 쓰임이니,
> 세상의 만물은 유(有)에서 생겨나고,
> 유는 무(無)에서 생겨난다. **〕〕**

되돌아가는(혹은 반복 순환하는 혹은 반대 대립하는) 것이 도의 움직임이고,

反者, 道之動,

높음은 낮음을 토대로 삼고, 귀한 것은 천한 것을 근본으로 삼는다. 유는 무를 쓰임으로 삼으니 이것이 (근본으로) 되돌아가는 것이다. 움직임에 그 무가 되는 곳을 알면(즉 매사에 무를 파악해서 이용하면) 사물에 (막힘 없이) 통하게 되므로 "되돌아가는 쪽으로 도는 움직인다" 라고 했다.

高以下爲基, 貴以賤爲本, 有以無爲用, 此其反也. 動皆知其所無,[1] 則物通矣. 故曰反者, 道之動也.

---

1) 루우열은 '지'(知)자를 도장집주본(道藏集注本)에 의거하여 '지'(之)로 보았다.

유약한 것은 도의 쓰임이니,

弱者, 道之用,

유약한 것은 한 가지로(즉 어디에도) 통하게 되니(혹은 유약하면 도에 같아지니) 막히거나 다할 수가 없다.

柔弱同通,[2] 不可窮極.

[2] 『노자』 43장, 왕필 주에 "虛無柔弱, 無所不通"이라고 하였고, 『장자』 「대종사」 에 "仲尼蹴然曰, 何謂坐忘? 顔回曰, 墮肢體, 黜聰明, 離形去知, 同於大通, 此謂坐 忘"이라고 했다.

천하의 만물은 유에서 생겨나고, 유는 무에서 생겨난다.

天下萬物生於有, 有生於無.

천하의 사물은 모두 유로써 생겨나지만, 유는 무를 근본으로 삼아 시작되므로, 유를 온전히 하고 싶으면 반드시 무로 돌아가야 한다.

天下之物, 皆以有爲生. 有之所始, 以無爲本, 將欲全有, 必反於無也.

41 뛰어난 선비가 도를 들으면 부지런히 행하고

      뛰어난 선비가

      도를 들으면 부지런히 행하고,

      보통 사람은 도를 들으면 반신반의하며,

      어리석은 자는 도를 들으면 크게 비웃으니,

      비웃지 않으면 도라고 하기에 부족하다.

      그러므로 다음과 같은 말이 나오게 되었다.

      밝은 도는 어두운 듯하고,

      앞으로 나아가는 도는 물러나는 듯하고,

      평평한 도는 어그러진 것 같고,

      훌륭한 덕은 속된 것 같으며,

      아주 희면 때묻은 것과 같고,

      큰 덕은 부족한 것 같고,

      굳센 덕은 연약한 것 같고,

      솔직한 진실은 틀린 말 같다.

      큰 모는 모서리가 없고,

      큰 그릇은 늦게 이루어지고,

      큰 소리는 들리지 않으며,

      큰 형상은 드러나지 않으니,

      도는 이름 없이 숨어 있으나

      오직 도만이 잘 베풀어주고 잘 이룬다.

뛰어난 선비는 도를 들으면 부지런히 행하고,

上士聞道, 勤而行之;

뜻을 가지고 있기 때문이다.

有志也.

보통 사람은 도를 들으면 긴가민가하며, 못난 사람은 도를 들으면 크게 비웃으니 비웃지 않으면 도가 되기에 부족하다. 그러므로 (다음과 같은) 말이 나오게 되었다.

中士聞道, 若存若亡; 下士[1]聞道, 大笑之, 不笑不足以爲道. 故建言有之;

건(建)은 세운다는 뜻이다.

建, 猶立也.

---

1) 장석창은 여기에서의 상사(上士)·중사(中士)·하사(下士)가 각각 상등·중등·하등의 인군을 가리킨다고 보았다.

밝은 도는 어두운 듯하고,

明道若昧,

비추지만 번쩍거리지는 않는다.

光而不耀.

앞으로 나아가는 도는 뒤로 물러나는 듯하고,

進道若退,

자신을 뒤에 물러 세우지만 남보다 앞서게 되고, 스스로를 내버려두는

데도 그 몸이 간직된다.

後其身而身先, 外其身而身存.[2]

2) 앞의 『노자』 7장, "是以聖人後其身而身先, 外其身而身存. 非以其無私邪? 故能成
其私" 참조.

큰(혹은 평평한) 도는 평평하지 않은 것 같고,
夷道若纇,

'뇌'(纇)는 깊은 웅덩이이다. 크게 평평한 도는 사물의 본성에 따르기
때문에 사물을 잘라서까지 평평하게 하려고 하지 않는다. 그래서 그 평
평함이 보이지 않으므로 도리어 깊은 웅덩이 같다.

纇, 坳也. 大夷之道, 因物之性, 不執平以割物. 其平不見, 乃更反若坳也.

최상의 덕은 아무것도 없는 골짜기 같고,
上德若谷,[3]

그 덕을 덕으로 여기지 않아 마음에 담고 있지 않기 때문이다.

不德其德, 無所懷也.

3) 곡(谷)자는 백서을본에 욕(浴)으로, 돈황을본(敦煌乙本)에 속(俗)으로 되어 있
다. 대유(戴維)는 성현영과 마서륜(馬敍倫)의 주석에 의거하여 속(俗)자의 뜻
으로 보았다.(『백서노자교석』, 8쪽)

아주 흰 것은 때묻은 듯하고,
大白若辱,

흰 것을 알되 어두운 것을 지키는 것은, 아주 희어야 가능하다.

知其白, 守其黑,[4] 大白然後乃得.

190

4) 『노자』 28장에 나왔다.

넓은 덕은 부족한 것 같고,
廣德若不足,

넓은 덕은 채워지지 않으니, 텅 빈 무형이라 채울 수가 없기 때문이다.
廣德不盈, 廓然無形, 不可滿也.

우뚝 세운 덕은 엇비슷한(즉 특별하지 않은, 혹은 굳건한 덕은 약한) 것 같고,
建德若偸, 5)

투(偸)는 필적하는 짝이다. 6) 굳건한 덕은 사물의 자연스런 모습에 따르니, (자기 기준을) 내세우지도 않고 (인위적으로) 베풀지도 않으므로 마치 맞서는 짝처럼 엇비슷한 것 같다.

偸, 匹也. 建德者, 因物自然, 不立不施, 故若偸匹.

5) '투'(偸)는 백서을본에 '수'(輸)로 되어 있다. 고형은 '투'(偸)와 '수'(輸)는 '유'(孺)를 차용(借用)한 글자로 보았다.(고형, 『노자주역』, 96쪽)

6) 이 부분의 해석에 대해서는 예로부터 많은 논란이 있었다. 유월(俞樾)은 '투, 필'(偸, 匹)의 뜻을 고전에서 찾을 수가 없고 뜻을 알기가 어렵다고 하면서, '건'(建)을 강건(剛健)으로 보아서 강건한 덕은 도리어 게으르게 보인다고 해석했다.(주겸지(朱謙之), 『노자교석』, 170~171쪽) 엄영봉(嚴靈峯)은 여기서의 '필'(匹)자가 뜻이 없다고 하면서, '투, 필'(偸, 匹)에서의 '필'자는 '차'(且)자가 가로뉘어서 잘못 쓰였고, 아울러 앞에 '구'(苟)자가 탈락되었으니 원래 '구차'(苟且)로 쓰여져야 한다고 보았다. 또 뒤에 있는 '필'(匹)자는 '야'(也)자의 잘못이라고 했다.(『도홍경노자왕필주감오보정』(陶鴻慶老子王弼注勘誤補正), 35쪽) 루우열은 '투, 필'(偸, 匹)의 뜻을 알 수 없으며 착오가 있는 것 같다고 하면서, 백서본에 '투'(偸)가 '수'(輸)로 되어 있는 것을 근거로 '수'(輸)(혹은 孺), 우(愚)'의 잘못인 것 같다고 추측한 바 있다.(『왕필집교석』, 114쪽) 그

러나 필자의 생각으로 동료 · 배우자라는 뜻의 '윤필'(倫匹)이라는 성어(成語)가 있으니, '倫, 匹也'라고 주석을 단 것은 왕필이 윤필의 뜻으로 본 것이 틀림없다. 그렇다면 왕필이 보았던 노자의 원문은 '투'(偸)가 아니라 '윤'(倫)이라고 해야 옳다. 두 글자가 혼동된 이유는 '투'(偸)자가 '윤'(倫)자와 형체가 비슷해서 전사(轉寫)할 때 잘못 쓰여졌을 가능성이 충분히 있다고 본다. 왕필의 '필'(匹)자의 용례를 살펴보면, 『노자』 25장 왕필 주 '여삼필'(與三匹)에서는 '짝'이란 뜻으로 쓰였고, 같은 곳에서의 '無物匹之, 故曰獨立也'라든지, 62장 왕필 주의 '雖有珍寶璧馬, 無以匹之' 및 70장 왕필 주 '我亦無匹'에서는 '필적한다'는 뜻으로 쓰였다.

솔직한 진실은 틀린 것 같고,
質眞若渝,

질박한 참모습은 그 참됨을 자랑하지 않으므로 마치 사실과 위배되는 듯(혹은 더러워진 듯[7])하다.
質眞者, 不矜其眞, 故若渝.

7) 『설문해자』에 "유는 더럽혀짐이다(渝變汚也)"라고 했다.

큰 모는 모서리가 없고,
大方無隅,

모나지만 (사물을) 상하게 하지 않으므로 모서리가 없다.
方而不割, 故無隅也.

큰 인물은 늦게 (천하의 일을) 이루고(혹은 큰그릇은 느지막이 이루어지고),
大器晩成,[8]

큰 그릇은 천하를 완성시키는 데 전체와 부분을 가리지 않으므로, 반드시 늦게 완성된다.

大器, 成天下, 不持全別, 故必晚成也.[9]

8) 백서을본에 대기면성(大器免成)으로 되어 있다.

9) 루우열은 이 구절의 뜻이 통하지 않으니, "대기는 형체가 없어서, 합하여 이루
어지는 것이 아니므로 만들어지는 것이 아니다(大器無形, 不持合成, 故免成
也)"로 고쳐서 해석해야 한다고 보았다.(『왕필집교석』, 114-116쪽)

큰 소리는 들리지 않고,

大音希聲,

들으려 해도 들을 수 없는 것을 희(希)라고 한다. 대음(大音)은 들을
수 없는 소리다. 소리가 있으면 구분이 있고, 구분해 보면 궁음(宮音)이
아니면 상음(商音)이 된다.(즉 구체적인 음계 가운데 어느 하나로 정해
진다.) 나뉘면(즉 부분은) 많은 무리(즉 전체)를 통솔할 수 없으므로 (구
체적으로 정해진) 소리는 대음이 아니다.

聽之不聞名曰希.〔大音〕不可得聞之音也. 有聲則有分, 有分則不宮而商
矣. 分則不能統衆, 故有聲者非大音也.

큰 상(象)은 드러남이 없으니,

大象無形,

드러나는 것이 있으면 구분이 있으니, 구분이 있는 것은 따뜻하지 않
으면 서늘하거나, 뜨겁지 않으면 차갑다. 그러므로 (구체적으로 정해진)
상으로 드러난 것은 대상(大象)이 아니다.

有形則有分, 有分者, 不溫則〔凉〕, 不炎則寒. 故象而形者, 非大象.

도는 이름 없는 곳에 숨었으나 오직 도는 잘 빌려주고 잘 이룬다.

道隱無名, 夫唯道, 善貸[10]且成.

10) 대(貸)가 백서본에는 시(始)로 되어 있다.

　무릇 이와 같은 여러 훌륭한 것들은 모두 도가 이룬 것이다. 상에 있어서는 대상이 되나 대상은 형체가 없고, 음에 있어서는 대음이 되나 대음은 들리지 않는다. 사물이 그로써 이루어지지만 그 형체를 볼 수가 없으므로 숨어서 이름이 없다. (도가 만물에게) 그 모자란 것만을 빌려주는 것이 아니라, 한 번 빌려주면 그 덕이 영원히 지속되므로 '잘 빌려준다'고 했다. (도가 만물을) 이루어줌이 솜씨 좋은 장인이 마름질한 것만은 못하지만, 모든 사물이 다 자신의 형체를 가지런히 이루므로 '잘 이룬다'라고 했다.

　凡此諸善, 皆是道之所成也. 在象則爲大象, 而大象無形; 在音則爲大音, 而大音希聲. 物以之成, 而不見其形, 故隱而無名也. 貸之非唯供其乏而已, 一貸之則足以永終其德, 故曰善貸也. 成之不如機匠之裁, 無物而不濟其形, 故曰善成.

42 도는 하나를 낳고 하나는 둘을 낳으며

> 도는 하나를 낳고,
>
> 하나는 둘을 낳으며,
>
> 둘은 셋을 낳고,
>
> 셋은 만물을 낳는다.
>
> 만물은 음을 지고 양을 품으며,
>
> 용솟음치는 기운으로 조화를 이루고 있다.
>
> 사람들은 외로움과 모자람과 덕없음을 싫어하지만,
>
> 왕공은 이것을 칭호로 삼나니,
>
> 만물은 덜어내면 오히려 더해지며,
>
> 더하려다가 오히려 덜어지는 것이다.
>
> 세상 사람들이 가르치는 것을 나도 가르치나니,
>
> 사납게 구는 자는 제대로 죽지 못한다는 것을
>
> 나는 가르침의 으뜸으로 삼으리라.

도는 일(一)을 낳고, 일은 이(二)를 낳으며, 이는 삼(三)을 낳고, 삼은 만물을 낳는다. 만물은 음을 지고 양을 품으며, 텅 빈(혹은 용솟음치는)¹⁾ 기운으로써 조화를 이룬다. 사람들이 싫어하는 것은 외로움과 (덕이) 모자람과 착하지 못함인데, 왕공은 이것을 칭호로 삼나니,²⁾ 그러므로 사물은 혹 덜어내도 오히려 더해지며, 더하는데도 오히려 덜어지기도 한다.

道生一, 一生二, 二生三, 三生萬物. 萬物負陰而抱陽, 沖氣以爲和. 人之所惡, 唯孤寡不穀, 而王公以爲稱, 故物或損之而益, 或益之而損.

온갖 사물과 형체는 모두 일(一)로 돌아간다. 무엇으로 말미암아 일에 이르는가? 무로 말미암는다. 무로 말미암아 일에 이르니 일은 무라고 할 수도 있다. 그런데 이미 일이라고 했으니 어찌 말이 없을 수(혹은 없다고 말할 수) 있겠는가? 말이 있고 일이 있으니 이(二)가 아니면 무엇이겠는가? 일이 있고 이가 있으니 드디어 삼(三)을 낳게 된다. 무에서 유로 나아감에 여기에서 수는 끝나고(혹은 모든 수가 여기로부터 이런 방식으로 생겨나고), 이렇게 나온 것은(즉 일로부터 파생되어 나온 잡다한 수들은) 도의 무리가 아니다.

그러므로 만물이 생겨남에 나는 그 주를 아니, 비록 온갖 형체가 있어도 충기(沖氣)는(즉 빈 무의 기운은, 혹은 솟구치는 기운은) 하나이니, 백성마다 각자 마음이 다르고 나라마다 풍속을 달리하지만 왕후는 일(一)을 얻어서 주가 된다. 일이 주가 되니 일을 어찌 버릴 수 있겠는가? 많아질수록 (도로부터) 멀어지고 덜어내면 도에 가까워지니, 다 덜어내버려야 그 궁극을 얻는다. 일이라고 말했을 뿐인데도 오히려 바로 삼(三)이 되어 버리거늘 하물며 근본이 일이 아닌데 도에 가까울 수 있겠는가? 덜면 더해지고, 더하려면 덜게 된다는 것이 어찌 헛말이겠는가?

萬物萬形, 其歸一也. 何由致一? 由於無也. 由無乃一, 一可謂無. 已謂之一, 豈得無言乎? 有言有一, 非二如何? 有一有二, 遂生乎三. 從無之有, 數盡乎斯, 過此以往, 非道之流.[3]

故萬物之生, 吾知其主, 雖有萬形, 沖氣一焉. 百姓有心, 異國殊風, 而王侯〔得一者〕主焉. 以一爲主, 一何可舍? 愈多愈遠, 損則近之. 損之至盡, 乃得其極.[4] 旣謂之一, 猶乃至三, 況本不一, 而道可近乎? 損之而益, 〔益之而損〕, 豈虛言也.

1) 『설문해자』에 "충은 솟구쳐오름이다(沖 涌搖也)"라고 했다. 그러나 문맥상 왕
   필은 '충'(沖)을 '비었다'는 뜻으로 해석한 것으로 보인다.
2) 『노자』 39장에도 이와 비슷한 내용이 나온다.
3) 『장자』「제물론」(齊物論), "이미 하나라고 말했는데 또한 말이 없을 수 있겠는
   가? 하나와 하나라는 말을 합하여 둘이 되고 둘에 하나를 합하면 셋이 된다. 이
   와 같이 하여 나아가면 아무리 셈을 잘하는 사람이라도 헤아릴 수 없으니 하물
   며 보통 사람들에게 있어서랴! 그러므로 무로부터 나아가도 삼에 이르는데 하
   물며 유에서 유로 나아감에 있어서랴!(.旣已爲一矣. 且得有言乎? 旣已謂之一
   矣, 且得無言乎? 一與言爲二, 二與一爲三. 自此以往, 巧曆不能得, 而況其凡乎!
   故自無適有以至於三, 而況自有適有乎!)" 참조.
4) 앞의 『노자』 22장 왕필 주, "自然之道, 亦猶樹也. 轉多轉遠其根, 轉少轉得其本.
   多則遠其眞" 및 『노자』 48장, "爲學日益, 爲道日損" 참조.

세상 사람들이 가르치는 것을 나 또한 가르치나니,
人之所敎, 我亦敎之,

내가 사람들을 가르치는 것은 억지로 따르도록 시키는 것이 아니라 저
절로 그러하도록 하는 것이다. 이러한 지극한 이치를 따르면 반드시 길
하고, 어기면 반드시 흉하므로, 사람들이 '이를 어기면 스스로 흉하게 된
다'고 서로 가르치게 되니, 내가 또한 사람들에게 어기지 말라고 가르치
게 된다.

我之〔敎人〕, 非强使從之也, 而用夫自然. 擧其至理, 順之必吉, 違之必凶.
故人相敎, 違之〔必〕自取其凶也, 亦如我之敎人, 勿違之也.

강포하게 구는 자는 제대로 죽지 못하나니, 나는 이로써 가르침의 어버이로 삼으리라.
强梁者不得其死, 吾將以爲敎父.

강포하게 굴면 반드시 제대로 죽지 못한다. 사람들이 서로 억세져야
한다고 가르치게 되면, 반드시 내가 사람들에게 억세게 굴어서는 안 된

다고 가르치게 된다. 그 억센 것이 제대로 죽지 못하는 것을 예로 들어 가르치는 것은, 내 가르침에 따르면 반드시 길할 것이라고 하는 것과 같다. 그러므로 가르침을 어기는 무리들로서 바로 가르침의 어버이로 삼을 수 있다.

强梁則必不得其死. 人相敎爲强梁, 則必如[5]我之敎人不當爲强梁也. 擧其强梁不得其死以敎邪, 若云順吾敎之必吉也. 故得其違敎之徒, 適可以爲敎父也.

5) 이 부분은 노자의 경문과 뜻이 맞지 않아 여러 주석이 나와 있다. 특히 '즉필여' (則必如) 세 글자를 어떻게 해석하는가에 따라 이 구절의 의미가 달라지게 된다. 도홍경은 '즉'(則)자가 '비'(非)자의 잘못이라 했고, 엄영봉(嚴靈峰)은 '필' (必)을 '불'(不)로 보았다.(『도홍경노자왕필주감오보정』(陶鴻慶老子王弼注勘誤補正) 참조.) 그러나 필자의 견해로 이 부분의 뜻은 바로 윗 단락의 왕필 주 "故人相敎, 違之必自取其凶也, 亦如我之敎人, 勿違之也"와 의미가 통하는 것으로, 특히 여기서의 '여'(如)자를 '응당'(應當)의 뜻이나(『左傳』「昭公 二一年」"君若愛司馬, 則如亡"), "순종·의조"(順從·依照)의 뜻(예를 들어 如約 如命의 경우, 『左傳』「宣公 十二年」"有律以如己也"의 杜預 注 "如, 從也" 참조)으로 해석하면 전체적으로 앞뒤의 문리가 순통해서, 글자를 고칠 필요가 없다.

43 가장 부드러운 것이 가장 단단한 것을 부리고

> 세상에서 가장 부드러운 것이
> 가장 단단한 것을 부리게 되고,
> 텅 비우면 틈이 없어도 들어가나니
> 나는 이로써 무위가 유익함을 안다.
> 그러나 이 말없는 가르침과 무위의 이로움을
> 세상에 행하는 이는 드물다.

천하에서 가장 유약한 것이 천하에서 가장 단단한 것을 부리고,
天下之至柔, 馳騁天下之至堅,

기(氣)는 들어가지 못하는 곳이 없고, 물은 지나가지 못하는 곳이 없다.
氣無所不入, 水無所不經.

무는 틈이 없어도 들어가나니 내가 이로써 무위가 유익함을 안다.
無有入無閒, 吾是以知無爲之有益.

텅 비고 유약한 것은 통하지 못하는 곳이 없다. 무는 막힐 수가 없고,
지극히 부드러운 것은 부러뜨릴 수 없다. 이로 미루어서 무위가 유익함
을 안다.

虛無柔弱, 無所不通. 無有不可窮, 至柔不可折. 以此推之, 故知無爲之有益也.

그러나 말없는 가르침과 무위의 이로움은 천하에 미치는 자가 드물다.

不言之敎, 無爲之益, 天下希及之.

44 이름과 몸 중에 어느 것이 친한가

> ❝ 이름과 몸 중에 어느 것이 친하고,
> 자신과 재물 중에 어느 것이 중요하며,
> 득과 실 가운데 어느 것이 병통이 되는가?
> 그러므로 명리를 너무 좋아하면 큰 손실을 치르게 되고,
> 지나치게 쌓아두려다가는 더 많이 잃어버리게 될 것이다.
> 만족할 줄 알면 욕되지 않고
> 그칠 줄 알면 위태롭지 않나니,
> 그래야 오래갈 수 있다. ❞

이름과 몸 중에서 어느 것이 친하고,
名與身孰親?

이름을 숭상하고 높은 것을 좋아하다 보면, 자기 자신은 반드시 소홀하게 된다.
尙名好高, 其身必疏.

몸과 재물 중에서 어느 것이 중요하며,
身與貨孰多?

재화를 탐하여 만족할 줄 모르면, 제 몸은 반드시 가벼이 하게 된다.
貪貨無厭, 其身必少.

얻음과 잃음 중에서 어느 것이 병통인가?
得與亡孰病?

큰 이득은 얻을지라도 제 몸을 잃으니, 어떤 것이 병통이 되는 것인가?
得多利而亡其身, 何者爲病也.

이러므로 명리를 너무 좋아하면 큰 손실을 치르게 되고, 지나치게 쌓아두려 하다가는 오히려 더 많이 잃게 될 것이다.
是故甚愛必大費, 多藏必厚亡.

너무 아끼면 다른 것들과 통할(즉 남들과 함께할) 수 없고, 지나치게 쌓아두는 것은 사람들과 나누지 못하게 된다. 재물을 구하는 이와 빼앗으려는 자가 많으니 사람들에게 괴로움을 당하게 되므로, 결국은 크게 낭비하고 많이 잃게 된다.
甚愛, 不與物通; 多藏, 不與物散. 求之者多, 攻之者衆, 爲物所病, 故大費厚亡也.

만족할 줄 알면 욕되지 않고, 그칠 줄 알면 위태롭지 않나니, 그렇게 해야 오래갈 수 있다.
知足不辱, 知止不殆, 可以長久.

45 완전한 것은 모자란 듯하나

66 완전한 것은 모자란 듯하나
그 쓰임은 닳지 않고,
가득 찬 것은 비어 있는 듯하나
아무리 써도 끝이 없고,
아주 곧은 것은 굽은 듯하고,
뛰어난 솜씨는 서툰 듯하며,
잘하는 말은 더듬는 듯하다.
몸을 움직여서 추위를 이기지만
조용히 있는 것이 더위를 이기는 방법이니,
맑고 고요함으로 천하를 바르게 한다. 99

크게 이룬 것은 결함이 있는 듯하나 써도 닳지 않고,
大成若缺, 其用不弊;

사물에 따라서 이루며, 하나의 형상으로 한정되지 않으므로 모자란 게
있는 듯하다.
隨物而成, 不爲一象, 故若缺也.

크게 찬 것은 비어 있는 듯하나 써도 끝이 없고,

大盈若沖, 其用不窮,

크게 채운다는 것은 사물에 맞춰서 채워주면서도, (주는 것을) 아끼거나 자랑하지 않으므로 빈 듯하다.

大盈〔充〕足, 隨物而與, 無所愛矜, 故若沖也.

아주 곧은 것은 굽은 듯하고,
大直若屈,

사물에 따라서 곧으니, 곧음이 일정하지(즉 자로 잰 듯 곧지) 않으므로 굽은 듯하다.

隨物而直, 直不在一, 故若屈也.

뛰어난 솜씨는 서툰 듯하며,
大巧若拙,

뛰어난 솜씨는 스스로 그러한 모습대로 그릇을 만들며, 기이한 것들을 지어내지 않으므로 서툰 듯하다.

大巧因自然以成器, 不造爲異端, 故若拙也.

잘하는 말은 더듬는 듯하다.
大辯若訥.

잘하는 말은 사물에 따라 말할 뿐 자기가 지어내는 것이 없으므로 더듬는 듯하다.

大辯因物而言, 己無所造, 故若訥也.

(몸을) 움직여서 추위를 이기지만 고요함으로 더위를 이기니, 맑고

고요함으로 천하를 바르게 한다(혹은 청정함이 천하의 바른 모범이
된다).

躁勝寒, 靜勝熱,[1] 淸靜爲天下正.

활발히 움직인 뒤에야 추위를 이기고 고요히 무위함으로써 더위를 이
긴다. 이로 미루어보건대, 맑고 고요함이 천하의 바름이 된다. 고요하면
사물의 참모습을 온전히 하게 되고 조급하면 사물의 본성을 해치게 되므
로, 오직 맑고 고요해야 위에서 말한 여러 큰 것들을 얻을 수 있다.

躁罷然後勝寒,[2] 靜無爲以勝熱. 以此推之, 則淸靜爲天下正也. 靜則全物
之眞, 躁則犯物之性, 故惟淸靜, 乃得如上諸大也.

1) 이 구절에 대해서는 예로부터 해석이 분분하다. 장석창은 뜻이 잘 통하지 않으
니 "靜勝躁, 勝寒熱"로 바꿔보아야 순통하다고 했다. 마서륜(馬敍倫)은 노자 경
문에 잘못이 있으며, 문의(文義)에 근거하여 미루어볼 때 '조승한'(躁勝寒)은
'한승조'(寒勝躁)라고 해야 한다고 보았고, 진고응은 장석창과 엄영봉의 설에
근거하여 '躁勝寒, 靜勝熱'를 '靜勝躁, 寒勝熱'로 고쳐서 해석했다.

2) 루우열은 "'躁罷然後勝寒'은 원문의 '躁勝寒'을 해석한 것으로, 노자와 왕필의
사상은 모두 춥고 고요한 것이 조급하고 뜨거운 것에 비해 근본적이라고 보았
다. 그러나 경문에서 이미 '조승한'(躁勝寒)이라고 했으므로, 왕필은 이리저리
틀어서 해석할 수밖에 없었다. 그래서 "조급함이 그치기를 기다린 후에야 추위
를 이길 수 있다고 말했다"고 했다.

46 도가 있는 세상에서는

> 도가 있는 세상에서는
> 달리던 군마를 되돌려 밭갈고,
> 도가 없는 세상에선
> 군마가 전쟁터에서 새끼를 낳는다.
> 만족할 줄 모르는 것보다 더 큰 화가 없고,
> 얻기를 욕심내는 것보다 큰 허물이 없나니,
> 그러므로 자기 분수에 자족한 줄 아는 것이
> 참다운 만족이다.

　천하에 도가 있으면 (전장을) 누비던 말을 되돌려 (밭을) 일구고,
　天下有道, 却走馬以糞;

　천하에 도가 있으면 만족할 줄 알고 그칠 줄 알게 되니, 밖(즉 화려한
외형)으로 구함이 없이 각기 그 안(즉 질박한 내실)을 닦을 뿐이다. 그러
므로 달리던 말을 되돌려 밭갈고 거름 주는 데 쓴다.
　　天下有道, 知足知止, 無求於外, 各修其內而已. 故却走馬以治田糞也.

　천하에 도가 없으면 군마가 교외에서 새끼를 낳는다.
　天下無道, 戎馬生於郊.[1]

탐욕스러우면 싫증낼 줄 모르기 때문에 그 안을 닦지 않고 각기 밖에서 찾는다. 그러므로 군마가 변방에서 태어난다.

貪欲無厭, 不修其內, 各求於外, 故戎馬生於郊也.

화는 만족할 줄 모르는 것보다 큰 것이 없고, 허물은 얻으려고 욕심내는 것보다 큰 것이 없나니, 그러므로 만족할 줄 알아서 얻은 만족이 항상 만족스러운 것이다.

禍莫大於不知足, 咎莫大於欲得, 故知足之足 常足矣.

47 문밖을 나가지 않아도 천하를 알고

> 문밖을 나가지 않아도 천하를 알고,
> 들창을 엿보지 않아도 하늘의 길을 보나니,
> 멀리 나갈수록 아는 것은 줄어들 뿐이다.
> 그래서 도를 얻은 사람은 돌아다니지 않아도 알고,
> 보지 않아도 알며
> 하지 않고도 이룬다.

문을 나가지 않아도 천하를 알고, 창문을 엿보지 않아도 천도를 보나니,

不出戶, 知天下; 不闚牖, 見天道,

사물마다 종주(宗主, 즉 본질과 근원)가 되는 것이 있으니, 길은 다르지만 돌아가는 곳은 같고, 생각은 갖가지이나 이르는 곳은 하나다. 도에는 대상(大常, 즉 영원함)이 있고, 이(理)에는 대치(大致, 즉 보편성)가 있으니, 옛 도를 가지고 현재를 다스릴 수 있고, 지금에서도 과거의 시원을 알 수 있다. 그러므로 문을 나가지 않고 들창을 엿보지 않아도 알 수 있는 것이다.

事有宗而物有主,[1] 途雖殊而[其]歸[同]也, 慮雖百而其致一也.[2] 道有大常, 理有大致. 執古之道, 可以御今; 雖處於今, 可以知古始. 故不出戶闚牖,而可知也.

1) 뒤의 『노자』 70장에 "言有宗, 事有君"이라고 했다.
2) 이 부분은 『주역』 「계사전」에 "천하는 돌아가는 곳이 같으나 길은 다르고 하나에 이르나 생각은 갖가지다(天下同歸而殊塗, 一致而百慮)"라고 한 데서 인용한 것이다. 또 이 부분의 왕필 주는 하안(何晏)과도 밀접한 관계가 있다. 하안의 『논어집해』(論語集解) 「위령공」(衛靈公) 일이관지(一以貫之)조 주에 "하안이 말했다. 도덕에는 근본 되는 것이 있고, 일에는 요점이 있다. 천하가 길을 달리하나 같은 곳으로 돌아가고 생각은 갖가지나 하나로 모이니, 근본을 알면 모든 선행이 나오므로, 많은 것을 배우지 않아도 하나로 안다.(善有元 事有會 天下殊塗而同歸 百慮而一致 知其元則衆善擧矣 故不待多學 一以貫之)"와 내용상 일치한다. 하안의 위령공 주는 『노자』의 "言有宗, 事有君."과 『주역』 「계사하전」의 "同歸而殊塗 一致而百慮"를 인용한 것이고, 왕필의 주는 하안의 논어주를 재인용한 것으로 보인다.

그 나감이 멀어질수록 그 앎은 더 적어진다.
其出彌遠, 其知彌少.

무는 일(一)에 있는데 많은 데서 찾기 때문이다. 도는 보려 해도 보이지 않고 들으려 해도 들리지 않으며 잡으려 해도 잡을 수 없으니, 만일 그렇다는 것을 안다면 굳이 문을 나가지 않을 것이다. 그러나 만약 알지 못한다면 찾으러 나갈 것이지만, 멀리 나갈수록 더욱 미혹될 것이다.

無在於一, 而求之於衆也. 道視之不可見, 聽之不可聞, 搏之不可得. 如其知之, 不須出戶; 若其不知, 出愈遠愈迷也.

이로써 성인은 돌아다니지 않아도 알고, 보지 않아도 이름을 알고,
是以聖人不行而知, 不見而名,[3]

사물의 이치를 터득했으므로 돌아다니지 않아도 생각하면 알 수 있고, 사물의 본질을 알므로 보지 않더라도 옳고 그른 이치를 파악해서 이름

지을 수 있다.

得物之致, 故雖不行, 而慮可知也. 識物之宗, 故雖不見, 而是非之理可得
而名也.

3) '명'(名)과 '명'(明)은 통한다.(장석창, 『노자교고』301쪽 참조)

작위하지 않고도 이룬다.
不爲而成.

사물의 본성을 밝히고 그것에 따를 뿐이다. 그러므로 비록 작위하지는
않지만, 사물이 이루어지도록 만든다.

明物之性, 因之而已. 故雖不爲, 而使之成矣.

48 배운다는 것은 날로 더하는 것이요

❝ 배운다는 것은
　　　날로 더하는 것이요,
　　　도를 따른다는 것은
　　　날마다 덜어내는 것이다.
　　　덜고 또 덜어서 하는 일이 없게 되면,
　　　하는 일이 없지만 하지 못하는 것도 없게 된다.
　　　언제나 일없이 천하를 다스리는 법이니,
　　　일거리를 만들어내면,
　　　천하를 다스리기 어렵다. **❞**

배운다는 것은 날로 더하는 것이요,

爲學日益,

자기가 능한 것을 능숙하게 하고, 그 익히는 바를 늘리고자 힘쓴다.

務欲進其所能, 益其所習.

도를 따른다는 것은 날로 덜어내는 것이다.

爲道日損.

텅 빈 무로 돌아가고자 힘쓴다.

務欲反虛無也.

덜어내고 또 덜어내어 무위에 이르면, 무위하되 하지 못하는 것이 없게 된다.

損之又損, 以至於無爲, 無爲而無不爲.

작위함이 있으면 잃어버리는 것도 있게 마련이므로, 무위해야 하지 못하는 것이 없게 된다.

有爲則有所失, 故無爲乃無所不爲也.

언제나 일을 만들지 않으면서 천하를 취하니(즉 다스리니[1]),

取天下常以無事,

언제나 (스스로 그러함 혹은 사물의 타고난 본성에) 따라서 행동한다.

動常因也.

1) '취'(取)는 '위'(爲)와 통하고 '위'(爲)와 '치'(治)는 통한다.(장석창, 『노자교고』 304쪽 참조)

일을 만들어내면,

及其有事,

자기가 지어내는 것이다.

自己造也.

천하를 다스리기에는 부족하다.

不足以取天下.

통제하는 근본을 잃게 된다.

失統本也.

49 성인은 정해진 마음이 없어서

> 성인은 정해진 마음이 없어서,
> 백성의 마음을 자신의 마음으로 삼는다.
> 착한 이나 착하지 않은 이나
> 나는 다 착하다고 하니
> 결국 모두 착함을 얻고,
> 미덥거나 미덥지 않거나
> 나는 다 믿으니
> 결국 믿음을 얻는다.
> 성인은 세상 속에 계시면서
> 온 천하와 그 마음을 함께하나니,
> 성인은 모두를 어린아이처럼 대한다.

성인은 정해진 마음이 없으니, 백성의 마음을 자신의 마음으로 삼는다.
聖人無常心, 以百姓心爲心.

언제나 따라서 움직인다.
動常因也.[1]

착한 이는 나도 착하다 하고, 착하지 않은 이도 나는 착하게 여기니,
善者, 吾善之; 不善者, 吾亦善之,

제각기 그 쓰임에 따른다면, 착함을 잃지 않는다.
各因其用, 則善不失也.

착함을 얻고,
德善,²⁾

사람을 버리지 않는다.
無棄人也.

2) '덕'(德)은 '득'(得)과 통한다.(고형, 『노자주역』 참조)

미더운 이는 나도 믿고, 미덥지 않은 이도 나 또한 믿으니 믿음을 얻는다. 성인이 천하에 있으면서 온 천하와 그 마음을 함께하나니, 〔백성은 다 자신들이 보고 듣는 것에만 관심을 두지만〕
信者, 吾信之; 不信者, 吾亦信之, 德信. 聖人在天下, 歙歙爲天下渾其心,³⁾ 〔百姓皆注其耳目⁴⁾〕

(백성들이) 제각기 밝게 듣고 밝게 본다.
各用聰明.

3) 하상공본이나 백서본 등에는 이 구절 뒤에 "百姓皆注其耳目"이란 구절이 더 있다.

4) 현행 왕필본에는 이 구절이 생략되어 있으나, 백서본 및 다른 판본에는 들어 있다. 위 왕필주의 내용은 바로 생략된 '百姓皆注其耳目' 부분에 대한 주석으로

보인다. 또한 아래 단락의 왕필 주 끝에도 "百姓各皆注其耳目焉, 吾皆孩之而已"
이라고 했으니, 본래 이 구절이 있었으나 후세에 탈락된 것으로 보인다.

성인은 모두 어린아이 대하듯 한다.
聖人皆孩之.

　모두를 어린아이처럼 조화롭고 욕심 없게 한다. 저 "천지가 자리를 베
품에 성인이 공능(功能)을 완성하게 하니, 사람이 꾀하고 귀신이 도모함
에 백성들이 공능에 참여한다"고 했으니,[5] 재능 있는 자에게는 주고 자
질이 있는 자는 취한다. 재능이 크면 크게 되고 자질이 귀하면 귀하게 된
다. 사물마다 종주(宗主)가 있으니, 이 같으면 면류관의 끈이 눈을 가려
도 속임을 당할까 두려워하지 않고, 귀마개 솜이 귀를 막아도 기만당할
까 걱정하지 않을 수 있다.[6] 또 어찌 자기 일신의 총명을 힘들이며 써서
백성들의 실정을 살필 것인가! 밝게 사물을 낱낱이 살피면 사람들도 앞
다투어 밝게 피할 것이요, 믿지 못하면서 사물을 찾으면 사물 또한 다투
어 불신으로 응할 것이다. 저 천하 사람들의 마음이 반드시 똑같은 것이
아닌데, 감히 다르게 반응하지 못하게 한다면(즉 획일적인 기준을 강요
한다면) (천하 사람들이) 자신의 본마음을 내보이려고 하지 않을 것이
다. 심하도다, 낱낱이 까발리는 것보다 더 큰 해로움이 없구나!
　꾀를 부리는 자와는 송사가 생기고, 힘대로 하려는 자와는 싸우게 된
다. 꾀가 다른 사람보다 뛰어나지 못하면서 시비를 다투게 되면 궁하게
될 것이요, 힘이 남보다 세지 못하면서 싸움판에 끼면 위태로울 것이다.
남들로 하여금 그 꾀와 힘을 자신에게 쓰지 못하게 할 수 있었던 사람은
없으니, 만약 그런 사람이 있다면 그는 혼자서 어떤 자라도 대적하지만,
다른 사람들은 천만 명으로 그를 대적해야 할 것이다. 만약 법망을 복잡
하게 하고 형벌을 번다하게 만들고 나다니는 길을 막고 편히 쉬는 집을
들쑤셔놓으면, 만물은 그 자연스러움을 잃을 것이요, 백성들은 손발을
둘 곳조차 잃어버릴 것이요, 새는 하늘 위에서 혼란스러워지고 물고기는

물 속에서 어지럽혀질 것이다.

그러므로 성인이 천하에서 욕심 없다는 것은 마음에 주로 삼는 것이 없다는 것이요, 천하 속에 함께 어우러진다는 것은 뜻에 자기 주장만 내세우거나 굳이 싫어하는 것이 없다는 것이다.[7] 살피는 것이 없으니 백성이 어찌 회피할 것이며, 구하는 바가 없으니 백성이 어찌 호응할 것인가. 회피하지도 호응하지도 않게 되어야 백성은 본마음대로 하게 되며, 사람들은 그 능한 바를 버리고 그 능치 못한 바에 덤벼들려고 한다든지, 잘하는 것을 버리고 못하는 것을 작위하려는 일이 없게 된다. 이와 같이 되면 말하는 사람은 그가 아는 것을 말하고 행하는 사람은 그가 할 수 있는 것을 행하며, 백성들은 각각 자기 눈으로 보고 귀로 듣는 것에만 관심을 가지니 모두 어린아이로 대할 뿐이다.

皆使和而無欲, 如嬰兒也. 夫'天地設位, 聖人成能, 人謀鬼謀, 百姓與能'者, 能者與之, 資者取之; 能大則大, 資貴則貴. 物有其宗, 事有其主. 如此, 則可冕旒充目而不懼於欺, 黈纊塞耳而無戚於慢. 又何爲勞一身之聰明, 以察百姓之情哉! 夫以明察物, 物亦競以其明[避]之; 以不信[求]物, 物亦競以其不信應之. 夫天下之心不必同, 其所應不敢異, 則莫肯用其情矣. 甚矣! 害之大也, 莫大於用其明矣.

夫[任]智則人與之訟, [任]力則人與之爭. 智不出於人而立乎訟地, 則窮矣; 力不出於人而立乎爭地, 則危矣. 未有能使人無用其智力[於]己者也, 如此則己以一敵人, 而人以千萬敵己也. 若乃多其法網, 煩其刑罰, 塞其徑路, 攻其幽宅, 則萬物失其自然, 百姓喪其手足, 鳥亂於上, 魚亂於下.

是以聖人之於天下歙歙焉, 心無所主也. 爲天下渾心焉, 意無所適莫也. 無所察焉, 百姓何避; 無所求焉, 百姓何應. 無避無應, 則莫不用其情矣. 人無爲舍其所能, 而爲其所不能; 舍其所長, 而爲其所短. 如此, 則言者言其所知, 行者行其所能, 百姓各皆注其耳目焉, 吾皆孩之而已.

5) 『주역』「계사전하」에 나온다.
6) '면류'(冕旒)는 고대 제왕의 모자 위에 달던 장식물로, 끈에다 옥을 꿰어서 모

자의 앞뒤로 늘어뜨렸다. '충'(充)은 막는다, 가린다는 뜻이다. '冕旒充目而不懼於欺'는 비록 눈빛이 면류 장식에 가려지지만 다른 사람들에게 기만당할까 걱정하지 않는다는 뜻이다. '주'(黈)는 황색이고 '광'(纊)은 솜이다. '주광'(黈纊)은 누런색 솜을 사용하여 모자의 좌우에 늘어뜨리는 장식물을 만든 것이다. '척(戚)'은 걱정하는 것이다. '黈纊塞耳而無戚於慢'은 비록 귀가 주광 장식에 막혀 있지만 다른 사람들이 속일까 걱정하지 않는다는 뜻이다. 『통전』(通典) 권57에서 「세본」(世本)을 인용하기를, "황제(黃帝)가 면류관을 만들고 끈을 늘어뜨려 눈으로 사특한 것을 보지 못하도록 했고, 솜을 막아 귀로 아첨하는 말을 듣지 못하도록 했다"고 했다. 『한서』 「동방삭전」(東方朔傳)에서는 "면류관을 쓰되 앞에 끈 장식이 있어서 눈밝음을 감추었고, 솜 장식으로 귀를 막아서 귀밝음을 막아주었다"고 했다. 안사고(顏師古)는 주에서 "주(黈)는 누런색이고, 광(纊)은 솜이다. 누런 솜을 둥글게 만들어 꿰서 면류관에 매달고 이것을 양귀 옆에 늘어뜨려 또한 밝을 듣지 못하도록 했다"고 했다.(루우열, 『왕필집교석』 인용)

7) 『논어』 「이인」(里仁)에 "군자가 천하에서 하나로 정한 것도 없고 못할 것도 없다(君子之於天下也, 無適也, 無莫也)"라고 했다.

50 세상에 태어났다가 죽으면 되돌아가는데

    “ 세상에 태어났다가

    죽으면 되돌아가는데,

    제대로 사는 이들이 열에 셋인데,

    죽는 이들이 열에 셋인데,

    잘 살다가 죽을 곳으로 가는 이들이 또한 열에 셋이 있다.

    왜 그런가?

    너무 잘 살려고 하기 때문이다.

    듣건대 삶을 잘 기른 이는

    뭍을 다녀도 맹수를 만나지 않고,

    전쟁터에서도 병기에 다치지 않는다고 한다.

    외뿔소는 그 뿔로 받을 곳이 없고,

    호랑이는 그 발톱으로 할퀼 곳이 없으며,

    무기는 그 칼날로 찌를 곳이 없는 것은

    무슨 까닭인가?

    죽을 짓을 하지 않기 때문이다. ”

세상에 태어났다가 되돌아가 죽는 것이니(혹은 나옴은 태어나는 것이요, 들어감은 죽는 것이니),

出生入死,

살 곳에서 나와 죽을 곳으로 들어간다.

出生地, 入死地.

　삶을 따르는 무리가 열에 셋이요, 죽음을 따르는 무리가 열에 셋인데, 사람이 삶을 따르다가 죽을 곳으로 가는 이들이 또한 열에 셋이 있다. 무슨 까닭인가? 너무 잘 살려고 하기 때문이다. 듣건대 삶을 잘 기른 이는 뭍을 다녀도 맹수를 만나지 않고, 전쟁터에서도 병기에 다치지 않는다고 한다. 외뿔소는 그 뿔로 받을 곳이 없고, 호랑이는 그 발톱으로 할퀼 곳이 없으며, 병기는 그 칼날로 찌를 곳이 없는 것은 무슨 까닭인가? 죽을 곳에 들어가지 않기 때문이다.

　生之徒十有三, 死之徒十有三. 人之生動之死地, 亦十有三. 夫何故? 以其生生之厚. 蓋聞善攝生者, 陸行不遇兕虎, 入軍不被甲兵. 兕無所投其角, 虎無所措其爪, 兵無所容其刃. 夫何故? 以其無死地.

　'십유삼'(十有三)이란 3/10이라는 말이다. 그 삶의 도를 취하여 끝까지 살아가는 이가 십분의 삼이고, 죽음의 길을 따라서 죽음의 끝에 이르는 자가 또한 십분의 삼이다. 그런데 백성들은 지나치게 잘 살려고 하다가 도리어 살지 못할 곳으로 가고 만다. 섭생을 잘하는 이는 삶을 삶으로 삼지 않기(즉 살려고만 하지 않기) 때문에 죽을 곳이 없다.
　창칼보다 해로운 도구가 없고, 외뿔소나 호랑이보다 위험한 짐승이 없다. 그런데 창칼로 하여금 그 날 끝으로 찌를 곳이 없게 하고, 호랑이나 외뿔소로 하여금 그 발톱과 뿔로 할퀼 곳을 없게 하니, 이는 참으로 욕심이 그 몸을 얽어매지 않게 한 때문이니 어찌 죽을 곳이 있겠는가! 저 독충들은 연못이 얕다고 여겨 그 속에 구멍을 뚫고, 송골매는 산이 낮다고 여겨 그 위에 둥지를 얹으니, 주살이 닿지 못하고 그물을 씌우지 못하니 죽을 곳이 없는 곳에 거처한다고 할 수 있다. 그러나 마침내 달콤한 미끼에 걸려서 사지에 빠져버리니 너무 잘 살려고 했기 때문이 아니겠는가?

그러므로 사물이 구하는 것 때문에 근본을 떠나지 않고, 욕심으로 인해 참모습을 더럽히지 않으면, 비록 전쟁터에 들어가더라도 해를 받지 않으며 세상을 돌아다녀도 다치지 않을 수 있다. (이런 점에서) 갓난아이야말로[1] 참으로 본받아 귀하게 여길 만하다.

十有三, 猶云十分有三分. 取其生道, 全生之極, 十分有三耳, 取死之道, 全死之極, 亦十分有三耳. 而民生生之厚, 更之無生之地焉. 善攝生者, 無以生爲生, 故無死地也.

器之害者, 莫甚乎〔兵戈〕; 獸之害者, 莫甚乎兕虎. 而令兵戈無所容其鋒刃, 虎兕無所措其爪角, 斯誠不以欲累其身者也, 何死地之有乎! 夫蚖蟺以淵爲淺, 而鑿穴其中; 鷹鸇以山爲卑, 而增巢其上, 矰繳不能及, 網罟不能到, 可謂處於無死地矣. 然而卒以甘餌, 乃入於無生之地, 豈非生生之厚乎? 故物, 苟不以求離其本, 不以欲渝其眞, 雖入軍而不害, 陸行而不〔犯, 可〕也. 赤子之可則而貴, 信矣.

1)『노자』10장 및 55장 참조.

51 도는 낳고 덕은 기르니

> 도는 낳고
> 덕은 기르니,
> 사물들이 나타나서 형세로서 완성된다.
> 이 때문에 만물은 도를 간직하며
> 덕을 귀하게 여기는 것이요,
> 도를 높이고 덕을 귀하게 여김은
> 시키지 않아도 언제나 저절로 그러한 것이다.
> 도는 낳고 덕은 기르니,
> 키워서 길러주고
> 성숙시켜 여물게 하며
> 보살피고 덮어준다.
> 낳되 소유하지 않고
> 일하되 자랑하지 않으며,
> 길러주되 주재하지 않으니,
> 이를 현묘한 덕이라고 한다.

　도가 낳고 덕이 길러서, (각종) 사물들이 형성되어 형세로(즉 처한 환경에 의해) 완성되나니,

　道生之, 德畜之, 物形之, 勢[1]成之,

사물이 생겨난 후에는 길러지고, 길러진 뒤에는 형체를 이루고, 형체를 이룬 후에는 완성된다. 무엇으로 말미암아 생겨나는가? 도다. 무엇을 얻어 길러지는가? 덕이다. 무엇으로 인하여 모양을 이루는가? 물(物)이다(즉 사물의 종류에 의해 각자의 형상이 정해진다). 무엇이 시켜서 완성하는가? 세(勢)다(즉 타고난 환경에 의해 각 사물은 완성된다).[2] (타고난 종류대로) 따르기만 하므로 사물은 형체를 이루지 못하는 것이 없고, (처해진) 형세대로 맡기므로 사물은 완성되지 못하는 것이 없다. 무릇 사물이 생겨나는 소이와 공이 이루어지는 까닭은 모두 말미암는 바가 있기 때문이다. 말미암는 바가 있다는 것은 (결국) 도에서 말미암지 않음이 없다는 것이므로, 끝까지 미루어보면 또한 도에 이른다. 그 인한 바를 따르므로 각자 알맞게 된다.

物生而後畜, 畜而後形, 形而後成. 何由而生? 道也. 何得而畜? 德也. 何〔因〕而形? 物也. 何使而成? 勢也. 唯因也, 故能無物而不形; 唯勢也, 故能無物而不成. 凡物之所以生, 功之所以成, 皆有所由. 有所由焉, 則莫不由乎道也. 故推而極之, 亦至道也. 隨其所因, 故各有稱焉.

2) 장석창은 '물'(物)을 말이나 개 등의 '사물의 종류'로 보고, '세'(勢)를 사물이 처한 '환경'으로 해석했다.(『노자교고』 참조)

이로써 만물은 도를 간직하고(혹은 높이고) 덕을 귀하게 여기지 않는 것이 없다.

是以萬物莫不存[3]道而貴德.

3) 백서본에는 '존'(尊)으로 되어 있다.

도란 사물이 말미암는 바요, 덕이란 사물이 얻은 것이다. 도로 말미암

아 (덕을) 얻게 되므로 높이지 않을 수 없고, (덕을) 잃어버리면 손해가
되므로 귀하게 여기지 않을 수 없다.

道者, 物之所由也; 德者, 物之所得也. 由之乃得, 故不得不〔尊〕; 〔失〕之
則害, 〔故〕不得不貴也.

도가 높고 덕이 귀한 것은 명하지 않아도 언제나 저절로 그러한 것
이다.

道之尊, 德之貴, 夫莫之命⁴⁾而常自然.

4) 백서갑본에는 '시'(時), 을본과 돈황본에는 '작'(爵)으로 되어 있다.

그러므로 도는 낳고 덕은 기르나니, 키워서 길러주고 성숙시켜 여
물게 하며 보살피고 덮어준다.

故道生之, 德畜之: 長之育之, 亭之毒之,⁵⁾ 養之覆之.

정(亭)은 온갖 형체를 드러나게 해주는 것을 말하고, 독(毒)은 그 재질
을 완성함을 말한다. (사물이) 각각 의지할 곳을 얻어 그 몸이 상하지 않
는다.

〔亭謂品其形,⁶⁾ 毒〕⁷⁾謂成其質, 各得其庇蔭, 不傷其體矣.

5) '정'(亭)과 '독'(毒)은 '안'(安)과 '정'(定)'으로 보거나 '성'(成)과 '숙'(熟)'으로 보
   는 두 가지 해석이 있다.(진고응, 『노자주역급평개』 참조).
6) 『주역』「건·단전」(乾·彖傳)에 "구름이 끼고 비가 내려서 만물이 형체를 이룬
   다(雲行雨施, 品物流形)"라고 했다.
7) 〔 〕의 6자는 루우열의 교감에 의거하여 보충했다.

낳되 소유하지 않고 작위하되 내세우지 않으며,

生而不有, 爲而不恃,

작위하되 소유하지 않는다.

爲而不有.

길러주되 주재하지 않으니, 이를 현묘한 덕이라고 한다.

長而不宰, 是謂玄德.

덕이 있으나 그 주인을 알지 못한다. 그윽히 어둑한 데서 나오므로 '현덕'(玄德)이라고 했다.

有德而不知其主也, 出乎幽冥, 〔故〕謂之玄德也.

52 천하의 만물에는 시원이 있어서

> 천하의 만물에는 시원이 있어서
> 그것이 천하의 어미가 되나니,
> 어미를 얻어서 자식을 알고
> 자식을 알아서 다시 그 어미를 지킨다면,
> 평생 위태롭지 않을 것이다.
> 그 입구를 막고 그 문을 닫으면
> 평생토록 수고롭지 않으나,
> 그 입구를 열어둔 채 일하려고 하면
> 끝내 해결하지 못한다.
> 작은 것을 보는 것이 밝은 것이고,
> 부드러움을 지키는 것이 강한 것이다.
> 지혜의 빛을 쓰되,
> 다시 본래의 밝음으로 돌아가야
> 몸에 재앙을 남기지 않으리니,
> 이것이 영원함을 익히는 것이다.

천하에는 시초가 있어서 천하의 어미가 되나니,
天下有始, 以爲天下母,

잘 시작하면 잘 기르게 되므로, 천하에 시초가 있다면 천하의 어미라고 할 수 있다.

善始之, 則善養畜之矣. 故天下有始, 則可以爲天下母矣.

이미 그 어미를 얻어서 그 자식을 알고 이미 그 자식을 알아서 다시 그 어미를 지키면, 평생토록 위태롭지 않을 것이다.

旣得其母, 以知其子; 旣知其子, 復守其母, 沒身不殆.

어미는 뿌리고 자식은 말단이다. 뿌리를 얻어서 말단을 알지만, 뿌리를 버리고 말단을 쫓지 않는다.

母, 本也. 子, 末也. 得本以知末, 不舍本以逐末也.

그 입구를 막고 그 문을 닫으면,

塞其兌, 閉其門,

태(兌)는 욕심거리가 생기는 곳이요, 문(門)은 욕심거리가 따라가는 곳이다.

兌, 事欲之所由生. 門, 事欲之所由從也.

평생토록 수고롭지 않으나,

終身不勤,

일이 없으면 길이 편안하므로, 평생토록 수고롭지 않다.

無事永逸, 故終身不勤也.

그 입구를 열어두고 일을 풀려고 하면 몸을 마치도록 구제하지 못한다.

開其兌, 濟其事, 終身不救.

그 근원을 닫지 않고 그 일을 처리하려고 하므로 끝내 해결하지 못한다.

不閉其原, 而濟其事, 故雖終身不救.

작은 것을 보는 것을 밝다고 하고, 부드러움을 지키는 것을 강하다
고 한다.

見小曰明, 守柔曰强.

다스려지는 공은 큰 데 있지 않으므로, 큰 것을 보는 것이 밝은 것이
아니라 작은 것을 보아야 밝은 것이요, 강함을 지키는 것이 강한 것이 아
니라 부드러움을 지킬 수 있어야 바로 강한 것이다.

爲治之功不在大, 見大不明, 見小乃明. 守强不强, 守柔乃强也.

그 빛을 쓰되,

用其光,

도를 드러내서 백성들의 미혹을 제거한다.

顯道以去民迷.

다시 본래의 밝음으로 돌아가야,[1] (혹은 밝은 빛을 되돌려놓아야)

復歸其明,

너무 밝게 살피지 않는다.

不明察也.

1) 오징(吳澄)은 '광'(光)은 밖을 비추는 빛이고 '명'(明)은 광(光)의 체(體)로서
   안의 본체를 비추는 회광반조(回光反照)의 뜻으로 해석했다. 장석창은 '광'은
   지혜로, '명'은 도(道)의 뜻으로 보았다.

몸에 재앙을 남기지 않으리니 이것이 변치 않음을 익히는 것이다.(혹은 따르는 것이다)[2]

無遺身殃, 是爲習[3]常.

도의 영원함이다.

道之常也.

---

2) '습'(習)을 백서본의 '습'(襲)으로 해석했다.(고형, 『노자주역』 참조)
3) 백서본에는 습(襲)으로 되어 있다.

53 내가 조금 아는 것은

> 가령 내가 조금 아는 것이 있다면
> 큰 길을 갈 것이요,
> 샛길에 들까 두려워할 것이다.
> 큰 길은 아주 널찍하나
> 백성들은 샛길을 좋아하며,
> 조정은 깨끗이 치워져 있지만
> 밭에는 잡초만 무성하고
> 창고는 텅텅 비어 있으며,
> 오색 비단옷을 입고 잘 드는 칼을 차고,
> 물리도록 먹으며
> 재물이 남아도는 것을
> 일러 도적의 호사라고 하니,
> 도가 아니로다! 〞

    가령 내가 확고하게 아는 것이 있어 대도(大道)를 행한다면, 오직 베푸는 것(혹은 조금 아는 것이 있다면 큰 길을 걸을 것이요, 샛길에 빠지는 것[1]) 이것을 두려워할 것이다.

    使我介然有知, 行於大道, 唯施是畏.

만약 내가 확고하게 아는 것이 있어 천하에 대도를 행한다면 오직 작위를 베푸는 것을 두려워할 것이라고 한 것이다.

言若使我可介然有知, 行大道於天下, 唯施爲是畏也.

1) 이 부분에 대해서는 설이 분분하다. '개연'(介然)을 '미소'(微小)의 뜻으로 보기도 하며, 특히 왕염손(王念孫)은 왕필과 하상공이 '시'(施)를 베푼다는 뜻으로 해석한 것은 잘못이라고 하면서 이(池), 즉 '사'(邪)의 뜻으로 보기도 한다. (『노자교석』 및 『노자교고』 참조)

큰 길은 아주 평평하나 백성들은 샛길(혹은 지름길)을 좋아하며,
大道甚夷, 而民好徑,

큰 길이 널찍하고 바르며 고르더라도 백성들은 오히려 (큰 길을) 버려두고 따르지 않고 샛길로 다니기를 좋아하거늘, 하물며 다시 (인위적으로) 작위를 베푼다고 하다가 큰 길 한가운데를 막아놓음에랴? 그러므로 말하기를, 큰 길이 아주 평이한데도 백성들은 샛길을 좋아한다고 한 것이다.

言大道蕩然正平, 而民猶尙舍之而不由, 好從邪徑, 況復施爲以塞大道之中乎? 故曰大道甚夷, 而民好徑.

조정은 아주 깨끗이 치워져 있지만
朝甚除,

조(朝)는 궁궐이다. 제(除)는 깨끗하고 좋다는 것이다.
朝, 宮室也. 除, 潔好也.

밭에는 잡초만 무성하고 창고는 텅텅 비어 있으며,
田甚蕪, 倉甚虛,

조정이 너무 깨끗하면 밭에 잡초만 무성하고 창고는 텅텅 비게 된다. (궁궐) 하나를 만들자 수많은 해로움이 생겨난다.

朝甚除, 則田甚蕪, 倉甚虛. 設一而衆害生也.

오색 비단옷을 입고 잘 드는 칼을 차고, 물리도록 먹고 마시며 재물이 남아 돌아가는 것을 일러 도적의 호사라고 하니, 도가 아니로다!

服文綵, 帶利劍, 厭飮食, 財貨有餘, 是謂盜夸. 非道也哉!

무릇 재물이란 그 도로써(즉 제대로) 얻지 않으면 모두 잘못된 것이며, 잘못된 것은 도둑질한 것이다. 호사스럽되 그 도로써 얻지 않았으면 호사를 도둑질한 것이요, 고귀하되 그 도로써 얻지 않았으면 자리를 훔친 것이다. 그러므로 '도가 아님'을 들어서 밝힌 것이니, 도가 아니면 모두 도둑질로 호사를 부리는 것이다.

凡物, 不以其道得之, 則皆邪也, 邪則盜也. 夸而不以其道得之, 〔盜夸也; 貴而不以其道得之〕, 竊位也. 故擧非道以明, 非道則皆盜夸也.

54 잘 세운 것은 뽑히지 않고

    ❝ 잘 세운 것은 뽑히지 않고
    잘 감싼 것은 벗겨지지 않으니,
    자손 대대로 끊임없이 이어진다.
    내 자신이 이 도를 닦으면 그 덕이 참되고,
    집안에서 닦으면 그 덕이 넉넉해지고,
    마을에서 닦으면 그 덕이 오래가고,
    나라에서 닦으면 그 덕이 풍요로워지며,
    천하에서 닦으면 그 덕이 널리 퍼진다.
    그러므로 자신의 입장에서 자신을 살피고,
    집안의 입장에서 집안을 살피고,
    마을의 입장에서 마을을 살피고,
    나라의 입장에서 나라를 살피며,
    천하의 입장에서 천하를 살핀다.
    내가 어떻게 천하가 그러한 줄 알았겠는가?
    이런 이치로써 이다. ❞

잘 세운 것은 뽑히지 않고,
善建者不拔,

그 근본을 견고하게 한 후에 그 말단을 다스리므로 뽑히지 않는다.
固其根, 而後營其末, 故不拔也.

잘 감싼 것은 벗겨지지 않으니,
善抱者不脫,

많은 것을 탐내지 않고 그 능력에 맞게 하므로 벗겨지지 않는다.
不貪於多, 齊其所能, 故不脫也.

자손이 제사를 그치지 않는다.(즉 그렇게 하면 끊임없이 이어진다)
子孫以祭祀不輟.

자손이 이 도를 전하여 제사를 지낸다면 (제사가) 중단되지 않는다.
子孫傳此道以祭祀 則不輟也.

그것을 자신에서 닦으면 그 덕이 참되고, 집안에서 닦으면 그 덕이 넉넉해지고,
修之於身, 其德乃眞; 修之於家, 其德乃餘;

자신으로부터 다른 사람으로 미친다. 내 자신에서 그것을 닦으면 진실되고 집에서 닦으면 넉넉함이 있으니, 계속 닦아나가면 베푸는 바가 점점 커진다.
以身及人也. 修之身則眞, 修之家則有餘, 修之不廢, 所施轉大.

마을에서 닦으면 그 덕이 오래가고, 나라에서 닦으면 그 덕이 풍요로워지며, 천하에서 닦으면 그 덕이 널리 퍼진다. 그러므로 자신으로써 자신을 보고, 집으로써 집을 보고, 마을로써 마을을 보고, 나라로써 나라를 보며,[1)

修之於鄉, 其德乃長; 修之於國, 其德乃豊; 修之於天下, 其德乃普. 故以身觀身, 以家觀家, 以鄉觀鄉, 以國觀國,

저들은 모두 그러하다.

彼皆然也.

1) 고형은 이 부분의 뜻을 나를 미루어 남을 알고, 나의 집을 미루어 남의 집을 헤아린다고 해석했다.(『노자주역』 참조)

천하로써 천하를 본다.

以天下觀天下.

천하 백성의 마음으로 천하의 도를 보나니, 천하의 도는 순역과 길흉이 모두 사람의 도와 같기 때문이다.

以天下百姓心, 觀天下之道也. 天下之道, 逆順吉凶, 亦皆如人之道也.

내가 어떻게 천하가 그러한 줄 알았겠는가? 이 때문이다.

吾何以知天下然哉? 以此.

이것이란 위에서 말한 것들이다. 내가 어떻게 천하를 알 수 있겠는가? 나를 살펴서 아는 것이지 바깥에서 구하는 것이 아니니, 이른바 문을 나가지 않고도 천하를 안다는 말이다.

此, 上之所云也. 言吾何以得知天下乎? 察己以知之, 不求於外也, 所謂不出戶以知天下者也.[2]

2) 앞의 『노자』 47장에서 나왔다.

55 중후한 덕을 품은 이는 갓난아이 같아서

    " 중후한 덕을 품은 이는
갓난아이와 같으니,
독충이 쏘지 않고,
맹수도 덮치지 않으며,
독수리도 할퀴지 않는다.
뼈는 약하고 근육은 부드러우나
단단히 움켜쥐고,
남녀를 알지 못한 채 온전히 자라서
완전한 정기를 보존하고 있으며,
종일토록 울어대도 목이 쉬지 않는
지극한 조화를 이루고 있다.
조화를 알아야 항구하고
항구함을 알아야 명석하다고 한다.
사람들은 잘 사는 것을 상서롭다고 하고,
마음대로 기운을 쓰는 것을 강하다고 하나,
장성해지면 노쇠해지는 법이라,
이는 도가 아닌 것이니
도가 아닌 것은 일찍 끝난다. **"**

두터운 덕을 품은 것은 어린아이에 비유되니, (어린아이는) 독충이 쏘지 않고, 맹수도 덮치지 않고, 독수리도 할퀴지 않는다.

含德之厚, 比於赤子. 蜂蠆虺蛇不螫, 猛獸不據, 攫鳥不搏.

어린아이는 구하는 것도 없고 욕심도 없어서, 다른 것을 건드리지 않으므로 독충들도 쏘지 않는다. 도타운 덕을 품은 이도 다른 사물을 범하지 않으므로, 다른 사물도 그의 온전함을 해치지 않는다.

赤子, 無求無欲, 不犯衆物, 故毒〔螫〕之物無犯〔於〕人也. 含德之厚者, 不犯於物, 故無物以損其全也.

뼈는 약하고 근육은 부드러우나 쥐는 것은 단단하고,

骨弱筋柔而握固,

부드럽고 약하기 때문이니, 그러므로 꼭 움켜쥘 수 있다.

以柔弱之故, 故握能周固.

암수의 교합에 대해서 알지 못한 채 온전히 자라니

未知牝牡之合而全[1]作,

1) '전'(全)은 백서을본을 비롯한 여러 본에 '최'(朘)로 되어 있다.

작(作)은 자라는 것이다. 어떤 물건도 그 몸을 해치지 않으므로 온전히 자랄 수 있다. 후덕한 이는 어떤 사물도 그 덕을 손상시키거나 참된 본질을 바꿀 수 없다는 말이다. 유약한 것은 싸우지 않으므로 꺾이지 않으니, 다 이와 같다.

作, 長也. 無物以損其身, 故能全長也. 言含德之厚者, 無物可以損其德渝其眞. 柔弱不爭而不摧折, 皆若此也.

정기가 지극하고, 종일토록 울어대도 목이 쉬지 않으니,

精之至也. 終日號而不嗄,

다투고 욕심내는 마음이 없으므로 종일토록 소리를 질러도 목이 쉬지 않는다.

無爭欲之心, 故終日出聲而不嗄也.

완전한 조화를 이루고 있다. 조화를 아는 것을 상(常)이라 하고,

和之至也. 知和曰常,

사물은 조화를 상(常)으로 삼으므로 조화를 알면 상(常)을 얻는다.

物以和爲常, 故知和則得常也.

상을 아는 것을 밝다고 하는 것이다.

知常曰明.

밝지도 않고 어둡지도 않으며, 따뜻하지도 않고 서늘하지도 않은 이것이 상이다. 형체가 없어 볼 수가 없으니, "상을 아는 것을 명(明)이라고 한다"고 했다.

不皦不昧, 不溫不涼, 此常也. 無形不可得而見, 〔故曰知常〕曰明也.

(세상 사람들은) 더 잘 사는 것을 상서롭다고 하고,

益生曰祥, 2)

삶은 더할 수가 없으니, 더하려 하면 더 일찍 죽는다.

生不可益, 益之則夭也.

2) 많은 주석들이 '상'(祥)을 '불상'(不祥)으로 해석하고 있으나 (진고응, 『노자주

238

역급평개』 및 루우열,『왕필집교석』 참조), 역자의 견해로는 왕필 주의 내용을 참고할 때 아래 구절과 더불어 세상 사람들의 생각을 나타낸 것으로 보면 의미가 잘 통한다.

마음으로 기를 부리는 것을 강하다고 하나,
心使氣曰强,

마음은 두지 말아야 하나, (마음으로) 기를 부리면 난폭해진다.
心宜無有, 使氣則强.

사물은 장성해지면 노쇠하는 것이니, 이는 도가 못 된다고 한다. 도가 못 되는 것은 일찍 끝난다.
物壯則老, 謂之不道, 不道早已.

56 아는 이는 말하지 않고 말하는 이는 알지 못한다

" 아는 이는 말하지 않고
말하는 사람은 알지 못한다.
욕망의 구멍을 막고 마음의 문을 닫고,
그 날카로움을 꺾고 엉킴을 풀며,
번쩍이는 빛을 누그러뜨리고 세속과 하나가 되니,
이를 일러 현묘하게 같아지는 것이라고 한다.
그러므로 가까이할 수도 없고 멀리할 수도 없으며,
이롭게 할 수도 없고 해롭게 할 수도 없으며,
귀하게 여길 수도 없고 천하게 여길 수도 없으니,
그러므로 천하의 귀한 것이 된다. "

아는 이는 말하지 않고,
知者不言,

스스로 그러한 대로 따른다.
因自然也.

말하는 사람은 알지 못한다.
言者不知.

일거리를 만들게 된다.

造事端也.

그 구멍을 막고 문을 닫고, 그 날카로움을 꺾고

塞其兌, 閉其門, 挫其銳;

본질을 지킨다.

含守質也.

엉킴을 풀며,

解其紛,[1]

다툼의 근원을 제거한다.

除爭原也.

1) 루우열본에는 '분'(分)으로 되어 있으나, 이는 '분'(紛)의 잘못이다.(『노자』 4장 참조)

그 빛을 누그러뜨리고

和其光,

내세워 드러내는 것이 없으니 사물이 별로 다툴 것이 없다.

無所特顯, 則物無所偏爭也.

세속에 동화되나니,

同其塵,

특별히 천하게 여기는 것이 없으니 사물이 별로 부끄러워할 것이 없다.

無所特賤, 則物無所偏恥也.

이를 일러 현묘하게 같아지는 것이라고 한다. 그러므로 가까이할 수도 없고 멀리할 수도 없으며,

是謂玄同. 故不可得而親, 不可得而疎;

가까이할 수 있으면 멀리할 수도 있다.

可得而親, 則可得而疎也.

이롭게 할 수도 없고 해롭게 할 수도 없으며,

不可得而利, 不可得而害;

이롭게 할 수 있다면 해롭게 할 수도 있다.

可得而利, 則可得而害也.

귀하게 여길 수도 없고 천하게 여길 수도 없으니,

不可得而貴, 不可得而賤,

귀하게 할 수 있으면 천하게 할 수도 있다.

可得而貴, 則可得而賤也.

그러므로 천하의 귀한 것이 된다.

故爲天下貴.

어떤 사물도 덧붙일 수가 없다.

無物可以加之也.

57 나라를 바르게 다스리려면

나라를 바르게 다스리려고 하면
결국 속임수로 군사를 동원하게 되나니,
천하는 일을 없앰으로써 다스리는 것이다.
내가 어떻게 그런 줄을 알겠는가?
세상에 금하는 것이 많으면
백성들은 더 가난해지고,
백성이 이로운 물건을 많이 찾게 되면
국가는 더 혼미해지고,
사람들이 재주를 자주 부리면
기이한 일들이 더 불어나며,
법령이 복잡해질수록
도둑이 더 늘어나기 때문이다.
그러므로 옛 성인께서 이르기를,
내가 무위하니
백성들은 나름대로 살아가고,
내가 조용하니
백성들은 스스로 바르고,
내가 일 없으니
백성들은 저절로 넉넉해지며,
내가 무욕하니

백성들은 자연히 순박해진다고 했다. **"**

바름으로 나라를 다스리려고 하면 속임수로 군사를 동원하게 되나니, 일을 만들지 않음으로써 천하를 취한다(즉 일 없이 다스린다).
以正治國, 以奇用兵, 以無事取天下.

도로써 나라를 다스리면 나라가 평안해지지만, 바름으로 나라를 다스리려고 하면(즉 바름을 강요하면) 기묘한 술책을 부리는 군대가 일어나고, 일을 만들지 않으면 천하를 취할 수 있다. 윗 장(48장)에서 말하기를, 천하를 취하는 이는 항상 일을 만들지 않음으로써 하니, 일이 있게 되면 천하를 취하기에 부족하다고 했다. 그러므로 바름으로 나라를 다스리려고 하면 천하를 취하기에 부족하게 되므로, 기이한 술책으로 군사를 쓰게 된다. 저 도로써 나라를 다스린다는 것은 근본을 높임으로써 말단을 그치게 하는 것이요, 바름으로 나라를 다스린다는 것은 편벽된 것을 세워서(혹은 형벌을[1] 수립해서) 말단을 다스리는 것이다. 근본이 서지 못하고 말단이 박약하면 백성에게는 해줄 것이 없게 되므로, 반드시 기이한 술수로 군사를 쓰는 데 이르게 된다.
以道治國則國平, 以正治國則奇〔兵〕起也. 以無事, 則能取天下也. 上章云, 其取天下者, 常以無事, 及其有事, 又不足以取天下也. 故以正治國, 則不足以取天下, 而以奇用兵也. 夫以道治國, 崇本以息末; 以正治國, 立辟以攻末. 本不立而末淺, 民無所及, 故必至於〔以〕奇用兵也.

1) 루우열은 '벽'(辟)은 '법'(法)이라고 했다.

내가 어떻게 그런 줄을 알겠는가? 이것으로써이니, 천하에 금하는 것이 많으면 백성들은 더욱 가난해지고, 백성이 이로운 기물을 많이 갖게 되면(혹은 인주가 병기를 중시하면)[2] 국가는 더 혼미해지고,
吾何以知其然哉? 以此, 天下多忌諱, 而民彌貧[3]; 民多利器, 國

家滋昏;

이기(利器)는 자신의 이익을 도모하는 도구다. 백성들이 강하면 나라가 약해진다.

利器, 凡所以利己之器也. 民強則國家弱.

2) 장석창은 이 부분에서 쓰여지는 '민'(民)은 '인'(人)의 잘못으로 '인주'(人主)를 가리키며 '이기'(利器)는 '병기'(兵器)의 뜻이라고 한다.(『노자교고』 참조) 혹자는 '이기'(利器)를 지혜와 권모(權謀)라고도 한다.(진고응, 『노자주석급평개』 참조)
3) '빈'(貧)이 죽간본에는 '반'(昄)으로 되어 있다.

사람들이 재주가 많아지면 기이한 일들이 불어나며,
人多伎巧, [4] 奇物滋起;

4) 죽간본과 백서본에는 '인다지'(人多智)로 되어 있다.

백성이 꾀가 많아지면 교묘한 속임이 생겨나며, 교묘한 속임이 생겨나면 잘못된 일들이 일어난다.

民多智慧, 則巧僞生; 巧僞生, 則邪事起.

법령이 복잡해질수록 도적이 많아진다.
法令滋彰, 盜賊多有.

바름을 세우는 것은 원래 잘못을 막으려는 것이었으나 오히려 속임수로 군사를 동원하게 되고, 금하는 것을 많게 한 것은 가난을 부끄럽게 여기도록 하려한 것이었으나 오히려 백성은 더 가난해지고, 이기는 나라를 부강하게 하려고 한 것이었으나 나라는 더 약해지니, 모두 근본을 버리고 말단을 다스리려고 함으로써 이 지경에 이르게 된 것이다.

立正欲以息邪, 而奇兵用; 多忌諱欲以恥貧, 而民彌貧; 利器欲以强國者也, 而國愈昏〔弱〕; 皆舍本以治末, 故以致此也.

그러므로 성인께서 이르기를, 내가 무위하니 백성들이 스스로 교화되고, 내가 고요함을 좋아하니 백성들이 스스로 바르게 되며, 내가 일을 만들지 않으니 백성들이 스스로 넉넉해지며, 내가 무욕하니 백성들이 스스로 순박해진다고 했다.

故聖人云, 我無爲而民自化, 我好靜而民自正, 我無事而民自富, 我無欲而民自樸.

윗사람이 하고자 하면 백성은 바로 따르는 것이니, 내가 욕심 없기만을 바라면 백성도 무욕하여 저절로 순박해진다. 위의 네 가지는 근본을 높임으로써 말단을 그치게 하는 것이다.

上之所欲, 民從之速也. 我之所欲唯無欲, 而民亦無欲而自樸也. 此四者, 崇本以息末也.

58 모르는 척 묵묵히 다스리면 백성은 순박해지고

      ❝ 모르는 척 묵묵히 다스리면

그 백성은 순박해지고,

가혹하게 따지며 다스리면

백성은 교활해진다.

복은 화에 의지하며,

화는 복 속에 엎드려 있나니,

누가 그 기준을 알겠는가?

그 바르다는 기준이 없으니,

바름은 다시 속이는 짓이 되고,

착함은 다시 잘못된 것이 되나니,

오래 전부터 사람들은 그렇게 도를 잃었네.

그래서 도를 얻은 사람은

반듯하지만 남을 해치지 않고,

청렴하지만 남을 다치지 않고,

곧지만 멋대로 하지 않으며,

밝지만 번쩍거리지 않는다. **❞**

그 다스림이 어두운 듯 묵묵하게 하면 그 백성은 순박해지고,

其政悶悶, 其民淳淳;

잘 다스리는 이는 형체가 없고, 이름이 없고, 일을 만들지 않으며, 내세우는 정치가 없다. 어둑어둑하지만 마침내 크게 다스려지므로 "그 다스림이 어두운 듯하다"라고 했다. 그 백성은 앞서려고 다투지 않고 관대하고 순박하므로 "그 백성이 순박해진다"라고 했다.

言善治政者, 無形無名無事無政可擧. 悶悶然, 卒至於大治. 故曰其政悶悶也. 其民無所爭競, 寬大淳淳, 故曰其民淳淳也.

그 정치가 가혹하게 따지면 백성은 교활해진다.

其政察察, 其民缺缺.

형법을 수립하고 상벌을 밝혀서 속임과 거짓을 단속하므로 "그 정치가 가혹하게 따진다"라고 했다. 계층별로 나누고 가르면 백성들은 서로 다투어 앞서려는 생각을 품게 되므로, "백성들이 교활해진다"라고 말했다.

立刑名, 明賞罰, 以檢姦僞, 故曰〔其政〕察察也. 殊類分析, 民懷爭競, 故曰其民缺缺.

화여 복이 그에 의지하며, 복이여 화가 엎드려 있구나. 누가 그 끝을 알겠는가? 그 바름이 없으니,

禍兮福之所倚, 福兮禍之所伏. 孰知其極? 其無正,[1]

누가 잘 다스린다는 것의 표준을 알겠는가? 다만 바르다고 내세울 만한 것이 없고, 형상으로 이름 지을 만한 것이 없으니 어둑어둑하게 천하가 크게 교화되는 이것이 그 표준이다.

言誰知善治之極乎? 唯無可正擧, 無可形名, 悶悶然, 而天下大化, 是其極也.

1) '정'(正)은 '정'(定)이다.(진고응, 『노자주역급평개』참조)

바른 것은 다시 속이는 짓이 되고,

正復爲奇,

바름으로 나라를 다스린다면 다시 속임수로 군대를 쓰게 된다. 그러므로 "바름은 다시 속임이 된다"라고 했다.

以正治國, 則便復以奇用兵矣. 故曰正復爲奇.

착함은 다시 잘못된 것이 되나니

善復爲妖,

선한 도덕을 내세워서 거기에 만물을 맞추려고 한다면, 다시 요망한 근심거리가 생기게 된다.(즉 도덕에 맞추려고 위선을 행한다거나 도덕에 맞지 않는 것들이 모두 문제가 된다)

立善以和萬物, 則便復有妖之患也.

사람들이 미혹된 지가 참으로 오래되었구나.

人之迷, 其日固久.

사람들이 미혹되어 도를 잃은 지가 진실로 오래되었으므로, 다시 정치를 잘 바로잡아서 따질 수가 없다는 말이다.

言人之迷惑失道固久矣, 不可便正善治以責.

그래서 성인은 방정하지만 해치지 않고,

是以聖人方而不割,

방정함으로 사물을 인도하여 잘못된 것을 버리게 하지만 그 방정함 때문에 사물을 해치지 않으니, 이른바 큰 모에는 모서리가 없다는 것이다.[2]

以方導物, 令去其邪, 不以方割物. 所謂大方無隅.

2)『노자』41장에 나온다.

청렴하지만 다치지 않고,

廉而不劌,³⁾

3) 백서본에는 '자'(剌)로 되어 있다.

'염'(廉)은 청렴함이요, '귀'(劌)는 다친다는 뜻이다. 청렴으로 백성을
인도하여 그 더러워진 것을 씻게 하되, 그 청렴함 때문에 사물을 상하게
하지는 않는다.

廉, 清廉也. 劌, 傷也. 以清廉導民, 令去其汚, 不以清廉劌傷於物也.

곧다고 마음대로 하지 않으며(혹은 곧지만 굽은 듯하며),

直而不肆,

곧음으로 사물을 이끌어 그 편벽된 것을 고치게 하되, 곧음으로 사물
과 부딪치지 않으니 이른바 아주 곧은 것은 마치 굽은 듯하다는 것이다.⁴⁾

以直導物, 令去其僻, 而不以直激拂於物也. 所謂大直若屈也.

4)『노자』45장에 나온다.

밝지만 (속속들이) 비춰내지(혹은 번쩍거리지) 않는다.

光而不燿.

그 미혹된 소이를 밝게 비추되 감춰둔 것까지 환히 비춰내려고 하지
않으니, 이른바 밝은 도는 어두운 것 같다는⁵⁾ 것이다. 이는 모두 근본을
높임으로써 말단을 종식시키는 것이며, (직접) 다스리지 않고도 (근본으
로) 돌아가게 하는 것이다.

250

以光鑑其所以迷, 不以光照求其隱匿也. 所謂明道若昧也. 此皆崇本以息末, 不攻而使復之也.

5) 『노자』 41장에 나온다.

59 사람을 다스리고 하늘을 섬기기로는

> 사람을 다스리고 하늘을 섬기기로는
> 검약한 것만한 게 없으니,
> 검약하기 때문에 일찍 도를 좇을 수 있다.
> 일찍 좇으면 두터이 덕을 쌓고,
> 두터이 덕을 쌓으면 능하지 못한 것이 없고,
> 능하지 못한 것이 없으면 그 끝이 어딘지 알지 못하나니,
> 그 끝이 어딘지 알지 못할 정도가 되면 나라를 가질 수 있고,
> 나라의 근본이 있으면 오래갈 수 있다.
> 이를 일러 뿌리를 깊고 튼튼히 해서
> 길이 오래 사는 도라고 한다.

사람을 다스리고 하늘을 섬기기로는 농부(혹은 검약)만한 이가 없으니,

治人事天莫若嗇,

'막약 (莫若)은 지나지 못한다는 뜻이다. '색' (嗇)은 농부다. 농부가 밭을 일군다는 것은 힘써 잡초를 제거하여 가지런히 고르게 하고, (타고난 대로) 온전히 스스로 자라게 해서, 흉황과 병해에 당황하지 않고 흉작과 병충이 든 원인을 제거하니, 위로 천명을 받들고 아래로 백성을 편안

하게 함이 이보다 나은 것이 없다.

莫若, 猶莫過也. 嗇, 農夫. 農人之治田, 務去其殊類, 歸於齊一也. 全其自然, 不急其荒病, 除其所以荒病. 上承天命, 下綏百姓, 莫過於此.

오직 농부만이(혹은 검약하기 때문에) 일찍 (도에) 따를 수 있다.

夫唯嗇, 是以早服.

상(常, 즉 道)에 일찍 따르는 것이다.

早服常也.

일찍 따르는 것을 일러 두터이 덕을 쌓는다고 하고,

早服謂之重積德,

오직 덕을 쌓는 것을 중하게 여기고 약빠르기를 바라지 않아야 그 상(常)에 일찍 따를 수 있다. 그러므로 "일찍 좇는 것을 일러 두터이 덕을 쌓는다고 한다"라고 했다.

唯重積德, 不欲銳速, 然後乃能使早服其常. 故曰早服謂之重積德者也.

두터이 덕을 쌓으면 능하지 못한 것이 없고, 능하지 못한 것이 없으면 그 끝이 어딘지 알지 못하나니,

重積德則無不克, 無不克則莫知其極,

무궁함을 말한다.(혹은 道는 무궁하기 때문이다)

道無窮也.

그 끝이 어딘지 알지 못할 정도가 되면 나라를 소유할 수 있고,

莫知其極, 可以有國,

한계가 있는 것으로 나라를 다스리면 나라를 제대로 보유할 수 없다.
以有窮而苟國, 非能有國也.

나라의 근본이 있으면 오래갈 수 있다.
有國之母, 可以長久.

나라가 편안하게 되는 소이를 '어미'라고 한다. 덕을 쌓음을 두터이함
은 오직 그 근본을 도모한 연후에 말단을 영위해서 이에 좋은 결과를 얻
는 것이다.
國之所以安, 謂之母. 重積德, 是唯圖其根, 然後營末, 乃得其終也.

이를 일러 뿌리를 깊고 굳게 하며, 길이 오래 사는 도라고 한다.
是謂深根固柢, 長生久視之道.

60 큰 나라를 다스림은 작은 생선을 삶듯

66 큰 나라를 다스릴 때는
작은 생선 삶듯
부서지지 않도록 조심조심하며,
도로써 천하에 임하면
귀신도 영험스럽지 못하게 된다.
그 귀신이 영험하지 못한 것이 아니라
신이 사람을 해치지 못하는 것이요,
그 신만 사람을 해치지 못하는 것이 아니라
성인도 사람을 상하게 하지 않는다.
둘 다 서로 해치지 않으므로
덕이 돌아온다. **99**

큰 나라를 다스리는 것은 작은 물고기를 요리하듯 (부서지지 않도록 조심)하면서,

治大國若烹小鮮,

뒤흔들지 않는다. 급하게 소란을 떨면 해가 많고 고요하게 하면 참모습을 보전하므로, 나라가 클수록 그 군주는 더 고요해야 하니, 그런 후에야 뭇사람의 마음을 널리 얻을 수 있다.

不擾也. 躁則多害, 靜則全眞. 故其國彌大, 而其主彌靜, 然後乃能廣得衆心矣.

도로써 천하에 임하면, 귀신도 영험스럽지(즉 귀신도 감히 마음대로 하지) 못하게 된다.
以道莅天下, 其鬼不神.

큰 나라를 다스릴 때는 작은 물고기를 삶듯이 하며, 도로써 천하에 임하면 그 귀신도 신령스럽지 않게 된다.
治大國則若烹小鮮, 以道莅天下, 則其鬼不神也.

그 귀신이 영험하지 못한 것이 아니라 신(神)이 사람을 해치지 못하는 것이요,
非其鬼不神, 其神不傷人;

신도 자연스러움을 해치지 못한다. 사물이 타고난 천연을 지키고 있으면 신도 어떻게 할 수가 없다. 신이 어떻게 할 수가 없다면 신이 신령스러운 줄을 알지 못하게 된다.
神不害自然也. 物守自然, 則神無所加. 神無所加, 則不知神之爲神也.

그 신만 사람을 다치지 못하는 것이 아니라 성인도 사람을 상하게 하지 않는다.
非其神不傷人, 聖人亦不傷人.

도와 합치되면 신도 사람을 해치지 못하니, 신이 사람을 해치지 못하면 신이 신이 되는 줄을 알지 못하게 된다. 도에 화합하면 성인도 사람을 다치게 하지 않으니, 성인이 사람을 상하게 하지 않으면 또한 성인이 성스러운 줄을 알지 못한다. 그러니 신이 신이 되는 줄을 알지 못할 뿐만

아니라 또한 성인이 성스러운 줄 알지 못하는 것이다. 저 변변치 못한 정치는 위세와 법망을 뽐내면서 사물을 부리려 하지만, 도의 극치는 신성(神聖)이 신성한 줄 알지 못하게 하는 것이다.

道洽, 則神不傷人. 神不傷人, 則不知神之爲神. 道洽, 則聖人亦不傷人, 聖人不傷人, 則〔亦〕不知聖人之爲聖也. 猶云〔非獨〕不知神之爲神, 亦不知聖人之爲聖也. 夫恃威網以使物者, 治之衰也. 使不知神聖之爲神聖, 道之極也.

저 둘이 서로 해치지 않으므로 덕이 함께 (도로, 혹은 백성에게) 돌아온다.

夫兩不相傷, 故德交歸焉.

신이 사람을 해치지 않으니 성인도 사람을 해치지 않고, 성인이 사람을 해치지 않으니 신도 사람을 해치지 않으므로, "둘은 서로 해치지 않는다"고 했다. 신과 성인이 도에 합치되어 함께 (덕이 그로) 돌아간다.

神不傷人, 聖人亦不傷人; 聖人不傷人, 神亦不傷人, 故曰兩不相傷也. 神聖合道, 交歸之也.

61 큰 나라는 자신을 낮추니

> 큰 나라는 자신을 낮추니,
> 온 천하가 모여들고
> 수컷들이 암컷을 따르는 것처럼
> 천하가 모두 따르게 된다.
> 암컷이 항상 고요함으로 수컷을 이기는 것은
> 조용히 낮추기 때문이다.
> 그러므로 대국으로써 소국에 낮추면 소국을 취하고,
> 소국으로써 대국에 낮추면 대국을 취하니,
> 그러므로 취하려고 낮추기도 하고 낮추어서 취해지기도 하는 것이다.
> 대국은 사람들을 길러주고자 하는 것이요
> 소국은 사람을 섬기려고 하는 것이니,
> 둘 다 바라는 바를 얻으려면
> 큰 것이 낮추어야 한다.

대국은 자신을 낮추니,

大國者下流,

강과 바다는 큰 곳에 있지만 낮은 곳에 처하니 곧 온 시내가 (거기로)
흘러가고, 대국은 큰 땅을 차지하지만 낮추어 처하므로 천하가 (그리로)

흘러든다. 그러므로 "대국은 자신을 낮춘다"라고 했다.

江海居大而處下, 則百川流之; 大國居大而處下, 則天下流之, 故曰大國〔者〕下流也.

천하가 만나는 곳이요,

天下之交,

천하가 돌아와 만나는 곳이다.

天下〔之〕所歸會〔者〕也.

천하가 따르는 암컷이 된다.

天下之牝.[1]

조용하여 (먼저) 구하지 않으므로 다른 사물들이 스스로 돌아온다.

靜而不求, 物自歸之也.

1) 백서본에는 이 앞 구절과 서로 바뀌어 있다.

암컷이 항상 조용함으로 수컷을 이기는 것은 고요함으로 낮추기 때문이다.

牝常以靜勝牡, 以靜爲下.

조용하기 때문에 낮출 수 있다. 빈(牝)은 암컷이다. 수컷은 성급하고 탐욕스러운데 암컷은 항상 고요하기 때문에 수컷을 이길 수 있다. 조용하기 때문에 더 낮출 수 있다. 그러므로 사물이 그리로 돌아온다.

以其靜, 故能爲下也. 牝, 雌也. 雄躁動貪欲, 雌常以靜, 故能勝雄也. 以其靜復能爲下, 故物歸之也.

그러므로 대국으로써 소국에 낮추면,
故大國以下小國,

'대국이하'(大國以下)는 대국으로써 소국에 낮춘다는 것이다.
大國以下, 猶云以大國下小國.

소국을 취하고,
則取小國;

소국이 복종하게 된다.
小國則附之.

소국으로써 대국에 낮추면 대국을 취하니(혹은 대국에 받아들여지니)
小國以下大國, 則取大國,

대국이 받아들인다.
大國納之也.

그러므로 혹은 낮춤으로써 취하고 혹은 낮추어서 취해지기도 하는 것이다.
故或下以取, 或下而取.

겸하하는 것을 닦은 후에라야 각기 바라는 것을 얻을 수 있다는 말이다.
言唯修卑下, 然後乃各得其所〔欲〕.

대국은 (소국) 사람들을 모두 길러주고자 하는 것이요, 소국은 (대국) 사람을 받아들여서 섬기려고 하는 것이니, 저 양자가 각기 그 바라는 바를 얻으려면 큰 것이 마땅히 낮추어야 한다.

大國不過欲兼畜人, 小國不過欲入[2]事人, 夫兩者各得其所欲,
大者宜爲下.

소국이 힘써 낮추면 스스로를 보전할 뿐이요 천하로 하여금 돌아오게
할 수는 없으나, 대국이 낮추기를 노력하면 천하가 그리로 돌아온다. 그
러므로 "각기 그 바라는 것을 얻으려면 큰 것이 마땅히 낮추어야 한다"고
했다.

小國修下, 自全而已, 不能令天下歸之. 大國修下, 則天下歸之. 故曰各得
其所欲, 則大者宜爲下也.

2) 고형은 '입'(入)자는 원래 '불'(不)자였는데, 속된 유학자들이 고쳐 넣음으로
써 독립을 원하던 춘추시대 소국들의 입장을 왜곡시켰다고 했다.(『노자주역』,
132쪽)

62 도란 만물의 깊숙한 아랫목이니

" 도란 만물의 깊숙한 아랫목이니,
착한 사람의 보배요,
착하지 않은 이도 간직해야 하는 것이다.
훌륭한 말은 값있게 여겨지고,
존귀한 행실은 사람에게 보탬이 될 수 있지만,
착하지 않은 사람이라 해도 버리지 않나니,
그러므로 천자를 세우고 삼공(三公)을 두고
큰 수레에 그득한 보배를 바치는 것이
가만히 앉아서 이 도를 올리는 것보다 못하다.
옛날 이 도를 귀하게 여겼던 까닭은 무엇인가?
구하면 얻을 수 있고
잘못도 면할 수 있기 때문이 아니던가?
그러므로 천하의 귀한 물건이 되는 것이다. "

도는 만물을 그윽히 감싸주니(혹은 만물의 중심이니),
道者萬物之奧,[1]

1) 백서본에는 '오'(奧)가 '주'(注)로 되어 있다. 고명(高明)은 주(注)를 주(主)의
   가차(假借)로 보았다. 『백서노자교주』(帛書老子校注) 127쪽.

오(奧)는 가리는 것이니, 덮어서 감싸준다는 말이다.

奧, 猶曖也. 可得庇蔭之辭.

착한 사람의 보배요,

善人之寶,

보배로써 쓰인다.

寶以爲用也.

착하지 않은 이도 간직해야 하는(혹은 지켜주는) 것이다.

不善人之所保.

보존하여 온전하게 한다.

保以全也.

멋진 말은 값있게 여겨지고, 훌륭한 행실은 사람에게 베풀 수 있으나,

美言可以市, 尊行可以加²⁾人,

2) 백서본에는 '하'(賀)로 되어 있다. 왕성(王垶)은 '하'(賀)는 '가'(加), '가'(嘉)
와 통한다고 보았다.

도는 무엇보다 우선하는 것이니 이보다 귀한 물건이 없다는 말이다.
비록 진귀한 보물이나 재화가 있다 하더라도 그에 필적할 것이 없다. 미
사여구를 늘어놓으면 많은 재물을 얻을 수 있으므로(즉 말 한 마디로 천
냥 빚도 갚을 수 있으므로) "멋진 말은 값있게 여겨진다"라고 했다. 훌륭
한 행실은 천 리 밖에서도 그것에 응하므로³⁾ "사람에게 베풀 수 있다"라
고 했다.

言道無所不先, 物無有貴於此也. 雖有珍寶璧馬, 無以匹之. 美言之, 則可

以奪衆貨之賈, 故曰美言可以市也. 尊行之, 則千里之外應之, 故曰可以加於
人也.

3) 이 말은 『주역』「계사상전」, "子曰君子, 居其室, 出其言, 善則千里之外, 應之"를
　인용한 것이다.

사람이 착하지 않다고 해서 어찌 버리리오!
人之不善, 何棄之有!

착하지 않은 이는 마땅히 도를 간직해서, 쫓겨나지 않도록 해야 한다.
不善當保道以免放.

그러므로 천자를 세우고 삼공(三公)을 두고
故立天子, 置三公,

존귀함으로써 도를 행한다는 말이다.
言以尊行道也.

비록 보배를 실은 큰 수레를 바친다 하더라도, 가만히 앉아서 이 도를 올리는 것만 못하다.
雖有拱璧以先駟馬, 不如坐進此道.

이 도는 위에서 말한 것이다. 그러므로 천자를 세우고 삼공을 두어 그
지위를 높이고 그 사람을 존중함은 도를 행하기 때문이다. 이 도보다 귀
한 물건이 없으므로 비록 보배를 품고 네 마리 말이 끄는 수레를 앞세워
진상한다 하더라도[4] 가만히 앉아서 이 도에 나아가는 것만 못하다.[5]
此道, 上之所云也. 言故立天子, 置三公, 尊其位, 重其人, 所以爲道也. 物
無有貴於此者, 故雖有拱抱寶璧以先駟馬而進之, 不如坐而進此道也.

4) 루우열은 '공'(拱)은 '공'(珙)과 통하니 큰 옥(玉)이고, '선'(先)은 '신'(駪)을 가차한 글자인 듯하며, '신'(駪)은 『설문』(說文)에 의해 '말이 많은 모양'(馬衆 多貌)이라는 뜻으로 보았다.

5) 이 부분의 『노자』 원문의 뜻은 천자와 삼공의 온갖 부귀영화보다도 도를 추구 하는 것이 가치있다는 뜻으로 해석할 수도 있으나, 왕필 주의 내용은 천자와 삼 공을 도를 행하는 주체로 보고 보배와 재물보다는 도를 닦는 것이 중요하다는 뜻으로 해석했다.

옛날에 이 도를 귀하게 여겼던 까닭은 무엇인가? 구하면 얻을 수 있고, 죄가 있어도 면제될 수 있기 때문이 아니던가? 그러므로 천하 의 귀함이 된다.

古之所以貴此道者何? 不曰以求得, 有罪以免邪? 故爲天下貴.

구하려 하면 구함을 얻을 것이요, (죄를) 면하고자 하면 면함을 얻을 것이니, 도는 적용되지 못하는 곳이 없으므로 천하의 귀함이 된다.

以求則得求, 以免則得免, 無所而不施, 故爲天下貴也.

63 하는 것 없이 하고, 일 없기를 일삼으며

> 하는 것 없이 하고,
>
> 일 없기를 일삼고,
>
> 맛없는 것을 맛있게 여기고,
>
> 작은 것을 크게 여기고
>
> 적은 것을 많게 여기며,
>
> 원한을 덕으로써 갚는다.
>
> 어려운 일은 쉬운 데서 도모하고,
>
> 큰 일은 작은 일에서부터 시작하나니,
>
> 세상의 어려운 일은 반드시 쉬운 데서 일어나고,
>
> 천하의 큰 일은 반드시 작은 곳에서 일어나는 것이다.
>
> 그래서 지혜로운 사람은 끝내 큰 것을 꾀하지 않으므로 큰 것을 이
> 룰 수 있다.
>
> 가볍게 한 승낙은 반드시 믿기는 어렵고
>
> 너무 쉽게 보면 기필코 어려움이 많아진다.
>
> 그래서 지혜로운 사람은 쉬운 일을 더 어렵게 여기나니,
>
> 그러므로 마침내 어려움이 없는 것이다.

무위(無爲)를 하고, 무사(無事)를 일삼고, 무미(無味)를 맛있게 여
기고,

爲無爲, 事無事, 味無味,

무위로 거하고, 말하지 않음으로 가르치며, 담백함으로 맛을 삼으니, 이것이 다스림의 극치(혹은 표준)다.

以無爲爲居, 以不言爲敎, 以恬淡爲味, 治之極也.

작은 것을 크게 여기고 적은 것을 많게 여기며(혹은 크고 작고 많고 적고 간에), 원한을 덕으로써 갚는다.

大小多少, 報怨以德.

작은 원망이라면 보복할 만한 것이 못 되고, 큰 원한이라면 곧 천하가 (모두) 죽이려고 하니, 세상 사람들이 같이하는 바에 따르는 것이 덕이다.

小怨則不足以報, 大怨則天下之所欲誅, 順天下之所同者, 德也.

어려운 일은 쉬운 데에서 도모하고, 큰 일은 작은 일에서부터 하나니, 천하의 어려운 일은 반드시 쉬운 데에서 일어나고, 천하의 큰 일은 반드시 작은 곳에서 일어나는 것이다. 그래서 성인은 끝내 큰 것을 꾀하지 않으므로 큰 것을 이룰 수 있다. 저 가벼운 승낙은 반드시 믿기가 어렵고, 쉬운 것이 많으면 기필코 어려움도 많아진다. 그래서 성인은 (쉬운 일을) 오히려 어렵게 여기나니,

圖難於其易, 爲大於其細. 天下難事, 必作於易, 天下大事, 必作於細. 是以聖人終不爲大, 故能成其大. 夫輕諾必寡信, 多易必多難, 是以聖人猶難之,

성인의 재능으로도 오히려 작고 쉬운 것을 어렵게 여기는데, 하물며 성인의 재주도 없으면서 이를 소홀히 하겠는가? 그러므로 "오히려 어렵게 여긴다"고 했다.

以聖人之才, 猶尚難於細易, 況非聖人之才, 而欲忽於此乎? 故曰猶難之也.

그러므로 마침내 어려움이 없다.

故終無難矣.

64 위험이 닥치기 전에는 지키고 쉽고

66 위험이 닥치지 않았을 때가 지키기 쉽고

조짐이 드러나지 않을 때가 꾀하기 쉬우며,

굳어지기 전이 녹이기 쉽고,

미약한 상태가 흩어지기 쉽다.

아직 드러나지 않았을 때에 처리하고,

아직 어지러워지지 않았을 때에 다스려야 하나니,

아름드리 거목도 털끝 같은 싹에서 생겨나고,

구층의 누각도 흙 한 덩이에서 세워지며,

천 리의 먼 길도 한 발부터 시작한다.

작위하려는 이는 실패하고

붙잡아두려는 사람은 잃어버리니,

지혜로운 사람은 작위로 하지 않으므로 실패하지 않고

집착하지 않으므로 잃어버리지 않으나,

세상 사람들이 하는 일은 항상 거의 다 이루었다가 실패한다.

처음 시작할 때처럼 끝마칠 때도 신중하다면

일을 실패하지 않으리니,

그래서 지혜로운 사람은

남이 욕심내지 않는 것을 욕심내서

얻기 어려운 재화를 귀하게 여기지 않고,

남이 배우지 않는 것을 배워서

사람들이 간과하는 것을 고쳐주며,

만물이 스스로 살아가도록 도울 뿐

감히 작위하지 않는다.**"**

편안할 때에 쉽게 지킬 수 있고, 조짐이 드러나지 않은 것은 꾀하기 쉬우며,

其安易持, 其未兆易謀,

편안할 때는 위태로움을 잊지 말아야 하고, 갖고 있으면 없어질 것을 생각해야 하니, 아직 공이 없는(즉 아직 결실을 맺지 않은, 혹은 공력을 들이지 않아도 되는) 형세에서 꾀하므로 '쉽다'고 했다.

以其安不忘危, 持之不忘亡,[1] 謀之無功之勢, 故曰易也.

1) 『주역』 「계사하전」에 "위태롭게 여기는 자는 그 자리를 편안히 하려는 것이요, 없어질까 염려하는 자는 있는 것을 지키려는 것이요, 어지러워질까 염려하는 자는 다스리려고 하는 것이다. 이런 까닭에 군자는 편안해도 위태로움을 잊지 않고, 있어도 없음을 잊지 않으며, 다스려져도 어지러움을 잊지 않는다(危者安其位者也, 亡者保其存者也, 亂者有其治者也. 是故, 君子安而不忘危, 存而不忘亡, 治而不忘亂)"라는 말을 인용한 것이다.

연한 것은 녹기 쉽고, 미약한 것은 흩어지기 쉽다.

其脆易泮, 其微易散.

비록 무(無)를 잃고 유(有)로 들어갔다고(즉 본원의 상태를 잃어버리고 형체화되었다고) 하더라도 그것이 아직 미약하기 때문에 큰 공력을 들이지 않아도 되므로 쉬운 것이다. 이 네 가지는 모두 마침을 신중히 할 것을 말한 것이다. 보이지 않는다고 해서 잡아두지 않으면 안 되고, 미약한 것도 미리 제거해야만 하니, 보이지 않는다고 해서 잡아두지 않으면

270

일거리가 생겨나고, 미약하다고 해서 내버려두면 커지게 된다. 그러므로 시작할 때부터 화(禍)가 있을까 염려하는 것처럼 마칠 때를 걱정하면 일을 그르치지 않을 것이다.

雖失無入有,[2] 以其微脆之故, 未足以興大功, 故易也. 此四者, 皆說愼終也. 不可以無之故而不持, 不可以微之故而弗散也. 無而弗持則生有焉, 微而不散則生大焉. 故慮終之患如始之禍, 則無敗事.

2) 앞의 『노자』 40장, "天下萬物生於有, 有生於無" 참조.

아직 드러나지 않았을 때에 작위하고,
爲之於未有,

아직 조짐이 드러나지 않았을 때에 안전하게 해두는 것을 말한다.
謂其安未兆也.

아직 어지러워지지 않았을 때에 다스려야 하나니,
治之於未亂,

미약할 때에 막아버리는 것을 말한다.
謂〔閉〕微脆也.

아름드리 나무도 털끝 같은 싹에서 생겨나고, 구층이나 되는 누각도 흙 한 덩이에서 세워지며, 천 리의 여행도 발 아래에서 시작한다. 작위하려는 이는 실패하고 붙잡아두려는 사람은 잃어버리니,

合抱之木, 生於毫末; 九層之臺, 起於累土[3]; 千里之行, 始於足下. 爲者敗之, 執者失之,

마땅히 마침을 신중히 함으로써 미약할 때 제거하고, 미약할 때 제거

함으로써 어지러워짐을 막아야 한다. 베풀고 작위하는 것으로 다스리고 외형과 명목으로 규정하면 도리어 일거리를 낳게 되어, 교묘하고 편벽된 일들이 마구 일어나게 되므로 그르치게 된다.

當以愼終除微, 愼微除亂. 而以施爲治之, 形名執之, 反生事原, 巧辟滋作, 故敗失也.

3) '누토'(累土)에는 두 가지 해석이 있다. 하나는 하상공·엄영봉 등의 '저토'(低土) 즉 땅바닥이라는 해석이고, 다른 하나는 임희일(林希逸)·고형 등의 '일롱토'(一籠土) 즉 한 삼태기의 흙이라는 해석이다.(진고응,『노자주역급평개』참조)

따라서 성인은 작위하지 않으므로 실패하지 않고 잡지 않으므로 잃어버리지 않으나, 백성들의 일처리는 항상 거의 다 이루었다가 실패한다.

是以聖人無爲故無敗; 無執, 故無失. 民之從事, 常於幾成而敗之.

마침을 신중히 하지 않는다.

不愼終也.

마침에 신중하기를 시작처럼 하면 일을 실패하지 않으니, 그래서 성인은 욕심내지 않아서 얻기 어려운 재화를 귀하게 여기지 않고,

愼終如始, 則無敗事. 是以聖人欲不欲, 不貴難得之貨,

좋아하고 욕심내는 것이 비록 미미하더라도 다투고 드높이는 것이 그것 때문에 일어나고, 얻기 어려운 재화가 비록 적더라도 탐욕과 도둑질이 그것으로 일어난다.

好欲雖微, 爭尙爲之興; 難得之貨雖細, 貪盜爲之起也.

배우지 않는 것(즉 自然)을 배워서 뭇사람의 허물을 고쳐주며(혹은

사람들이 간과하는 道를 되돌이켜주며),

　學不學, 復衆人之所過,

　배우지 않고도 할 수 있는 것은 자연스러움이요, 배워서야 깨닫는 것은 허물이다. 그러므로 배우지 않는 것을 배워서 뭇사람의 허물을 고쳐준다.

　不學而能者, 自然也.[4] 喩於[5]學者過也. 故學不學, 以復衆人之所過.

만물이 스스로 그러하도록 돕되 감히 작위하지 않는다.

　以輔萬物之自然, 而不敢爲.

4) 『맹자』 「진심하」(盡心下), "사람이 배우지 않아도 할 수 있는 것은 양능이다(人之所不學而能者其良能也)." 참조.
5) 여기에 현행본에는 '불'(不)자가 더 있으나, 『고일총서』(古逸叢書) 및 하타노 다로(波多野太郎)와 루우열의 교감에 의거해서 생략한다.(『왕필집교석』, 167쪽 참조)

65 옛날에 도를 잘 행하던 분은

    ❝ 옛날에 도를 잘 행했던 분들은
백성을 영리하게 만들지 않고
오히려 우직하게 만들었으니,
똑똑한 이가 많아지면 백성들을 다스리기 어려워지기 때문이다.
그러므로 지모로 나라를 다스리는 것은 나라를 해치는 것이요,
지모로 나라를 다스리지 않는 것이 나라에 복이 되니,
이 두 가지를 알아야 법도에 맞는다.
늘 법도에 맞는지 아는 것을 일러 현묘한 덕이라고 하니
현묘한 덕은 깊고도 멀어서
세상 사리에 상반되는 듯하지만,
나중에는 모두 다 따르게 된다. **❞**

    옛날에 도를 잘 행했던 분들은 백성을 명석하게 만들지 않고 오히려 우직하게 만들었으니,

    古之善爲道者, 非以明民, 將以愚之,

    명(明)은 꾀가 많고 교묘하게 속여서 순박함을 가리는 것을 말한다. 우(愚)는 지모가 없이 (타고난) 참모습 그대로 스스로 그러한 대로 따름을 말한다.

明, 謂多智巧詐, 蔽其樸也. 愚, 謂無知守眞, 順自然也.

백성들을 다스리기 어려운 것은 지모가 많기 때문이다.
民之難治, 以其智多.

꾀가 많아 교묘하게 속이므로 다스리기가 어렵다.
多智巧詐, 故難治也.

그러므로 지모로 나라를 다스리는 것은 나라를 해치는 도적이 되고,
故以智治國, 國之賊;

지(智)는 (지모로) 다스린다는 것이다. 지모로 나라를 다스리는 것을
도적이라고 이르니, 그러므로 지모라고 한 것이다. 백성들을 다스리기
어려운 것은 꾀가 많기 때문이니, 마땅히 그 입구를 막고 문을 닫아서 무
지하고 무욕하도록 힘써야 한다. 지모와 술수로 백성을 움직이면 사특한
마음이 생겨나므로, 다시 교묘한 술수로 백성의 허위를 막아야 하는데,
백성들도 또다시 그 술수를 알아채 막는 대로 피하게 되니, 생각이 교묘
해질수록 간사한 거짓도 더욱 불어나므로 '지모로 나라를 다스리는 것은
나라를 해치는 도적'이라고 했다.

智, 猶治也. 以智而治國, 所以謂之賊者, 故謂之智也. 民之難治, 以其多
智也, 當務塞兌閉門,[1] 令無知無欲. 而以智術動民, 邪心旣動, 復以巧術防
民之僞, 民知其術, 〔隨防〕而避之. 思惟密巧, 奸僞益滋, 故曰以智治國, 國之
賊也.

1) 『노자』 52장과 56장에 나온다.

지모로 나라를 다스리지 않는 것이 나라의 복이 되니, 이 두 가지
를 앎이 고금에 한결같은 법도가 된다. 늘 법도를 앎을 일러 현묘한

덕이라고 하니 현묘한 덕은 깊고도 멀어서,

不以智治國, 國之福, 知此兩者, 亦稽式. 常知稽式, 是謂玄德.
玄德, 深矣, 遠矣,

계(稽)는 동(同)이다. 예나 지금이나 똑같으니 버릴 수가 없다. 보편적
인 준칙을 아는 것을 현덕이라고 하니 현덕은 심원하다.

稽, 同也. 今古之所同, 則不可廢. 能知稽式, 是謂玄德, 玄德深矣, 遠矣.

사물과 함께 도로 되돌아간(혹은 세상의 사물과 상반된 듯한),

與物反矣,

그 참모습으로(혹은 도로) 돌아가는 것이다.

反其眞也.

후에야 크게 순통하게 되는 것이다.

然後乃至大順.

66 바다에 냇물이 모이는 것은 자신을 낮추기 때문이요

> ❝ 강과 바다에
> 온 시냇물이 모여드는 것은
> 자신을 낮추기 때문이다.
> 그래서 백성들의 위에 오르고자 하면
> 먼저 말을 낮추어야 하고,
> 백성들 앞에 나서고자 하면
> 먼저 자신을 뒤로 물러세워야 한다.
> 그래서 지혜로운 사람은 윗자리에 있지만
> 백성이 부담스러워하지 않고,
> 앞에 서되 백성이 해롭게 여기지 않으니,
> 세상 사람들이 모두 기꺼이 추대하여 싫증내지 않는다.
> 지혜로운 사람은 다투지 않으므로
> 천하가 그와 더불어 다투지 않는다. ❞

강과 바다가 능히 온 계곡의 왕이 될 수 있는(혹은 온 계곡물이 모여드는)[1] 것은 자신을 잘 낮추기 때문이다. 그래서 백성들의 위에 오르고자 하면 반드시 말을 낮추어야 하고, 백성들 앞에 나서고자 하면 반드시 자신을 물러세워야 한다. 따라서 성인은 윗자리에 있지만 백성이 부담스러워하지 않고, 앞에 서되 백성이 해롭게 여기지 않으니, 천하가 좋아하며 추대하고 싫증내지 않는다. 성인은 다투지 않으므로 천하가 그와 더불어 다투지 않는다.

江海所以能爲百谷王者, 以其善下之, 故能爲百谷王. 是以欲上民, 必以言下之, 欲先民, 必以身後之. 是以聖人處上而民不重, 處前而民不害, 是以天下樂推而不厭. 以其不爭, 故天下莫能與之爭.

---

1) 『설문해자』에 "왕은 천하가 귀왕하는 바이다(王 天下所歸往也)"라고 했다. 이를 미루어 해석하면 온 계곡물이 모여들어 귀왕(歸往)한다는 뜻이 함축되어있다.

67 나의 도는 너무 커서

  온 세상 사람들은

나의 도가 너무 커서 닮은 것이 없는 것 같다고 한다.

크기만 해서 닮은 것이 없는 것 같으니,

만약 무언가를 닮았다면

본래가 변변치 못한 것일 뿐이었으리라.

나는 세 가지 보물을 간직하고 있나니,

하나는 자애로움이고,

둘은 검약함이고,

셋은 감히 천하의 앞에 나서지 않는 것이다.

자애로우므로 용감할 수 있고,

검소하므로 넉넉할 수 있고,

감히 천하에 앞서지 않으므로 웃어른이 될 수 있다.

지금 사람들은 자애로움을 버리고 용맹하기만 하며,

검약할 줄 모르면서 헤프게만 하고,

물러섬 없이 앞장서려고만 하니

죽음을 당하리로다!

저 자애로움을 가지고

전쟁을 하면 승리할 것이요,

수비하면 견고할 것이며,

하늘이 구해준대도

자애로움으로 지켜줄 것이다. **"**

천하가 모두 나의 도는 커서 닮은 것이 없는 것 같다고 한다.[1] 오직 크기 때문에 닮은 것이 없는 것 같으니, 만약 닮았다면 본래부터 자질구레한 것일 뿐일진저!

天下皆謂我道大, 似不肖. 夫唯大, 故似不肖,[2] 若肖, 久矣其細也夫.

"오래되었도다, 그 자잘구레함이여!"는 "그 자잘함이 이미 오래되었다"고 하는 것과 같다. (무언가를) 닮아 있으면 큰 것이 될 수 없으므로 (혹은 만물에 보편적으로 통할 수 없게 되므로) "만약 무언가를 닮았다면 일찍이 자질구레한 것(즉 특수하거나 평범한 물건 중의 하나)일 뿐이었을진저!"라고 했다.

久矣其細, 猶曰其細久矣. 肖則失其所以爲大矣, 故曰若肖, 久矣其細也夫.

1) 앞의 『노자』 20장과 25장의 내용 참조.
2) "我道大 似不肖. 夫唯大, 故似不肖"는 백서본에 "我大而不肖. 夫唯不肖 故能大"로 되어있다.

나에게는 세 가지 보물이 있어서 간직하고 있나니, 하나는 자애로움이고, 둘은 검약함이고, 셋은 감히 천하 앞에 나서지 않는 것이다. 자애로우므로 용감할 수 있고,

我有三寶, 持而保之, 一曰慈, 二曰儉, 三曰不敢爲天下先. 慈, 故能勇;

저 자애로움으로 진을 치면 이기고, 지키면 견고하므로 용감하게 된다.

夫慈, 以陳則勝,[3] 以守則固, 故能勇也.

3) '진'(陳)은 '진'(陣)과 통한다.(『왕필집교석』참조)

검소하므로 넉넉할 수 있고,
儉, 故能廣;

절약하고 검소하여 쓰임새를 아끼니 천하가 모자라지 않으므로 넉넉
할 수 있다.

節儉愛費, 天下不匱, 故能廣也.

감히 천하에 앞서지 않으므로 그릇을 이루는 수장(혹은 천하의 수장)이 될 수 있다.
不敢爲天下先, 故能成器長.[4]

오직 자신을 바깥에 물러세우고 사물이 돌아온 후에야 기물을 만들어
천하를 이롭게 하니 만물의 우두머리가 될 수 있다.

唯後外其身,[5] 爲物所歸, 然後乃能立成器爲天下利,[6] 爲物之長也.

4) "能成器長"이 백서본에는 "能爲成事長"으로 되어 있다. 장석창은 '성기'(成器)
   는 '대기'(大器)로서 천하의 뜻이라고 했다.(『노자교고』참조)
5) 앞의 『노자』7장, "是以聖人後其身而身先, 外其身而身存. 非以其無私邪? 故能成
   其私." 참조.
6) 『주역』「계사상전」, "물건을 갖추며 쓰도록 하며 상을 세워 기물을 만들어 천하
   를 이롭게 함이 성인보다 큼이 없다(備物, 致用, 立象成器, 以爲天下利, 莫大乎
   聖人)" 참조.

지금은 (사람들이) 자애로움을 버리고 용맹스러움만 취하며,
今舍慈且勇,

차(且)는 취하는 것이다.

且, 猶取也.

검소하지 않으면서 넉넉히 하려고만 하고, 물러섬 없이 앞장서려고
만 하니 죽고 말 것이로다! 저 자애로움으로써 전쟁을 하면 승리하고,
舍儉且廣, 舍後且先, 死矣! 夫慈, 以戰則勝,

서로 사랑해서 어려움을 피하지 않으므로 이긴다.
相慜而不避於難, 故勝也.

자애로움으로써 수비하면 견고하게 될 것이며, 하늘이 구해준대도
자애로움으로 지켜줄 것이다. (혹은 하늘이 장차 그를 구하는 것은
자애로움으로써 지키기 때문이다)
以守則固, 天將救之, 以慈衛之.[7]

7) "天將救之, 以慈衛之"는 백서본에 "天將建之, 如以慈垣之"로 되어 있다.

68 훌륭한 장사는 힘을 뽐내지 않고

❝ 훌륭한 장사는 힘을 뽐내지 않고,
　싸움을 잘하는 사람은 성내지 않고,
　적군을 잘 이기는 자는 함께 맞서지 않으며,
　사람을 잘 쓰는 이는 자기가 먼저 낮춘다.
　이를 일러 다투지 않는 덕이라 하고
　다른 사람을 쓰는 힘이라 하며,
　지극한 천도에 짝한다고 하는 것이다. ❞

장수[1] 노릇을 잘하는 자는 힘을 뽐내지 않고,
善爲士者不武,

사(土)는 병졸의 우두머리다. 무사는 앞장서기를 좋아하며 사람을 무
시한다.
土, 卒之帥也. 武, 尙先陵人也.

1) 장석창은 '사'(土)를 '군'(君)의 뜻으로 보았다.

싸움을 잘하는 자는 노하지 않고,
善戰者不怒,

뒤에 물러서 앞장서지 않고, 응수는 하되 먼저 부르지(즉 공격하지) 않으니, 화내지 않는다.

後而不先, 應而不唱, 故不在怒.

적(敵)을 잘 이기는 사람은 함께 맞서지 않고,
善勝敵者不與,

여(與)는 싸우는 것이다.

與, 爭也.

사람을 잘 쓰는 이는 (먼저 상대에게) 낮춘다. 이를 일러 다투지 않는 덕이라 하고 또 다른 사람을 쓰는 힘이라 하며,
善用人者爲之下. 是謂不爭之德, 是謂用人之力,

다른 사람을 쓰되 그에게 낮추지 않으면 (그 사람의) 힘을 이용할 수가 없게 된다.

用人而不爲之下, 則力不爲用也.

이를 일러 하늘에 짝한다 하니 예부터 지극한 준칙이다(혹은 하늘의 법칙에 맞는다고 한다[2]).
是謂配天, 古之極.

---

2) 이 구절에 대해 유월(兪樾)은 앞의 "是謂不爭之德, 是謂用人之力"과 동일한 문법으로, "是謂配天之極"으로 보아야 한다고 했다.(장석창, 『노자교고』 415쪽 참조)

69 주인이 아니라 손님처럼 행동해서

  "" 병법의 격언에,

    주인이 아니라 손님처럼 행동해서

    감히 한 치를 전진하지 못하고 한 자를 후퇴한다 하니,

    이를 일러 먼저 행하지 말고,

    미리 요란을 떨지 말고,

    경솔히 진격하지 말며,

    함부로 무기를 잡지 말라고 하는 것이다.

    적을 얕보는 것보다 더 큰 화는 없으니,

    자칫 적을 얕보다가는 자신의 보물을 잃게 될 것이다.

    그러므로 군대가 대적할 때에는

    슬퍼하는 마음으로 싸우는 쪽이 승리한다. **""**

  병사를 쓰는 데는 말이 있으니, 나는 감히 주인이 되지 못하고 손님이 되어서 감히 한 치를 나아가지 못하고 한 자를 물러선다고 한다. 이를 일러 행군에 흔적 없이 진을 치고(혹은 먼저 행하지 말고),

  用兵有言, 吾不敢爲主而爲客, 不敢進寸而退尺. 是謂行無行,

나아가 마침내 그치지 못한다.

進遂不止.[1]

1) 이 구절은 같은 곳 하상공의 주 "저가 그치지 못하면 천하의 도적이 된다.(彼遂 不止, 爲天下賊)"와 비슷해서, 하상공의 주가 끼어든 것으로 의심받기도 한다.

없는 팔을 걷어붙이고(혹은 미리 흥분하지 말고), 없는 적에 나아가며(혹은 경솔히 나아가지 말며),

攘無臂, 扔無敵,[2]

행(行)은 진(陣)을 치는 것을 이른다. 겸손하고 물러서며 자애롭게 할 것이요, 감히 다른 사람들 앞에 나서지 말라는 것이다. 싸우게 될 때는 오히려 "나가지 않음을 가고, 없는 팔뚝을 걷어붙이고, 없는 병기를 잡고, 없는 적에 나아가라" 하니 (그렇게 하면) 그에 맞서 대항하는 것이 없어짐을 말한다.

行, 謂行陳也.[3] 言以謙退哀慈, 不敢爲物先. 用戰猶行無行, 攘無臂, 執無兵, 扔無敵也. 言無有與之抗也.

2) 앞의 『노자』 38장에 "上禮爲之而莫之應, 則攘臂而扔之"라고 했다.
3) '진'(陳)은 '진'(陣)과 통한다.(『노자』 67장의 왕필 주 참조)

병기를 함부로 잡지 말라고(혹은 병기를 보이지 말라고) 하는 것이다. 적을 얕보는 것보다 더 큰 화는 없으니, 적을 얕보다가는 자칫 나의 보물을 잃게 될 것이다.

執無兵.[4] **禍莫大於輕敵, 輕敵幾喪吾寶.**

내가 자애롭고 겸손하며 물러서는 것은, 내 군사가 강해서 세상에 대적할 자가 없게 만들려는 것은 아니다. 그런데 부득이하게(즉 일부러 의도한 것은 아니었는데) 대적할 상대가 없어지게 되는 것이 바로 내가 큰 재난으로 여기는 까닭이다. 보(寶)란 삼보(三寶)[5]다. 그러므로 "나의 보물을 거의 잃을 것이다"라고 했다.

言吾哀慈謙退, 非欲以取强無敵於天下也. 不得已而卒至於無敵, 斯乃吾
之所以爲大禍也. 寶, 三寶也. 故曰幾亡吾寶.

4) 장석창에 따르면 "行無行, 攘無臂, 扔無敵, 執無兵"의 네 가지는 겸퇴(謙退)와
   자애와 근신과 계구(戒懼)로 행동할 것이요, 적을 깔보고 함부로 군사를 움직
   이기를 좋아하지 말라는 뜻이라고 한다.(『노자교고』 참조)
5) 삼보(三寶)는 앞의 『노자』 62장에 "慈, 儉, 不敢爲天下先"이라고 했다.

**그러므로 서로 대항하는 군사가 맞설 때는 애통한 (마음으로 임하
는) 자가 승리한다.**[6]
故抗兵相加, 哀者勝矣.

항(抗)은 일으키는 것이니 부딪치는 것과 같다. 자애롭게 사랑하는 사
람은 반드시 서로를 아껴주어서 (자신만이) 이롭자고 해를 피하지 않으
므로 반드시 이긴다.
抗, 擧也. 〔若〕當也. 哀者必相惜而不趣利避害, 故必勝.

6) 앞의 『노자』 31장, "偏將軍居左, 上將軍居右, 言以喪禮處之. 殺人之衆, 以哀悲泣
   之. 戰勝, 以喪禮處之." 참조.

70 내 말은 알기 쉽지만 세상이 알지 못한다

> 내 말은 알기 쉽고 행하기 쉽지만
> 세상이 알지 못하고 행하지 못한다.
> 나의 말에는 근본이 있고
> 나의 일에는 중심이 있으나,
> 이를 알지 못하기 때문에
> 나를 알지 못하는 것이다.
> 나를 아는 이 드물수록
> 내가 귀해지나니,
> 도를 얻은 사람은
> 거친 베옷 속에 보옥을 감추고 있는 것이다.

　내 말은 매우 알기 쉽고 행하기 쉬운데 천하가 알지 못하고 행하지 못한다.
　吾言甚易知, 甚易行, 天下莫能知, 莫能行.

　문을 나가거나 창을 엿보지 않아도 알 수 있으므로[1] "매우 알기 쉽다"고 하고, 작위하지 않아도 이루므로 "아주 실천하기 쉽다"고 했다. 조급한 욕심에 현혹되었으므로 "알지 못한다"고 하고, 영화와 이익에 마음을 뺏기므로 "행하지 못한다"고 했다.

可不出戶窺牖而知, 故曰甚易知也. 無爲而成, 故曰甚易行也. 惑於躁欲,
故曰莫之能知也. 迷於榮利, 故曰莫之能行也.

1) 『노자』 47장의 내용을 인용한 것이다.

(나의) 말에는 종(宗, 즉 主旨)이 있고, 일에는 군(君, 즉 중심)이 들
어 있되,
言有宗, 事有君,

종은 만물의 종주고, 군은 만사의 주인이다.
宗, 萬物之[主]也; 君, 萬[事]之主也.

대저 (종, 군을) 알지 못하기 때문에 나를 알지 못한다.
夫唯無知, 是以不我知.

말에는 종이 있고 일에는 군이 있으므로, 지혜가 있는 이라면 알지 못
할 수가 없다.
以其言有宗, 事有君之故, 故有知之人, 不得不知之也.

나를 아는 이가 드물어지면 내가 귀해지니[2](혹은 나를 아는 이가
드물고, 나를 본받는 자가 귀하니)
知我者希, 則我者貴,[3]

심오하기 때문에 아는 이가 드물다. 나를 아는 이가 점점 드물어질수
록 나도 상대할 짝이 없어지므로, "나를 아는 이가 드물어지면 내가 귀해
진다"고 했다.
唯深, 故知之者希也. 知我益希, 我亦無匹,[4] 故曰知我者希, 則我貴也.

2) 이 번역은 왕필 주의 내용과 백서본에 의거하여 해석한 것이다.

3) 백서본에는 '아귀의'(我貴矣)로 되어있다.

4) 여기서의 '필'(匹)자는 『노자』 25장 왕필 주의 "無物匹之, 故日獨立也"의 뜻과 유사한 용례로 쓰였다.

이로써 성인은 거친 베옷을 입고 보옥을 품고 있는 것이다.

是以聖人被褐懷玉.

거친 베옷을 입었다는 것은 세속과 똑같이 하는[5] 것이요, 보옥을 품었다는 것은 그 본질을 보배로 삼는 것이다. 성인을 알아보기 어려운 까닭은 속진에 동화되어 구별되지 않고, 보옥을 품고 있되 다른 게 없어서 알기 어렵고 귀한 것이다.

被褐者, 同其塵; 懷玉者, 寶其眞也. 聖人之所以難知, 以其同塵而不殊, 懷玉而不渝, 故難知而爲貴也.

5) 『노자』 4장 및 56장 참조.

71 안다는 사실을 알지 못함이 가장 좋고

❝ 알고도 안다는 사실을

알지 못하는 것이 가장 좋고,

알지 못하면서도

안다고 생각하는 것은 병통이다.

오직 병을 병으로 여김으로써

병통이 없어지는 것이니,

지혜로운 사람에게 병통이 없는 것은

병을 병으로 여기기 때문에

병통이 없는 것이다. **❞**

알지 못함을 아는 (혹은 알고도 안다는 사실을 알지 못하는) 것이 으뜸
이요, 알아야 할 것을 알지 못하는 (혹은 알지 못하면서도 안다고 생각하
는) 것은 병통이다.

知不知, 上; 不知知,[1] 病.

1) 백서을본에는 '부지부지'(不知不知)로 되어 있다.

지혜에 맡겨둘 만하지 못함을 알지 못하는 것이 병통이다.

不知知之不足任, 則病也.

오직 병을 병으로 여김으로써 병통이 없어지는 것이니, 성인에게 병통이 없는 것은 병을 병으로 여기기 때문에 병통이 없는 것이다.

夫唯病病, 是以不病. 聖人不病, 以其病病, 是以不病.

72 백성이 두려워하지 않게 되면 큰 일이 생기리니

    " 백성들이 두려워하지 않게 된다면
큰 일이 생기게 될 것이니,
백성들이 사는 곳을 억누르지 말고
그들의 삶을 핍박하지 말라.
스스로 싫증내지 않으니,
백성도 싫어하지 않는다.
그래서 지혜로운 사람은 자신이 아는 것을
스스로 드러내지 않으며,
스스로를 아끼지만
자신을 귀하게 대우받으려 하지 않는다.
그러므로 저것을 버리고 이것을 취한다. **"**

    백성들이 (왕의) 위력을 두려워하지 않게 된다면 더 큰 위력(즉 하늘의 벌)이 생기게 될 것이니, 백성이 사는 곳을 함부로 하지(혹은 억누르지) 말고 제각기의 삶을 핍박하지 말라.

    民不畏威, 則大威至, 無狎其所居, 無厭其所生.[1]

    맑고 고요히 무위함을 거(居)라 하고, 겸손하게 뒤로 물러서서 교만하지 않는 것을 생(生)이라고 한다.(즉 청정무위해야 가만히 거할 수 있고,

겸손해서 교만하지 않아야 살 수 있다) 청정을 잃고 조급히 욕심부리고, 겸양을 버리고 권위에 맡기면 사물이 동요하고 백성들은 잘못되게 되니, 위력으로도 다시 백성들을 통제할 수 없게 된다. 백성들이 그 위력을 견디내지 못하면 위아래의 질서가 다 무너져서, 하늘이 벌을 내리게 될 것이다. 그러므로 "백성들이 위력을 두려워하지 않으면 더 큰 위력이 생기니 그 거처를 깔보지 말고 그 삶을 억누르지 말라"고 했으니, 위력에 맡겨서는 안 된다는 말이다.

清〔靜〕無爲謂之居, 謙後不盈謂之生. 離其淸〔靜〕, 行其躁欲, 棄其謙後, 任其威權, 則物擾而民僻, 威不能復制民. 民不能堪其威, 則上下大潰矣, 天誅將至. 故曰民不畏威, 則大威至, 無狎其所居, 無厭其所生. 言威力不可任也.

1) 장석창은 '압'(狎)은 '협애'(狹隘)로 '염'(厭)은 '착'(笮)으로 보았다. 고형은 '압'(狎)은 '갑'(閘)으로 '염'(厭)은 '압'(壓)으로 해석했다.

오직 싫증내지 않으니,
夫唯不厭,

스스로 싫증내지 않는다.
不自厭也.

그래서 백성도 싫어하지 않는다.
是以不厭.

스스로 싫증내지 않으니 천하가 싫어하지 않는다.
不自厭, 是以天下莫之厭.

그래서 성인은 스스로 알고 있으나(혹은 자신을 아는 밝음을 갖고 있지만) 스스로 드러내지 않으며,

是以聖人自知, 不自見;

그 아는 것을 스스로 내보여 광채를 내거나 위엄을 떨치지 않는다.
不自見其所知, 以耀光行威也.

스스로 아끼지만 스스로 귀하게 여기지 않는다.
自愛, 不自貴.

스스로 귀하게 여기면 장차 (청정무위에) 거함을 깔보게 되고 (겸양의) 삶에 염증을 내게 된다.
自貴, 則將狎居厭生.

그러므로 저것을 버리고 이것을 취한다.
故去彼取此.

73 용감이 지나치면 죽게 되고

> 용감한 데 지나치면 죽고,
> 용감하지 않은 데 지나치면 살게 되니,
> 이 두 가지는 어떤 것은 이롭고 어떤 것은 해로우나,
> 하늘이 무엇을 싫어하는지
> 그 까닭을 누가 알겠는가?
> 그래서 지혜로운 사람도 이것을 어려워한다.
> 하늘의 도는 다투지 않고도 잘 이기고,
> 말없이도 잘 응하고,
> 부르지 않아도 저절로 찾아오며,
> 느슨하면서도 잘 꾀하나니,
> 하늘의 그물은 넓고 넓어,
> 성긴 듯하나 놓치는 것이 없다.

과감한 데 용맹스러우면 죽고,
勇於敢則殺,

반드시 제대로 죽지 못한다.
必不得其死也.

과감하지 않은 데 용맹스러우면(즉 신중하면) 살게 되니,   .
勇於不敢則活,

반드시 타고난 명을 다하게 된다.
必齊命也.

이 두 가지는 어떤 것은 이롭고 어떤 것은 해로우나,
此兩者, 或利或害,

다 같이 용감한 것이지만 실행하는 곳이 달라서 이해가 같지 않으므로
"어떤 것은 이롭고, 어떤 것은 해롭다"고 했다.
俱勇而所施者異, 利害不同, 故曰或利或害也.

하늘이 싫어하는 바의 까닭을 누가 알겠는가? 그래서 성인도 오히
려 그것을 어려워한다.
天之所惡, 孰知其故? 是以聖人猶難之.

숙(孰)은 누구이다. 누가 하늘의 뜻을 알 수 있겠는가? 오직 성인뿐이
라는 말이다. 저 성인의 밝음으로도 오히려 용감하기 어려운데, 하물며
성인과 같은 밝음이 없으면서 용감하려고 함에 있어서랴! 그러므로 "오
히려 어려워한다"고 했다.
孰, 誰也. 言誰能知天意邪? 其唯聖人〔也〕. 夫聖人之明, 猶難於勇敢, 況
無聖人之明, 而欲行之也. 故曰猶難之也.

하늘의 도는 다투지 않고도 잘 이기고,
天之道, 不爭而善勝,

오직 다투지 않으므로 천하가 그와 다툴 수 없다.

夫唯不爭, 故天下莫能與之爭.

말없이도 잘 응하고,
不言而善應,

(하늘의 도에) 따르면 길하고 거스르면 흉하니, 말없이 잘 응한다.
順則吉, 逆則凶,[1] 不言而善應也.

1) 앞의 『노자』 43장의 왕필 주, "用夫自然. 擧其至理, 順之必吉, 違之必凶" 참조.

부르지 않아도 스스로 찾아오며,
不召而自來,

아래로 낮추므로 만물이 스스로 돌아온다.
處下則物自歸.

느슨하면서도 잘 꾀하나니,
繟然而善謀,

상(象)을 드리워 길흉을 보이고 일에 앞서 먼저 정성을 드리고, 편안할 때 위태로울 것을 잊지 않으며, 아직 조짐이 드러나지 않았을 때에 꾀한다. 그러므로 "느슨하되 잘 꾀한다"고 했다.
垂象而見吉凶,[2] 先事而設誠, 安而不忘危,[3] 未〔兆〕而謀之,[4] 故曰繟然而善謀也.

2) 『주역』 「계사상전」, "하늘이 상을 드리워 길흉을 보이니 성인이 이를 본떴다(天垂象, 見吉凶, 聖人, 象之)" 참조.
3) 『주역』 「계사하전」, "위태롭게 여기는 자는 그 자리를 편안히 하려는 것이요 없어질까 염려하는 자는 있는 것을 지키려는 것이요, 어지러워질까 염려하는 자

는 다스리려고 하는 것이다. 이런 까닭에 군자는 편안해도 위태로움을 잊지 않고, 있어도 없음을 잊지 않으며, 다스려져도 어지러움을 잊지 않는다(危者安其位者也, 亡者保其存者也, 亂者有其治者也. 是故, 君子安而不忘危, 存而不忘亡, 治而不忘亂)" 참조.

4) 앞의 『노자』 64장, "其未兆易謀" 참조.

하늘의 그물은 넓고 넓어, 성긴 듯하나 놓치는 것이 없다.

天網恢恢, 疏而不失.

74 백성이 죽음을 겁내지 않는데

 백성이 죽음을 겁내지 않는데,
어찌 죽음으로써 두려워하게 하려 하는가?
만약 백성들이 죽음을 두려워하게 해두고
자신은 못된 짓을 하려는 자가 있다면
내가 그를 잡아서 죽일 것이니,
누가 감히 그렇게 하겠는가?
죽음을 맡은 이는 따로 있는 것인데,
누가 나서서 그를 대신하겠다고 한다면,
이것을 일러 도목수를 대신하여 나무를 깎는 것이라고 한다.
목수 대신 나무 깎는다고 나서는 사람치고
그 손을 다치지 않는 이가 드문 법이다.

백성이 죽음을 겁내지 않게 되었는데, 어찌 죽음으로써 두려워하게 하려 하는가? 만약 백성으로 하여금 늘 죽음을 두려워하게 해두고 기이한 짓을 하는 사람이 있다면 내가 그를 잡아서 죽일 것이니, 누가 감히 그렇게 하겠는가?

民不畏死, 奈何以死懼之! 若使民常畏死而爲奇者, 吾得執而殺之, 孰敢?

괴이함으로 사람들을 어지럽히는 것을 '기'(奇)라고 한다.

詭異亂群, 謂之奇也.

죽음을 맡은 이는 따로 있는 것이니, (누가 나서서) 죽음을 맡은 이를 대신하여 죽인다고 한다면, 이것을 일러 숙련된 목수를 대신하여 나무를 깎는 것이라고 한다. 목수를 대신하여 나무를 깎는다고 나서는 사람치고 그 손을 다치지 않는 이가 드물다.

常有司殺者殺, 夫代司殺者殺, 是謂代大匠斲. 夫代大匠斲者, 希有不傷其手矣.

거스름은 (自然之理를) 따르는 사람이 싫어하는 것이요, 어질지 못함은 사람들이 싫어하는 바다. 그러므로 "항상 죽음을 맡은 이가 있다"고 했다.

爲逆, 順者之所惡忿也; 不仁者, 人之所疾也. 故曰常有司殺也.

75 백성이 굶주림은 세를 많이 거두기 때문이요

    ❝ 백성이 굶주리는 것은
위에서 세를 많이 거두기 때문이요,
백성을 다스리기 어려운 것은
위에서 일을 벌이기 때문이며,
백성이 함부로 죽게 되는 것은
위에서 너무 잘 살려고 하기 때문이다.
삶 때문에 일을 벌이지 않는 것이
삶을 귀히 여긴다고 하는 것보다 낫다. **❞**

    백성이 굶주리는 것은 그 위에서 세를 많이 받기 때문이요, 백성을 다스리기 어려운 것은 그 위에서 일을 벌이기 때문이며, 백성이 죽음을 가볍게 여기는 것은 그 위에서 너무 잘 살려고 하기 때문이다. 저 삶 때문에 일을 벌이지(혹은 호화롭게 살려고 하지) 않는 것이 삶을 귀히 여기는 것보다 현명하다.

    民之饑, 以其上食稅之多, 是以饑. 民之難治, 以其上之有爲, 是以難治. 民之輕死, 以其上求生之厚, 是以輕死. 夫唯無以生爲者, 是賢於貴生.

    백성이 비뚤어지고 정치가 어지러워지는 까닭은 모두 위로부터 말미

302

암는 것이지 아래에서 연유하는 것은 아니다. 왜냐하면 백성은 위를 따르기 때문이다.

言民之所以僻, 治之所以亂, 皆由上, 不由其下也. 民從上也.

76 사람은 연약하게 태어나지만 굳어져 죽고

> 사람은 연약하게 태어나지만
> 단단하게 굳어져 죽고,
> 세상의 사물은 부드럽게 나서
> 딱딱하게 말라 죽나니,
> 죽은 것은 단단하고 강하며
> 산 것은 부드럽고 연약하다.
> 그래서 병력이 강하기만 하다고 이길 수 없고,
> 나무가 단단해지면 베어지며,
> 강하고 큰 것은 낮은 곳에 있지만,
> 부드럽고 연약한 것은 높은 곳에 처한다. "

　사람은 연약하게 태어나지만 단단하게 굳어져 죽고, 만물 초목은
부드럽게 나서 딱딱하게 말라 죽나니, 그러므로 단단하고 강한 것은
죽음의 무리고, 부드럽고 연약한 것은 삶의 무리다. 그래서 군사가
강하기만 하면 이길 수 없고,

　人之生也柔弱, 其死也堅强. 萬物草木之生也柔脆, 其死也枯槁,
故堅强者死之徒, 柔弱者生之徒. 是以兵强則不勝,

　강한 군사로 천하에 사납게 구는 자는 모두가 싫어하므로 반드시 이길

수 없다.

强兵以暴於天下者, 物之所惡也, 故必不得勝.[1]

1)『열자』(列子)「황제」(黃帝)편의 장담(張湛)의 주에서 이 부분을 인용하기를, "모든 사물이 미워하는 바니 그러므로 반드시 제대로 마칠 수 없다"(物之所惡, 故必不得終焉)고 했다. 역순정(易順鼎)은 "『열자』에서 이 주를 인용하여 "군대가 강하면 멸망하고, 나무가 강하면 부러진다"(兵强則滅, 木强則折)라는 두 구(句)에 대한 주(注)로 삼았다. 지금의 주는 잘못되어 '종'(終)이 '승'(勝)으로 되었고, 또 '兵强則不勝'의 다음에 놓이게 되었다. 장담의 주에 근거해 보면, 왕필본에는 경문이 '兵强則滅'이라고 되어 있던 것이 오늘날에는 '兵强則不勝'이라고 되어 있는 것은 뒷사람들이 잘못된 주로 인해 경문도 아울러 고친 것이다"라고 했다. 살펴보건대, 역순정의 설은 옳지 않다. 장사 마왕퇴 삼호 한묘에서 출토된 『백서 노자』 갑·을본의 경문에는 모두 '兵强則不勝'이라고 되어 있으니, 경문과 주에 모두 잘못이 없음을 알 수 있다.(루우열, 『왕필집교석』 인용)

나무가 강하기만 하면 베어진다.

木强則兵.[2]

외물이 친다.

物所加也.

2) '병'(兵)자는 판본에 따라 '공'(共)이나 '절'(折)자로 된 것도 있다. 백서 갑본에는 '항'(恒), 을본에는 '경'(競)으로 되어 있는데, 고명(高明)은 모두 '홍'(烘)의 가차(假借)로 보았다. 여기에서는 위에서 말한 『열자』의 인용 구절에 근거해서 '병'(兵)을 '절'(折)로 해석했다.

강하고 큰 것은 낮은 곳에 있고,

强大處下,

나무의 뿌리다.

木之本也.

부드럽고 연약한 것은 높은 곳에 처한다.

柔弱處上.

나뭇가지가 이것이다.

枝條是也.

77 하늘의 도는 활줄을 당겨 매는 것 같아서

> **"** 하늘의 도는 활줄을 당겨 매는 것 같아서,
> 높으면 억누르고 낮으면 들어올리며,
> 남으면 덜고 부족하면 보태준다.
> 하늘의 도는 남는 것을 덜어서 부족한 데 보태주나
> 사람의 도는 그렇지 않아서,
> 부족한 데서 덜어다가 남는 쪽에 갖다 바치나니,
> 남는 것을 덜어내어 천하를 봉양할 수 있는 이는
> 오직 도를 가진 분일 뿐이다.
> 그래서 도를 얻은 이는
> 일을 하되 뽐내지 않고
> 공을 이루어도 차지하지 않으며,
> 현명함을 드러내려고도 하지 않는다. **"**

하늘의 도는 활줄을 당겨 매는 것 같구나! 높은 것은 누르고 낮은 것은 들어올리며, 남으면 덜고 부족하면 보태준다. 하늘의 도는 남는 것을 덜어서 부족한 데 보태주나 사람의 도는 그렇지 않아서,

天之道, 其猶張弓與! 高者抑之, 下者擧之; 有餘者損之, 不足者補之. 天之道, 損有餘而補不足. 人之道則不然,

천지와 더불어 덕을 합하니 이에 하늘의 도처럼 (만물을) 포용할 수 있다. 그러나 사람의 역량은 제각기의 신체를 갖고 있어서 서로 같을 수 없다. 자아도 없고 사사로움도 없이 스스로 그러한 후에야 천지와 더불어 덕을 합치할 수 있다.

與天地合德,[1] 乃能包之如天之道. 如人之量, 則各有其身, 不得相均. 如惟無身無私乎自然,[2] 然後乃能與天地合德.

1) 『주역』「건괘·문언전」, "저 대인은 천지와 더불어 그 덕을 합치하며 일월과 더불어 그 밝음을 같이한다(夫大人者, 與天地合其德, 與日月合其明)" 참조.
2) 『장자』「소요유」의 "지인은 몸이 없고 신인은 공이 없으며 성인은 이름이 없다(至人無己, 神人無功, 聖人無名)" 참조.

부족한 이에게서 덜어다가 (오히려) 남는 이를 봉양하나니, 누가 남는 것으로 천하를 봉양할 수 있겠는가? 오직 도를 가진 분일 뿐이다. 그래서 성인은 일을 하되 뽐내지 않고 공을 이루어도 그 공을 차지하지 않으며, 현명함을 드러내려고도 하지 않는다.

損不足以奉有餘, 孰能有餘以奉天下? 唯有道者. 是以聖人爲而不恃, 功成而不處, 其不欲見賢.

그 누가 그득한 곳에 있으면서도 온전히 비울 수 있고, 유(有)를 덜어 무(無)에 보태고, 빛을 누그러뜨리고 더러움을 뒤집어쓰며, 넓으면서도 고를 수 있겠는가? 오직 도를 가진 사람일 뿐이다. 그래서 성인은 그 현명함을 보이지 않음으로써 천하를 고르게 한다.

言〔誰〕能處盈而全虛, 損有以補無, 和光同塵, 蕩而均者? 唯〔有〕道〔者〕也. 是以聖人不欲示其賢, 以均天下.

78 천하에 물보다 부드러운 것이 없으나

    ❝ 천하에 물보다 부드러운 것이 없으나
    단단하고 강한 것을 이기는 것은 이보다 나은 것이 없으니,
    그것은 물보다 더 수월하게 행하는 것이 없기 때문이다.
    연약한 것이 강한 것을 이기고
    부드러운 것이 단단한 것을 이긴다는 것은,
    세상 사람들이 다 알고 있으나 실천하지는 못한다.
    그래서 지혜로운 사람은,
    나라의 온갖 궂은 일들을 받아들이는 이를 사직의 주인이라 하고,
    나라의 온갖 나쁜 일들을 감수하는 이를 천하의 왕이라고 이르나니,
    바른 말은 마치 반대되는 것 같다. **❞**

    천하에 물보다 부드러운 것이 없으나 단단하고 강한 것을 공격하기로는 이보다 나은 것이 없으니, 물과 바꿀 수 있는 것이 없다.(혹은 쉬지 않고 흐름을 바꾸지 않기 때문이다, 혹은 이보다 더 수월하게 행하는 것이 없기 때문이다.)
    天下莫柔弱於水, 而攻堅强者莫之能勝, 以其無以易之.

    이(以)는 사용하는 것이다. 기(其)는 물을 말한다. 물의 부드럽고 연약함은 어떤 사물도 대신할 수 없기 때문임을 말한다.

以, 用也. 其, 謂水也. 言用水之柔弱, 無物可以易之也.

연약한 것이 강한 것을 이기고 부드러운 것이 단단한 것을 이긴다는 것은, 천하가 다 알고 있으나 실천하지는 못한다. 그래서 성인은 말하기를, 나라의 온갖 더러운 것을 받아들이는 이를 일러 사직(社稷)의 주인이라 하고, 나라의 상서롭지 못한 일을 감수하는 이를 일러 천하의 왕이라고 하나니, 바른 말은 마치 반대되는 것 같다.

弱之勝强, 柔之勝剛, 天下莫不知, 莫能行. 是以聖人云, 受國之垢, 是謂社稷主; 受國不祥, 是謂天下王, 正言若反.

79 원망을 산 뒤에 풀려면 반드시 원망이 남느니

> 큰 원망을 산 뒤에 풀려고 하면
> 반드시 원망이 남게 되니,
> 어찌 잘했다고 할 수 있겠는가?
> 그래서 지혜로운 사람은
> 남에게 빌려주고도 빚진 것처럼 행동하고
> 갚으라고 요구하지 않나니,
> 덕이 있는 이는 이미 약속된 문서를 맡은 것처럼 공평하게 하고,
> 덕이 없는 사람은 잘잘못을 사찰하는 이처럼 가혹하게 따진다.
> 하늘의 도는 사사로이 친함이 없으니
> 언제나 착한 이와 함께한다.

큰 원망을 풀면 반드시 원망이 남게 되니,

和大怨, 必有餘怨,

그 계(契)를 분명하게 처리해 두지 않아서 큰 원망이 생기게 되었으니,
덕으로써 그것을 화해해보려 하나 그 상처가 회복되지 않으므로 불만이
남게 된다.

不明理其契, 以致大怨已至. 而德〔以〕和之, 其傷不復, 故〔必〕有餘怨也.

어찌 잘했다고 할 수 있겠는가? 그래서 성인은 좌계(左契)를 갖고,
安可以爲善? 是以聖人執左契, [1]

계약문의 왼쪽 반으로 원망이 생기지 않도록 막는다.
左契, 防怨之所由生也.

1) 백서갑본에는 우계(右契)로 되어 있다. '좌계'(左契)는 계약서를 좌우로 나누
   어서 대질하는 것이다. 『예기』 「곡례」(曲禮)에 "곡식을 바치는 사람은 우계(右
   契)를 갖는다"(獻粟者, 執右契)고 했고, 정현(鄭玄)의 주에 "계(契)는 계약서를
   말하니, 오른쪽이 높다"(契, 券要也, 右爲尊)고 했다. 마서륜은 왕방(王雱)의 설
   을 인용하여 "좌계는 채무를 지는 사람이 가지고 있다"고 했고, 또 오징(吳澄)
   의 설을 인용하여 "좌계를 가지고 있는 사람은 자신이 남에게 책임지우지 않
   고, 다른 사람이 와서 자신에게 책임을 요구하기를 기다린다. 우계를 가지고 있
   는 사람이 와서 좌계와 우계를 서로 합해본 뒤 채무 사항을 이행할 뿐이지, 그
   사람이 선한지 아닌지에 대해서는 따지지 않는다"고 했다. 왕필 주도 이와 같
   은 뜻이다.(루우열, 『왕필집교석』 인용) 그러나 고명은 백서갑본에 의거해서
   좌계는 우계의 잘못으로서, 성인은 베풀기만 할 뿐 보답을 바라지 않는다는 뜻
   으로 해석했다.(『백서노자교주』, 214~217쪽)

다른 사람에게 부채(負債)를 요구하지 않나니, 덕이 있는 이는 계
(契)를 맡은 것처럼 하고(즉 사사로움 없이 공정하게 대하고),
而不責於人, 有德司契,

덕이 있는 이는 그 계약을 잘 살펴서, 원망이 생기지 않도록 한 뒤에
다른 사람에게 책임을 가린다.
有德之人, 念思其契, 不令怨生而後責於人也.

덕이 없는 사람은 철(徹)을 맡은 것처럼 한다.(즉 가혹하게 따진다)
無德司徹. [2]

철은 다른 사람이 잘못하는지를 사찰하는 직책이다.

徹, 司人之過也.

2) 장석창은 '철'(徹)은 소출의 1/10을 거두던 주(周)의 세법(稅法)을 가리키는
   것으로, 덕이 없는 군주가 세금을 혹독하게 거둬들여 원망이 생겨나게 됨을 의
   미한다고 보았다.(『노자교고』참조)

천도는 사사로이 친함이 없으니 언제나 착한 사람과 함께한다(혹
은 착한 사람을 돕는다).

天道無親, 常與善人.

80 나라는 작고 백성은 적으며

    ❝ 나라는 작고 백성은 적으며,
    편리한 기계가 있어도 사용하지 않고,
    백성들은 죽음을 중히 여겨,
    멀리 옮겨다니지 않는다.
    배와 수레가 있지만 탈 일이 없고,
    무기가 있지만 쓸 일이 없다.
    사람들로 하여금 다시 새끼를 엮어 쓰게 하고
    먹던 음식을 달게 여기고,
    입던 옷을 좋게 여기며,
    살던 곳을 편안히 여기고,
    각자의 풍속을 즐거워하게 하니,
    이웃 나라가 서로 바라보이고,
    닭 울고 개 짖는 소리가 들려도
    백성들은 늙어 죽을 때까지 돌아다니지 않는다. ❞

나라는 작고 백성은 적으니,

小國寡民,

나라가 작고 백성이 적은데도 오히려 옛날로 돌이킬 수 있거늘, 하물며 나라가 크고 백성들이 많음에 있어서랴! 그러므로 작은 나라를 들어서 말한 것이다.

國旣小, 民又寡, 尙可使反古, 況國大民衆乎! 故擧小國而言也.

편리한 기계가 많이 있어도 사용하지 않게 하고,
使有什佰之器而不用,[1]

백성으로 하여금 비록 편리한 기계가 있어도 사용할 곳을 없게 할 것이니, 어찌 (기계가) 부족하다고 걱정하겠느냐는 말이다.

言使民雖有什伯之器, 而無所用, 何患不足也.

[1] '십백지기'(什伯之器)에는 여러 해석이 있다. 고형·왕성은 하상공본과 백서본을 근거로 열 사람 백 사람 몫을 하는 기계로 보았고, 유월은 병기(兵器)로 보았으며, 장송여(張松如)·진고응 등은 여러가지 기물들이라고 했다.(고형, 『노자주역』, 왕성(王垶) 『노자신편교석』(老子新編校釋) 및 진고응, 『노자주역급평개』 참조) 『장자』「천지」(天地)편에도 기계를 사용하는 폐단에 대해 비판한 바 있다.

백성으로 하여금 죽음을 중히 여겨, 멀리 옮겨다니지 않도록 한다.
使民重死而不遠徙.[2]

[2] 백서본에는 '십백지기'(什佰之器)가 '십백인지기'(十百人之器)로 되어 있고, '불원사'(不遠徙)의 '불'(不)자가 빠져 있다.

백성들로 하여금 (기계를) 사용하지 않고 오직 자기 몸만 소중히 여기며 뇌물을 탐하지 않게 하여 각기 그 사는 데를 편안히 여기고 죽음을 중히 여겨 멀리 이사 다니지 않게 한다.

使民不用, 惟身是寶, 不貪貨賂. 故各安其居, 重死而不遠徙也.

배와 수레가 있지만 그것을 탈 일이 없고, 병장기가 있지만 그것을 쓸 일이 없다. 사람들로 하여금 다시 새끼를 엮어 쓰게 하고 그 음식을 달게 여기고, 그 옷을 아름답게 여기며, 그 사는 곳을 편안히 여기고, 그 풍속을 즐거워하게 하니, 이웃 나라가 서로 바라보이고, 닭 울고 개 짖는 소리가 서로 들릴지라도(혹은 들릴 정도로 가까워도[3])백성들은 늙어 죽을 때까지 서로 왔다갔다하지 않는다.

雖有舟輿, 無所乘之; 雖有甲兵, 無所陳之; 使人復結繩而用之. 甘其食, 美其服, 安其居, 樂其俗. 隣國相望, 鷄犬之聲相聞, 民至老死不相往來.

바라거나 구하는 것이 없다.

無所欲求.

---

3) 『맹자』 「공손추상」(公孫丑上) "닭이 울고 개가 짖는 소리가 서로 들려오는 것이 사방의 경계에까지 미친다(鷄鳴狗吠 相聞而達乎四境)"고 했는데, 이에 대해 주희 주(朱熹註)에는 "닭과 개가 짖는 소리가 서로 들려서 나라의 도성에서 사방의 경계에까지 이름은 백성이 조밀함을 말한다(鷄犬之聲相聞 自國都以至於四境 言居民稠密也)"고 해석했다. 여기에서는 백성의 수가 많음을 뜻한다기 보다는 무위자연으로 살아가는 백성들의 한가로움과 여유를 비유한 것으로 보인다.

81 미더운 말은 아름답지 않고

❝ 미더운 말은 아름답지 않고,
　아름다운 말은 믿음직스럽지 않으며,
　착하다고 말 잘하는 것은 아니고,
　말 잘한다고 착한 것은 아니며,
　지혜롭다고 많이 아는 것은 아니고,
　많이 안다고 지혜로운 것도 아니다.
　성인은 자신을 위해 쌓아두지 않으니,
　다른 사람을 도와주지만
　자신이 더 갖게 되고,
　남에게 베풀지만
　자신에게는 더욱 많아지나니,
　하늘의 도는 이로워 해롭지 않고,
　성인의 도는 도와줄 뿐 다투지 않는다. ❞

믿음직스러운 말은 아름답지 않고,
信言不美,

진실은 질박하다.
實在質也.

아름다운 말은 믿음직스럽지 않으며,
美言不信;

근본은 소박하다.
本在樸也.

착한 이는 말을 못하고, 말 잘하는 사람은 착하지 않으며, 지혜로운 이는 많이 알지 않고,
善者不辯,[1] 辯者不善; 知者不博,

1) 백서을본에는 '변'(辯)이 '다'(多)로 되어 있다.

궁극적인 것은 하나에 있다.
極在一也.

많이 아는 사람은 지혜롭지 않다. 성인은 (자신을 위해) 쌓아두지 않으니,
博者不知. 聖人不積,

사사로이 자기 것으로 소유하는 것이 없고, 오직 착한 이와 함께하며 사물에 맡길 뿐이다.
無私自有, 唯善是與, 任物而已.

다른 사람을 위함으로써 자신은 더 갖게 되고,
旣以爲人, 己愈有;

만물이 높여준다.
物所尊也.

다른 사람에게 주는데 자신은 더욱 많아지나니,
旣以與人, 己愈多,

만물이 돌아온다.
物所歸也.

하늘의 도는 이롭게 하고 해롭지 않으며,
天之道, 利而不害,

움직여서 항상 만들어 이루어준다.
動常生成之也.

성인의 도는 도와주고[2](혹은 작위하되) 다투지 않는다.
聖人[3]之道, 爲而不爭.

하늘의 이로움에 따르고 서로 다치지 않는다.
順天之利, 不相傷也.

2) 고형은 '위'(爲)를 돕는다는 뜻으로 보았다.
3) 백서을본에는 '성인'(聖人)이 '인'(人)으로만 되어 있다.

부록

「노자지략」(老子指略)

저 사물이 생겨나고 공(功)이 이루어지는 소이는 반드시 무형에서 생기고 무명에서 말미암으니, 무형하고 무명한 것이 만물의 종주(宗主)다. 뜨겁지도 않고 차갑지도 않으며 궁음(宮音)도 아니고 상음(商音)도 아니며, 들으려 해도 들을 수 없고 보려 해도 드러나지 않고 몸으로 느껴보려고 해도 알 수 없으며 맛을 보려고 해도 맛볼 수 없다. 그러므로 그 물(物)은 혼연히 이뤄졌고, 상(象)은 모양이 없고, 음(音)은 소리가 들리지 않으며, 맛은 볼 수가 없다. 그러므로 능히 만물의 종주(宗主)로서 천지를 통괄하니 이를 거치지 않을 수가 없다. 만일 뜨겁다면 차가울 수 없고 궁음이라면 상음일 수 없다. 형체는 반드시 구분되는 바가 있고, 소리는 반드시 속하는 곳이 있다. 그러므로 (일정한) 상(象)으로 나타나는 것은 대상(大象)이 아니요, (하나의) 음으로서 소리나는 것은 대음(大音)이 아니다.[1]

夫物之所以生, 功之所以成, 必生乎無形, 由乎無名. 無形無名者, 萬物之宗也. 不溫不凉, 不宮不商, 聽之不可得而聞, 視之不可得而彰, 體之不可得而知, 味之不可得而嘗. 故其爲物也則混成, 爲象也則無形, 爲音也則希聲, 爲味也則無呈. 故能爲品物之宗主, 苞通天地, 靡使不經也. 若溫也則不能凉矣, 宮也則不能商矣. 形必有所分, 聲必有所屬. 故象而形者, 非大象也; 音而聲者, 非大音也.

---

1) 이 부분은 『노자』 16장의 왕필 주와 유사한 내용이다.

그러나 곧 사상(四象)이 나타나지 않으면 대상(大象)이 펼 수 없고, 오음(五音)이 소리나지 않으면 대음(大音)이 이를 수 없다. 사상이 드러나되 외물에 주로 삼는 바가 없으면 대상이 퍼지고, 오음이 울리더라도 마음에 (특별히) 쏠리는 바 없으면 대음이 이르게 된다. 그러므로 대상을 잡으면 천하에 행해지고, 대음을 쓰면 풍속이 달라진다. 무형으로 펴면 천하에 행하더라도 (만물이) 깨닫지 못하고, 희성(希聲)으로 이르면 풍속이 바뀌더라도 (사람들이) 알아채지 못한다. 이런 까닭에 천(天)은 (金·木·水·火·土의) 다섯 가지 물건을 내되, 무(無)를 용(用)으로 삼고, 성인은 (五倫의) 다섯 가지 가르침을 행하지만, 말없음으로 교화를 삼는다. 그래서 도라 할 수 있는 도는 영원한 도가 아니고, 이름 부를 수 있는 이름은 영원한 이름이 아니다. 다섯 가지 물건의 근원은 뜨겁지도 차갑지도 않고, 부드럽지도 굳세지도 않으며, 다섯 가지 가르침의 근원은 밝지도 어둡지도 않고, 은혜롭지도 해롭지도 않다. 비록 옛날과 지금이 같지 않고 시대와 습속이 달라졌지만 이것은 변하지 않으니, 이른바 "예부터 지금까지 그 이름이 떠나지 않았다"는 것이다. 하늘도 이것이 아니면 사물을 낳지 못하고, 다스림도 이것으로 하지 않으면 공을 이루지 못한다. 그러므로 옛날과 지금이 통하고, 끝과 시작이 같으니, 옛것으로 지금을 다스릴 수 있고, 지금을 증거삼아 옛 시작을 알 수 있으니, 이것이 이른바 '상'(常)이라는 것이다. 밝고 어두운 상태나 따뜻하고 서늘한 형상이 없으므로 "상(常)을 아는 것을 명(明)이라고 한다." 사물이 생겨나고 공이 이뤄지는 것이 이로 말미암지 않음이 없기 때문에 "이로써 만물의 시원을 살핀다."

然則, 四象不形, 則大象無以暢; 五音不聲, 則大音無以至. 四象形而物無所主焉, 則大象暢矣; 五音聲而心無所適焉, 則大音至矣. 故執大象則天下往.[2] 用大音則風俗移也. 無形暢, 天下雖往, 往而不能釋也; 希聲至, 風俗雖移, 移而不能辯也. 是故天生五物, 無物爲用. 聖行五教, 不言爲化. 是以道可道, 非常道; 名可名, 非常名也. 五物之母, 不炎不寒, 不柔不剛; 五教之母, 不曒不昧, 不恩不傷. 雖古今不同, 時移俗易, 此不變也, 所謂自古及今,其名不去者也. 天不以此, 則物不生; 治不以此, 則功不成. 故古今通, 終始同; 執古可以御今, 證今可以知古始; 此所謂常者也. 無曒昧之狀, 溫凉之象, 故知常曰明也. 物生功成, 莫不由乎此, 故以閱衆甫也.

2) 『노자』 35장에는 '執大象 天下往'으로 되어 있다.

번쩍이는 번개가 아무리 빨라도 오히려 일시에 다 돌 수 없고, 바람을 타고 다닌다 해도 오히려 한숨에 (이르기를) 기약할 수는 없다. 아주 빠른 것은 달리지 않고, 잘 이른 것은 가지 않는다.(즉 억지로 달리지 않아야 아주 빠르게 되고 억지로 행동하지 않아야 목적을 이룬다) 그러므로 아무리 성대한 말로 일컬어도 천지를 붙잡아두기에는(혹은 본받기에는) 부족하고, 형체를 가진 것은 아무리 커도 만물을 갈무리하기에는[3] 부족하다. 이런 까닭에 아무리 찬탄해도 이 (도의) 아름다움을 다 표현할 수 없고, 아무리 그려내려 해도 이 (도의) 위대함을 펼쳐낼 수 없다. 이름지어도 맞지 않고 일컬어도 다할 수 없다. 이름은 반드시 구분하는 바가 있고 일컬음은 반드시 말미암는 것이 있다. 구분하는 바가 있으면 겸하지(즉 전체를 포함하지) 못하고, 말미암는 것이 있으면 다하지(즉 본래대로 완전하지) 못한다. 겸하지 못하면 그 참모습과는 크게 달라지고, 완전하지 못하면 그렇게 이름 부를 수 없으니 이는 미루어보면 분명하게 알 수 있다.

夫奔電之疾猶不足以一時周, 御風之行猶不足以一息期. 善速在不疾, 善至在不行.[4] 故可道之盛, 未足以官天地; 有形之極, 未足以府萬物. 是故歎之者不能盡乎斯美, 詠之者不能暢乎斯弘. 名之不能當, 稱之不能旣. 名必有所分, 稱必有所由. 有分則有不兼, 有由則有不盡; 不兼則大殊其眞, 不盡則不可以名, 此可演而明也.

3) 『장자』 「덕충부」에 "하물며 천지를 관장하고 만물을 갈무리하여 곧바로 육신을 잠시 머무는 곳으로 삼고 이목을 허상으로 삼아 지혜로 아는 것을 하나로 삼지만 마음은 일찍이 죽지 않은 사람에게 있어서랴!(而況官天地 府萬物 直寓六骸

象耳目 一知之所知而心未嘗死者乎)"라고 했는데, 성현영은 "음양의 벼리를 매어둠을 '관천지'라 하고 우주를 감싸 갈무리함을 '부만물'이라 한다(綱維二儀日官天地 苞藏宇宙曰府萬物)"라고 했다. 『예기』「예운」에 "그것이 내려와서는 명령이 되는데 이는 하늘을 본받는다(其降曰命 其官於天也)"는 구절의 공영달 소(疏)에서는 "관은 본받는다는 뜻이다(官猶法也)"라고 했다.

4) 『주역』「계사상전」의 "오직 신묘하므로 달리지 않아도 빠르고 가지 않아도 이른다(唯神也. 故不疾而速不行而至)"를 인용한 말이다.

저 '도'라는 것은 만물이 말미암는다는 데서(즉 만물이 말미암는 '길'의 뜻에서) 취한 것이며, '현'(玄)이라는 것은 그윽하고 어두운 데서 나왔다는 데서 취한 것이고, '심'(深)이라는 것은 깊은 이치를 탐색하여도 다 궁구할 수 없다는 데서 취한 것이고, '대'(大)라는 것은 널리 퍼져서 끝이(혹은 둘러싸려고 해도 다할 수) 없다는 데서 취한 것이며, '원'(遠)이라는 것은 아득히 멀어서 미칠 수 없다는 데서 취한 것이며, '미'(微)라는 것은 그윽하고 미묘해서 볼 수 없다는 데서 취한 것이다. 그렇다면 도·현·심·대·미·원이라는 말은 각기 그 뜻이 있어서 그 극치를 다하지 못한 것이다. 그래서 끝없이 퍼진 것을 '세'(細)라고 명명할 수 없고, 미묘하여 형체가 없는 것을 '대'(大)라고 이름 붙일 수도 없다. 이 때문에 『노자』에서 말하기를, "억지로 자(字)를 붙여서 도라고 한다", "굳이 일컬어 현(玄)이라 한다"고 했지, 제대로 된 이름을 붙일 수는 없었다. 그런즉 말하는 자는 그 항상됨(常, 즉 영원성)을 잃어버리고, 이름을 붙이는 자는 그 참모습에서 벗어나고, 작위하는 자는 그 본성을 망치고, 잡아두려는 자는 그 근원을 잃게 된다. 이 때문에 성인은 말로써 주(主)를 삼지 않은즉 그 상(常)을 어기지 않고, 이름으로써 상(常)을 삼지 않으니 그 참모습에서 벗어나지 않고, 인위로 일하지 않으니 그 본성을 망치지 않으며, 잡아둠으로써 제어하지 않으므로 그 근원을 잃어버리지 않는다.

夫道也者, 取乎萬物之所由也 ; 玄也者, 取乎幽冥之所出也 ; 深也者, 取乎探賾[5]而不可究也 ; 大也者, 取乎彌綸而不可極也 ; 遠也者, 取乎綿邈而不可及也；微也者, 取乎幽微而不可覩也. 然則道·玄·深·大·微·遠之言, 各有其義, 未盡其極者也. 然彌綸無極, 不可名細；微妙無形, 不可名大. 是以篇云'字之曰道', '謂之曰玄', 而不名也. 然則, 言之者失其常, 名之者離其眞, 爲之者則敗其性, 執之者則失其原矣. 是以聖人不以言爲主, 則不違其常；不以名爲常, 則不離其眞；不以爲爲事, 則不敗其性；不以執爲制, 則不失其原矣.

5)『주역』「계사상전」에 "깊은 이치를 뒤지고 감춰진 것을 찾는다"(探賾索隱)라고 나온다.

그런즉『노자』의 글을 변론해서 캐물으려고 하는(즉 논리적으로 분석하려는) 자는 그 종지를 잃고, 이름으로 따져보려는 자는 그 본의를 어기게 된다. 그러므로 그 대략의 귀취는 태초의 시원을 논해서 스스로 그러한 본성을 밝히고, 유명(幽冥)의 극치를 연역하여 미혹과 기망(欺罔)을 바로잡는 것이다. 인순(因循)해서 인위하지 않고, 덜어낼 뿐(혹은 순응하되)[6] 베풀지 않으며, 본(本)을 높여서 말(末)을 그치게 하고, 어미를 지킴으로써 자식을 보존하며, 저 교묘한 꾀를 낮추고 일이 드러나기 전에 미리 하며, 다른 사람을 책망하지 않고 필히 자기로부터 구하는 것, 이것이 그 전체의 요지다.

然則, 老子之文, 欲辯而詰者, 則失其旨也；欲名而責者, 則違其義也. 故其大歸也, 論太始之原以明自然之性, 演幽冥之極以定惑罔之迷. 因而不爲, 損而不施；崇本以息末, 守母以存子；賤夫巧術, 爲在未有；無責於人, 必求諸己[7] 此其大要也.

6) 루우열은 '손'(損)을 '순'(順)으로 보았다.
7) 앞의『노자』79장 참조.

법가는 가지런히 같음을 숭상하여 형벌로써 단속하고, 명가는 참을 판단하는 것을 숭상하여 언어로써 바로잡고, 유가는 온전한 사랑을 숭상하여 명예로써 부추기고, 묵가는 검약함을 숭상하여 바로잡아서 세우고, 잡가(雜家)는 여러 장점을 숭상하여 다 합하여 행하려 한다. 형벌로 사람들을 단속하면 반드시 교묘한 거짓이 생기고, 명(名)에 의해서 사물을 규정하려고 하면 이해가(혹은 이치에 맞는 생각이[8]) 사라지고, 명예로써 사람들을 부추기면 숭상받으려고 서로 다투고, 바로잡아서 세우려 하면 어그러짐이 일어나고, 이것저것 섞어서 행하면 혼란이 일어난다. 이는 모두 그 자식을 쓰고 그 어미를 버린 것으로, 자신을 실어 주는 근본을 잃은 것이니 족히 지킬 만하지 못하다.

而法者尚乎齊同, 而刑以檢之. 名者尚乎定眞, 而言以正之. 儒者尚乎全愛, 而譽以進之. 墨者尚乎儉嗇, 而矯以立之. 雜者尚乎衆美, 而總以行之. 夫刑以檢物, 巧僞必生; 名以定物, 理恕必失; 譽以進物, 爭尚必起; 矯以立物, 乖違必作; 雜以行物, 穢亂必興. 斯皆用其子而棄其母. 物失所載, 未足守也.

8) '이서'(理恕)는 뜻이 잘 통하지 않아 여러 해석이 있다. 엄영봉(嚴靈峯)은 본문 뒤의 "擧夫歸致以明至理, 故使觸類而思者, 莫不欣其思之所應, 以爲得其義焉."에서 '이'(理)와 '사'(思)를 병용한 것에 근거해서 이사(理思)로 보아야 한다고 했다. 「노자미지예략교자」(老子微旨例略校字) 참조. 그러나 이는 역자의 생각으로 '이해해서 용서한다'는 뜻으로서, 현실의 실정에 대한 이해 없이 명(名)만으로 실(實)을 규정하려는 형명가(刑名家)의 가혹한 형식주의에 대한 비판으로 보면 뜻이 통한다.

그러나 이르는 곳이 같아도 길은 다르고, 결과는 합치해도 취향이 달라서, 배우는 자가 그 이르는 결과에 현혹되고 그 취향에 미혹된다. 획일화시키는 것을 보고는 그것을 법(法)이라 하고, 참을 정하는 것을 보고 그것을 명(名)이라 하고, 순수한 사랑을 살펴보고 그것을 유(儒)라 하고, 검약함을 비춰보고는 그것을 묵(墨)이라 하고, 얽매이지 않음을 보고는 그것을 잡(雜)이라 하니, 제각기 보는 바에 따라 이름을 따지고 각자 좋아하는 것을 좇아서 고집을 부린다. 그러므로 어지럽고,잡다한 논의가 있게 되고 갖가지 취향에 따른 논쟁이 여기에서 말미암는다.

然致同塗異,[9] 至合趣乖, 而學者惑其所致, 迷其所趣. 觀其齊同, 則謂之法; 觀其定眞, 則謂之名; 察其純愛, 則謂之儒; 鑑其儉嗇, 則謂之墨; 見其不係, 則謂之雜. 隨其所鑑而正名焉, 順其所好而執意焉. 故使有紛紜憒錯之論, 殊趣辯析之爭, 蓋由斯矣.

9) 『주역』 「계사하전」, "천하가 같은 곳으로 돌아가나 길은 다르고 하나로 이르나 생각은 갖가지다(天下 同歸而殊塗, 一致而百慮)"를 인용한 것이다. 『노자』 47 장 왕필 주에도 비슷한 내용이 나온다.

또 노자의 글은 종말을 들어 시원을 증명하고 처음에 근본해서 끝까지 완전히 다하며, (전체적으로) 열어주되 (일일이) 일러주지는 않고, 인도는 하지만 억지로 끌어당기지는 않는다[10]. (근거를) 찾아서 그 뜻을 가늠하고 미루어 그 이치를 다한다. 일의 시작을 잘 드러내어 그 논의를 시작하고, 돌아가는 결과를 밝혀서 글을 마친다. 그러므로 (노자와) 취향을 같이해서 동감하는 이로 하여금 그 말을 연 시단에 감탄해서 (그대로) 따라서 풀어나가게 하고, 뜻을 달리하여 자기 나름대로 (견해를) 세우던 이도 그 돌아가는 결과가 징험됨에 기뻐하며 증거로 삼게 한다. 저 길은 다르지만 그 돌아가는 곳은 같고 생각은 갖가지나 그 이르는 곳이 같으니, 돌아가는 결말을 들어 지극한 이치를 밝혔다. 그러므로 유추해서 생각하는 이로 하여금 자신의 생각과 응함에 기꺼워하며 그 뜻을 얻게 한다.

又其爲文也, 擧終以證始, 本始以盡終; 開而弗達, 導而弗牽. 尋而後旣其義, 推而後盡其理. 善發事始以首其論, 明夫會歸以終其文. 故使同趣而感發者, 莫不美其興言之始, 因而演焉; 異旨而獨構者, 莫不說其會歸之徵, 以爲證焉. 夫途雖殊, 必同其歸; 慮雖百, 必均其致. 而擧夫歸致以明至理, 故使觸類而思者, 莫不欣其思之所應, 以爲得其義焉.

10) 『예기』「학기」(學記)의 "그러므로 군자의 가르침은 이끌어주지만 억지로 끌고
가지 않으며, 강제하지만 억압하지 않으며 열어주지만 달통하기를 요구하지
는 않는다. 끌고 가지 않으므로 화합하고, 강제하지만 억압하지 않으므로 쉽
고, 열어주지만 달통케 하지 않으므로 생각하게 된다. 화합하고 쉬움으로써
생각하니 잘 가르친다고 할 수 있다.(故君子之教喩也. 道而弗牽, 强而弗抑, 開
而不達. 道而弗牽則和, 强而弗抑則易, 開而弗達則思. 和易以思, 可謂善喩矣)"
를 인용했다.

　무릇 사물이 존재하는 까닭은 바로 그 형(形)에 반대되고, 공(功)이
이뤄지는 까닭은 그 명(名)에 상반된다. 저 존재하는 것은 있음으로써
있는 것이 아니라 없어질 것을 잊지 않기 때문(에 존재하는 것)이요, 편
안한 것은 편안함으로써 편안하게 되는 것이 아니라 위태로움을 잊지
않기 때문이다. 그러므로 있는 것만을 지키는 자는 없어지고, 없어질
것을 잊지 않는 이는 있게 되며, (제)자리를 편안히 여기는 자는 위태롭
고, 위태로움을 잊지 않는 이는 편안하다. 진정으로 힘을 잘 쓰는 이는
가벼운 털끝을 들고, 정말로 잘 듣는 이는 천둥소리도 들으니[11] 이것은
도와 형(形)이 상반되는 것이다.
　편안함이 실제로 편안한 것은 편안하지 않음이 편안하게 한 것이고
(혹은 편안함이 편안하게 한 것이 아니고―아래도 같음) 존재하는 것이
실제로 존재함은 존재하지 않음이 존재하게 한 것이다. 왕후가 실제로
존귀한 것은 존귀하지 않은 것이 그렇게 만든 것이고, 천지가 실제로
큰 것은 크지 않은 것이 이룬 것이며, 성공(聖功)이 실제로 존재하는 것
은 성(聖)을 끊어서 세워졌고, 인덕(仁德)이 실제로 드러나는 것은 인
(仁)을 버려서 존재하게 되었다. 그러므로 형(形)만 보고 도를 모르는
자로 하여금 그 (노자의) 말에 성을 내게 만드는 것이다.
　凡物之所以存, 乃反其形; 功之所以剋, 乃反其名.[12] 夫存者不以存爲
存, 以其不忘亡也; 安者不以安爲安, 以其不忘危也. 故保其存者亡, 不忘
亡者存; 安其位者危, 不忘危者安.[13] 善力擧秋毫, 善聽聞雷霆, 此道之與
形反也.

330

安者實安, 而曰非安之所安; 存者實存, 而曰非存之所存; 侯王實尊, 而曰非尊之所爲; 天地實大, 而曰非大之所能; 聖功實存, 而曰絶聖之所立; 仁德實著, 而曰棄仁之所存. 故使見形而不及道者, 莫不忿其言焉.

11) 『열자』「설부」(說符)편의 장담(張湛) 주에 다음과 같은 말이 나온다. "그러므로 옛 사람의 말이 있으니, 추호의 털끝을 보는 이는 태산의 모습을 보지 못하고, 오음의 조화를 고르는 자는 벽력의 소리를 듣지 못한다.(故古人有言: 察秋毫之末者, 不見太山之形; 調五晉之和者, 不聞雷霆之聲)"

12) 『노자』 40장 및 60장 왕필 주 참조.

13) 『주역』「계사하전」, "위태롭게 여기는 것은 그 자리를 편안하게 하려는 것이요, 망할까 염려하는 것은 있는 것을 보존하려는 것이요, 어지러울까 여기는 것은 다스리려는 것이니, 이런 까닭에 군자는 편안해도 위태함을 잊지 않으며 있어도 없어지는 것을 잊지 아니하며 다스려도 어지러움을 잊지 아니하니라.(危者安其位者也, 亡者保其存者也, 亂者有其治者也. 是故, 君子安而不忘危, 存而不忘亡, 治而不忘亂)"

저 사물의 근본을 정하고자 하는 이는 비록 가까운 것이라 할지라도 반드시 먼 데서부터 그 시원을 논증해야 하고, 사물이 말미암는 바를 밝히고자 하는 이는 비록 드러나 있더라도 반드시 보이지 않는 데부터 그 근본을 서술해야 한다. 그러므로 천지 밖을 가지고 형해(形骸)의 안을 밝히고, 제왕이 고(孤)·과(寡)라고 자칭하는 뜻을 밝혀 도의 근원을 좇아 그 시원을 풀어낸다. 그러므로 가까운 것만 살피고 물줄기의 원천을 알지 못하는 이로 하여금 그 말을 허탄하게 여기게 하는 것이다. 이렇기 때문에 여러 설들이 제각기 주장을 펴니, 사람들은 오히려 그 얼크러진 말을 훌륭하다고 하며, 혹은 그 말을 우원하다고 하기도 하고 혹은 그 논의를 비판하기도 하는데, 환히 아는 듯하지만 어둡고, 분명한 것 같지만 어지러운 것은 이 때문이다.

夫欲定物之本者, 則雖近而必自遠以證其始. 夫欲明物之所由者, 則雖顯而必自幽以敍其本. 故取天地之外, 以明形骸之內; 明侯王孤寡之義, 而從道一以宣其始. 故使察近而不及流統之原者, 莫不誕其言以爲虛焉. 是以云云

者, 各申其說, 人美其亂.[14] 或迂其言, 或讜其論, 若曉而昧, 若分而亂, 斯之
由矣.

14) 루우열은 '미'(美)를 '사'(辭)의 잘못으로 보았으나 원래대로 보아야 전체적
   으로 의미가 잘 통한다.

명(名, 즉 이름, 명사)이라는 것은 대상을 규정하는 것이고, 칭(稱, 즉
개념)이라는 것은 일컫는 자에서 나오니, 명은 (객관) 대상에서 생겨나
고 칭은 나(의 주관)에서 나온다. 그러므로 모든 사물이 말미암는 것에
이르러서는 도라고 칭하고, 모든 신묘함이 나오는 것을 찾아서 현(玄)
이라고 이른다. 신묘함은 현에서 나오고 뭇 사물은 도에서 말미암는다.
그러므로 "낳고, 길러주고" (제각기 사는 방식을) 억지로 막지 않아서,
사물의 본성대로 통하게 해주니 이는 도를 이르는 것이요, "낳되 소유
하지 않고 작위하되 뽐내지 않고 길러주되 주재하지 않아서" 덕은 있지
만 (덕을 뽐내는) 주인이 없음은 현(玄)의 덕이다. '현'은 심오함을 이
르는 것이요, 도는 위대함을 일컬은(혹은 일컬음 중의 큰) 것이다. 그러
나 명호(名號)는 (타고난) 형상(形狀)에서 생겨나고 칭위(稱謂)는 (주
관과 객관이) 만나는 관계에서 나오니, 명호는 헛되이 생기는 것이 아
니요, 칭위는 근거없이 나오지 않는다. 그러므로 명호는 그 본지를 크
게 잃고, 칭위는 완벽하지 못하다. 그래서 현을 이를 적엔 "현묘하고 또
현묘하다"고 하며, 도를 칭할 때에는 "이 세상에는 사대(四大, 즉 道·
天·地·王)가 있다"고[15] 하는 것이다.

名也者, 定彼者也, 稱也者, 從謂者也. 名生乎彼, 稱出乎我. 故涉之乎無
物而不由, 則稱之曰道, 求之乎無妙而不出, 則謂之曰玄. 妙出乎玄, 衆由乎
道. 故生之畜之, 不壅不塞, 通物之性, 道之謂也. 生而不有, 爲而不恃, 長而
不宰, 有德而無主, 玄之德也. 玄, 謂之深者也; 道, 稱之大者也. 名號生乎形
狀, 稱謂出乎涉求. 名號不虛生, 稱謂不虛出. 故名號則大失其旨, 稱謂則未
盡其極. 是以謂玄則玄之又玄, 稱道則域中有四大也.

『노자』의 글을 한마디로 요약할 수 있으니, 아! 근본을 높이고 말단을
그치게 하는 것일 뿐이로다! 그 말미암는 바를 관찰하고, 그 돌아가는 바
를 살펴보니, 말은 종지(宗旨)에서 멀지 않고, 일은 종주(宗主)를 잃지
않는다. 글이 오천언(五千言)이나 하나로 관통하고, 뜻은 넓지만 전체적
으로는 유(類)를 같이한다. (관통되는) 한마디 말을 풀어서 개괄한다면
감춰진 것이라도 알지 못할 것은 없거니와, 만약 일마다 각각 (주관적
인) 뜻으로 처리한다면 변별하려고 하면 할수록 더욱 미혹될 것이다.

老子之書, 其幾乎可一言而蔽之. 噫! 崇本息末而已矣. 觀其所由, 尋其所
歸, 言不遠宗, 事不失主. 文雖五千, 貫之者一; 義雖廣瞻, 衆則同類. 解其一
言而蔽之, 則無幽而不識; 每事各爲意, 則雖辯而愈惑.

한번 시험삼아 논한다면, 사악함이 일어나는 것은 어찌 사악한 것이
벌이는 것이겠는가? 방탕함이 일어나는 것은 어찌 방탕한 것이 일으키
는 것이겠는가? 그러므로 사악함을 막는 것은 정성을 간직하는 데 달려
있는 것이지 꼬치꼬치 살피는 데 있지 않고, 방탕함을 그치게 하는 것
은 화려함을 버리는 데 달려 있지 법령을 늘리는 데 있지 않고, 도적을
막는 것은 욕심을 없애는 데 달려 있지 형벌을 엄격히 하는 데 있지 않
으며, 송사를 그치게 하는 것은 (재물을) 숭상하지 않는 데 달려 있는
것이지 판결을 잘하는 데 있는 것이 아니다. 그러므로 (직접) 그 인위를
없애려 하지 말고 (백성이) 그런 인위에 무심(無心)하도록 하고, 그 욕
심을 잘라버리려 하지 말고 욕심에 마음이 없도록 하며, 아직 조짐이
보이기 전에 도모하고, 아직 시작하지 않았을 때 작위할 것이니, 이와
같이 할 뿐이다.

嘗試論之曰: 夫邪之興也, 豈邪者之所爲乎? 淫之所起也, 豈淫者之所造乎? 故閑邪在乎存誠,[16] 不在善察; 息淫在乎去華, 不在滋章; 絶盜在乎去欲, 不在嚴刑; 止訟存乎不尙, 不在善聽. 故不攻其爲也, 使其無心於爲也; 不害其欲也, 使其無心於欲也. 謀之於未兆, 爲之於未始, 如斯而已矣.

[16] 『주역』 「건괘 · 문언전」, "나타난 용이 밭에 있으니 대인을 봄이 이롭다는 것은 무엇을 말함인고? 공자 말씀하시기를, 용의 덕을 지니고 정중한 자이니 평소의 말이 믿음직스러우며 평소의 행실이 신중해서, 간사한 것을 막고 그 정성을 간직하며 세상에 선하게 해도 자랑하지 아니하며, 덕이 널리 펴지고 교화되니 역에 말하기를 '현룡재전이견대인'이라 하니 임금의 덕이라.(九二日見龍在田利見大人, 何謂也. 子日龍德而正中者也, 庸言之信, 庸行之謹, 閑邪存其誠, 善世而不伐, 德博而化, 易日見龍在田利見大人, 君德也)"

그러므로 성지(聖智)를 부려서 교묘한 거짓을 다스리려는 것은 소박한 본모습을 보여 백성의 욕심을 가라앉히는 것만 못하고, 인의(仁義)를 일으켜 각박한 풍속을 후덕하게 만들려는 것은 질박한 상태 그대로 온전히 순수하게 함만 못하며, 교묘한 이로움을 불려서 일거리를 일으키는 것은 사사로운 욕심을 줄여 사치에 들뜬 경쟁을 그치게 하느니만 못하다. 그러므로 감시를 끊고, 총명을 숨기고, 부추김을 버리고, 헛된 명예를 잘라내고, 교묘한 쓰임을 내버리고, 보화(寶貨)를 천히 여김은, 오직 백성으로 하여금 (먼저) 애욕(愛欲)이 생겨나지 않도록 하는 데 달려 있을 뿐, (나중에 백성의) 잘못을 다스리는 데 있지 않다. 그러므로 소박을 보여서 성지(聖智)를 끊고, 사욕을 줄여서 교리(巧利)를 버림은 다 근본을 높여서 말단을 그치게 함을 이르는 것이다.

故竭聖智以治巧僞, 未若見質素以靜民欲; 興仁義以敦薄俗, 未若抱樸以全篤實; 多巧利以興事用, 未若寡私欲以息華競. 故絶司察, 潛聽明, 去勸進, 翦華譽, 棄巧用, 賤寶貨, 唯在使民愛欲不生, 不在攻其爲邪也. 故見素樸以絶聖智, 寡私欲以棄巧利, 皆崇本以息末之謂也.

저 소박한 도가 나타나지 않고 욕심을 일으키는 아름다움이 숨지 않으면, 성명(聖明)을 다해서 살피고 지려(智慮)를 다하여 바로잡으려 해도 교묘함이 정밀해질수록 거짓도 변화무쌍해지고, 심하게 다스릴수록 피하는 것도 더욱 부지런해진다. 그래서 꾀 있는 자와 어리석은 자들이 서로 속이고, 육친(六親)이 서로 의심하고, 질박함이 없어지고 참모습을 잃으며, 일에 간사함이 있게 된다. 생각컨대 근본을 놓고 말단을 다스리려고 하면, 비록 성지를 다하더라도 이런 재앙에 이르게 되거늘 하물며 꾀가 이보다 못함에 있어서랴!

夫素樸之道不著, 而好欲之美不隱, 雖極聖明以察之, 竭智慮以攻之, 巧愈思精, 僞愈多變, 攻之彌甚, 避之彌勤. 則乃智愚相欺, 六親相疑, 樸散眞離, 事有其奸. 蓋舍本而攻末, 雖極聖智, 愈致斯災, 況術之下此者乎!

저 소박(素樸)으로 진정시키면 인위적으로 하지 않아도 저절로 바르게 되지만, 성지로 바로잡으려고 하면 백성은 곤궁해지고 더욱 교묘해진다. 그러므로 소박은 품고, 성지는 버려야 한다. 저 (백성에 대해) 감시를 줄이면 피하는 것도 단순해지고, 총명을 다해서 다스리면 도망가는 것도 용의주도해진다. 간략히 줄이면 소박을 해치는 것도 적어지고, 치밀하면 교묘한 거짓도 깊어진다. 저 주도면밀하게 살피고 감춰져 있던 것까지 뒤지는 꾀를 부리는 것이 바로 성지라는 것이 아닌가? 그 해로움을 일일이 기록할 수 없으니, 그러므로 (聖智를 버리면 백성의) 이익이 백 배가 된다는 것은 지나친 것이 아니다.

夫鎭之以素樸, 則無爲而自正; 攻之以聖智, 則民窮而巧殷. 故素樸可抱, 而聖智可棄. 夫察司之簡, 則避之亦簡; 竭其聰明, 則逃之亦察. 簡則害樸寡, 密則巧僞深矣. 夫能爲至察探幽之術者, 匪唯聖智哉? 其爲害也, 豈可記乎! 故百倍之利未渠多也.

명(名)을 분변할 줄 모르면 더불어 이(理)를 말할 수 없고, 명(名)을 정할 줄 모르면 함께 실(實)을 논할 수 없다. 무릇 명(名)이란 형(形)에서 생겨나지만, 형은 명에서 생겨나지 않는다. 그러므로 어떤 '명'이 있으면 반드시 그 '형'이 있고, 어떤 형이 있으면 반드시 그 '분'(分, 즉 제한, 구분)이 있어서, 인(仁)을 성(聖)이라 할 수 없고, 지(智)를 인이라 할 수 없으니, 각각 그 실(實)이 있는 것이다. 아주 미세한 것도 살펴볼 수 있는 이는 눈이 지극히 밝고, 숨겨진 물건을 알아맞힐 수 있는 이는 생각이 극진한 것이다. 눈밝음의 극치를 다할 수 있는 것은 오직 성(聖)[17]뿐이 아니겠는가? 사려를 극진히 할 수 있는 것은 오직 지(智)뿐이 아니겠는가? 실(實)을 살피고 명(名)을 정하여 '성(聖)을 끊는다'는 말을 살펴보면 미혹되지 않을 것이다.

夫不能辯名, 則不可與言理; 不能定名, 則不可與論實也. 凡名生於形, 未有形生於名者也. 故有此名必有此形, 有此形必有其分. 仁不得謂之聖, 智不得謂之仁, 則各有其實矣. 夫察見至微者, 明之極也, 探射隱伏者,[18] 慮之極也. 能盡極明, 匪唯聖乎? 能盡極慮, 匪唯智乎? 校實定名, 以觀絶聖, 可無惑矣.

17) 여기에서의 '성'(聖)은 '성인'(聖人)이나 '성스러움'을 뜻하는 것이 아니라 '성명'(聖明) 또는 '성지'(聖智)를 인용해서 인간의 지혜나 꾀를 수식하는 의미로 쓰인다.
18) 옛날에 물건을 숨겨놓고 알아맞히는 놀이를 말한다.(루우열, 『왕필집교석』 참조)

저 후덕하고 소박한 덕을 나타내지 않고, (겉으로) 명성과 행실의 아름다움을 숭상하면 (사람들은) 그 숭상하는 바를 닦아서 명예를 바라고, 그 일컫는 바를 힘써서 이롭기를 기대한다. 명리를 바라서 행실에 힘쓰면, 명성이 아름다워질수록 정성은 더 밀려나고, 이익이 많아질수록 마음은 더 조급해진다. 부자 형제간에 품는 정도 바르지 못해서, 효도에 정성이 없고 자애에 내실이 없게 되니, 생각컨대 명행(名行)을 드높인 결과다. 풍속이 각박해지는 것을 걱정하여 명행을 일으키고 인의를 숭상한 것이 더욱 이런 거짓을 불러들였거늘, 하물며 꾀가 이보다 천박한 자에 있어서랴? 그러므로 "인을 끊고 의를 버려 효성과 자애를 회복한다"는 말은 과장이 아니다.

夫敦樸之德不著, 而名行之美顯尙, 則修其所尙而望其譽, 修其所道而冀
其利. 望譽冀利以勤其行, 名彌美而誠愈外, 利彌重而心愈競. 父子兄弟, 懷
情失直, 孝不任誠, 慈不任實, 蓋顯名行之所招也. 患俗薄而名興行,[19] 崇仁
義, 愈致斯僞, 況術之賤者乎? 故絶仁棄義以復孝慈, 未渠弘也.

19) '명흥행'(名興行)은 '흥명행'(興名行)의 잘못이다.(루우열, 『왕필집교석』 참조)

무릇 성(城)이 높아지면 성을 뚫는 강력한 병기가 생기고,[20] 이로움
이 일어나면 구하려는 욕심도 심해진다. 진실로 욕심이 없다면 상을 준
다고 해도 훔치지 않을 것이고, 구차하게 사욕을 따르면 교리(巧利)에
더욱 혼미해질 것이다. 그러므로 교리를 버리고 과욕(寡欲)으로 대신하
면 도적이 없어진다는 것이 지나친 말이 아니다. 저 성지(聖智)란 뛰어
난 재질이요, 인의는 훌륭한 행실이며, 교리는 쓰기에 좋다. 근본이 제
대로 서 있지 않으면서 이 (聖智·仁義·巧利라는) 세 가지 미덕을 일
으킨 해가 오히려 이와 같거늘, 하물며 꾀부리는 것이 이롭다고 해서
이로써 소박(素樸)을 소홀히 함에랴!

夫城高則衝生, 利興則求深. 苟存無欲, 則雖賞而不竊; 私欲苟行, 則巧利
愈昏. 故絶巧棄利, 代以寡欲, 盜賊無有, 未足美也. 夫聖智, 才之傑也; 仁
義, 行之大者也; 巧利, 用之善也. 本苟不存, 而興此三美, 害猶如之, 況術之
有利, 斯以忽素樸乎!

20) '성고즉충생'(城高則衝生)은 『회남자』「원도훈」(原道訓)에 '성성즉충생'(城成
   則衝生)을 인용한 것이다.

그러므로 옛 사람이 탄식하기를, "심하도다, 어찌 그리 깨닫기가 어
려운가! 성(聖)이 아닌 것이 성 아닌 줄은 알아도 성이 성 아닌 줄은 모
르고, 불인(不仁)이 불인인 줄은 알면서 인(仁)이 불인인 줄은 모르는

구나"라고 했다. 그러므로 성(聖)을 끊은 뒤에야 성공(聖功)이 온전해지고, 인(仁)을 버린 후에야 인덕(仁德)이 두터워진다. 저 강함을 싫어하는 것은 강하지 않고자 함이 아니라 강하려고 하면 강함을 잃기 때문이요, 인을 끊는 것은 인자하지 않으려는 것이 아니라 인자하려고 하면 거짓이 만들어지기 때문이다. 다스리려고 하면 이내 어지러워지고, 편안함을 보존하려고 하면 바로 위태로워진다. 자신을 물러세우면 자신이 앞서게 되니, 앞서게 되는 것은 자신을 앞세워서 되는 일이 아니요, 자신을 내버려두면 자신이 보존되니, 보존되는 것은 자신을 보존하려고 해서 되는 것이 아니다. 공(功)은 취할 만한 것이 못 되고 미(美)는 쓸 만한 것이 아니다. 그러므로 반드시 공을 이루는 어미를 취할 뿐이다. 『노자』에서 이르기를 "이미 그 자식을 알아서" "다시 그 어미를 지켜야 한다"고 했으니 이 이치를 찾는다면 어디에 간들 통하지 않겠는가!

故古人有歎曰: 甚矣, 何物之難悟也! 旣知不聖爲不聖, 未知聖之不聖也; 旣知不仁爲不仁, 未知仁之爲不仁也. 故絶聖而後聖功全, 棄仁而後仁德厚. 夫惡强非欲不强也, 爲强則失强也; 絶仁非欲不仁也, 爲仁則僞成也. 有其治而乃亂, 保其安而乃危. 後其身而身先, 身先非先身之所能也; 外其身而身存, 身存非存身之所爲也. 功不可取, 美不可用. 故必取其爲功之母而已矣. 篇云, 旣知其子, 而必復守其母. 尋斯理也, 何往而不暢哉?

「노자열전」(老子列傳, 『史記』 권63, 「老子韓非列傳」)

　　노자는 초(楚)나라 고현(苦縣) 여향(厲鄕) 곡인리(曲仁里) 사람이다. 성은 이(李), 이름은 이(耳), 자는 담(聃)이며 주(周) 장실(藏室, 즉 왕실의 도서관)을 지키는 사관(史官)이다. 공자가 주(周)에 가서 노자에게 예(禮)를 물으려 하니, 노자가 말하기를, "그대가 말하고 있는 사람은 이미 뼈까지 썩었고 오직 그 말만이 남아 있을 뿐이다. 군자는 그 때를 얻으면 수레를 몰고 때를 얻지 못하면 엉킨 쑥대처럼 행할 뿐이다. 내 듣건대 장사를 잘하는 이는 깊숙이 간수해서 빈 듯이 하고, 군자가 성대한 덕을 지니면 그 모습이 어리석은 듯하다 했으니, 그대는 교만한 기운과 많은 욕심과 꾸민 거동과 지나친 뜻을 버려라. 이것은 그대에게 득이 될 것이 없다. 내가 그대에게 알려줄 것은 이것뿐이다"라고 했다. 공자가 돌아가 제자에게 이르기를, "새가 능히 나는 것을 내가 알겠고, 고기가 능히 헤엄치는 것도 알고, 짐승이 능히 달리는 것도 아니, 달리는 것은 그물에 걸 수 있고 헤엄치는 것은 낚을 수 있고 나는 것은 주살로 잡을 수 있는 것이다. 그러나 용이 풍운(風雲)을 타고 하늘을 오르는 것에 대해서는 알 수 없으니 내가 오늘 뵌 노자는 용과 같은가 하노라!"라고 했다.

　　老子者, 楚苦縣厲鄕曲仁里人也, 姓李氏, 名耳, 字聃, 周守藏室之史也. 孔子適周, 將問禮於老子. 老子曰："子所言者, 其人與骨皆已朽矣, 獨其言在耳. 且君子得其時則駕, 不得其時則蓬累而行. 吾聞之, 良賈深藏若虛, 君子盛德, 容貌若愚. 去子之驕氣與多欲, 態色與淫志, 是皆無益於子之身. 吾

所以告子, 若是而已."孔子去, 謂弟子曰: "鳥, 吾知其能飛, 魚, 吾知其能游,
獸, 吾知其能走. 走者可以爲罔, 游者可以爲綸, 飛者可以爲矰. 至於龍吾不能
知, 其乘風雲而上天. 吾今日見老子, 其猶龍邪!"

노자는 도와 덕에 힘을 썼는데 그의 학문은 스스로 이름 없는 데 숨
음(自隱無名)에 힘썼다. 주나라에 가서 산 지 오래되어 주가 쇠함을 보
고 이에 주나라를 마침내 떠났다. 함곡관에 이르자 관지기 윤희(尹喜)
가 말하기를, "선생께서 숨으려 하시나 저를 위해 억지로라도 책을 지
어주소서"라고 간청했다. 노자가 상하편의 글을 써서 도덕의 뜻을 오천
여 마디로 말하고 떠나가니 그가 간 곳을 알지 못했다.

어떤 이는 말하기를, 노래자(老萊子) 역시 초나라 사람이다. 저서 15편
에서 도가의 쓰임에 대해 말했는데, 공자와 같은 때의 인물이라고 한다.

생각건대 노자는 160여 세 혹은 200여 세라고 하니 도를 닦아 수명
을 기른 까닭일 것이다. 공자가 돌아가신 후 129년이 되어 주 태사(太
史) 담(儋)이 진헌공(秦獻公)을 뵙고 "처음에 진(秦)과 주(周)가 합하고
합한 지 500여 년에 후에 분리되고 분리된 지 70년 만에 패왕(霸王)이
나온다"라는 말이 역사에 기록되어 있는데, 혹자는 담이 노자라고 하고
더러는 아니라고 하니 그런지 아닌지 알 수 없다. 노자는 자신을 숨긴
은군자(隱君子)다.

노자 아들의 이름은 종(宗)인데 위(魏)나라 장수가 되어 단간(段干)
땅에 봉해졌다. 종의 아들은 주(注)고 주의 아들은 궁(宮)이고 궁의 현
손(玄孫)은 가(假)인데, 가는 한나라 효문제 때 벼슬했다. 가의 아들 해
(解)는 교서왕(膠西王) 앙(卬)의 태부(太傅)가 된 까닭에 제(齊)에서 살
게 되었다.

세상에 노자를 배우는 이는 유학을 폄하하고, 유학은 노자를 배척하
니, "도가 같지 않으면 서로 묻지 않는다."는 말은 이를 이르는 것인가?
이이(李耳)의 사상은 작위하지 않고 저절로 되며(無爲自化), 맑고 고요
히 스스로 바르게 된다(清淨自正)는 것이다.

老子脩道德, 其學以自隱無名爲務. 居周久之, 見周之衰, 迺遂去. 至關, 關令尹喜曰: "子將隱矣, 彊爲我著書." 於是老子迺著書上下篇, 言道德之意五千餘言而去, 莫知其所終.

或曰: 老萊子亦楚人也, 著書十五篇, 言道家之用, 與孔子同時云.

蓋老子百有六十餘歲, 或言二百餘歲, 以其脩道而養壽也. 自孔子死之後百二十九年, 而史記周太史儋見秦獻公曰 "始秦與周合, 合五百歲而離, 離七十歲而霸王者出焉." 或曰儋卽老子, 或曰非也, 世莫知其然否. 老子, 隱君子也.

老子之子名宗, 宗爲魏將, 封於段干. 宗子注, 注子宮, 宮玄孫假, 假仕於漢孝文帝. 而假之子解爲膠西王卬太傅, 因家于齊焉.

世之學老子者則絀儒學, 儒學亦絀老子. "道不同不相爲謀", 豈謂是邪? 李耳無爲自化, 清靜自正.

『한서』「예문지」(『漢書』권30,「藝文志·諸子略」)

　　도가의 무리는 대개 사관(史官)에서 나왔다. 성패와 존망과 화복과
고금의 도를 하나하나 기술한 뒤에 그 요점을 파악하여 근본을 잡아 청
허(清虛)로써 스스로를 지키고 비약(卑弱)으로써 스스로를 지키니, 이
는 인군(人君)이 나라를 다스리는 술수다.
　　요(堯)임금의 공손히 사양하는 덕과 합치하고,[1] 『주역』「겸괘」(謙卦)
의 한 번 겸손이 네 번 이로움에 맞으니[2] 이것이 그 장점이다. 제멋대
로 방탕한 자(혹은 모방하는 자)가 이 도를 행하게 되면 예(禮)·학(學)
을 끊어 버리고 인의를 모두 내버리고 청허에 맡겨야만 다스려질 수 있
다고 하는 폐단이 생긴다.

　　道家者流, 蓋出於史官, 歷記成敗存亡禍福古今之道, 然後知秉要執本, 清
虛以自守, 卑弱以自持, 此君人南面之術也. 合於堯之克攘, 易之嗛嗛, 一謙
而四益, 此其所長也. 及放者爲之, 則欲絕去禮學, 兼棄仁義, 曰獨任清虛可
以爲治.

　1)『서경』(書經)「우서·요전」(虞書·堯典)편의 내용을 참조(曰若稽古帝堯, 曰放
　　勳, 欽明文思, 安安, 允恭克讓, 光被四表, 格于上下, 克明俊德, 以親九族, 九族旣
　　睦, 平章百姓, 百姓昭明, 協和萬邦, 黎民, 於變時雍)
　2)『주역』「겸괘·단전」(謙卦·彖傳), "겸손이 형통한 것은 천도가 아래로 건너서
　　광명하고 지도가 낮은 데서 위로 행함이라. 천도는 가득 찬 것을 이지러지게 하
　　여 겸손한 데 더하고, 지도는 찬 것을 바꿔서 겸손한 데 흐르고 귀신은 찬 것을
　　해쳐서 겸손한 데 복을 주고 인도는 찬 것을 미워하며 겸손한 것을 좋아하니 겸

은 높아도 빛나고 낮아도 넘을 수 없으니 군자의 마침이다.(謙亨, 天道, 下濟
而光明, 地道, 卑而上行, 天道, 虧盈而益謙, 地道, 變盈而流謙, 鬼神, 害
盈而福謙, 人道, 惡盈而好謙, 謙, 尊而光, 卑而不可踰, 君子之終也)"

하소 「왕필전」(王弼傳)(『三國志』, 권28, 「鍾會傳」注)

왕필은 어려서부터 명석하고 지혜로웠다. 나이 10여 세에 노자를 좋아하고 논변에 능통하고 말을 잘했다. 부친 왕업(王業)은 상서랑(尙書郞)이었고 당시 배휘(裵徽)는 이부랑(吏部郞)이었는데 왕필이 약관이 못되어 찾아뵈었다. 배휘가 한 번 보고 특출하게 여겨 필에게 물었다. "저 무(無)란 참으로 만물이 의지하는 것인데 성인께서는 말씀하지 않으셨지만 노자는 이를 피력함이 그침이 없었으니 어찌된 것인가?" 필이 답했다. "성인은 무를 체득하셨으나 무는 가르칠 수 없으므로 말씀하지 않으셨습니다. 노자는 유(有)에 머물러 있었으므로 항상 부족한 무에 대해서 언급했던 것입니다." 얼마 안 되어 부하(傅嘏)(209~255)에게도 알려지게 되었다.

弼幼而察慧, 年十餘, 好老氏, 通辯能言. 父業, 爲尙書郞. 時裵徽爲吏部郞, 弼未弱冠, 往造焉. 徽一見而異之, 問弼曰:「夫無者誠萬物之所資也, 然聖人莫肯致言, 而老子申之無已者何?」弼曰:「聖人體無, 無又不可以訓, 故不說也. 老子是有者也, 故恒言無所不足.」尋亦爲傅嘏所知.

당시 하안(何晏, 190~249)은 이부상서(吏部尙書)였는데 필(弼)을 아주 기특하게 여겨 탄식하여 말했다. "중니(仲尼)가 뒷사람이 두렵다 하셨으니 이런 사람과는 가히 더불어 천인(天人)의 경계를 말할 만하구나!" 정시(正始)중에 황문시랑(黃門侍郞)의 자리가 자주 비었는데 하안이 가충(賈充, 217~282)·배수(裵秀, 224~271)·주정(朱整)을 이미 기용했고 다시 왕필을 기용하려고 의논했다. 그때 정밀(丁謐)이 하안과 세력을 다투었는데 조상(曹爽, ?~249)에게 고읍(高邑)에 사는 왕려(王黎)를 추천하자, 조상이 왕려를 기용하고 왕필을 대랑(臺郞)[1]으로 보충했다. 처음 자리를 맡길 때에 조상을 뵙고 독대(獨對)를 청했다. 조상이 좌우를 물리치고 왕필과 여러 시간 동안 도를 논했는데 별다른 것이 없자 조상은 이로써 왕필을 비웃게 되었다. 당시 상은 조정을 전횡하여 당을 지어 서로를 기용했는데, 필은 빼어났지만 높은 명성을 추구하지는 아니했다. 얼마 안 되어 왕려가 병으로 죽자 조상은 왕침(王沈, ?~266)을 기용했고, 왕필은 마침내 문하에 있을 수 없게 되자 하안이 이를 한탄했다. 왕필은 대랑(臺朗)을 한 지 얼마 되지 않았고, 일도 평소 잘하지 못했거니와 더욱이 뜻이 없었다.

회남(淮南) 사람 유도(劉陶, ?~255)는 종횡무진으로 논변을 잘하여 당시 추앙을 받았으나, 왕필과 이야기할 때마다 필에게 굴복당했다. 필의 타고난 재주는 탁월했으니, 이것은 누구도 이길 수 없었다.

于時何晏爲吏部尙書, 甚奇弼, 歎之曰:「仲尼稱後生可畏, 若斯人者, 可與言天人之際乎!」正始中, 黃門侍郞累缺. 晏旣用賈充, 裴秀, 朱整, 又議用弼. 時丁謐與晏爭衡, 致高邑王黎於曹爽, 爽用黎. 於是以弼補臺郞. 初除, 覲爽, 請閒, 爽爲屛左右, 而弼與論道, 移時無所他及, 爽以此嗤之. 時爽專朝政, 黨與共相進用, 弼通俊不治名高. 尋黎無幾時病亡, 爽用王沈代黎, 弼遂不得在門下, 晏爲之歎恨. 弼在臺旣淺, 事功亦雅非所長, 益不留意焉.

淮南人劉陶善論縱橫, 爲當時所推. 每與弼語, 常屈弼. 弼天才卓出, 當其所得, 莫能奪也.

1) 대랑은 상서랑을 말한다.

성격은 명리(名理)를 좋아했고(혹은 화순하면서 이성적이고)[2] 잔치하고 놀기를 좋아했으며, 음악을 이해했고, 투호 놀이도 잘했다. 도를 논하면서 글을 짓는 것이 하안보다는 못했으나 타고난 바는 하안보다 뛰어났다. 자신이 잘하는 것으로 남을 비웃기를 잘해서 당시 사군자(士君子)에게 미움을 받았다. 필은 종회(鍾會, 225~264)와 가까웠으며 회(會)는 명리 논변으로 일가를 이루었으나 매번 필의 고상한 논리에 굴복했다.

하안은 성인에게는 희로애락의 감정이 없다고 생각했는데, 이 논의가 아주 정미했고 종회 등이 이를 이었다. 필은 이와 달리 성인이 사람들보다 뛰어난 것은 신명(神明)이요 사람과 같은 것은 오정(五情)이다. 신명이 빼어나므로 충화(沖和)의 기운을 체득하여 무(無)에 통할 수 있고,[3] 오정이 같으므로 슬픔·기쁨의 감정 없이 사물을 대하지 않을 수 없다. 그런즉 성인의 감정은 사물에 응하지만 사물에 매이지 않으니, 이제 그 매이지 않음을 가지고 바로 사물에 대응하지 않는다고 하니 이는 많이 잘못된 것이라고 했다.

性和理, 樂遊宴, 解音律, 善投壺. 其論道傳會文辭, 不如何晏, 自然有所拔得, 多晏也. 頗以所長笑人, 故時爲士君子所疾. 弼與鍾會善, 會論議以校練爲家, 然每服弼之高致.

何晏以爲聖人無喜怒哀樂, 其論甚精, 鍾會等述之. 弼與不同, 以爲聖人茂於人者神明也, 同於人者五情也, 神明茂故能體沖和以通無, 五情同故不能無哀樂以應物, 然則聖人之情, 應物而無累於物者也. 今以其無累, 便謂不復應物, 失之多矣.

2) '성화리'(性和理)의 뜻은 분명하지는 않은데, 이 구절은 『장자』「선성」(繕性), "지혜와 조용함이 합하여서 서로 길러주고 조화로운 이치가 본성에서 나왔다.(知與恬交相養, 而和理出其性)"에서 나온 것으로 보인다. 북제시대의 두필(杜弼)이 노자도덕경을 표상(表上)하는 글에 「성호명리」(性好名理)라는 글이 나오는데(『중국역대경적전』(中國歷代經籍典) 7, 법인문화사, 2171쪽), 바로 이 구절의 뜻과 통한다.

3) 앞의 『노자』 42장, "道生一, 一生二, 二生三, 三生萬物. 萬物負陰而抱陽, 沖氣以爲和." 참조.

필이 주역에 주석을 내자 영천(穎川) 사람 순융(荀融, ?~274)이 왕
필 대연의(大衍義)를 비난했다. 필이 그 뜻에 답하여 글을 써서 희롱하
여 말했다 "저 명석함은 극히 그윽하고 미세한 것까지 찾아낼 수 있으
나 저절로 그러한 성품은 버릴 수 없었구나. 안자(顏子)의 국량은 공부
자(孔夫子)가 기대한 바가 있었다. 그래서 만남에 즐겁지 않을 수 없고
잃음에 슬프지 않을 수 없었으니, 항상 이 분을 협소하다고 여겨 아직
감정이 도리에 합치하는 경지에 이르지 못했다고 생각했으나, 이제야
바로 저절로 그렇게 타고난 바탕은 바꿀 수 없음을 알았네. 그대의 도
량이 이미 가슴속에 정해졌다 하나 달포를 넘어서도 어찌 그리 서로 생
각하는 것이 많으신가? 그러므로 중니(仲尼)가 안자(顏子)에 대한 태도
가 큰 허물은 없었다고 할 수 있겠네!"

필이 『노자』에 주를 달고 『노자지략』(老子指略)을 지었는데 조리와
계통이 서 있었고, 『도략론』(道略論)을 짓고 『주역』을 주석함에 종종 훌
륭히 잘된 말이 있었다.[4] 태원(太原) 땅의 왕제(王濟)는 담론을 즐겼는
데 노장(老莊)을 병폐로 여겼고 일찍이 "왕필의 『주역주』를 보니 잘못
된 곳이 많다"고 비평했다.

弼注易, 潁川人荀融難弼大衍義. 弼答其意, 白書以戲之曰:「夫明足以尋
極幽微, 而不能去自然之性. 顏子之量, 孔父之所預在. 然遇之不能無樂, 喪
之不能無哀. 又常狹斯人, 以爲未能以情從理者也, 而今乃知自然之不可革.
足下之量, 雖已定乎胸懷之內, 然而隔踰旬朔, 何其相思之多乎? 故知尼父
之於顏子, 可以無大過矣!」

弼注老子, 爲之指略, 致有理統. 著道略論, 注易, 往往有高麗言. 太原王
濟好談, 病老·莊, 常云:「見弼易注, 所悟者多[5].」

---

4) 1986년 북한 평양에서 출판된 최봉익의 『조선철학사개요』 34쪽에서는 '往往有
高麗言'을 "왕왕 고구려 역학자들의 말을 인용했다"로 해석하고 있는데, 이는
잘못된 해석으로 "빼어난 말이 많았다"로 보아야 한다(루우열, 『왕필집교석』,
643쪽 참조).

5) '소오자다'(所悟者多)에서의 '오'(悟)는 '오'(誤)의 잘못이다.(루우열, 『왕필

집교석』 참조)

필의 사람 됨됨이는 가볍고 물정에 어두웠다. 처음에 왕려(王黎)·순융(荀融)과 가까웠으나, 왕려가 황문랑 자리를 차지하자 이 일로 왕려에게 나쁜 감정을 품었고 순융과도 끝내는 사이가 좋지 못했다.

정시 10년(서기 249년) 조상이 실각당하고 왕필은 면직되었다. 그해 가을 전염병으로 죽었으니 그 때 나이 스물넷이었고 아들이 없어서 후사가 끊겼다. 진경왕(晉景王, 208~255, 이름은 司馬師, 繼父인 司馬懿와 함께 정변을 일으켜 정권을 잡았다)이 이 소식을 듣고 여러 날을 탄식했다 하니 높은 식견을 가진 이들의 애석해함이 이와 같았다.

然弼爲人淺而不識物情, 初與王黎, 荀融善, 黎奪其黃門郎, 於是恨黎, 與融亦不終.

正始十年, 曹爽廢, 以公事免. 其秋遇癘疾亡, 時年二十四, 無子絶嗣. 弼之卒也, 晉景王聞之, 嗟歎者累日, 其爲高識所惜如此.

왕필 현학체계에서의 『노자』와 『주역』의 관계

1. 서론

일반적으로 왕필의 현학 사상은 노장철학의 범주에 속하는 것으로 평가해왔다. 왕필에 대한 비판 역시 크게 이 범주를 벗어나지 못했다. 가령 초기에 관로(管輅, 208~255) 등이 왕필 역학에 대해 비판했던 내용은 주로 왕필이 한대에 관학(官學)으로서 정통 사상이었던 상수역(象數易)을 이해하지 못했다는 것이었지만, 송대 이후로는 주진(朱震)·사마광(司馬光, 1019~1086)·왕응린(王應麟, 1223~1296)·『사고전서』(四庫全書)·이도평(李道平) 등 대부분 왕필이 노장을 빌려서 역을 해석하는 것에 대해 이단으로 비판하는 경향으로 바뀌었다. 왕필 사상에 대한 이런 유가냐 도가냐 하는 구분은 현대학자 사이에도 계속 문젯거리로 거론되었다. 예를 들어 탕용동(湯用彤)은 왕필이 공자를 무(無)의 체득자로 만듦으로써 결국은 노자를 더 높였다고 한다. 그러면서도 그는 또 왕필이 기본적으로 도가에 속하긴 하지만 성문(聖門)의 공신(功臣)이라고도 했다. 왜냐하면 명교(名教)나 행의(行義)를 중시하는 입장은 그를 유가의 풍골(風骨)로 생각하게 만들 수도 있기 때문이라는 것이다.[1]

이런 이중적인 성격은 왕필 사상을 이해하는 데 종종 혼선을 빚는다.

---

[1] 탕용동(湯用彤), 『위진사상』(魏晉思想), 「위진현학논고」(魏晉玄學論稿) (里仁書局, 民國 73), 93, 103쪽.

왕필은『주역주』에서는 주로 유가적 사상을,『노자주』에서는 주로 도가
적 사상을 드러내고 있는데, 이것은 일단 경전에 대한 주석(注釋)이라
는 경학적 형식을 통해 철학적 사유를 표현한 그로서는 당연한 일이었
다고 할 수 있다. 그러나 그의『주역주』와『노자주』에는 서로『노자』와
『주역』이 인용되어 있고,『논어』주석인『논어석의』(論語釋義)에도『주
역』의 내용2)과『노자』의 사상3)이 혼재되어 있다. 결국 그의 사상에는
유가와 도가 사상이 서로 혼합되어서 왕필 사상의 독자적인 성격과 체
계를 형성하고 있다는 데4) 주의해야 한다. 왕필 사상을 이해하는 데 유
가냐 도가냐 하는 식의 문호의식에 의거한 이분법적 분류는 별 도움을
주지 못한다. 또 유가와 도가 외에도 왕필의 철학 사상에는 단편적이긴
하지만, 법가의 영향5)이나 명가적 요소6)를 위시하여, 선진의 제자 철학
과 한대 철학의 성과들이 영향을 끼쳤음도 주의해야 한다. 그래서 왕필
의 사상을 정확히 이해하기 위해서는『논어』나『맹자』7) ·『좌전』8) ·『예

---

2)『논어』「옹야」(雍也)편에는『주역』「비 · 태괘」(否 · 泰卦)를 인용하고,「양화」(陽
   貨)편에는『주역』,「건괘 · 문언」주의 내용이 전재되어 있다.
3)『논어』「술이」(述而)에『노자』를 인용하고 도(道)를 무(無)로 해석한다든지,「태
   백」(泰伯)에 도를 자연과 동일시하는 내용이 들어 있다.
4) 왕필 사상은 대체로『노자』와『주역』을 중심으로 한 유 · 도 사상의 개조와 종합으
   로 이뤄진 복합체라고 할 수 있지만, 후외려(侯外廬)는 하안이나 왕필이 속으로는
   도가로, 겉으로는 유가(內道外儒)로 유가적 형식을 지니고 있어서『장자주』(莊子
   注)를 쓴 향수 곽상(向秀 郭象),『열자주』(列子注)를 쓴 장담(張湛)과 탕무(湯武)
   를 비방하고 주공(周公)을 낮춘 혜강 장학(嵇康 莊學)의 현세설법(現世說法)과는
   구별된다고 했다.(후외려,『중국사상통사』(中國思想通史) 제3권, 北京: 人民出版
   社, 1980, 104쪽.)
5)「미제 · 육오」(未濟 · 六五),「몽 · 육오」(蒙 · 六五),「임 · 육오」(臨 · 六五)에 대한
   왕필 주는 "임금은 무위하지만 신하는 하지 못하는 일이 없다(君無爲臣無不爲)"는
   법가 사상과 관련이 깊다.
6)『노자』42장 注와,「노자지략」에서의 '변명석리'(辨名析理)에 관한 부분 참조.
7)『주역』「계사상전」의 왕필 주 '動之斯來 綏之斯至' 부분은『논어』「자장」(子張); "夫
   子之得邦家者, 所謂立之斯立, 道之斯行, 綏之斯來, 動之斯和. 其生也榮, 其死也
   哀. 如之何其可及也 !"를 인용했다.「익 · 상구」(益 · 上九) 주(注의) '심무항자'(心無
   恒者)는『맹자』의 '항심'(恒心)을 인용한 것이고,『노자』65장 왕필 주의 "不學而能

기』[9]·『효경』[10]·『시경』[11]·『회남자』[12]·『순자』[13]·『역위』(易緯)[14]
및『설원』(說苑)과『공자가어』(孔子家語)[15] 등의 선진 제자백가와 한대
철학과의 관계에 대해서도 종합적인 시각이 필요하다.

者, 自然也"는『맹자』「진심하」(盡心下)에 "人之所不學而能者其良能也. 所不慮而
知者其良知"를 응용한 것이다.(루우열,『왕필집교석』, 430, 166쪽)

8)「감괘·육사」(坎卦 六四) 주는『좌전』「은공 삼년」(隱公三年) "可薦于鬼神 可羞于
王公"을 인용한 것이다.

9)「건·구오」(乾·九五) 주의 덕·위(德·位)에 의한 정치사상은『예기』「중용」의
"雖有其位, 苟無其德 不敢作禮樂焉. 雖有其德, 苟無其位, 亦不敢作禮樂焉"의 사상
과 일치하고, 「노자지략」의 '開而弗達. 導而弗牽'은『예기』「학기」(學記)의 "故君
子之敎, 喩也. 道而弗牽, 强而弗抑, 開而不達. 道而弗牽則和, 强而弗抑則易, 開而弗
達則思. 和易以思, 可謂善喩矣"를 인용한 것이며, '止訟存乎不尙, 不在善聽'은「대
학」(大學)의 '聽訟吾猶人也. 必也使無訟乎'의 내용과 일치한다.『노자』4장 주에
"地雖形魄, 不法於天則不能全其寧; 天雖精象, 不法於道則不能保其精"라는 언급은
『예기』「교특생」(郊特牲)편에 "魂氣歸于天, 形魄歸于地"라고 한 것과 밀접한 관
계를 갖는다. 이외에「무망(无妄)·단전(彖傳)」의 제명지덕(齊明之德)은「중용」
을,「손괘(巽卦) 육사효사」의 간두(乾豆)·빈객(賓客) 등은『예기』「왕제」편을 인
용한 것이다.

10)『노자』25장 주에 나오는 '天地之性, 人爲貴'는『효경』(孝經)「성치」(聖治)장의
인용이고, 「가인(家人)·대상(大象)」왕필 주의 내용은『효경』「경대부」(卿大夫)
장을 인용한 것이다.

11)「건·문언·구삼」(乾·文言·九三) 주에 인용된 '靡不有初 鮮克有終'은『시경』
「대아」(大雅)에 나오고, 「수·상육」(隨·上六) 주에서의 '率土之濱, 莫非王臣'은
『시경』「소아」(小雅)에서 인용한 것이다.(루우열,『왕필집교석』, 222, 307쪽)

12)「노자지략」에서의 '城高則衝生'은『회남자』「원도훈」(原道訓)에 '城成則衝生'을
인용한 것이다.

13)『노자』25장 주에서의 "法自然者, 在方而法方, 在圓而法圓"은『荀子』「君道」의
"君者槃也. 槃圓而水圓, 君者盂也. 盂方而水方"(판본에 따라서는 "君者盤也. 民者
水也. 盤圓則水圓, 盤方則水方"으로 되어 있는 곳도 있다)을 인용한 것이다.

14) 괘·효(卦·爻)와 시·변(時·變)을 연결시켜 이해한다거나 (임채우,「왕필 역
철학 연구」, 1996 연세대학교 박사학위 논문, 제4장 참조), 「건·문언」(乾·文
言) 주에 나오는 '仲尼旅人, 則國可知也'에서처럼『역위』(易緯)「건착도」(乾鑿渡)
에서 공자가 旅괘를 얻고 탄식한 것을 인용한 경우가 이에 해당한다.(이도평(李
道平),『주역집해찬소』(周易集解纂疏), 57쪽 참조)

15)「동인(同人) 상구(上九)」상전의 주석은『설원』과『공자가어』의 내용을 인용한
것이다.(루우열,『왕필집교석』, 298쪽)

2. 『노자』와 『주역』

『주역』과 『노자』는 고대 중국철학사의 주류를 형성해 온 유가와 도가의 근본 경전이다. 위진 시기에 와서는 역과 노자에 대한 관심이 새롭게 일어나면서 이를 중심으로 현학이라는 새로운 학문 사조가 발생했다. 그러나 사실 위진 현학에서만 역과 노자를 연관시켜 이해했던 것은 아니다. 역과 노자, 유가와 도가는 서로 비판·대립하는 측면도 있지만, 상호 비판을 통한 보완의 관계에 서 있기도 했으며, 이미 춘추전국시대 이후로는 동양 사상의 공통적인 근원으로 상호 밀접한 관계를 갖고 있었는데, 특히 한대에는 이 두 사상의 공통성에 많은 학자들이 주목하고 있었다.[16] 그래서 학파 의식이나 문자상의 외면적인 대립에서 벗어나서 그 내면적인 관계를 분석함으로써 이 양자의 관계를 본질적으로 이해할 필요가 있다.

먼저 그 구성과 체계상에서 비교해보자. 『주역』은 특수한 책이다. 『주역』은 현존하는 동양의 고전 중에서 가장 오랜 시기에 걸쳐 형성되었으며, 복잡하고 다양한 내용을 담고 있다. 『주역』은 괘효사로 이루어진 역경(易經)과 괘효사를 해설한 역전(易傳)의 두 부분으로 구성되어 있다. 역의 원형이라 할 수 있는 『역경』에 대해 말하면, 우선 음효와 양효를 여섯 번 중첩해서 이뤄진 괘(卦)라는 부호 체계를 사용한다는 점부터 다른 저작들과 근본적으로 다른 표현 방식을 갖는다. 이 괘효를 제외하고 보더라도 64괘 384효사에서 다루고 있는 내용은 점사(占辭)로서, 통일적 체계를 찾기 어려우며 표현도 상징적이어서 그 의미를 파악하기 곤란하다.

---

16) 환담(桓譚, 기원전 20~기원후 56)이 『신론』(新論)에서 "복희씨의 역(易)이나 노자가 말하는 도(道)나 공자의 원(元)이나 양웅의 현(玄)은 모두 같다"(伏犧氏謂之易 老子謂之道 孔子謂之元 而揚雄謂之玄)고 한다든지, 장형(張衡, 78~139)이 『영헌』(靈憲)에서 『노자』를 가지고 『역위』의 태소(太素)를 이해한 것 등도 노자와 주역을 결합시켜 이해하는 전통을 보여준다. 또 당시 위백양의 『참동계』(參同契)는 역과 노자와 연단술을 체계적으로 종합한 저작이었다.

이와 비교해볼 때 노자서는 훨씬 간명하다. 『노자』는 『논어』나 『맹자』의 대화체 문장보다는 조금 후기의 산문체로 씌어진 철학서로서, 전체 구성은 상편은 주로 도(道)에 관해, 하편은 덕(德)에 관한 논변으로 짜여져 있다. 그 내용은 유(儒)·묵(墨)의 인의(仁義)의 설을 비판하고 우주 만물의 근본 원리인 무위자연의 도를 변증하는 것으로 일관되어 있다. 작자 문제와 관련하여 전저(專著)인가 편집된 것인가의 논란은 있다.[17] 그러나 그 내용과 체계의 일관성은 『주역』과는 비교할 바가 아니다.

표현 방법으로 말하면 『노자』는 개괄적·추상적으로 자신의 철학 관점을 표현하고, 『역』은 구체적인 물상에 빗대어 사물의 변화와 그에 따른 인간의 길흉을 상징적으로 비유한다. 고형(高亨)에 따르면 『역』은 구체적 사물로 추상적 이치를 표현하고, 『노자』는 추상적 이치로 구체적 사물을 개괄한다[18]고 구별한 바 있다. 그는 전자를 '취상(取象)'이라 하고 후자를 '담현'(談玄)이라 부르면서, 취상은 연역할 때 쓰이고 담현은 귀납에서 나왔는데, 『역경』이 씌어질 당시는 아득한 상고시대로 추상 개념이 적고 문사(文辭)의 술어가 많지 않으므로 『역』에 취상한 말이 많다고 했다. 『노자』와 『역』의 대표적인 문장을 실례로 들어 비교해보자.

도라고 할 수 있는 도는 영원한 도가 아니며, 이름을 붙일 수 있는 이름은 영원한 이름이 아니다. 이름을 붙일 수 없는 것은 천지의 시원이요, 이름을 붙일 수 있는 것은 만물의 모체다.[19]

---

17) 범문란(范文瀾)은 이이(李耳)의 전저(專著)로 보고, 나근택(羅根澤)은 태사담(太史儋)의 전저(專著)로 본다. 곽말약(郭沫若)은 관윤(關尹)의 편저(編著)로 보는데, 전국시대의 영향이 조금은 있지만 기본적으로 춘추 말기 노담(老聃)의 어록이라 한다. 전국시대에 편집되긴 했지만 풍우란은 단순히 어록을 모은 것이 아니라 재창작한 것으로 본다.(『중국철학명저간개』(中國哲學名著簡介), 河北: 人民出版社, 1985, 14쪽 참조)

18) 고형, 『주역고경금주』(北京: 中華書局), 50쪽.

19) 『노자』1장, "道可道, 非常道. 名可名, 非常名. 無名天地之始, 有名萬物之母."

또 이런 표현도 있다.

천하의 만물은 유(有)에서 생기고 유는 무(無)에서 생긴다.[20]

도(道)와 명(名), 유무(有無)나 시원 같은 추상적 표현에 비해 『주역』의 괘효사는 너무 구체적이기 때문에 오히려 본뜻을 파악하기가 어렵다.

서리를 밟으니 단단한 얼음이 언다.[21]

용이 들에서 싸우니 그 피가 검고 누르다.[22]

서리나 얼음, 용이나 검붉은 피 등은 추상적인 개념이 아닌 현실의 구체적인 물상을 그대로 기술한 것이다. 서리를 밟았는데 곧 얼음이 얼었다는 일상생활의 평범한 기록이나, 만일 용이 어떤 동물이라고 한다면 용이 싸워서 검붉은 피가 난다는 이 기록이 무엇을 뜻하는 것일까? 『주역』에는 이런 일상의 기록들을 토대로 추상적으로 개괄하는 언급이 빠져 있다. 그래서 이런 구절만으로는 무엇을 말하고자 하는지 그 전달하고자 하는 의미를 파악하기란 쉽지 않다.

전통적으로 유가는 도가를 이단시하고 도가는 유가를 비판 부정하는 상호 모순적 관계로서, 유가와 도가의 근본 경전인 『역』과 『노자』 역시 서로 대립되는 것으로 생각해 왔다. 그러나 그 내용상에서는 반드시 대립한다고만 볼 수는 없는 것이어서, 양자의 상관성에 대해서도 주목하는 견해들이 제기되어왔다. 태사공(太史公)의 「논육가지요지」(論六家之

---

20) 『노자』 40장, "天下萬物生於有, 有生於無."
21) 『주역』 「곤괘 · 초육」(坤卦 · 初六), "履霜堅氷至."
22) 『주역』 「곤괘 · 상육」(坤卦 · 上六), "龍戰于野, 其血玄黃."
23) 「논육가지요지」(論六家之要旨), "天下一致而百慮同歸而殊道, 夫陰陽儒墨名法道德 此務爲治者也. 直所從言之異路, 有省不省耳."

要旨)에서는 음양(陰陽)·유(儒)·묵(墨)·명(名)·법(法)·도덕가(道德家)가 방법은 다르지만 궁극에 있어서는 일치한다고 하였다.[23] 그리고 『한서』「예문지」에서는 제자(諸子)·구가(九家)에 대해 그 요점은 모두 육경(六經)에 근원을 두고 있다고 하면서 유가의 기원을 교육을 관장하던 사도(司徒)의 관직에서 나온 것으로, 인군을 도와서 음양을 좇아 교화를 폈다고 했다. 그리고 도가는 사관(史官)에서 나와 성패·존망·화복·고금의 도를 기술한 다음 근본을 잡고 청허(淸虛)로써 지키고 비약(卑弱)으로 처신하는 군인남면(君人南面)의 술(術)로 요임금의 극양(克攘)이나 주역의 겸(謙)괘 사상과 부합한다고 보았다.[24] 『한서』「예문지」에 따르면 사도와 사관의 직분은 다르나 국가 정치술이라는 점에서는 같으며, 도가의 사상이 요의 극양이나 역의 겸 사상과 합치한다고 하여 유가와 도가의 동질성 내지 상통성을 언급하고 있다. 이런 "제자백가가 주(周)나라의 관학(官學)에서 나왔다"는 관점에 대해 일부에서는 의심하기도 하지만, 풍우란에 따르면 한지(漢志)의 언급을 다 믿을 수는 없다 하더라도 춘추전국 때 귀족정치의 붕괴로 사(士)가 민간에 유입되어 지식을 전파했었다는 사실을 감안해 볼 때 전혀 역사적 근거가 없다고 할 수는 없다고 한다.[25]

왕필보다 한 세대 후의 인물인 배위(裵頠, 267~300)는 「숭유론」(崇有論)에서 『노자』가 『역』의 겸(謙)·간(艮)·절(節)괘의 뜻을 취했다고 하여 『노자』가 『역』의 일부 사상을 발휘한 것이라는 주장을 제기한 바 있다. 이정조(李鼎祚)는 『주역집해』(周易集解)「서」(序)에서 『역』은 유불도 삼교(三敎)의 시원이고, 구류(九流)(儒·道·陰陽·法·墨·縱

---

24) 고실(顧實), 『한서예문지강소』(漢書藝文志講疏)(上海: 人民出版社, 1987), 110~128쪽, "儒家者流, 蓋出於師徒之官, 助人君, 順陰陽, 明敎化者也. 遊文於六經之中, 留意於仁義之際…… 然惑者旣失精微, 而辟者又隨抑揚違離道本, 苟以譁衆取寵…… 此辟儒之患.……道家者類, 蓋出於史官, 歷記成敗存亡禍福古今之道, 然後知秉要執本, 淸虛以自守, 卑弱以自持, 此君人南面之術也. 合於堯之克攘, 易之嗛嗛."
25) 풍우란(馮友蘭), 『중국철학사보편』(中國哲學史補篇)(上海: 商務印書館, 民國24), 93~94쪽.

橫·雜·農·小說家)의 관건이 된다[26]고 했다. 이외에 소옹(邵雍)[27]·
주자[28] 등도『노자』가『주역』의 일부 사상을 계승·발휘했다고 한다.

현대 학자들도『역』과『노자』의 관계를 여러 관점에서 논의한다. 고
형은『주역』의「단·상」(彖·象)에 운어(韻語)가 많은 것이 노장과 비
슷하며 이 부분의 작자는 남방인일 것이라고 하였고[29], 주백곤(朱伯崑)
은 "「단·상」에서 보이는 강유(剛柔)·영허(盈虛) 등의 술어가 노장 사
상과 확실히 일치하는 부분이 있다"고 하면서 사상이나 내용상 도가와
밀접한 관계가 있다고 했다.[30] 진고응(陳鼓應)은 노자서는 철학 사상
첫번째로 완정한 형이상학 체계와 독특한 인생관을 체계적으로 완성했
으며, 노자의 자연관은『역경』과 특히『역전』(易傳) 철학 사상의 골간이
되었다고 하면서 천도관과 변증법 사상의 두 가지 방면의 내재적 연관
을 들었다. 이 두 사상은 공자학파에는 없는 부분으로,『역전』「계사」는
도가에 가까운 계통의 저작으로 단정한다.[31] 황조(黃釗)는『역』의 변역
(變易)·모순(矛盾) 등의 사상이 노자에 의해 계승되었다고 보며, 이외
에도 상유(尙柔)·오영(惡盈)·무위(無爲)·자연(自然) 등의 개념 명제
가『시』(詩)·『서』(書)·『좌전』(左傳)·『국어』(國語) 등에 그 기원을 두
고 있음을 지적하고 있다.[32]

유가와 도가는 중국 문화의 근원에서 살펴볼 때는 공통의 발생 연원
을 가지거나 동일한 계통에 뿌리를 두고 있는 것일 수도 있다. 범수강

---

26) '權輿三敎, 鈐鍵九流'란 이도평(李道平)의 소(疏)에 따라 해석한 것이다.(이도평,
　　『주역집해찬소』(周易集解纂疏), 北京: 中華書局, 1994, 5쪽)

27)『황극경세서』(皇極經世書)「관물외편」(觀物外篇), "老子知易之體者也."

28) 전목(錢穆),『주자신학안』(朱子新學案) 4책, 27쪽, "老子·孫子 說謙之五上."

29) 고형,『주역고경금주』, 7쪽.

30) 주백곤(朱伯崑),『역학철학사』(易學哲學史) (北京: 大學出版社, 1984), 40~43,
　　58~59쪽.

31) 진고응(陳鼓應),「역전계사소수노자사상적영향」(易傳繫辭所受老子思想的影響),
　　『철학연구』(哲學硏究, 1989), 1기.

32) 황조(黃釗),『도가사상사강』(道家思想史綱, 湖南師範大學出版社, 1991), 21~31
　　쪽 참조.

(范壽康)은 중국 고대의 사(史)가 유(儒)로, 무(巫)가 도가로 발전했다고 했다. 또 범문란(范文瀾)은 중국에서 무교(巫敎)와 종교를 배척하고 억제한 공은 사관(史官) 문화에 있다고 하면서 사관 문화의 주요 결정체는 유학이고 유학 다음이 도가 학설[33]이라고 하여 하ㆍ은ㆍ주 시대의 국학이었던 왕관학(王官學)에서 그 기원을 찾았다. 이는 제자백가가 모두 주대의 관학에서 나왔다는『한서』「예문지」의 견해('諸子出於王官學')와 일치한다. 주곡성(周谷城)은 공맹을 대표로 하는 학술상의 유가와 종교ㆍ귀신 등의 일을 주관하던 주 이전의 유자(儒者)를 구분하면서 주 이전의 유(儒)는 국왕의 곁에서 종교ㆍ귀신 등의 일을 주관하면서 천문 기후를 대략 알고 다른 사람 대신 일을 판단하고 기도해 주던 일종의 술사라고 했다. 유(儒)는 정복(貞卜)을 맡던 사(史)나 신사(神事)를 맡던 서(筮)와 아주 비슷한데 그 중에서도 사(史)와 유(儒)는 더욱 가깝다.[34] 삼대(三代) 때에는 복(卜)ㆍ사(史)를 나누지 않았고 춘추 시기에 와서도 사관이 여전히 복서(卜筮)를 관장했다.[35] 은상(殷商) 시기는 무풍이 널리 퍼져 있던 시대로 무(巫)와 사(史)가 처음에는 나뉘지 않았으나, 나중에 사관은 그 직능이 분리되어 주로 천문ㆍ역법ㆍ제사ㆍ점복ㆍ상서(祥瑞)ㆍ재이(災異) 등 천관의 직능을 맡았는데 여전히 농후한 무술 색채를 띠고 있었다.[36]

사(史)를 넓은 의미의 관학을 지칭하는 것으로 보는 견해도 있다. 장학성(章學誠)은『문사통의』(文史通義)에서 육경개사(六經皆史)의 실을

---

33) 노자 사상과 사관(史官)은 천도(天道)를 가지고 인사(人事)를 추단한다든지, 자연과 사회현상의 변화에 대해 변증적으로 사유한다든지, 군주(君主) 중심적 사고방식 등을 가진다는 점에서 불가분의 관계에 있다는 연구가 나오기도 했다.(왕박(王博),「노자사유방식적사관특색」(老子思維方式的史官特色),『도가문화연구』(道家文化研究), 제4집, 上海: 古籍出版社, 94, 46~57쪽)

34) 주곡성(周谷城),『중국통사』(中國通史) 상책(上海: 人民出版社), 82, 103~104쪽.

35) 진동생(陳桐生),『중국사관문화여사기』(中國史官文化與史記) (汕頭: 汕頭大學出版社, 1993), 15쪽.

36)『중국사관문화여사기』(中國史官文化與史記), 1쪽.

제기한 바 있다. 또 유사배(劉師培)도 육경(六經)과 제자구류(諸子九流) 및 방기술수(方技術數)가 다 사(史)에서 나왔다고 했다. 이에 대해 전목(錢穆)은 "주대에 관학(官學)은 사(史)가 관장하고 있었다. 장학성(章學誠)이 육경(六經)이 다 사(史)라고 한 사학은 역사를 가리킨 것이 아니고 실은 관학을 가리켜 말한 것이다. 고대 정부의 서류를 취급하는 이를 다 '사'라고 불렀는데, 실은 대략 후세의 '사'에 해당한다. 고대의 육예(六藝) 즉 육경은 다 고대 왕실에 특별히 설치된 사가 관장했으므로 육예를 왕관학(王官學)이라 불렀다"고 했다. 결국 중국 초기 종교 문화에서 사관은 이러한 원시 종교 문화의 지식을 담당했던 이로 그들은 당시의 철학가·사학가이면서 문학가·과학가·박물학가(博物學家)라 할 수 있다. 이들 직책의 핵심은 천신(天神)의 뜻을 전달하는 것으로 종교 신학의 각도에서 현실 정치에 복무하는 것이다. 이들은 중국 문화의 초창기에 커다란 계발작용을 했다고 평가했다.[37]

아무튼 제자백가가 주대의 관학이 유사(遊士)를 통하여 민간에 전파되어 생긴 것이라면 유(儒)·도(道)가 근원을 같이하는 것은 당연한 사실이 된다. 사실『논어』에서만 보더라도 공자가 당시의 은군자들에게 보인 태도라든가 '군자불기'(君子不器)나 순(舜)의 무위(無爲)의 치(治)를 존숭하는 사상은 노자의 사상과 충돌을 일으킨다고 할 수 없으며, 배위(裴頠)나 주자 등도 언급하듯이 주역의 겸(謙)·손(損)·간(艮)·절(節)괘 등은 도가 사상과 상당히 유사하다고 할 수 있다.

실제로 한나라 때에는 독존유술(獨尊儒術)의 상황에도 불구하고 노장 사상이 유행했다. 양수달(楊樹達)에 따르면 한대에는 노자의 학이 성행했다고 한다. 한영(韓嬰)이 지은『한시외전』(韓詩外傳)에도 노자의 말을 일컬어 기술했고, 백가를 물리치고 유술(儒術)만을 독존(獨尊)한 동중서 같은 이도 도가의 말을 상당히 취했으며, 한(漢)의 문제(文帝)와 경제(景帝)가『노자』를 좋아하여 그 기풍이 확산되었다고 하면서,

---

37)『중국사관문화여사기』, 7쪽.

한대 전기(傳記)에 근거하여 『노자』를 익혔거나 좋아한 50여 명의 학자를 소개하고 있다.[38] 이외에도 가의(賈誼)나 반고(班固)・장형(張衡)・조일(趙壹) 등의 시부(詩賦)에서도 이미 많은 부분 노장 사상에서 영향을 받은 흔적이 보이며,[39] 최근 발견된 진한 사이의 저작으로 보이는 마왕퇴(馬王堆) 백서(帛書)가 도가 사상에서 영향을 받았다는 연구도 활발히 진행되고 있다.[40]

『노자』와 『주역』의 이런 상관 관계는 현학이 디디고 서 있는 기초이자 하나의 철학적 원리로, 노(老)・역(易)을 회통시켜 설명하고자 하는 왕필의 사상적 근거가 된다. 왕필은 노자가 유가의 인의(仁義)와 성지(聖智)에 대한 비판을 토대로 그 기초 위에 소박한 무위의 도를 건립함으로써 진정한 인의와 성지(聖智)를 구현케 했다고 보았다.[41] 이 말은 도가의 입장에서 유가를 부정하는 것처럼 보인다. 그러나 그 이면에 유가 사상에 대한 도가적 비판을 통해 유가의 '도'를 바로 노자 사상의 최고 이념인 무(無)와 일치한다는 것을 논증함으로써, 유・도는 방법상의 차이는 있지만 본질적으로 다르지 않다고 본 것은[42] 유・도 사상의 연관성에 대한 통찰을 통해서 왕필의 철학적 입장이 형성되었음을 시사하는 것이다.

3. 왕필의 『노자주』와 『주역주』

왕필이 『주역주』에서는 주로 유가적 관점에서, 『노자주』에서는 도가적 입장에서 그의 철학적 사유를 전개하고 있음은 원본 경전이 속해 있

---

38) 양수달(楊樹達), 『노자고의』(老子古義) (上海: 古籍出版社, 1991), 104~112쪽.
39) 동치안(董治安), 「한부중소견로장사료술략」(漢賦中所見老莊史料述略), 『도가문화연구』(道家文化硏究) 제4집, 91~102쪽.
40) 이에 관해서는 『도가문화연구』, 제3집 (上海: 古籍出版社, 1993)에 특집으로 실려 있다.
41) 루우열, 『왕필집교석』「노자지략」, 198~199쪽 참조.
42) 『논어석의』(論語釋疑) 「술이」(述而)편 참조.

는 사상적 계통에 비춰볼 때 당연한 것이다. 그러나 그의 사상에는 유가와 도가 사상이 서로 혼재되어 있어서 왕필의『노자주』와『주역주』의 사상을 비교하는 것은 그리 간단한 일이 아니다.

최초로 왕필의『노자주』와『주역주』를 비교 평가한 사람은 하소(何劭)다.「왕필전」(王弼傳)에서 그는 왕필의『노자주』에 대해서는 매우 체계적이라고 했고,『역』에 대해서는 종종 잘된 곳이 있다고 하면서,『주역주』에 대한 왕제(王濟)의 비판을 실음으로써[43]『노자주』에 대해 좀더 높은 평가를 하고 있다. 피석서(皮錫瑞)도 "왕필의 학문은『노자』에서 얻은 것은 깊이가 있고,『주역』에서 얻은 것은 천박하다"고 한 바 있다.[44] 만일 철학적 체계와 논리적 일관성이라는 측면에서만 본다면『노자주』가『주역주』보다는 정합적인 듯하지만, 그렇다고 해서 이것이 우열을 정하는 기준은 되지 못한다. 왜냐하면『주역』과『노자』자체가 세계를 보는 근본 입장이 다르고, 그 사상체계와 논리도 다르기 때문이다.

우선 왕필의 역에 대한 관점은『논어석의』(論語釋疑)에서 찾아볼 수 있다.「술이」(述而)편 "가아수년(加我數年) 오십이학역(五十以學易) 가이무대과의(可以無大過矣)"라는 구절에 대한 주에서 왕필은 "역(易)은 기(幾)와 신(神)으로 가르침을 삼는다"고 하고 이어서 "안연(顏淵)은 잘못이 있는 듯하면 바로 고쳤으니, 신명(神明)을 다해서 기미를 살피면 잘못이 없을 수 있다. (이 공자의 언급은) 역도(易道)가 심묘(深妙)해서 잘못을 경계하고 가르침을 밝힌 것이니 그 말이 담고 있는 미묘한 의미는 충분히 익힌 후에야 뜻을 파악할 수 있음을 밝힌 것이

---

43) 탕용동(湯用彤),『위진사상』(魏晉思想)「위진현학논고」(魏晉玄學論稿), 64쪽, "弼注老子, 爲之指略致有理統, 著道略論, 注易, 往往有高麗言…… 太原王濟…… 嘗云, 見弼易注, 所誤者多." 탕용동의 교정을 따라 '오'(悟)를 '오'(誤)로 바꾸었다. 북한에서 1986년 출판된『조선철학사개요』(최봉익 저, 34쪽)에서는 '往往有高麗言'을 "왕왕 고구려 역학자들의 말을 인용했다"로 해석하고 있는데, 이는 잘못된 해석으로 "정채(精彩)한 언론이 많이 있었다"로 보아야 한다.(루우열,『왕필집교석』, 643쪽 주 28번 참조)

44) 피석서(皮錫瑞),『경학통론』(經學通論) (北京: 中華書局, 1982), 24쪽.

다"[45]라고 했다. 이상에서 그는 역을 일의 기미, 즉 일이 되어나가는 징조를 관찰하고 신처럼 밝은 지혜를 궁구하는 글로 자신의 역관을 피력했다.

「왕필전」에 실린 왕필과 배휘(裵徽)와의 성인 체무(體無) 논변을 통해서, 그가 『주역』과 『노자』에 대한 어떻게 비교 평가했는가를 추론해볼 수 있다. 「왕필전」에 따르면 노자는 아직 무를 체득한(體無) 경지까지는 가지 못한 유의 단계에 있기 때문에 항상 자기가 부족한 경지인 무에 대해서 언급했다고 한다. 그러나 이는 체무한 성인 공자가 무(無)는 설명할 수 없음(不可以訓)을 알고 말하지 않은 현명한 태도와는 차이가 있다는 것이다. 이 「왕필전」의 언급에 입각해서 보면 왕필은 '무'를 내용으로 삼고 있는 『노자』를 공자가 유(有)에 대해서만 말한 『논어』나 『주역』보다 한 단계 차등을 낮춰보았다고 할 수 있다.

이 점에서 본다면 왕필은 대체로 『노자』보다 『역을 중시하고 높은 평가를 내리고 있음을 알 수 있다. 그러나 이런 관점이 실제로 그의 『노자주』나 『주역주』 등의 주석에서는 실제로 드러나 있지 않거나, 논리적 정합성을 유지하지 못하는 경우도 많이 있다. 이런 논리적 난점을 설명하는 방식 중의 하나는 왕필의 저작을 선후로 나누어 전기 사상, 후기 사상으로 그 사상적 차이를 시간의 선후차에 따른 변화로 해명하는 것이다.

1) 『노자주』와 『주역주』의 선후문제

왕보현(王葆玹)은 몇 가지 근거를 바탕으로 『주역주』가 『노자주』 이후에 저술되었다고 한다. 왕씨는 『노자주』는 81장이 모두 완비되어 있는 데 비해 『주역주』는 「계사」 이하가 결여되어 있는데, 이것은 그가 요절했기 때문에 완성하지 못한 것으로 보고 있다. 하안(何晏)이 관로(管輅)에게 역에 관한 질문을 한 것은 정시 9년(248년) 12월 28일의 일로,

---

45) 루우열, 『왕필집교석』, 624쪽, "易以幾神爲敎, 顔淵庶幾有過而改, 然則窮神硏幾可以無過, 明易道深妙, 戒過明訓, 微言精粹, 墊習然後存義也."

이때까지는 하안에게 왕필『주역주』가 알려지지 않았다. 왕필이 「주역
약례」(周易略例)에서는 호체설(互體說)을 비판했지만『위지』(魏志)나
『진서』(晉書) 등의 기록을 보면 위진인들은 보통 종회(鍾會)의「역무호
체론」(易無互體論)을 인용할 뿐 왕필의 호체 비판을 언급하고 있지는
않다. 그리고 「왕필전」이나『세설신어』(世說新語)·『태평어람』(太平御
覽) 등에 실린 왕필 관련 기사에는 모두 그가 노장을 좋아했다고만 언
급되어 있지 주역에 대해서는 말하고 있지 않다. 그리고 하안이 조상
(曹爽)에게 왕필을 추천해서 등용을 논의한 것이 정시 8년(247년)의 일
인데, 이때 왕필을 평한 말은『노자주』에만 한정되어 있다. 이런 사실들
에 근거해서 왕씨는『노자주』가 적어도 정시 8년(247년) 이전에 이뤄
졌고,『주역주』는 이보다 늦게 대략 정시 8년에서 정시 10년 사이에 이
뤄졌다고 본다.[46)

옮긴이도 이런 사서(史書)의 기록을 비롯하여 왕필의『노자주』와『주
역주』의 주석 내용과 사상체계를 고려해볼 때,『주역주』가 나중에 지어
졌다고 보는 데 대체로 동의한다.『주역주』에는 몇 가지 미비한 점이 존
재한다. 우선 왕필은『주역』의 상경과 하경에 대해서만 주를 달았을 뿐
「계사」이하 부분에는 주가 없다. 물론 정이(程頤)의『주역』주석에도
「계사전」에는 주석을 내지 않았지만, 왕필의 경우에 주석이 없는 것은
이와 경우가 다르다. 왕필은 역전의 내용에 의거해서 역경을 해석(以傳
解經)했기 때문에 「역전」(易傳)을 중시했던 왕필의 역학적 입장을 고려
해본다면, 주를 달 필요가 없었다고 단정하기는 어렵다. 이런 점에서
「계사상전」에 한강백(韓康伯)이 채록해서 전하는 두어 군데의 왕필주[47)
는 바로「계사전」에 주를 달고자 했던 왕필의 의도를 보여주는 것으로
해석할 수 있는 여지가 충분하다.

『주역주』는 애초에 왕필 집안의 가학에서 많은 영향을 받았다고 할 수

---

46) 왕보현(王葆玹),『정시현학』(正始玄學) (濟南: 齊魯書社 1987), 163~166쪽.
47) 「계사상전」의 '憂悔吝者存乎介'條와 「대연」장(大衍章)에 대한 왕필 주 참조.

있다. 초순(焦循)이 밝혔듯이 친형 왕굉(王宏)과 함께 왕필 역학의 연원이 형주학의 대가인 외조부 유표(劉表)에게 있고, 이는 다시 현조부(玄祖父) 왕창(王暢)에게 그 뿌리를 두고 있다[48]라는 것을 볼 때, 왕씨 일가는 한말 이래 역학의 명가(名家)였음을 알 수 있다. 더구나 스물넷이라는 짧은 생애는 자신의 독자적인 사상을 완숙하게 체계화시키기에는 너무나 부족한 시간이다. 이런 근거에서 추정해본다면 왕필 『주역주』 사상의 상당 부분은 가학(家學)을 계승하고 있을 가능성이 높다고 볼 수 있다.

왕필은 이런 기초 위에 자신의 독특한 역학 사상을 결합시키려고 했다. 특히 「주역약례」에 나타난 그의 역학 사상은 누구보다도 독창적이고 창조적인 천재성을 보여주고 있다. 그러나 그가 「주역약례」에서 표방한 그의 독특한 관점과 방법론이 실제 경전 주석상에서 철저하게 지켜진 것은 아니다. 주효론(主爻論)을 예로 들면, 주효론의 가장 전형적인 괘인 일양괘(一陽卦)(復괘나 剝괘 같은 경우)와 일음괘(一陰卦)(姤괘나 夬괘 같은 경우)에서조차 "적은 것이 많은 것들을 다스린다"는 그의 주효 논리가 지켜지지 않고 있다. 또 주효론은 초효(初爻)와 상효(上爻)를 기계적으로 허위화(虛位化)시킨 초상무위설(初上無位說)이나 응비론(應比論)과도 논리적으로 충돌을 일으킨다.[49] 그리고 득의망상론(得意忘象論)도 실제 경전 주석에서는 「약례」(略例)에서 선언한 것처럼 분명하게 적용되지 못했다. 왕필의 주효론이나 초상무위론·득의망상론은 역학사의 한 획을 긋는 대단히 의미있는 이론이었지만, 실제로 경전을 해석하는 데는 철저히 적용되지 못했다. 또 기존 한역(漢易)의 설을 답습한 곳도 적지 않았다.

이런 상황을 고려해볼 때 왕필의 천재적인 역학적 관념들이 충분히 완숙되거나 발휘되지 못한 채 가학과 완전히 융합되지 못했다고 할 수 있다. 그의 『주역주』는 생의 마지막 시점에서 완성을 이루지도 못하고

---

48) 『주역보소』(周易補疏) 「서」(序) 참조.
49) 임채우, 「왕필 역 철학 연구」(서울: 연세대학교 박사학위 논문, 1996), 280~285쪽 참조.

정치적 격랑 속에 휘말려 요절의 비운을 맞은 왕필의 미완성작이다. 또 이런 점에서도 『노자주』와의 차이를 설명할 수 있다. 즉 『주역주』는 왕필의 말년작이지만 시간적 촉박성으로 인해 역학적 입장을 충분히 발휘하지 못했으며, 그의 『노자주』 사상과 종합해서 체계화할 수도 없었다는 것이다. 바로 이런 점들이 『노자주』와 비교할 때 『주역주』의 완성도를 낮게 보는 원인이며, 『주역주』가 나중에 지어졌다고 보는 이유가 된다.

그렇지만 『노자주』와 『주역주』의 사상적 차이를 전·후기의 변화로 설명하는 것은 왕필의 사상을 이해하는 데 큰 의미가 없다고 본다. 왜냐하면 설혹 『노자주』가 먼저 이루어졌다고 하더라도 사실상 노자와 주역 사상이 『노자주』·『주역주』에 서로 섞여 존재하고 있다는 것이고, 더구나 20대에 요절한 젊은 철학자의 사상을 다시 전기·후기로 나누는 것은 실제로 가능하지 않다고 보기 때문이다. 이런 선후 관계보다는 한 사상가의 두 측면이라는 관점에서 고찰하는 것이 타당한 해석이라고 생각한다. 다시 말해 저작 시기로 이를 전기 사상·후기 사상으로 구분하는 것보다는 완전히 융합되지 못한 한 철학자의 두 가지 경학 사상이라는 측면으로 보아야 좀더 합당하다. 그러므로 우리는 왕필의 현학 사상을 정확히 파악하기 위해서는 먼저 『노자주』와 『주역주』의 사상적 동이(同異) 관계를 검토해야 하며, 섣불리 『주역주』와 『노자주』의 사상이 완전히 동일할 것이라 추정해서는 안 된다.

2) 『노자주』의 주역사상

『노자주』와 『주역주』에는 서로를 인용하는 경우가 많이 있다. 예를 들어 『노자』 15장 왕필 주에서 "어두움으로 다스리면 사물들이 밝음을 얻는다"(夫晦以理, 物則得明)라는 언급은 역의 「명이괘·대상전」(明夷卦·大象傳)에 '용회이명'(用晦而明)을 인용한 것이고, 5장과 16장 주의 '여천합덕'(與天合德)은 「건·문언전」(乾·文言傳)의 "부대인자, 여천지합기덕"(夫大人者, 與天地合其德)을, 38장 주의 '각임기정사'(各任

其貞事)란 「건·문언」의 "정자, 사지간야"(貞者, 事之幹也)를, 62장 주의 '천리지외응지'(千里之外應之)는 「계사전」을 각각 인용하여 『노자』를 해석한 것이다. 『노자주』 4장에서 "만물을 다스리는 데 이의지도(二儀之道)로써 하지 않으면 부족하게 된다"[50]고 할 때의 '이의'(二儀)란 바로 양의(兩儀)로 『주역』의 음양의 도를 언급한 것이다.[51]

그리고 『노자』 42장 주에서 "이(理)를 따르면 길할 것이고, 어기면 흉할 것이다"[52]라는 길흉에 관한 언급은 노자 사상의 범위 내에서는 그 연원을 찾기 어렵고, 이는 자연의 변화에 대응해서 길흉을 따지는 주역적 사유에서 나온 것이라고 볼 수 있다.

이외에도 "없어질 것을 잊지 않는 자는 존재하게 된다"(不忘亡者存)[53]와 같은 내용도 「계사전」을 인용하여[54] 『노자』를 해석한 것이다. 마찬가지로 "어둠 속에서 밝음을 꾀하고 탁한 데서 맑음을 준비한다"는 『노자』 15장 주[55]나 "아직 조짐이 일어나지 않았을 때 일을 도모하고 아직 시작되지 않은 곳에서 일을 영위한다"라는 「노자지략」의 언급[56] 역시 노자 사상의 계승이 아니라 바로 "존(存)할 때 망(亡)을 염려하고,

---

50) 『노자』 4장 주, "治而不以二儀之道則不能瞻也."

51) 루우열은 '이의'(二儀)를 『노자』 25장의 "人法地, 地法天, 天法道, 道法自然"을 근거로 '天地之道'라고 했는데 (루우열, 『왕필집교석』, 11쪽), 이렇게 보면 왕필의 『노자』 주석과 노자 사상이 아주 밀접한 것처럼 보인다. 그러나 이 '이의지도'(二義之道)란 노자 사상에서 나온 것이 아니라 주역의 음양 사상에서 받아들인 것으로 보아야 왕필의 의도를 좀더 정확하게 이해하는 것이라고 생각한다. 『노자』에서는 천지를 '이의'(二儀)라고 한 적도 없거니와 「계사상」의 '태극생양의'(太極生兩儀)라는 구절이나 『주역주』의 내용을 고려해 볼 때 음양 관계와 그 시의(時義)에 따라 행위할 것을 요구하는 것으로 보아야 옳다. 『진서』(晉書) 「범녕전」(范甯傳)에도 "夫聖人者, 德侔二儀, 道冠三才"라는 용례가 나온다.

52) 『노자』 42장 주, "擧其至理, 順之必吉, 違之必凶."

53) 「노자지략」에 나온다.

54) 이 존망 안위에 관한 진술은 『주역』 「계사하」 5장에서 「비괘·구오」(否卦·九五) 효사를 설명한 구절에 직접적으로 언급되어 있다.

55) 『노자』 51장 주, "夫晦以理, 物則得明, 濁以靜, 物則得淸, 安以動, 物則得生. 此自然之道也."

56) 「노자지략」, "不害其欲也, 使其無心於欲也. 謀之於未兆, 爲之於未始, 如斯而已矣."

안(安)에서 위(危)를 대비한다"는 주역 사상에서 취해온 것이다.

같은 맥락에서, 특히 주의해야 할 점은 왕필 노자 사상의 핵심 논리 중 하나인 숭본거말(崇本擧末)이나 수모존자(守母存子)의 논리도 엄밀히 말해서 노자 자체의 사상과는 구별된다. 이것은 사실상 역의 '망'(亡)에서 '존'(存)을 염려하고 '안'(安)에서 '위'(危)를 대비하는 주역적 사유 방식과 밀접한 관련을 가진 부분이다. 노자의 논리는 현실과 본체(道)를 2분적으로 구별해서 근원적 본체인 '도'를 추구하는 것이다. 이는 왕필도 「노자지략」에서 "노자서는 한마디로 숭본식말일 뿐이다!"⁵⁷⁾라고 단적으로 밝히고 있는데, 그는 여기에서 노자서 자체의 숭본적(崇本的) 입장을 정확히 파악하고 '숭본식말'(崇本息末)이란 명제를 정립했던 것이다. 만일 노자의 입장에서 말한다면 도와 구체 개별자의 관계란 도는 무위하고 만물은 자생자화한다고 하든지,⁵⁸⁾ 또는 도가 만물들을 낳고 키워준다 할지라도 만물은 그 주(主)를 알지 못하는 닫혀진 관계일 뿐이다.⁵⁹⁾

그래서 이 자생자화나 무명의 논리, 그리고 초월적인 도의 추구 등에 비춰볼 때 모자(母子)·본말(本末) 관계에 대한 노자의 원의는 '숭본식말'처럼 모(母)·본(本)을 숭상하고 귀중히 여긴다고 할 수 있을지언정, 자(子)·말(末)을 존거(存擧)한다거나 형(形)·명(名)을 구유(俱有)하는 결론으로 갈 수는 없다. 그러나 왕필은 숭본거말(崇本擧末)이니⁶⁰⁾ 거본통말(擧本統末)⁶¹⁾이니 도근영말(圖根榮末)⁶²⁾이니 반무전유(反無全有)⁶³⁾·수모존자(守母存子)⁶⁴⁾ 등 본래의 노자 사상으로 볼 때 받아들이

57) 「노자지략」, "老子之書, 其幾乎可一言而蔽之, 噫崇本息末而已矣."
58) 『노자』 10장 주, "道常無爲, 候王若能守, 則萬物自化."
59) 『노자』 10장 주, "凡言玄德, 皆有德而不知其主, 出乎幽冥."
60) 『노자』 38장 주.
61) 『논어석의』(論語釋疑) 「양화」편 왕필 주 참조.
62) 노자 54장 주, 59장 주.
63) 『노자』 40장 주.
64) 『노자』 38장 주.

기 어려운 명제들을 가지고 『노자』사상을 해석했다. 이같이 모(母)·본(本)에서 자(子)·말(末)을 들고 자·말에서 모·본을 높이는 사유 방식은 존(存)할 때 망(亡)을 염려하고 안(安)에서 위(危)를 대비하는 주역적 사유의 소산이다.

　3) 『주역주』의 노자 사상

　그는 『노자』에서의 도의 무명·무형·무위성(無爲性)을 형용하던 무(無) 개념을 계승 발전시켜 복괘주(復卦注)에서는 주역과는 거리가 먼 '적연지무'(寂然至無) 같은 '구경(究竟)의 무' 개념을 만들었다. 그리고 『논어석의』에서는 공자의 도를 무(無)라고 주해함으로써[65] 노자의 무 개념을 주역이나 유가 사상의 해석에 직접 적용하고 있다. 그리고 자연 개념(「損·卦辭」에 대한 왕필 주)이나 무위 사상(「大有·六五」, 「蒙·六五」, 「臨·六五」에 대한 왕필 주) 같은 것이 강조되기도 하고, 십익의 상강(尙剛)의 입장이 『노자』의 영향으로 귀유(貴柔)와 주정(主靜)으로 바뀌기도 한다.[66]

　『한서』 「예문지」나 배위(裴頠) 등이 이미 밝힌 것처럼 '겸'에 관한 사상은 『노자』와 『역』이 공유하고 있으면서도 왕필 역학의 도가적 특성을 잘 보여주는 부분이다. 왕필은 「몽괘·육삼」(蒙卦·六三) 주에서, 여자의 미덕으로 거하(居下)의 의(義), 정행이대명(正行而待命), 유순(柔順) 등을 들고 있다. 그러면 남자의 미덕은 무엇인가? 만일 여자의 덕행과 반대되는 것이라면 위에서 타인을 통솔하고 명령하는 능력이나 강함 같은 것이 되어야 할 것이다. 그러나 의외로 왕필은 윗사람이나 강자가 지녀야 할 덕으로 겸손과 아랫사람에게 자신을 낮추는 예의 덕을 갖춰야 한다고 강조한다. 이런 부분 역시 겸하의 덕을 강조하는 노자 사상과 연관관계가 있다고 할 수 있다.

---

65) 『논어석의』, 「술이」(述而), "道者, 無之稱也."
66) 료명춘(廖名春), 『주역연구사』(周易研究史, 湖南出版社, 1991), 271~272쪽 참조.

왕필의 효위론(爻位論)에 따르면 효위에는 음양 존비가 있으니 삼효·오효는 양의 자리로 존귀하고, 이효·사효는 음의 자리로 비천하다고 한다.[67) 그래서 양은 양 자리에, 음은 음 자리에 위치하는 것은 정해진 것으로 십익에서는 음양이 각기 제자리에 있는 것을 정위(正位),[68) 위정당(位正當)[69)이라 하여 길한 것으로, 음양이 제자리에 있지 않은 것을 위부당(位不當)[70)이라 하여 흉한 것으로 간주한다.

그런데 왕필은 몇몇 괘에서 양으로 음위에 처한 부당위를 겸손의 미덕을 가진 것으로 해석한다. 왕필은 양(陽)으로 음위(陰位) 특히 이효나 사효에 처한 것을 겸의 덕을 갖춘 것으로 좋게 평가한다. 「괘략」(卦略)에 보면 "양이 음위에 처한 것은 겸손한 것이다"[71)라고 하여 「이괘·구이」(履卦·九二), 「이괘·구사」(九四) 「대장·구이」(大壯·九二), 「대장·구사」(大壯·九四) 그리고 「대과·구이」(大過·九二), 「대과·구사」(大過·九四)에서는 이양거음(以陽居陰)을 겸약(謙弱)의 뜻으로 해석한다. 이 부분에 대한 송학(宋學)의 주를 보면 '이양거음'을 기본적으로 '부정(不正)'으로 흉하게 보지만, 최대한 좋게 해석해도 '불극기강'(不極其剛)의 뜻[72)이나 과강(過剛)을 피한 관유(寬裕)의 의미[73)를 부여하는 정도다. 가령 이괘(履卦)와 대장괘에서가 대표적인 경우인데, 왕필은 양이 양위에 처한 「이·구오」(履·九五), 「대장·구삼」(大壯·九三)같이 양이 양자리에 처한 당위(當位)의 경우를 위태롭고 무모하다고 보고, 양이 음 자리에 있는 「이·구이」(履·九二), 「이·구

---

67) 「변위」(辨位), "位有尊卑, 爻有陰陽. 尊者, 陽之所處 ; 卑者, 陰之所履也. 故以尊爲陽位, 卑爲陰位. 去初上而論位分, 則三五各在一卦之上, 亦何得不謂之陽位. 二四各在一卦之下, 亦何得不謂之陰位."(루우열, 『왕필집교석』, 613쪽)

68) 「환·구오 상」(渙·九五 象), "正居無咎, 正位也."

69) 이(履)·비(否)·태(兌)·중부(中孚)의 구오 상(九五 象).

70) 「이·육삼 상」(履·六三 象), 「진·구사 상」(晉·九四 象), 「대장·육오 상」(大壯·六五 象) 등 참조.

71) 루우열, 『왕필집교석』, "陽處陰位, 謙也", 618쪽.

72) 『주역전의대전』(周易傳義大全) 「대장·구사」(大壯·九四), 주자 주, 335쪽.

73) 『주역전의대전』 「이·구이」(履·九二), 이천주(伊川註), 161쪽.

사」, 「대장·구이」(大壯·九二), 「대장·구사」 같은 부당위를 오히려 겸손해서 길한 것으로 해석한다.

겸의 덕은 원래 주역의 겸괘에서도 강조한 덕목이긴 하지만 노자 사상에서 겸은 핵심적인 위치를 차지한다. 상선약수(上善若水)[74]·검(儉)·불감위천하선(不敢爲天下先)[75] 등이 이런 겸 사상의 표현이며, 왕필도 『노자주』에서 비하(卑下)[76]·수유(守柔)[77]·후외기신(後外其身)[78] 등으로 여러 곳에서 겸덕을 찬양하고 있다. 이는 『주역주』에서의 "헛된 자만을 좋아하지 아니하고 성(誠)에 이르도록 힘쓰며 겉으로 꾸밈을 싫어하는 것"[79]이라는 구절은 노자적인 겸의 뜻과 같은 함의를 가진 것으로 보인다. 그래서 겸은 강자나 상위에만 요구하거나 어떤 특수한 상황에만 한정되는 것이 아니라, 사실 약자나 하위를 포함한 모든 사람들이 갖춰야 할 보편적 덕목으로 권장된다.

「비괘·구오」(否卦·九五)에 보면 "외물에 사사로움이 없어 오직 어진이와 함께 어울린다"(夫無私於物, 唯賢是與)고 하여 외물에 대한 사욕이나 집착을 없애는 도가적 사상이 어진이(賢)에 대한 숭상이라는 유가적 덕목으로 연결되어 있다. 또 대유(大有)괘 주석에서는 다음과 같이 말한다.

저 외물에 사사롭게 대하지 아니하니 외물 또한 공변되며, 외물을 의심하지 아니하니 외물도 성실하게 대한다. 이미 공변되고 또한 믿으니 무엇을 어려워하고 무엇을 방비하리오. 말하지 아니하여도 가르침이 행해지니 어찌해서 위엄스럽지 아니하리오.[80]

---

74) 『노자』 8장.
75) 『노자』 67장.
76) 『노자』 8장 주.
77) 『노자』 52장 주.
78) 『노자』 67장 주.
79) 루우열, 『왕필집교석』, 「이·구이」(履·九二) 주, 273쪽, "不喜虛盈, 務在致誠, 惡夫外飾者也."

외물에 사사로운 욕심을 두지 않는 도가의 덕목이 신의와 공성(公誠) 이라는 유가의 덕으로 해석되어 있고, 노자의 불언지교(不言之敎)가 유가적인 위엄과 연계되어 있다.

대유의 상에 처하여 위에 매이지 아니하고 뜻은 현자를 숭상한다.[81]

이 구절은 왕필의 독특한 역학 이론인 초상무위설(初上無位說)이 괘효 해석에 적용된 한 예다. 그런데 그는 여기에서 음양의 정위가 없다는 자신의 초상무위설을 근거로 이를 지위에 연연해하지 않는 것으로 해석한다. 그래서 지위에 마음을 뺏기거나 매이지 않는 것을 고상한 뜻(志)이며 어진이를 숭상(尙賢)하는 유가적 덕목으로 해석한다. 거꾸로 말하면 유가의 '상현'(尙賢)의 내용이 노장 사상의 '불루'(不累)나 '현해'(縣解)[82]가 됨으로써 유도 사상이 서로 결합되어 『주역주』의 내용을 구성하고 있다.

노자 외에 왕필의 주역 사상이 형성되는 데 큰 영향을 미친 것은 역시 장자 사상이다. 『노자』 42장의 '도생일'(道生一)장을 제물론의 구절을 인용하여 해석한다거나, 주역에서의 초상무위설을 '불루'(不累)나 '현해'(縣解) 사상처럼 해석한다든가, 본성의 자족함을 학의 다리에 비유한 것[83] 등은 장자의 이론을 빌려온 것이다. 특히 장자의 '득어망전'(得魚忘筌)을 응용한 '득의망상론'(得意忘象論)은 왕필의 주역 사상 가운데

---

80) 루우열, 『왕필집교석』 「대유 · 육오」(大有 · 六五) 주, 291쪽, "不私於物, 物亦公焉, 不疑於物, 物亦誠焉, 旣公且信, 何難何備, 不言而敎行, 何爲而不威如."

81) 루우열, 『왕필집교석』 「대유 · 상구」(大有 · 上九) 주, 291쪽, "處大有之上, 而不累於位, 志尙乎賢者也."

82) 불루(不累)는 『장자』 「거협」(胠篋)에 나오는 말이다. "人含其聰則天下不累矣"(「거협」). "棄世則無累 無累則正平"(「달생」(達生)). 현해(縣解) 개념은 『장자』 「양생주」(養生主)에 나오는 것으로 매달린 것에서 풀려난다는 뜻으로 사생 · 애락 등의 물욕의 속박에서 벗어나는 것을 의미한다.(왕선겸(王先謙), 『장자집해』(莊子集解), 경문사 영인본, 「양생주」, 20쪽 참조)

83) 루우열, 『왕필집교석』, 「손 · 단」(損 · 彖) 주, 421쪽.

결정적인 역할을 했으며 중국 사상계에도 큰 영향을 미친 이론이다.

『주역』「계사」에서는 의미의 언어적 표현이 가지는 한계를 지적하면서 성인이 괘상을 만들고(立象) 말을 표현하여(繫辭) 이런 한계를 보충했다고 언급한 바 있다. 왕필은 이것을 가져다가『장자』의 물고기와 통발의 목적과 수단의 비유에 인신(引伸)하여 '의'(意)라는 목적을 얻으면 언어라는 수단은 버려야 한다는 득의망상론으로 바꾸었다. 즉 본래 역의 의도는 성인의 입상·계사라는 역의 독특한 표현 수단과 방법을 강조한 것이었으나, 왕필은 이를 뒤집어서 언어나 부호의 표현 수단은 결국 버려야 할 것이며 중요한 것은 그 의미 내용을 파악하는 것(得意)이라고 본 것이다. 그는 이로써 한대 상수역을 비판하는 기본적 근거를 삼았는데, 이는 바로 장자의 논리를 빌려서 역학을 이론화한 것이다.

4. 왕필의 『노자』와 『주역』

왕필의 『노자』와 『주역』관을 단적으로 알려주는 자료는 「왕필전」에 나오는 배휘(裵徽)와의 성인 체무((體無) 논변이다. 여기에서 왕필은 정작 무를 말한 노자는 무를 체득하지 못했고, 유를 말한 공자는 무를 체득했다고 했다. 그래서 노자는 공자와 같은 성인의 경지에까지 이르지 못했다고 차등을 둔 것처럼 보인다. 그러나 내용상에서 말한다면, 왕필은 공자를 노자 사상의 최고 관념인 무의 체득자로 개변시킴으로써 공자를 노자와 결합시키고 있다.

그러나 실제 그의 『노자』와 『주역』의 주석은 이 「왕필전」의 입장과 정합적인 것만은 아니다. 만일 「왕필전」에 실린 언급대로라면 왕필은 『노자주』에서 무엇이라고 규정하고 설명할 수 없는 노자의 무에 관한 진술들의 허위성을 비판하는 데 중점을 두어야 할 것이지만, 실제로 이런 비판은 기록되어 있지 않다. 그의 『노자주』에서는 자신이 성인 체무 논변에서 언급했던 노자의 무 비판의 입장을 견지하지 않았고, 오히려 그는 노자의 무를 계승하여 최고의 철학 범주로 정립했다.

그렇다고 해서 노자를 계승한 것만도 아니다. 예를 들어 『노자』 제42장은 도에서 만물이 발생해 나오는 생성론적 과정을 언급한 부분을 보자.

도는 일을 낳고, 일은 이를 낳으며, 이는 삼을 낳고, 삼은 만물을 낳는다. 만물은 음을 지고 양을 품으며, 충기로써 조화를 이룬다.[84]

왕필은 이 도로부터 만물의 분화 과정을 생성론으로 보지 않고 객관 사물에 대한 인간의 언어와 개념의 형성 과정으로 보고 이를 논리적으로 분석한다.

수많은 사물과 모든 형체는 일(一)로 돌아간다. 무엇으로부터 말미암아서 일에 이르는가? 무(無)에서 말미암는다. 무에서 말미암아 일에 이른다고 했으니 일은 무라고 할 수 있는가? 이미 일이라고 했으니 어찌 말이 없을 수 있겠는가? 말이 있고 일이 있으니 이(二)가 아니고 무엇이겠는가? 일이 있고 이가 있으니 드디어 삼(三)을 낳는다. 무(無)에서 유(有)로 변했으니 수(數)는 여기에서 끝난다. 이렇게 계속 나아가는 것은 도의 무리가 아니다. 그러므로 만물이 생겨나지만 나는 그 주인을 안다. 비록 수많은 형체가 있다고 하더라도 충기(沖氣)의 하나일 뿐이다. 백성들마다 마음이 있고, 각 나라마다 풍속을 달리하지만 왕후들은 일을 얻어서 주인이 된다. 일로써 주인이 되니 일을 어찌 버릴 수 있겠는가? 많으면 많을수록 (근본으로부터) 멀어지고, 덜어버리면 (근본에) 가까워진다. 완전히 덜어내 버리게 되면 그 궁극을 얻는다. 이미 일이라고 말했는데도 오히려 이에 삼에 이르는데, 하물며 근본이 일이 아닌데도 도에 가까워질 수 있겠는가? 덜어버리면 더해지고, 더하려면 덜게 된다는 것이 어찌 헛말이겠는가?[85]

---

84) 『노자』 42장, "道生一, 一生二, 二生三, 三生萬物. 萬物負陰而抱陽, 沖氣以爲和."

여기에서 그는 노자 사상의 최고 이념인 도 자체나 생성의 문제에 관심을 두지 않고, 장자적 논법을 빌려 인간이 사물을 대하는 매개 수단인 언어와 개념의 방만성과 부적절함을 고발하고, 만물의 무차별적 동일성과 동일성의 근거로서 무 개념을 정립하는 데 중점을 두고 있다.

그는 『노자』에서의 도를 형용하던 무 개념을 독립시켜 자신의 노자 철학의 최고 원리로 정립했다. 그리고 이에 근거해서 『주역』을 해석했다. 그래서 『주역』「복(復)괘주」에서는 '적연지무'(寂然至無)와 같은 '구경(究竟)의 무' 개념이 탄생하고, 『논어석의』에 이르러서는 공자가 말한 도를 무라고 해석까지 함으로써[86] 「왕필전」의 기사와는 상충을 일으킨다.

왕필의 『노자』와 『주역』 사상을 전체적으로 고려해볼 때 그의 궁극적 이념인 '무'가 왕필 스스로 밝힌 '불가이훈'(不可以訓)이란 불립문자적 속성을 극복하고 이렇게 개념화할 수 있는 것이며, 『주역주』에서의 유(有)의 사상과 어떻게 관계 지을 수 있는 것인가? 이 문제는 왕필이 풀지 못한 숙제로 남는다.

왕필이 단순히 공자를 높였느니 노자를 높였느니 하고 따지는 것은 왕필 사상을 이해하는 데 그다지 큰 의미가 없다. 보다 본질적인 것은 왕필이 이해하고 있는 공자·노자의 철학적 정체성이다. 그의 심목(心目) 중에 있는 공자나 노자, 유가와 도가는 단순한 대립적 존재들이 아니라 일정한 정도 내에서 서로 결합되어 있으며, 이런 점에서 이전 시기의 유도관과도 구별된다. 따라서 왕필이 이해한 노자나 공자는 유·도 사상이 결합된 그의 현학 체계 속에서 파악해야 한다.

한대에 동중서가 공·맹의 철학 이념이었던 인의의 도덕이나 예악·

---

85) 『노자』 42장 주, "萬物萬形, 其歸一也. 何由致一? 由於無也. 由無乃一, 一可謂無? 已謂之一, 豈得無言乎? 有言有一, 非二如何? 有一有二, 遂生乎三. 從無之有, 數盡乎斯, 過此以往, 非道之流. 故萬物之生, 吾知其主, 雖有萬形, 沖氣一焉. 百姓有心, 異國殊風, 而(得一者)王侯(得一者)主焉. 以一爲主, 一何可舍? 愈多愈遠, 損則近之, 損之至盡, 乃得其極. 旣謂之一, 猶乃至三, 況本不一, 而道可近乎? 損之而益, 〔益之而損〕, 豈虛言也."(樓宇烈, 『王弼集校釋』, 117쪽)

86) 『논어석의』「술이」(述而), "道者, 無之稱也."

형법 등의 정치 이론에 음양오행과 천인감응설을 결합한다거나, 위서(緯書) 등에서 공자를 신격화한 것은 한대 유가가 선진 유가와 다른 점이다.[87] 한대 도가도 『참동계』(參同契)나 『노자상이주』(老子想爾注)[88], 『태평청령서』(太平淸領書) 계통이 음양오행론을 장생 법술의 이론 근거로 수용한다거나 천인감응과 참위 도록(圖籙)의 설들을 인용하여 노자를 신격화하는 등 원시 도가 사상에서 벗어난 한대의 종교화·음양오행화의 경향을 보여준다.[89] 이런 점에 대해서 말한다면 왕필의 철학 체계 속에서의 유가나 도가는 한대보다는 선진시대의 원시 유·도에 가깝다고 할 수 있다.

구체적으로 말해 왕필의 역 사상은 한대 역학과는 다르다. 예를 들어 「건·구삼」 효사의 왕필 주(注)의 덕과 예(禮), 「건·구오」에서의 덕·위(位)에 의한 정치관은 이 부분에 대한 한대 유가의 역주[90]보다 훨씬 더 원시 유가 사상에 가깝다. 한대 역학이 상수적 방법으로 역의 구조

---

87) 주여동(周予同)은 한대 공자 숭배와 경전 연구가 통치 차원에서 혼합되면서 한학(漢學)이 일어났으나 공학(孔學)은 타락하게 되었다. 열정적 구세자였던 공자가 일변(一變)하여 군주의 옹호자가 되었으니, 참 공자는 죽고 거짓 공자가 묘당에 자리잡았다고 한다.(주여동, 『주여동경학사논저선집』(周予同經學史論著選集), 上海: 人民出版社, 1983, 324~325쪽 참조)

88) 이에 대해서는 요종이(饒宗頤), 『노자상이주교증』(老子想爾注校證) (上海: 古籍出版社, 1991) 및 요종이, 『사학론저선』(史學論著選) (上海: 古籍出版社, 1993)에 실린 「노자상이주고략」(老子想爾注考略) 참조.

89) 풍우란(馮友蘭)은 한대 사상가는 유가든 도가든 그들의 관점과 정신은 모두 음양가의 영향을 받고 있다고 하면서, 그 이유는 "한대인들은 정치상 전중국의 통일을 이루었고(이는 당시로서는 전세계 통일의 의의를 갖는다), 사상면에서도 우주의 통일을 이루었다. 그래서 음양가의 광대불경(宏大不經)한 이야기가 그들의 필요에 가장 적합했다"라는 것이다. 그는 이 음양가가 한인(漢人) 사상에 미친 영향은 크게 과학과 종교의 두 방면으로 나눠볼 수 있는데, 엄격히 말하면 한대에는 종교와 과학은 있지만 순수 철학은 없다고 하면서 한인은 종교적 태도로 유가나 공자를 존숭하여 한대 유가에는 종교적 영향이 많고 한대 도가에는 과학 방면의 영향이 크다고 한다.(풍우란, 『정원육서』(貞元六書) 下, 「신원도」(新原道), 113~114쪽, 125쪽 참조)

90) 손성연(孫星衍), 『주역집해』(周易集解) (上海: 上海書店, 1993), 4~5쪽의 순상(荀爽)·정현(鄭玄)·우번(虞飜)의 주석 참조.

와 원리를 해명하고자 노력했지만, 그들은 선진의 역학적 성과를 계승하기보다는 음양오행이나 천인감응설에 근거한 새로운 설을 지어내는 데 주력했고, 이는 한 왕실의 국가적 장려에 고무되면서 군주의 절대화와 천 숭배의 종교화로 흘렀다. 이와 비교해서 말한다면 왕필은『논어』나 십익 등의 소박한 원시 유가의 정신을 가지고 비교적 순수하게『주역』에 접근했다고 할 수 있다.

왕필은 도가에 대해서도 한대에 성행했던 연단장생술이나 종교화의 측면보다 현실정치와 유가의 형식적 획일주의를 고발하고 존재의 본질로서의 자연성 문제를 천도(天道)와 관련시켰던 노장 본래의 문제의식과 방법론을 받아들였다. 그래서 이를 한 · 위 교체기의 시대상황 속에서 한대 유가의 번다한 설을 비판하고 자신의 철학체계를 수립했다.[91] 그가 「주역약례」에서 한대 역학의 오행설을 비판한 바 있거니와, 음양오행을 노장에 덧붙여 연단술화했거나 종교를 신비화했던 한대 도가 사상 역시『노자주』에서 채택하고 있지 않은 것을 보면, 원시 유학과 마찬가지로 원시 도가를 회복하려던 왕필 사상의 순수성을 알 수 있다.

물론 왕필은 한대 유가나 한대 도가로부터 벗어나 원시 유가 · 원시 도가 철학으로 돌아가자고 주장하거나 단순히 반복한 것은 아니다. 선진 유가 · 도가 철학과 왕필 철학의 근본적 차이를 한마디로 표현한다면 유가와 도가 사상을 절충 · 결합했다는 데 있다. 구체적으로 말하면 왕필은 두 사상의 최고 이념인 인(仁)과 무(無)를 직접 연결시켜 이해했다는 점에서 구분된다.

왕필은 도가와 유가의 사상을 본 · 말의 관계로 파악해서 자신의 철학체계를 건립했다.[92] 그는 노자서의 내용을 '숭본식말일 뿐이다'(崇本息末而已)라고 단정하고 유가적 성(聖))과 지(知)의 폐단을 지적하면서 결국 말엽적 성지(聖知)를 버릴 때 진정한 성지가 성립한다고 했다.[93] 단

---

91)「노자지략」 및『논어석의』「양화」(陽貨) 주 참조
92) 루우열,『왕필집교석』「노자지략」 참조.

순히 성지를 표면에 내세워 권장하는 것은 새로운 교위(巧僞)만 만들어 내는 것이라고 하면서 이를 "근본은 버리고 말단을 다스리는"(舍本攻末) 방법이라고 비판했고, 성·지 실현의 진정한 방법은 숭본식말에 있다고 보았다. 즉 지엽말단적인 것보다는 근원·본질적인 것에 초점을 맞춰 '소박과욕(素朴寡慾)'의 절성(絶聖)·절지(絶知)의 정치를 한다면 역설적이지만 진정한 성·지에 이를 수 있다고 했다. 이는 노자의 논리를 원용하여 한편으로 유가를 비판한 것이면서도, 다른 한편으로는 노자적 방법으로 유가의 이상을 실현하려 한 것이다. 바꿔 말하면, 왕필이 도가의 본체의(本體義)를 취해서 여기에 유가의 도덕의(道德義)를 부여함으로써 가치 초월적이었던 도가의 도 범주에 인간의 당위와 가치의 의의를 지니게 한 것은 이전의 사상에서는 찾아볼 수 없는 독특한 점이다.

5. 결론

전체적으로 말해 왕필은 『노자주』에서는 노자에 따라, 『주역주』에서는 주역의 사상과 논리에 따라 경전을 해석했다. 즉 『주역주』는 유가 사상에 입각한 유(有)에 관한[94] 철학적 관점을, 『노자주』는 도가의 입장에서 무(無)에 관한 철학적 관점을 표현하고 있다. 그래서 『노자주』에서는 고금을 꿰뚫고 만물에 관통하는 '불변'(不變), '상'(常)을 찾아[95] 이를

---

93) 루우열, 『왕필집교석』, 199쪽, "旣知不聖爲不聖, 未知聖之不聖也. 旣知不仁爲不仁, 未知仁之爲不仁也. 故絶聖而后聖功全, 棄仁而后仁德厚."

94) 주역 사상을 유(有)·무(無) 관념과 관련시켜 논의한 이는 공영달이다. 그는 역리(易理) 자체가 아무리 현묘하다고 할지라도 실제 사회상에서의 명교 질서는 유(有)를 규준으로 삼는다고 하고(『주역정의』(周易正義) 「서」(序), "夫易理難窮, 雖復玄之又玄, 至於垂範作則, 便是有而敎有"), 역(易)의 변역(變易)·불역(不易)·간역(簡易)의 세 뜻은 모두 유(有)에 있으며, 역리는 유·무를 포함하되 역상(易象)이 유에만 있는 것은 성인이 역을 지어 교화함에 유를 가지고 가르쳤기 때문이라고 한다.(『주역정의』「제일론역지삼명」(第一論易之三名), "蓋易之三義, 唯在於有…… 易理備包有無, 而易象唯在於有者, 蓋以聖人作易本以垂敎, 敎之所備本備於有.")

통해 삼라만상의 문제를 해결하려는 경향으로 나타난다. 따라서 주로 만물의 보편적 근거 문제가 무(無)를 중심으로 논의되고, 이 무라는 본 (本)을 통해 숭본식말이나 숭본거말(崇本擧末)이라는 방법으로 유(有) 의 문제를 해결하려고 했다.

『주역주』에서는 『노자주』에서의 도(道)나 무(無)와 같은 초월적 불변 자로 모든 현상계의 문제를 단번에 해결하려 하지 않는다. 여기에서는 삼라만상이 모두 음양의 관계를 통해 성립되고 변화한다는 전제 아래, 각각의 구체적 관계 속에서 그 관계를 가장 원만하고 조화롭게 할 구체 적이고 현실적인 시의(時宜)의 도리(道理)를 찾는다. 『노자주』에서의 '무'로 지향하는 단순하고 수직적인 존재의 질서가 『주역주』에 와서는 모든 존재가 불가피하게 주효(主爻)와의 관계 및 이웃들과의 비(比)·응(應)으로 엮이고 정위(情僞)에 따라 변하는 복잡하고 수평적인 관계 로 바뀐다. 그래서 『주역주』와 『노자주』의 관점에 따른 차이를 그 사유 방식으로 구분해 본다면 『주역주』는 음양 관계 논리에 기초한 구체적 사유를, 『노자주』는 유무 개념에 입각한 추상적 사유 방식을 보인다고 할 수 있다. 바꿔 말하면, 『노자주』와 『주역주』의 사상적 차이를 『노자 주』의 무(無)와 무위(無爲)를 철학적 원리로 하는 추상적 논의에서 『주 역주』의 현실적·정치적 입장으로의 이동으로 개괄해 볼 수 있다. 이런 사상적 변화는 비록 뜻을 제대로 펴지는 못했지만, 하안 등과 접촉하면 서 말년에 현실정치권 내로 참여하려던 왕필의 일련의 정치적 행보와 관련시켜 이해할 수도 있다.

그러나 왕필은 『노자주』와 『주역주』의 내용을 서로 빌려다가 사용하 고 있기는 하지만 하나의 완결된 현학체계로 완성하지는 못했다. 그래 서 하나의 철학체계라는 측면에서 본다면, 왕필은 노자와 주역 양 사상 을 서로 차용하고 있으나 완전한 체계화를 이루었다고 말하기에는 부 족하다. 또 이들 주석 속에는 그가 배휘와의 대담 과정에서 밝힌 유와

---

95) 루우열, 『왕필집교석』 「노자지략」, 195쪽 참조

무, 노자와 공자의 차등적 구별을 지키지 않음으로써 논리상·체계상의 문제를 남기고 있다.

이와 같은 문제를 야기시키는 원인을 크게 세 가지로 요약할 수 있다. 우선 첫번째는 『노자』와 『주역』이란 원전 자체가 내용상·체계상 근본적인 차이가 있기 때문이다. 그리고 두 번째로는 그가 경전에 주석을 달아서 자신의 사상을 표현하는 경학의 형식을 취하고 있기 때문이다. 왕필이 『노자』와 『주역』에 주석을 달면서 양자를 종합하는 자신의 철학을 구축하고 있지만, 원전 자체의 한계와 더불어 경전의 원문에 충실하고자 하는 경학적 태도로 인해, 종종 자신의 철학적 입장을 발휘하는 데 중점을 두기보다는 원문을 따르는 경우가 많이 있다. 세 번째로 자기 사상의 완숙을 기할 수 있는 절대 시간의 부족이다. 만일 그에게 자신의 사상체계를 검토할 충분한 시간적 여유가 있었더라면 지금과 달라졌을지도 모르는 일이다.[96]

그래서 『노자주』와 『주역주』는 하나의 통일된 체계로 융합되었다기보다는 왕필 사상의 두 측면을 보여준다고 할 수 있다. 이런 왕필의 노자 사상과 주역 사상이란 두 측면은 서로 대립 충돌하기도 하면서, 왕필 사상 체계를 구성하는 결정적인 두 축을 이룬다. 만일 왕필이 자신의 사상을 성숙시킬 충분한 시간적 여유가 있었더라면 이 두 요소가 좀 더 정합적이고 차원 높은 형태의 철학적 사유를 일궈내는 계기로 작용했으리라는 아쉬움을 남긴다.

왕필이 『노자』와 『주역』, 유가와 도가를 결합시킬 수 있었던 철학사적 배경에는 한위 시기에 노자와 역을 동일한 지평에서 이해하려던 전통이 있었기 때문이며, 더 근원적으로는 『노자』와 『주역』이 삼대의 왕관학(王官學)이라는 공통의 연원에 그 뿌리를 두고 있기 때문이기도 하다. 한위 교체 시기에 유가 경학에 근거한 형식적 명교 질서가 시대의

---

96) 이 점에 대해서 초순(焦循)은 다음과 같이 언급했다. 『주역보소』(周易補疏) 「서」(敍), "機之所觸 原有悟心 倘假之年 或有由一隙 貫通未可知也 惜乎 秀而不實."

변화에 적절히 대응하지 못하고 설득력을 잃었을 때, 왕필은 어느 특정 학파나 이론에 얽매이지 않고 자유롭고 객관적으로 당시의 시대적 상황 속에서 자연과 인간의 문제를 사색했다. 그리고 도가적 논리로 유가의 폐단을 비판하면서, 유·도 양자를 중심으로 이전 시기 철학의 성과들을 결합하여 간이하면서도 종합적인 새로운 현학 사상을 수립하려고 했다.

유가와 도가를 종합시키려는 그의 시도가 완벽의 경지에 도달했다고 보기는 어렵다. 그렇지만 왕필이 남긴 『노자주』와 『주역주』는 왕필 이후 천여 년간 과거시험의 교과서였고, 지금까지도 고전연구의 필독서로 읽히는 불후의 명주석이 되었다. 그는 이 주석들을 통해 자신의 독창적인 철학적 사유를 전개하면서도, 어느 곳에도 매이지 않는 자유스러운 철학정신을 발휘하여 유가 사상이나 도가 사상 모두에 새로운 시야와 방법론을 제공함으로써 생명력을 불어넣었고, 불교의 이해와 그 중국화에 결정적 역할을 했으며 송명 이학의 형성[97]에도 막대한 영향을 끼칠 수 있었다.

---

97) 루우열은 왕필의 '必然之理'가 송명 이학에서 '理'가 '氣'의 本이라는 철학의 선하(先河)가 되었다고 하고(樓宇烈, 『王弼集校釋』前言 12쪽), 양보현은 "한대 유학보다는 위진 현학이 송명 이학과 체계가 비슷하고 그 선하가 되었다고 한다." (『正始玄學』「서론」, 5쪽)

참고문헌

樓宇烈, 『王弼集校釋』 (臺北: 華正書局, 民國 72)

王 弼, 『老子注』, 四庫全書 권146 (臺北: 商務印書館)

───, 『周易注』, 四庫全書 권1 (臺北: 商務印書館)

『老子微旨例略』, 正統道藏 54册 (臺北: 新文豊出版公司, 民國 64)

嚴靈峯, 『陶鴻慶老子王弼注勘誤補正』 (無求備齋老子集成, 民國 46)

東條弘, 『老子王注標識』 (無求備齋老子集成續編, 권46)

李翹, 『老子古註』 (無求備齋老子集成續編 25권)

嚴靈峯主編, 『無求備齋老子集成』 初編 續編.

『道德經名注選集』 (1~15) (臺北: 自由出版社)

『老子翼』, 漢文大系 9 (東京: 富山房, 昭和 47)

河上公, 『老子道德經河上公章句』 (北京: 中華書局, 1993)

成玄英, 『老子義疏』 (臺北: 廣文書局, 民國 63)

孫星衍, 『周易集解』 (上海書店, 1993)

李道平, 『周易集解纂疏』 (北京: 中華書局, 1994)

蔣錫昌, 『老子校詁』 (成都: 古籍出版社, 1988)

朱謙之, 『老子校釋』 (北京: 중화서국, 1991)

戴維, 『帛書老子校釋』 (長沙: 岳麓書社, 1998)

高亨, 『老子注譯』 (河南: 人民出版社, 1982)

陳鼓應, 『老子註譯及其評介』 (北京: 中華書局, 1985)

蒙文通, 『道書輯校十種』 (成都: 巴蜀書社, 2001)

蘇東天,『易老子與王弼注辨義』(北京: 文化藝術出版社, 1996)

王德有,『老子指歸』(北京: 中華書局, 1994)

王先謙,『莊子集解』(三民書局, 1981)

王曉毅,『王弼評傳』(南京大學出版社, 1996)

饒宗頤,『老子想爾注校證』(上海: 古籍出版社, 1991)

張松如,『老子說解』(齊魯書社, 1987)

劉坤生,『周易老子新證』(江蘇: 文藝出版社, 1992)

林麗眞,『王弼老易論語三注分析』(臺北: 東大圖書公司, 民國 77)

張默生,『老子章句新解』(臺北: 樂天出版社, 民國 60)

신현중,『老子』(서울: 청우출판사, 1957)

김학목,『노자 도덕경과 왕필의 주』(서울: 홍익출판사, 2002)

최진석,『도덕경』(서울: 소나무, 2001)

이강수,『道家思想의 研究』(서울: 고대민족문화연구소, 1985)

임채우,『주역 왕필주』(서울: 길, 2001)

임채우,「왕필 역 철학 연구―以簡御繁사상을 중심으로」(연세대학교 박사학위
　　논문, 1996)

段玉裁,『說文解字注』(臺北: 黎明文化事業公司, 民國 67)

裴學海,『古書虛字集釋』,附 經傳釋詞 經詞衍釋 (臺北: 鄕粹出版社, 民國 66)

『帛書老子』(臺北: 河洛圖書出版社, 民國 64)

白川靜,『字統』(東京: 平凡社, 1984)

吳承仕,『經典釋文序錄疏證』(中華書局, 1984)

王鳳陽,『古辭辨』(吉林: 文史出版社, 1993)

劉汝霖,『漢晉學術編年』上·下 (上海: 上海書店, 1935)

錢鍾書,『管錐編』第2冊 (北京: 中華書局, 1991)

陳國慶,『漢書藝文志註釋彙編』(北京, 中華書局, 1983)

顧實,『漢書藝文志講疏』(上海: 古籍出版社, 1987)

『道家文化硏究』(上海: 古籍出版社, 1993)

Ariane Rump, *Commentary on the Lao Tzu by Wang Pi* (The University Press of Hawaii, 1981)

R. J. Lynn, *The Classic of Changes* (N.Y., Columbia University Press. 1994)

노자의 옛 뜻을 다시 물어서

- 옮긴이의 말

이 책은 1997년판 『왕필의 노자』를 전면 개작한 것이다. 먼저 졸역에 보여주신 많은 분들의 관심과 성원에 깊은 감사를 드린다. 그간 8년여의 세월이 지나면서 노자 연구에도 몇 가지 상황의 변화가 있었다. 백서노자(帛書老子)뿐 아니라 곽점초간본(郭店楚簡本) 등의 현대 고고학적 발굴의 성과가 완전 공개되어 노자에 대한 새로운 이해가 가능하게 되었다. 또 본서를 가지고 8년여 강독을 하다 보니 체제상으로나 내용상으로나 보완을 해야 할 곳이 적지 않게 발견되어서 부득이 새로 상재(上梓)를 하게 되었다.

옛 번역은 나름대로 우리말에 가깝게 번역한다고 노력했지만 한문투의 번역문체는 한문에 익숙지 않은 분들에게 생경함을 주었던 것 같다. 이 책에서는 이 생경함을 줄이는 데 많은 중점을 두었다. 그래서 이 책에서 시도한 번역의 원칙은 보다 우리 어법과 정서에 맞도록 노력했다. 그래서 우선 각 장마다 노자의 원문만을 보다 친근한 우리 말투로 별도로 번역, 전체적인 맥락을 먼저 파악함으로써 이해가 쉽도록 했다.

이 책은 통례를 따라 전체적으로 81장으로 구성되어 있다. 본래 노자도덕경이 이렇게 분장(分章)이 되어 있었던 것은 아니다. 사실 노자의 글을 잘 읽어보면 앞뒤 장을 서로 연결시켜서 읽을 때 더 깊이 있게 이해되는 경우가 많다. 그렇지만 역자가 이렇게 나눈 이유는 기존의 체제를 따름으로써 열독의 편의를 위한 것이다. 또 각 장의 제목은 필자가 각 장의 앞 구절을 따서 붙였다.

각 장은 앞에 노자 도덕경 원문만을 별도로 독립시켜서 번역한 부분과, 도덕경의 원문 사이에 해당되는 왕필의 주석을 갈라넣어 함께 번역한 두 부분으로 구성되어 있다. 앞의 도덕경 원문만의 번역에는 두 가지 원칙이 적용되었다.

첫째는 평이한 우리말로 쉽게 그 개요를 먼저 파악할 수 있도록 하는 데 주안점을 두었다. 그래서 몇 가지 노자 고유의 개념은 보다 우리의 정서와 어법에 맞도록 풀었다. 가령 노자가 쓰고 있는 '지'(智)자는 대부분 좋은 의미에서의 지혜(智慧)가 아니라 지모(智謀)의 의미로서 '꾀'의 뜻으로 번역했고, '진'(眞)은 문맥에 따라서 '본질'이나 '참모습' 등으로 의역을 했다. 거리감이 느껴지는 성인(聖人)이란 개념은 '지혜로운 사람', 혹은 '도를 얻은 사람'으로 우리의 어투에 맞도록 했다.

둘째는 노자 원전은 다른 주석이나 해석에 의존하기보다는 먼저 본문의 맥락 속에서 원의를 찾아서 그 전체적인 뜻을 드러내는 데 중점을 두었다. 또 최근 공개된 가장 오랜 판본인 2천여 년 전 한나라 초기의 백서노자와 전국 중기까지 올라간다고 전해지는 곽점초간본에 의거해서 노자 원전의 본의를 찾아보려고 했다.

이 뒤의 왕필의 주석과 함께 원문을 번역한 부분도 다음의 두 가지 원칙에 입각하여 번역했다. 하나는 왕필의 주석에 의거해서 노자 원문을 해석했고, 둘은 앞의 노자 본문만 번역한 곳보다는 한문의 원의를 전달하는 데 중점을 두어 번역했다.

그래서 본서의 구성은 노자의 원문 번역과 뒤에 왕필의 노자주 번역의 두 가지로 나누어지는데, 앞과 뒤의 의미에는 미세한 차이가 있을 수 있다. 앞은 될 수 있는 한 노자의 원의에 입각해서 우리말로 번역하는 것을 위주로 하고, 뒤는 왕필의 주석에 의거해서 한문의 원의를 존중하는 번역을 위주로 했기 때문이다. 어느 쪽이 옳은지 따지기보다는 이 차이점을 감상하면서 노자 이해의 폭을 넓히는 계기가 되었으면 한다.

최근 노자를 우리말로 번역한 책이 부쩍 늘었으나, 90년대 초반까지만 해도 많지 않았다. 우리말 번역으로는 1957년도에 출간된 신현중의

『국역 노자』(國譯老子)가 최초이다. 가장 오래되었지만 문체가 간결하면서도 유려해서 본서에서도 이 책을 많이 참고했고, 최근에 나온 것으로는 2001년도에 출간된 최진석 교수와 김학목 교수의 번역을 참고했다. 중국서로는 장석창(蔣錫昌)의 『노자교고』(老子校詁)와 주겸지(朱謙之)의 『노자교석』(老子校釋) 및 대유(戴維)의 『백서노자교석』(帛書老子校釋)에 힘입은 바가 많았음을 밝혀둔다. 특히 장석창과 주겸지의 원문 교감과 해석은 백서본과 곽점초간본 발굴 이전의 판본과 연구성과들을 집대성해서 보기 편리하다. 또 중국어 번역으로는 고형(高亨)과 진고응(陳鼓應)의 견해를 많이 참작했다.

노자는 "아는 이는 말하지 않고, 말하는 이는 알지 못한다"고 했다. 더구나 2천여 년 전의 노자 사상을 현대의 우리말로 바꾸어서 말한다는 것 자체가 본래 불가능한 일일지도 모른다. 그럼에도 불구하고 운문의 형식을 띤 원전의 맛을 살리려고 하다 보니 나름의 운율을 지켜야 했고, 또 뜻을 자세하게 푼다고 격률을 깨뜨릴 수가 없었으니, 한문의 원의와 우리말 번역이란 두 마리 토끼가 계속 눈앞에 어른거렸다. 다만 바라는 것은 독자제현께서는 2천5백 년 전 중국고전으로의 시간여행을 즐기면서 주위에 넘쳐나는 영어투의 문장과 비교되는 옛 문체의 하나로서 여유있게 감상해주었으면 한다. 그러나 잘못된 곳이 있다면 호되게 질책해주시기를 바랄 뿐이다.

오목교 조양루(朝陽樓)에서
임채우

찾아보기

* 볼드체의 굵은 숫자는 왕필주를, 그 외에는 『노자』 원문을 가리킨다.

지은이 왕필

왕필(王弼, 226~249)은 삼국시대 위(魏)나라 사람으로, 당시 수도였던 낙양(洛陽)에서 태어났다.
자(字)는 보사(輔嗣)이며 명제(明帝) 때 상서랑(尙書郞)을 지냈다.
23세의 나이에 요절했으나 후견인이었던 하안(何晏)과 함께 위진 현학(玄學)을 대표하는
사상가로 명성을 떨쳤다. 파란의 시대를 살았던 짧은 생애에도 불구하고 현존하는 노자주 가운데
최고의 명주석으로 꼽히는 「노자주」(老子注)와, 천여 년 동안 과거시험의 교과서로 쓰였던
「주역주」(周易注)를 남겼다. 이외에 「노자」 사상을 간결하게 요약한 「노자지략」과
「주역」 해석의 방법론을 체계화한 「주역약례」라는 명문이 전해지며,
「논어」의 일부에 주석을 단 것이 있다. 문호의식(門戶意識)에 갇힌 채
경전의 자구(字句)에 집착하는 한(漢)나라의 훈고학(訓詁學)이나
상수학(象數學)과는 달리, 복잡한 형식에 얽매이지 않고 유가와 도가를 넘나들며
간결하게 경전의 뜻을 풀이하는 왕필의 학풍은, 한대 관학(官學)을 무너뜨리고
자유로운 현학의 정신을 불어넣었으며 당시 사상계의 판도를 뒤바꾸어 놓았다.
특히 무(無)를 본체로 하는 귀무론(貴無論)과 체용론(體用論) 등은 도가사상뿐만 아니라
불교와 성리학을 비롯한 중국철학사 전반에 큰 영향을 미쳤다.

옮긴이 임채우

임채우(林采佑)는 1961년 충남 부여에서 태어났다.
연세대학교에서 「장자(莊子)의 수양론」으로 석사학위를, 「왕필 역 철학 연구」로
철학 박사학위를 받았다. 지금은 국제뇌교육종합대학원 대학교 교수로 있다.
주로 동양사상의 원형이 되는 노장철학과 주역철학에 대한 연구를 하고 있으며,
동양철학의 주요 원전 및 동양사상과 문화를 소개하는 번역 작업도 진행하고 있다.
주요 번역서로는 「왕필의 노자주」 외에 「주역천진(周易闡眞)-도교의 주역풀이」
「주역 왕필주」(周易王弼注)와 「언어의 금기로 읽는 중국문화」 「술수와 수학 사이의 중국문화」가 있다.
주요 논문으로는 「노장(老莊)의 세계이해방식-정체와 부분」
「노자 11장을 통해본 노자의 유ㆍ무관-있음과 없음으로의 세계이해 방식」
「원시도가의 여성주의 사상」 등이 있다.

HANGIL GREAT BOOKS **67**

왕필의 노자주

지은이 왕필
옮긴이 임채우
펴낸이 김언호

펴낸곳 (주)도서출판 한길사
등록 1976년 12월 24일
주소 10881 경기도 파주시 광인사길 37
홈페이지 www.hangilsa.co.kr
전자우편 hangilsa@hangilsa.co.kr
전화 031-955-2000~3 **팩스** 031-955-2005

CTP출력 블루엔 **인쇄** 오색프린팅 **제본** 경일제책사

제1판 제 1 쇄 2005년 7월 25일
제1판 제11쇄 2022년 11월 25일

값 28,000원

ISBN 978-89-356-5681-3 94810

• 잘못 만들어진 책은 구입하신 서점에서 바꿔드립니다.

한길그레이트북스 인류의 위대한 지적 유산을 집대성한다

●한길그레이트북스는 계속 간행됩니다.